CW01666014

DRÖMMAR UR

Anna Jansson

DRÖMMAR UR SNÖ

NORSTEDTS

AV ANNA JANSSON PÅ NORSTEDTS:

Stum sitter guden 2000
Alla de stillsamma döda 2001
Må döden sova 2002
Silverkronan 2003
Drömmar ur snö 2004
Svart fjäril 2005
Främmande fågel 2006
Pojke försvunnen 2007
Inte ens det förflutna 2008
Hantverkarsvett är dyrare än saffran 2008
Först när givaren är död 2009
Drömmen förde dej vilse 2010
Alkemins eviga eld 2011

MIX
Papper från ansvarsfulla källor
FSC® C007584

ISBN 978-91-1-304431-6
© 2004 Anna Jansson
Norstedts, Stockholm
Andra pocketutgåvan 2012
Omslag: Norma Communication
Svensk utgåva enligt avtal med Nordin Agency
Tryckt hos ScandBook AB, Falun 2012
www.norstedts.se

Norstedts ingår i
Norstedts Förlagsgrupp AB,
grundad 1823

De har sagt att det skall blomma.
– Ur mörker och snö
allt det ljusa som vi drömde
ska ge frukt och ge frö.
De har sagt att det ska blomma
som kring björk och kring lind.
Men händerna är tomma
och blicken blind.

Ur Nils Ferlins diktsamling
Med många kulörta lyktor

I

"Du har tystnadsplikt." Orden lät mer som en besvärjelse än som ett påstående: Av ditt löfte är du bakbunden, din mun är tilltäppt och jag, Rune Villman, har nyckeln till ditt låsta rum.

"Ja, jag har tystnadsplikt", svarade Johannes Ståhl vänligt och knäppte upp den vita kragen. Det var varmt i prästgårdens bibliotek. En stor björkvedsbrasa sprakade i öppna spisen. Hettan fick prästens kinder att blossa. Han tog av sig kavajen och la den över armstödet på fåtöljen, sen kavlade han upp de svarta skjortärmarna. Justeringen av klädseln berodde inte endast på värmen. På ett omedvetet plan anpassade prästen sin klädsel till bönder på bönders vis och till de lärde i kostym.

Utanför de höga fönstren föll snön i stora vita flingor och packade sig mot rutorna i oregelbundna kartmönster. Rune Villman lutade sig fram över bordet. Hans slitna tröjärmar snuddade vid kaffekoppen i handmålat porslin, när han tog en bit till av den mjuka pepparkakan. Johannes försenade försök att räcka fram kakfatet generade honom inte alls.

"Det jag ska berätta för dej får du inte säga till nån, inte till *någon*. Det är ett förtroende som du måste ta med dej i graven."

"Givetvis", svarade Johannes lätt förbryllad. "Det du anförtror mej kommer att stanna oss emellan."

"Och om du av misstag skulle råka säga något av det jag berättat, vad händer då?" frågade Rune och lutade sig ännu längre fram, innanför den gräns där Johannes fann honom alltför närgången.

"Då sviker jag min Gud, mej själv och mitt ämbete. Jag får fängelse och kan inte längre arbeta som präst. Du kan vara lugn. Din hemlighet kommer att stanna hos mej."

Rune sjönk ihop i fåtöljen och knäppte händerna mellan knäna. Det tunna ljusa håret låg kletat över pannan, format av den blöta yllemössa han lagt ifrån sig på golvet. Trots värmen huttrade han där han satt. Hans blick sökte sig ut i rummet, svepte över helheten och noterade detaljerna: Skrivbordssetet i grå marmor, kristallkronan med sina dammiga prismor, en vit uppstoppad duva med utbredda vingar högst uppe på den imponerande bokhyllan. Glasfönstret uppe i taknocken, målad i soluppgångens glödande färger, gav biblioteket en sakral framtoning. Som kontrast till präktigheten stod prästens slitna och oputsade skor övergivna under bordet. Fötterna hade smugit sig in under stolen. Det var ett hål på ena strumpan vid stortån. Det kändes bra att ha hittat en blotta. Allt sådant kom för Rune Villman i den stunden och splittrade hans tanke.

”Vad kan jag göra för dej?” frågade Johannes. Rune spratt till och tog tag om bordskanten med båda händerna så knogarna vitnade. Koncentrerade sig på de väl repeterade orden och pressade ur sig en fortsättning.

”Du kan lyssna på mej och lova att tiga, lova att aldrig säga något om det här till en levande människa.”

”Jag lovar.” Johannes väntade tålmodigt.

”Jag kan inte rå för det, jag kan helt enkelt inte stå emot”, viskade Rune utan att möta prästens blick. Johannes nickade bekräftande. Det blev tyst en stund. Rune skruvade på sig i fåtöljen medan han försökte fånga orden. Sur svett och fukt från ylletröjan dunstade i rumsvärmen och nådde prästens näsa var gång Rune ändrade kroppsställning.

”Vad är det du inte kan stå emot?” Johannes lutade sig bakåt, talade lågt och långsamt i ett försök att lugna den uppskärrade mannen framför sig. Egentligen hade han haft helt andra planer för söndagskvällen än att bedriva själavård. Familjen väntade. Men vad skulle han göra när vaktmästaren så enträget bad om ett samtal. Präster har inte reglerad arbetstid. Det ska alla veta.

”Vad är det du inte kan stå emot?” upprepade Johannes för att hjälpa mannen på traven.

”Doften”, svarade Rune snabbt och gömde ansiktet i händerna. Han liknade en skrämd apa som Johannes sett på Skansen för många år sedan. En liten apunge som satte tassarna för ansiktet när man tittade på den, så rörande i sin blygsel. Prästen tvingade associationen ur tanken och antog den min situationen bjöd.

"Doften?" upprepade Johannes med så stort allvar han förmådde.

"Jag vet inte hur jag ska säga det. Jag arbetar på skolan. Jag hjälper vaktmästaren, det är en åtgärd. I början på terminen bytte jag packning på en kran i duschrummet som hör till flickornas omklädningsrum. Jag såg att kaklet måste bytas ut. Det hade blivit fuktskador. Fogarna var alldeles svarta. Det är inte hälsosamt."

Rune satte handen för munnen. Han drog ett djupt väsande andetag och sneglade på Johannes för att kontrollera reaktionen på det sagda och förvissa sig om att prästen lyssnade. En tydlig rodnad steg på vaktmästarens bleka kinder. "Deras små söta kläder hängde där ute på sina krokar eller låg i högar precis som de fallit när flickorna klädde av sig. Jag tänkte inte röra något. Du får inte tro att jag ville röra deras saker. Men det låg en liten rosa bh på bänken. Den hade rosa pantrar i tyget och blanka axelband. Den var så fin. Jag tycker om pantrar och jag kunde inte låta bli att ... Rune svalde hörbart ... att böja mej ner och ... lukta på den. Det blanka bandet rörde vid mina läppar. Jag föll på knä för att riktigt känna hur den luktade och då knackade det på dörren från gymnastiksalen. Jag blev så rädd. Så fruktansvärt rädd att jag tog bh:n och stoppade ner den i fickan på min väst. Jag hann inte tänka på vad jag gjorde. Det var inte min mening att ta den. Svante, han som var flickornas gymnastiklärare, öppnade dörren. Jag sa att jag tappat en nyckel på golvet. Han hade dessbättre inte tid att hjälpa mej leta. Gymnastikläraren var bekymrad för några elever som inte kommit till lektionen och ville att jag skulle kontrollera om ytterdörren var låst. Jag gjorde det och bh:n blev kvar i min ficka."

"Har du haft den här böjelsen länge?" undrade Johannes. Han ville minnas att Svante Henningsson slutat som gymnastiklärare för ett par månader sedan. Det hade förekommit en del rykten, men inget prästen hade velat lyssna på.

"Vet inte." Rune blev tyst en stund och noppade på sin tröjärm. Johannes sneglade förstulet på klockan, det här skulle komma att ta tid. Reidun väntade redan med maten. Han hade mer eller mindre lovat henne en trevlig hemmakväll. Sällan blev det så.

”Vad är ditt värsta bekymmer just nu?” frågade prästen i hopp om ett sammanhållet och produktivt samtal. Samtidigt skämdes han lite för att han försökte skynda på mannen som uppenbarligen var i själsnöd.

”Förstår du inte det. Jag tog bh:n. Det var stöld. Jag var tvungen att lämna tillbaka den, så jag gläntade på dörren till omklädningsrummet. Men då hade flickorna redan kommit in. De svepte förbi dörren i sina handdukar mot duschrummet och jag såg flickan som letade efter sin bh. Det var för sent. Jag kunde inget göra. Hade jag öppnat dörren skulle de ha skrikit.”

”Det tror jag också”, sa Johannes. ”Vad gjorde du då?”

”Jag la den på bordet inne hos Svante. Gymnastikläraren har eget omklädningsrum, vet du. Jag la den på hans skrivbord och hoppades att han skulle se till att den kom till rätta.”

”Är det det som bekymrar dej. Att du inte vet om hon fick tillbaka den?” Johannes blundade för att inte ögonen skulle avslöja vad han tyckte om att få sin kväll förstörd av en så idiotisk anledning.

”Nej, inte direkt. Men jag saknade den. Jag saknade doften. Jag kan inte släppa en doft innan jag har identifierat den, dissekerat den i sina samtliga beståndsdelar. Det kan ta dagar, veckor ibland. Men jag lyckas alltid till slut.” Runes röst fick en anstrykning av stolthet. Han rätade upp sig på stolen och antog en lätt högdragen min.

”Det verkar inte vara någon fara med det. Det är inget fel med att tycka om en doft.” Johannes bet ihop om sin stigande irritation.

”Förstår du inte? Jag började följa efter flickorna. På frukostrasterna tog de ibland bussen in till stan. Jag brukade sitta längst bak och sen följa dem på långt håll. Till och med på avstånd kan jag känna hur de doftar. Om jag koncentrerar mej på en doft i taget, skalar bort hjärtnot och toppnot från de parfymerade produkter som används kan jag slutligen nå det som måste vara feromoner. De kroppsegna dofterna. Jag borde inte följa efter dem. Mormor Rut säger att jag inte får följa efter människor. De kan bli arga. Förut brukade jag sätta mej i cafeterian mitt emot damavdelningen på varuhuset. Därifrån kunde jag se när flickorna valde kläder och gick in i provhytterna med dem. Först var det bara så. Jag tittade bara på dem. Flickan med bh:n köpte en deodorant. När de lämnat varuhuset gick jag in och köpte en likadan. Den doftade liljekonvalj, det fanns en bild med liljekonvaljblommor på den. Jag använde den inte. Det tordes jag inte göra. Jag bara luktade på den när jag fantiserade på kvällarna. Men det har blivit mycket värre sen dess."

"Hur då, menar du?" Johannes försökte kamouflera sin obeslutsamhet genom att ta en klunk ur den för länge sedan urdruckna kaffekoppen.

"Jag köper kläderna de provar. Underkläder. Små linnen. Ibland finns det kvar lite doft i kläderna. Är det synd?"

Johannes blundade och tänkte. Vad skulle han svara? Tankarna irrade hjälplöst. Han kände Runes ögon riktade mot sig och harklade sig:

"Ärligt sagt vet jag inte. Har du inga egna vänner du kan hitta på något tillsammans med, några andra intressen?"

"Bara dem jag träffar ute på nätet." Rune snurrade kaffekoppen framför sig så oförsiktigt att Johannes fick uppbåda stor själsstyrka för att inte tillrättavisa honom.

"Finns det ingen annan du kan umgås med? Några jämnåriga?"

"Mormor, och så dej." Rune slutade veva runt med koppen och vred fatet ett par varv innan händerna till Johannes lättnad landade i knät.

"Jag förstår att du har det svårt, att ditt liv är komplicerat och jag skulle önska att jag kunde hjälpa dej på något sätt. Men jag vet inte hur. Jag skulle vilja att du talade med en utbildad terapeut. Jag känner en kvinna som är mycket duktig. En god vän till mej."

"Nej, nej! Aldrig. Du får inte säga något till någon annan. Du lovade. Vid din Gud har du lovat!"

"Ja, det har jag och jag kommer inte att säga något, om du inte vill." Johannes bet sig i underläppen.

”Om man samlar in svett från jungfrur och sparar det i en flaska kan man göra sig ett livselixir som ger evig ungdom. Kommer Gud att straffa mej om jag försöker skapa evigt liv?” Runes hela uppmärksamhet var riktad mot svaret. ”Kommer han att straffa mej med sjukdom eller död?”

”Inte den Gud jag tror på”, svarade prästen. ”Men du gör dej själv illa genom att inte ta emot hjälp av dem som kan hjälpa dej. Det är synd.”

”Då var det inget mer jag ville.” Rune reste sig abrupt. Johannes reste sig också med handen framsträckt till avsked, men kom bara halvvägs upp ur fåtöljen innan mannen hunnit till dörren.

”Hör av dej igen när du vill.” Prästen hade velat säga mycket mer men fann inga ord för sina motstridiga känslor. När dörren till biblioteket slogs igen av den spenslige vaktmästaren blev Johannes stående framför brasan vanmäktigt petande med eldgaffeln i glöden. Brasan knastrade och knäppte. Hettan svepte runt hans knän. I prästens glasögon speglades eldens lågor. En sinnebild för det mänskliga inferno han just skådat.

Utanför fönstret hörde Johannes snöplogen skrapa mot grusvägen. Det orangefärgade ljuset fångades av prismorna i lampkronan och i spegeln på innerväggen och kastade reflexer på den randiga tapeten. Snöplogen raspade mot is och sten. I det oljudet hörde han inte när hustrun avlägsnade sig från sin plats bakom draperiet till matsalen. Reidun hade varit på väg att lägga ett par manglade dukar i linneskåpet. Så hade hon hört början av vaktmästarens bekännelse och blivit stående, fast hon visste att hon inte borde ha lyssnat. Men vad skulle hon ha gjort? Minsta ljud skulle ha stört deras förtroliga samtal. Det var naturligtvis inte hela sanningen, men så stor del av den hon ville erkänna för sig själv. Äckligt var det. Johannes var svag som inte satte karln på plats och gav honom en rejäl uppsträckning.

När Reidun tagit sig tillbaka igenom huset och öppnat dörren till biblioteket från andra sidan stod maken fortfarande kvar framför elden. Lätt kutryggig och närsynt med påtaglig flint såg han betydligt äldre ut än sina nyss fyllda femtio. Hans långa, alltför magra kropp, speglade den förtvivlan han erfor över människors ensamhet och sin egen otillräcklighet. Reidun kände en tilltagande ömhet, men hindrade sig från den plötsliga impulsen att slå armarna om honom.

”Maten är klar”, sa hon i lätt ton.

Han gav henne ett hastigt leende. ”Så fint. Jag kommer strax.”

När hon stängt dörren bakom sig gick Johannes fram till det kurbitsmålade väggskåpet över bufféskåpet och tog fram en flaska konjak. Något som skedde ytterst sällan och uteslutande vid högtidliga tillfällen. I konfirmationsundervisningen hade han proklamerat att alkohol bör man endast dricka när man är glad. Dricker man när man är ledsen blir det bara värre. Johannes hällde upp en försvarlig skvätt i kristallglaset och drack ur. Ingen regel utan undantag.

2

Tankarna på vaktmästarens bekännelse uppfyllde Johannes när han gick mot köket. Var drar man gränsen mellan rätten att fantisera och verklighetens krav på balans? Hade inte Rune gått ett steg för långt när han började följa efter flickorna? En fixering vid dofter. Under medeltiden var det ett vanligt skamstraff att man skar näsan av otuktiga människor. Näsan, den kroppsdel som ledde till själens fördärv. Med tanke på dagens rön om feromoner så kanske det ändå låg något i den tankegången. Om en kroppsdel är dig till förförelse så hugg av den. Johannes skakade av sig de bisarra funderingarna och blev stående utanför dörren till sin dotters rum. Han såg på Cecilia med stolthet där hon satt bredvid sin väninna, den tystlåtna Amanda. Min Cecilia, min älskade Cecilia, tänkte han. Det långa ljusa håret i hästsvans och de livfulla gesterna påminde honom så om hans avlidna hustru som ung. Han blev rent av tårögd. Det kan ha berott på konjaken, men inte uteslutande. Han kände också något annat. En oro. Livet är fullt av sådant du inte vet något om ännu, mitt barn. Och jag ser inte hur jag ska kunna skydda dej utan att göra världen skrämmande och ful.

”Kommer ni och äter nu?” ropade Reidun från köket.

”Reidun säger att middagen är serverad.” Johannes log brett mot de båda unga damerna och steg in i flickrummet. Med god precision placerade han sina stora fötter mellan colaburkar, smutstvätt och träningskläder på sin väg mot datorn där de satt i full koncentration.

”Jag är inte hungrig”, sa Cecilia utan att ta blicken från skärmen. ”Jag tog ett par mackor förut.”

”Men någonting ska du väl ha? Reidun väntar på oss med maten.”

”Pappa”, viskade Cecilia och Johannes kom närmare för att höra vad hon ville säga. ”Jag tycker inte om hennes mat. Den är äcklig. Hon kan inte laga mat som mamma. Den smakar hemskt! Kokt brysselkål luktar som vildsvinsfjärtar.”

”Säg inte så. Ge henne en chans. Kan du inte försöka äta lite i alla fall? Hon blir ledsen annars”, viskade han tillbaka.

”Okey då, för att du ber mej”, sa Cecilia och kramade hans arm. I Johannes ögon föddes ett leende, leendet växte sig starkt och blev till ett guppande skratt. Han vände sig till Amanda.

”Du kanske vill göra oss sällskap. Reidun har dukat ett kuvert åt dej om du vill dela måltid med oss.”

”Nej tack! Jag sitter kvar här vid datorn. Skyndar du dej, Cissi?”

”Vad *tror* du?” Cecilia vände sig om och himlade med ögonen innan hon följde sin far ut i köket.

Lukten av lätt vidbränd stek och kokt brysselkål nådde sin kulmen.

”Jag har värmt på maten ett bra tag nu. Det kommer inte att smaka som jag skulle ha önskat”, sa Reidun med taggtråd i rösten. Hon tog av sig det randiga förklädet och slätade ut kjolen med handen. Med stela rörelser knixade hon ner potatiskarotten mellan stekfatet och såskannan, tog plastfolien av salladen och petade skinnet av såsen med sleven.

Cecilia synade Reidun uppifrån och ner och stannade med blicken på jumpern som korvat sig över bysten. Där knep hon ihop ögonen till smala föraktfulla springor. Johannes harklade sig.

”Så fint du har dukat. Nu ska det bli gott med mat.” Han slog sig ned vid kortändan av bordet och la servetten i knät med yviga rörelser. I detsamma ringde telefonen i biblioteket.

”Det var då själva attan!” Johannes reste sig motvilligt.

”Låt det ringa”, vädjade Reidun. Men han var redan på väg. Cecilia gav Reidun ett snabbt ögonkast och bedömde läget.

”Jag är inte hungrig.” Tonen var utstuderat släpig.

”Nehej.” Reidun förde handen mot halsen. ”Jag trodde du tyckte om stek och gräddsås. Det är mest för din skull jag har lagat det. Johannes berättade att du tyckte att brysselkål såg ut som salladshuvuden till dockorna när du var liten. Han sa att du skulle gilla det.”

”Har väl inte du med att göra. Jag gillar det inte nu längre. Förut gjorde jag det”, sa Cecilia med stark betoning på förut. Sen blev det tyst vid bordet. Reidun bjöd henne stekfatet, men hon tog inte emot det. Med illa dold avsmak studerade Cecilia de uppskurna köttbitarna och vände bort huvudet. Det glimmade till av triumf i ögonvrån när hon såg hur styrkan i Reiduns handled började svikta under fatets tyngd. Handleden skakade.

”Nej tack! Jag tycker inte om bränd mat”, sa hon.

Reidun lät fatet sjunka. Med behärskade rörelser la hon för sig själv på tallriken. Spillde lite av såsen över tallrikskanten. Det blev en droppe på duken. Hastigt fångade hon den med pekfingret och förde det till munnen. Äckligt, signalerade Cecilia med blicken och ögonen smalnade åter till svarta springor. Reidun låtsades inte om det.

”Det ser ut att bli mera snö”, sa hon. Cecilia studerade sina naglar och skrapade bort en flaga av nagellack på tumnageln med tänderna. Hon lät tungan svepa utmed tandraden i en putsningsceremoni av tydligt privat karaktär och såg ut genom fönstret utan någon kommentar. Jag-låtsas-att-du-inte-finns-leken var en av hennes favoriter.

”Det är i alla fall plogat”, försökte Reidun och rösten krackelerade. Tystnaden pressade och slog lock för öronen. ”Hoppas snön ligger kvar till jul.” Tomheten ekade mellan avsändare och mottagare. Maten blev omöjlig att svälja ner. Det smakade bara gråt, urkokt brysselkål och skumgummi i munnen. Cecilia stjälpte i sig mjölken och tog en sönderkokt potatis, petade isär den och reste sig sen demonstrativt från bordet.

”Det finns efterrätt. Jordgubbar och grädde”, försökte Reidun. Cecilia svarade henne inte. Trots nederlaget kändes det som en lättnad när flickan gick till sitt rum. Reidun tog ett djupt andetag och höll händerna om sina blossande kinder.

”Och han ba kom fram till mej, alltså. Å ja ba dooog. Han var så jävla snygg. Mörk, fast lite ljus i luggen och värsta överkroppen.

Jävlar vilka muskler. Hej Cissi, sa han till mej och såg så där gullig ut på ögonen, du vet.” Amanda fnittrade och drog stolen närmare datorn för att kunna läsa Cissis meddelanden, utan de glasögon hon så väl hade behövt använda. De låg i skolväskan och fick sällan möta dagens ljus.

”Han måste ha kollat me nån va du heter.” Amanda kisade mot dataskärmen.

”Han kanske har sett mitt foto på Lunarstorm? Tror du det? Han kan ju ha kollat på ’rötter’ vilken skola jag går i. Gud va jag blir nervös! De ä ba inte sant! Han kan ju ha läst min dagbok på nätet om han kollat mitt ’krypin’. Shit!”

”Vi kanske har chattat me han! Har du tänkt på det?” pep Amanda. ”Utan att veta att det var HAN.”

Cissi skrek till och reste sig upp så stolen välte och viftade med händerna i luften på samma sätt som när man försöker få nagellack att torka. ”Men Gud! Tror du det? Tror du att han kan ha svarat?”

Johannes som just passerade dörren nickade för sig själv. Det var bra att flickorna tog konfirmationsundervisningen på allvar. Men Gud, tror du att han kan ha svarat ... på min bön? Även om de verkade måttligt intresserade under själva lektionerna så hade det tydligen satt sina spår. Bäst att låta dem vara ifred.

Reidun stod vid diskbaljan när Johannes kom ut i köket.

”Jag är så ledsen att vi inte fick äta tillsammans”, sa han. ”Det var Gudrun Wern som ringde, igen. Hon hade en del att tala om.”

”Kan tro det.” Reidun log stramt. ”Hade någon lagt skeden på fel sida om koppen vid kyrkkaffet eller hade Elvira Bredström för kort kjol igen?”

Johannes log urskuldande, ertappad i en tanke han inte riktigt tänkte kännas vid: ”Hon ville bekänna, å grannens vägnar, att han talat alldeles för länge och för förtroligt med just Elvira Bredström.”

Något sådant hade Gudrun antytt för Elviras make. Maken hade framfört anklagelsen till sin hustru, och Elvira kontrade då med att Gudrun inte dammat ordentligt uppe på tavelramarna när det var hennes tur att städa församlingshemmet. Vilket i sin tur ledde till att Gudrun inte tänkte vara med och sjunga i samma körstämma som Elvira på första advent. Med en rysning föreställde sig Johannes Gudrun Wern bland sopranerna. Hon nådde aldrig riktigt upp till de höga tonerna utan att låta vibratot ta kål på allt vad melodi hette. Det ljudet var knappast förenligt med julstämning.

”Du ser trött ut, Johannes.”

”Du ser strålande ut, Reidun. Du är så fin så det gör ont i mej.” Han tog henne i famn. ”Jag älskar dej så mycket, och jag är så glad åt det du gör för oss. Ikväll ska vi hitta på något trevligt tillsammans alla tre.” Reidun gjorde en ful grimas gömd i hans famn. Men hon teg.

”Men Tom då?” frågade Amanda förvånat och drack en klunk ur sin colaburk.

”Det är slut, sa jag. Såg han dum ut, eller?” Cissi Ståhl skrattade så hästsvansen guppade och hela tandställningens konstruktion kom i dagen. ”Han såg så jävla blåst ut när jag skickade ett sms till honom och gjorde slut. Jag såg honom genom klassrumsfönstret, men han såg inte mej. Fy fan vad han såg dum ut!”

”Tom? Varför gjorde du slut med Tom?” Amanda rynkade misstroget på ögonbrynen.

”Han är ett jävla pucko. Han tror att han *äger* mej. IQ light eller? Jag gör väl fan som jag vill.”

”Så klart”, skyndade sig Amanda att säga, ”men ni har ju just blivit ihop igen.”

”Man kan väl ändra sig”, fräste Cissi och sköt fram hakan.

”Men han då ... den där killen som sa ’hej Cissi’ till dej på stan, har du träffat honom förut eller?”

”Nej, det skulle jag kommit ihåg, vet du. Han var ba sååå jävla snygg. Han hade skinnjacka på sej. Så gick han fram till en röd bil. Jag tror det var en Toyota, eller nån annan amerikansk bil.”

”Toyota är inte amerikansk”, korrigerade Amanda försiktigt och fick ett hätskt ögonkast av Cissi.

”Skit samma. Han har körkort. Det är inget smågli, fattaru.”

”Tror du vi har chattat me han?” frågade Amanda trevande. Det gällde att hitta tillbaka till samförståndet. Cissis tjuriga min oroade inte utan anledning.

”Shit! Holy shit! Vad kan jag ha sagt? Vem är det? Vad kan han ha för användarnamn i så fall? Sexyguy, tror jag inte det är för det är Niklas i nian, det har Jocke sagt. Hard_bullets och Rockycool går i 8B, men Fuck_you eller Dreamboy, kan det vara. Tror du det kan vara Dreamboy?”

”Sa han bara ’hej Cissi’? Hände det inget mer?”

”Du skulle bra gärna vilja veta det va? Jag fick åka med i hans bil. Han gick ur och öppnade dörren åt mej. Värsta stilen. Och när vi kom ner till hamnen så ...”

Johannes harkling avbröt dem. Han steg in i rummet. ”Nu Amanda är det dags att dra sig tillbaka. Vi har bestämt att söndagskvällar är familjekvällar. Du är välkommen hit i morgon igen om du så önskar.” Så log han sitt är-vi-överens-leende och försvann nedför källartrappan mot pannrummet.

”Vad han pratar konstigt, din pappa”, viskade Amanda när stegen tystnat.

”Tycker du?” Cissi bet sig eftertänksamt i underläppen. ”Det är för att han är så jäkla gammal. Dom pratade så förr i tiden.”

”Vad ska vi hitta på ikväll som alla kan tycka är trevligt?” Johannes såg entusiastiskt på sina båda kvinnor.

”Det är en bra långfilm på tvåan”, sa Reidun och sträckte sig efter tevetidningen som låg under en driva kolapapper. De första sidorna var hopkletade med ett tuggummi och sidan längst bak avriven på mitten.

”Jag hade nog tänkt mej en tevefri kväll.” Johannes log milt och överseende.

”Låt Cecilia bestämma.” Reidun sjönk ihop i soffan.

”Då vill jag spela schack. Det var så länge sen vi spelade schack, pappa. Snälla. Du är faktiskt skyldig mej revansch.”

”Javisst, vi säger väl det, mitt hjärta”, svarade Johannes överrumplad och glad över att dottern så ivrigt ville delta i familjekvällen. Han skyndade sig att hämta schackbrädet. Hoppades att hon inte skulle ändra sig.

Tack för den, tänkte Reidun övergivet. Hur många är man när man spelar schack?

3

”Jag går ner och stoppar tvätt i maskinen”, sa Reidun. De svarade henne inte. Cecilia vickade av och an på sitt vita torn. Johannes log med hela ansiktet, fullt koncentrerad på spelet.

”Vad blir ditt nästa drag, mitt hjärta.”

”Det här.” Cecilia lyfte löparen och slog ut Johannes torn.

”Nu överraskade du mej allt.” Fadersstoltheten lyste. Värmen flödade.

”Jag kan mer än du tror.”

”Det förstår jag det”, skrattade Johannes och vickade på svart häst.

Reidun apade efter hans röst tyst för sig själv när hon bredbent stolpade nedför trappan med tvättkorgen i famnen. Det förstår jag det, härmade hon och kliade sig i huvudet. Det förstår jag det. Du förstår inte ett dugg, inte ett enda dugg. Hon manipulerar dej hur lätt som helst. Pappas lilla ängel. Men den som tar hand om smutstvätten ser andra saker än den som har huvudet i det blå. Cigarettrök, vinfläckar och underkläder, som skulle fått Elvira Bredström att rodna, talar sitt eget språk. Varför har småflickor stringtrosor i svart blankt tyg och push ups med silikoninlägg vid 14 års ålder? Proteser i väntan på att tiden ska mogna? Tids nog blir karten till fallfrukt. Varför skynda? Duger de löftesfyllda knopparna inte som de är? Reidun ville minnas att hon inte hade någon bh alls när hon var i Cecilias ålder, kanske ett linne. Och det här med tandställning. Varför ska varenda unge korrigeras till ett unisont tandkrämsleende? De är barn! Blir de mer attraktiva på äktenskapsmarknaden om de har jämna tänder? Är det egentligen så stor skillnad mellan vår kulturs tandställningshysteri och den asiatiska seden att surra flickornas fötter så de blev små och nätta?

På golvet under sängen i Cecilias rum hade det legat en uppslagen veckotidning. Reidun hade ögnat igenom texten och baxnat. Vad förmedlar tonårstidningarna när samlevnadsexperten i sin spalt svarar på frågor som: Kan man ha oralsex med sig själv eller hur många kalorier innehåller en sats sperma? Har ungar på fjorton–femton år ställt de här frågorna själva? Knappast. Det handlar snarare om mental våldtäkt. På bussen hem så sent som igår hade Reidun hört ett par småkillar prata om sexualundervisningen i skolan. De hade fått kondomer med bäst före datum av en överambitiös timvikarie. Stressande för den som inte ens fyllt fjorton att behöva komma till skott innan datumet har gått ut. Risken finns att ungarna är helt blasé på sex när det väl är dags, om de inte får upptäcka ljuvligheterna i egen takt. Den pirrande känslan av att bara längta, hålla någon i handen för första gången, blickarna, förväntan. Eller är jag hopplöst gammalmodig? Jag måste tala med Johannes om det här, tänkte Reidun. Om det, och om annat som är mycket svårare.

Reidun sorterade tvätten och tryckte in mörkblå tvätt i maskinen. Trumman blev inte ens halvfull, men hon vred igång programmet ändå. Golvet i Cecilias rum var gödslat med smutstvätt. Där gick gränsen. Ville unga fröken få något tvättat fick hon faktiskt lägga det i tvättkorgen själv. Hur gudomlig Cecilias mor än varit på den punkten, så tänkte Reidun inte ge med sig. Centimeter för centimeter ämnade hon öka sitt livsrum, en smärtsam men nödvändig process, om hon skulle överleva i det här huset.

De satt inte vid vardagsrumsbordet när Reidun återvände från underjorden. Men schackbrädet stod fortfarande framme. Pjäserna låg utspridda på bordet, några hade ramlat på golvet. Vit seger. Han hade låtit henne vinna igen. När leken var slut blev spelbrädet osynligt, som allt annat de förbrukat. Den urdruckna colaburken låg kvar i soffan, liksom chipspåsen med de sista smuliga resterna av sitt innehåll. De trasiga sockorna han tagit av sig hängde över fåtöljens armstöd. Och på golvet låg den utbredda tevetidningen. Sådana saker var överlämnade åt Reiduns längtan efter ordning och reda. Deras röster hördes utifrån trädgården. Hon kunde se dem genom fönstret, far och dotter som byggde en snögubbe. De rullade stora klot och hjälptes åt att lyfta upp dem.

Tumlade runt som småbarn medan flingorna föll som stora vita sotflagor i Cecilias hår och på Johannes blå hemstickade mössa. Den som Annalisa hade stickat. Han såg så lycklig ut. Det här ville hon inte ta ifrån honom. Av hela sitt hjärta kunde hon unna honom den glädjen, fast hon inte fick dela den. Snögubben glittrade i ljuset från gatlyktan. Cecilia tryckte dit en morotsnäsa och stack kvasten under hans arm. Så tände de ljuset i snölyktan, Johannes och hans dotter. Johannes skyddande händer gjorde en mur mot vind och snö. Cecilia drog stickan mot plånet, tände veken och log mot sin far. En vacker bild, tänkte Reidun medan hon gnuggade bort imman från fönsterrutan med koftärmen och kände vemodet svepa som en skugga bakom ryggen.

”Jag vill ha ett eget rum”, sa Reidun när de lagt sig och släckt sänglamporna. Hon hade väntat in mörkret för att våga säga det som måste sägas. Ville inte se hans ansiktsuttryck, hans sårbarhet, för då skulle orden fastna på halva vägen och aldrig leda framåt.

”Ett eget rum”, upprepade Johannes sin vana trogen för att vinna tid när något oväntat kom på tal.

”Ja, jag har inget som är riktigt mitt.” Reidun bet sig i underläppen.

”Allt mitt är ditt”, svarade Johannes.

”Så enkelt är det inte. Det här är ditt hem. Du möblerade det tillsammans med Annalisa och allt står fortfarande på samma plats.”

”Tycker du inte om det?” Hans röst var full av ängslan.

Ett ögonblick tänkte Reidun svara ja. Ja, visst tycker jag om det men ... Hon ville inte göra honom ledsen. Hon ville inte heller svika sig själv och trycka tillbaka sin egen förtvivlan: ”Jag tror det hade varit enklare om vi flyttat till något nytt tillsammans. Nu känns det som om jag hoppat in som vikarie för Annalisa. Det är som om ni väntar er att hon ska komma tillbaka, ingenting får röras, inget får förändras av de regler hon satt upp. Om jag fick ett enda rum som var mitt, skulle jag må bättre. Jag behöver få vara ensam ibland.”

”Men älskade Reidun. Vill du inte sova bredvid mej längre, är det så? Jag vet att jag inte är ung längre, min kraft på det fysiska området är inte vad den har varit. Jag vet att jag inte förmått ge dej den glädje du är värd. Förlåt mej."

Reidun satte sig kapprak upp i sängen och drog in luft. Som samtalet utvecklat sig var hon mer än tacksam över mörkret. Redan i början av deras samvaro hade Johannes bekymrat sig för sin sviktande potens. Nu såg han hennes begäran om ett eget rum som ytterligare en bekräftelse på sin oförmåga. Hur fantasilös och inskränkt får man vara?

"Jag menar inte alls så. Du är en ömsint och underbar älskare. Tro aldrig någonsin något annat. Jag vill inte ha ett eget rum att sova i. Jag vill ha ett eget rum att möblera som jag själv vill. Ett rum där mina träningsredskap kan stå uppställda, där jag kan ha en egen bokhylla för mina böcker och där jag kan gå in om jag vill vara ifred." ...i stället för att låsa in mej på toaletten, hade hon så när tillagt.

"Det är Cecilia eller hur?" Johannes röst lät alldeles förkrossad. "Jag kan inte tro att hon rör dina saker. Varför skulle hon göra det? Du var ju inte helt säker på hur mycket pengar du hade i plånboken och det där med jackan som blev förstörd har vi ju rett ut. Hon trodde att den var en present från mej när den hängde på hennes krok i hallen. Det var olyckligt att hon skulle låna ut den till skolteatern. Men gjort är gjort."

"Hur skulle jag veta att det var hennes krok, när jag inte har fått vara med och sätta upp reglerna?"

"Nu tycker jag att du är lite vrång, Reidun. Om du bara vill bjuda till lite så ska du se att ni får fin kontakt, du och Cecilia. Hon är inne i en känslig ålder. Det är inte så lätt att förlora sin mamma."

"Det är sex år sen nu." Reidun kände sig elak.

"Om du bara ger henne en chans ska du se att hon är en fin tjej. Ni kan väl försöka hitta på något tillsammans bara ni två, gå på stan och handla kläder eller något sådant som kvinnor gör, vad vet jag. Be henne vara smakråd när du köper kläder. Det skulle hon tycka om."

Reidun stönade högt. Johannes bild av verkligheten var onekligen naiv.

”Jag tycker det är dags för dej och mej att resa bort tillsammans ett tag.” Reidun suckade tungt i mörkret och sökte efter Johannes hand bland täckena.

”Det har vi ju pratat om förut. Var skulle vi göra av Cecilia? Min syster är sjuk, hon orkar inte med ett extra barn. Hon orkar knappt med sej själv. Man är glad varje dag man klarar sin egen personliga hygien, sa hon sist vi talades vid i telefon. Någon annan finns det ju inte. Vi kan inte låta Cecilia vara ensam hemma. Det kan du inte tycka? Det vore inte ansvarsfullt av oss, Reidun.”

”Nej, men om hon inte hade fått en dator och en mobil och kläder för flera tusen så hade hon kunnat följa med på språkresan till England.”

”Hon ville inte till England på språkresa.”

”Nej, för då kunde hon inte vara hemma och vakta svartsjukt på dej.” Reidun ångrade sig i samma stund orden föll. Johannes svarade henne inte, men hon hörde det kluckande ljudet när han svalde gång på gång i mörkret.

”Förlåt, förlåt mej Johannes”, viskade hon och kröp närmare. In i hans famn, som ett litet barn. Hans kind var lika slipprig och våt som hans förbannade vekhet.

”Jag älskar dej så mycket, men jag visste inte att det skulle bli så svårt för oss att leva tillsammans”, sa han när hon smekte hans mage.

”Ångrar du dej”, frågade hon och bävade för svaret.

”Nej, Reidun, nej det gör jag inte. Livet är för kort för att man inte ska ta vara på kärleken och för all del vänskapen när man finner den.”

När hans andetag blivit jämna och långsamma steg hon upp, gick ut i badrummet och låste dörren. Härinne kunde hon tillåta de fula tankarna att blomma ut. Tankar som fann extra näring i de ljusa små hårstrån i handfatet som lämnats kvar sedan Cecilia ansat sig. Här kunde hon rasa ut mot sin oåtkomliga fiende, mot orättvisorna och Johannes förbannade godhet mot alla och envar och vildsint protestera mot att han tog hennes lojalitet så för given.

Kommoden var överbelamrad med hårvårdsprodukter, en hårborste full av långt ljust hår, en öppnad ansiktsmask där vätskan runnit ut på duken. Mitt i smeten fann Reidun sin egen dyra mascara nedkletad. Inte ens ordentligt tillskruvad. Hade Cecilia trott att det var en gåva när hon stal den i handväskan kanske? Förbannade lilla tjuv! Jag vill dej ju bara väl, jag vill att vi blir vänner, tänkte Reidun. För Johannes skull, för min skull, men också för din egen. För varje dag av förakt blir det svårare att förlåta. Att vara tyst och snäll hjälper tydligen inte. Kan det bli mycket värre än nu?

Reidun kom i den stunden att tänka på Annalisas syrum på övervåningen. Hon gick uppför trappan för att få en överblick över vad som måste göras. Ett eget rum. Utan ett eget rum skulle hon inte överleva i det här huset. Allt mitt är ditt, och ändå kände hon sig skyldig när hon såg rummet som så tydligt var helgat åt Annalisa. De små broderade tankespråken i sina ljusblå träramar på väggen. Ett fotografi med en lycklig familj. Johannes som bar den lilla Cecilia på sina axlar. Den unga vackra Annalisa som med rena drag och perfekta tänder skrattade mot fotografen. Idyllen skar i ögonen. Den halvfärdiga bildväven med havsmotiv satt i sin ram och väntade på en fortsättning. Väntade på Annalisa liksom resten av huset. Kvar under symaskinens nål låg en liten flickklänning och över alltsammans ett lätt lager av damm. Jag vill bara veta hur stor plats jag får ta, tänkte Reidun och flyttade nåldynan en decimeter på arbetsbordet. Mer än så blev det inte. När Reidun vände sig om för att gå ut ur rummet fick hon syn på sin bild i spegeln. Vad ser du hos mej? frågade hon Johannes på andra sidan glasets dunkel. Älskar du mej? Men han svarade henne inte.

4

Kriminalinspektör Maria Wern slog sig ner i vårdcentralens väntrum med sina båda barn. Emil kliade sig bakom öronen med båda händerna och Maria försökte diskret avleda manövern.

”Jag måste klia mej annars blir jag tokig. Det kliar som bara attan!” Första omgången avlusningsmedel hade inte haft någon större effekt. Två veckor senare hade både Linda och Emil löss igen. Efter alla konstens regler tvättades det sängkläder. Kammar och mössor lades i frysen och en ny kur inleddes. Kort efter avslutad behandling kom nästa anfall av löss och sanningen uppdagades. Att Emil undan för undan köpt huvudlöss av en kompis för att slippa gå i skolan. Nu verkade första linimentet ha förbrukat sin kraft, lössen var livaktigare än någonsin och Maria kände sig nödgad att tala med distriktsläkaren om saken. Det fanns ett annat preparat, något hon själv använt i sin barndom, som färgade örngottet gult. Var det receptbelagt månntro?

Maria såg sig omkring på slagfältet. En höggravid kvinna med foten i gips satt närmast utgången och läste Vi Föräldrar. På platsen bredvid satt en välklädd man med dokumentportfölj i knät. I kassaluckan hade han högt och tydligt presenterat sig som rektor Bertil Montelius. Ideligen nös han rakt in i dagens tidning, troligtvis väntrummets enda exemplar.

”Nästa gång ska jag söka en privatläkare”, snörvlade han till kvinnan med magen. ”Man blir ju ruinerad av de här väntetiderna. Jag har ett arbete att sköta. Betalar man inte sin skatt kanske ... somliga av oss, i alla fall”, tillade han och slängde en giftig blick till vänster på alkisen som låg eller snarare hängde i armstöden på sin stol. Mannens tröja var lortig och trådsliten och byxorna som var av fläckigt ljusbeigt syntetmaterial slutade en decimeter ovanför vristen. Under den rutiga kepsen hängde håret tovigt och tunt ned på axlarna. Med slängiga osäkra rörelser gick han då och då fram till kassan för att fråga när det var hans tur. Maria kände igen honom som en av stamkunderna i arresten, Per Trägen. På senare tid hade han snarare suttit inne på grund av sina tillkortakommanden än för något fullbordat illdåd. Försök till olaga hot, försök till misshandel och försök till väpnat rån var de rubriceringar han nu med ålderns rätt fick finna sig i. Rektor Montelius beklagade sig varje gång turordningen diskuterades i kassan. Han hade faktiskt betalat först och räknade sin plats i kön som säkrad.

”Jag har så jäkla ont i magen, diarré”, upplyste Per Trägen de församlade.

”Ni får vänta på er tur.” Utan att se på honom bet kvinnan innanför glasluckan av den utläggning som enligt all beprövad erfarenhet annars brukade följa. Per Trägen lomade tillbaka till sin plats. ”...så jäkla ont i magen”, mumlade han för sig själv och dråsade ner på golvet mellan stolarna. ”...så jäkla ont!” Där, vid deras fötter, vred han sig i plågor och gnydde och sparkade med benen. Hans flottiga hår blev grått av damm från golvet. Rektor Montelius reste sig, tog dokumentportföljen och tidningen under armen och lämnade sin plats till förfogande. Undan för undan blev utrymmet runt mannen med magplågor allt större. Han jämrade sig högt. Maria lyfte ner Linda från sitt knä och gick fram till en sköterska i korridoren.

”Jag tror att han har mycket ont.” Maria fick henne med sig ut i väntrummet. ”Han orkar inte sitta upp längre. Det kan vara allvarligt!” Det tog en stund innan sköterskan fick syn på sin patient på golvet mellan stolarna.

”Men här kan ni inte ligga!” Hennes ton var en blandning av ekot från en uppfostringsanstalt och uppgivenheten hos en telefonförsäljare vid midnatt.

”Förlåt, syster! Jag visste inte att den här platsen var upptagen. Trodde golvet var ledigt.” Per log ett skevt leende och försökte vända sig på sidan, stönade högt och vacklade upp på sina smala ben. Sköterskan ryggade tillbaka inför hans lukt. Hon borde vara luttrad, men odören var vällagrad. Stanken av svett och intorkad urin kändes ända bort till Maria. I dagens samhälle bör man inte ha fel vittring, i alla fall inte lukta människa. Inte om man vill bli behandlad med respekt.

”Ni kan följa med mej till ett rum”, sa sköterskan.

”Se där ja! Man är ju ingen glidare, inte på den nivån.” Den luggslitne pekade på Montelius. ”Oss emellan. Så här ser gräddfilen ut på det här bygget. Ett litet tips till nästa gång.” Han fick ett hätskt ögonkast tillbaka. ”Jag bjuder på min affärsidé.” Det var det sista Maria hörde av Per Trägen innan han svängde om hörnet på jakt efter sin vita pulla.

På andra sidan om Maria satt två äldre damer och diskuterade blodförtunnande medel och elchocker. Den ena berättade skräckhistorier med stor inlevelse, medan den andra satt med munnen öppen och tog emot de stekta sparvar som serverades.

”Och blodet rann ur munnen på han och han skrek som en stucken gris ...”

Maria hade velat censurera det mesta för sina barn, men den möjligheten gavs inte. Linda kliade sig i huvudet. Emil hade hittat en Kalle Anka-tidning. Men han orkade inte läsa den, bara titta på bilderna. Visaren på väggklockan gick långsamt ett varv, så ytterligare ett medan väntrummet sakta tömdes på folk.

”Kan de ha glömt bort oss?” En blond kvinna i tjock grön duffel jämförde sitt armbandsur med klockan på väggen. Maria hade en vag känsla av att de träffats på biblioteket eller kanske på teatern. En gång måste hon ha varit vacker. Skulle varit det fortfarande om inte mörkret lagt sig i bågar under ögonen och den avvisande hållningen gjort hennes mun så smal och kroppens rörelser så stela. Bredvid henne, djupt insjunken i sig själv, satt en man med nedböjt huvud och tom blick. Ideligen vred han sina händer i knät. Små, små svettdroppar i hans panna blev till rännilar nedför kinderna. Han andades tungt.

”De är nog bara på lunch.” Maria såg på klockan fast hon nyss tittat på den och visste att visarnas rörelse var försumbar.

”Vi har väntat i över två timmar nu.” Kvinnan såg så sorgsen ut att det högg tag i Maria.

Linda kravlade ner från knät och gick fram till mannen: ”Ska dom titta dej i halsen och blåsa upp öronen på dej med en gummiballong?" frågade hon medan hon satte sig på huk och la huvudet på sned för att få ögonkontakt. Mannen rörde inte en min. Maria försökte diskret kalla Linda tillbaka.

"Det är ingen fara." Kvinnan tittade på Linda och försökte sig på ett leende.

"Vad är det för fel på han då?" frågade Linda med doktorsmin. Här hade hon varit ofta och hon visste minsann vilka frågor som brukade ställas. "Hur har han det med matlusten?"

"Linda!" Maria kände rodnaden flyta upp över kinderna. "Så säger man inte. Farbrorn vill nog vara ifred."

"Här får man väl inte vara ifred", sa Linda. "Här ska man undersökas." Emil gick och hämtade Linda. Under protester blev hon placerad i Marias knä igen.

"Han ser ledsen ut", sa Linda när hon suttit tyst en stund. "Han ser jätteledsen ut. Han gråter ju. Se då, han gråter!"

"Det är därför vi är här", sa kvinnan och hennes stela ansikte öppnades i ett vemodigt leende. "Det är så svårt." Hon fattade mannens oroliga händer och för en stund blev de stilla i hans knä.

"Förlåt." Maria strök Linda över håret. "Hon förstår inte bättre."

"Det gör jag ju visst!"

"Det är ingen fara. Det är ju alldeles sant, det hon säger. Svante är ledsen. Han är så ledsen så han inte klarar av att arbeta. Han har ingen matlust heller. Därför är vi här, för att doktorn ska sjukskriva honom igen." Linda tittade på kvinnan med stora runda ögon.

"Frågar inte doktorn varför han är ledsen?"

"Inte den här doktorn. Han har inte tid." Kvinnan svalde kraftigt ett par gånger och gjorde en märklig grimas. "Ingen har tid."

Blixtsnabbt ålade sig Linda ur Marias knä och gick fram för andra gången och slog armarna om den främmande mannen. Han gjorde ingen ansats att röra sig, inget motstånd, inte heller någon inbjudan.

"Jag har tid. Här sitter man jättelänge och väntar och har tråkigt och dötrist och faktiskt urtråkigt. Jag har massor av tid. Om någon har varit dum mot dej ska jag ge dom en fet smäll", sa Linda. ”Och är det nån stor så säger jag till min mamma. Hon är polis.”

Ett svagt leende lyste upp kvinnans ansikte igen. Mannens näsa droppade utan att han gjorde något åt det.

”Svante Henningsson!” Sköterskan som just kommit in i vänt-rummet från korridoren tittade upp från journalbunten i sina händer.

”Du mamma”, viskade Emil när de försvunnit utom synhåll. Han tog Maria hårt i armen. ”Han som satt där och var ledsen var gympalärare på min skola förut. Han heter Svante. Men han såg jättekonstig ut nu. Nästan så man inte kunde se att det var han. Vad ska doktorn göra med mej? Om han klämmer på mina pungkulor igen så blir jag jättearg!”

”Har skolläkaren gjort det?”

”Äckeldoktorn är inte klok i huvudet. Det är ju snuskigt.”

”Jag tror inte han tycker det är särskilt trevligt han heller, fast han måste göra det”, sa Maria. ”Han kollar så stenarna inte har fastnat uppe i magen. Då kan det bli problem senare.”

”Varför klämde han inte på magen då, så man slapp stå där som en nakenfis?”

”Idag kommer de bara att bry sig om dina huvudlöss.”

Solen stod lågt och fruktträdens snötyngda grenar kastade långa skuggor i invecklade mönster på marken. Sidensvansar och domherrar cirklade runt havrekärven Krister satt upp utanför köksfönstret. Linda stod på knä i kökssoffan och tittade på dem. Hon försökte räkna fåglarna, men det var inte så lätt när de flyttade på sig hela tiden.

”Jag tror dom med tofsar vinner över dom röda”, sa hon till Emil som satt vid köksbordet med en filt virad runt kroppen.

”Dom röda vinner”, sa han och så var bråket igång. Köksgolvet var fullt med smulor sedan eftermiddagsfikat då de hade ätit sockerkaka. Den fick bli den sista på ett bra tag. Nu skulle det bli frukt till mellanmål även om det innebar att ta strid med svärmor.

”Här har vi inga problem med aptiten”, hade läkaren på vårdcentralen sagt och studerat Emils kroppskonstitution. Hur mycket väger han? När förändringen kommer smygande märker man den inte på samma sätt. Emil hade alltid varit lite knubbig. Han hade aldrig blivit retad för det, så ingen hade bekymrat sig. Krister hade ju varit rund som barn. Sånt är ärftligt. Ni kan ju försöka låta bli chips och godsaker i veckorna, föreslog läkaren.

Maria hade faktiskt känt sig en smula kränkt när läkaren visade på ett tidningsreportage med bilder på överviktiga barn och den braskande rubriken: Barnmisshandel. Det stora problemet var egentligen det kaffebröd svärmor tog med varje gång hon kom på besök, det vill säga nästan dagligen. Sockerkakan de just ätit, hade hon kommit med samma dag till förmiddagskaffet.

Maria drog fram dammsugaren svärfar presentat med när de dök upp utan förvarning vid niotiden redo för en kaffetår. Den var begagnad, men skulle nog fungera. Maria var inte otacksam. Den är inte bortskämd som bara haft sopborste och skyffel att tillgå. Några lyxartiklar som dammsugare hade det inte funnits utrymme för sedan de bytt ut spisen med sin enda fungerande platta mot en stekhäll. Så hade de köpt frys och färg till skåpstommar, luckor och tak och bytt ut det fuktskadade golvet. Att få en dammsugare så där oförhappandes var inte det sämsta. Arturs presenter var som regel användbara till skillnad från svärmors dyra och tacksamhetskrävande gåvor. De små guldkopparna i vitrinskåpet med sin handmålade dekor icke att förglömma. Maria satte kontakten i väggen och drog igång dammsugaren. Den fungerade fint även om ljudet var öronbedövande. Sockerkakssmulorna visslade in i munstycket tillsammans med cornflakes och kakao från frukosten och vissna blomblad. Det luktade konstigt.

”Linda, du har inte varit på min parfym”, hojtade Maria för att överrösta vidundret.

”Nej då”, sa Linda och räknade sidensvansar på sina fingrar som hon demonstrativt höll upp mitt framför ögonen på Emil. Det var själva tusan vad det luktade. Som en hel Wunderbaumfabrik. Rent av kväljande. En dammsugare med parfymerat filter hade svärmor talat om förut. Kunde det vara den? Kunde det vara så illa?

”Mamma det kommer rök”, sa Emil och höll för näsan.

”Det blir eld där bak på den!” Linda satte sig på huk för att se bättre. ”Dammsugaren bajsar eld.”

Och så var det. Maria ryckte ur sladden, kastade ut den brinnande dammsugaren på trappan och sparkade ut den i snön. Stanken som lämnats kvar i köket var olidlig. Maria öppnade köksfönstren och evakuerade sina barn till vardagsrummet. Efter ett kort samtal med svärfar stod det klart att han hittat den i en sopcontainer och tyckte det var synd att den skulle gå till spillo. Folk är inte rädda om sina ägodelar nu för tiden. När en annan växte upp fick man lära sig att ta vara på sina saker. Maria återgick till borste och skyffel. Emil ville se ett annat program på teve än det barnprogram Linda valt och mitt i detta ringde svärmor och beklagade sig över Elvira Bredströms bristande insikt i de mest elementära umgängesregler. När Krister strax därefter kom hem ville Maria bara UT. Vart som helst bara hon kom hemifrån en stund.

”Jag som längtat så efter att få ha min familj samlad”, sa han och kysste henne i nacken som han brukade. ”Hur har dagen varit?”

”Är du säker på att du vill veta det?” Maria tittade sin make djupt i ögonen och han skakade på huvudet. ”Jag måste få lite omväxling. Jag behöver få se något annat än högen med tvätt och gosedjuren i vardagsrummet. Jag behöver få komma ut. Komma bort, vart som helst innan jag börjar tugga på tapeterna.”

”Jag har något att berätta sen när du kommer hem. När barnen har somnat.” Maria kände ängslan som en kall fläkt genom hallen när hon såg hans allvarliga ansikte. Hon försökte hålla om honom, men han värjde sig.

”Vad är det?”

”Vi tar det sen.”

5

Ju mer man tycker om värdinnan, desto svårare är det att låta bli att köpa sånt man inte behöver. Det är det som är affärsidén med hemma-hos-partyn. Därför bör man inte tacka ja när man blir bjuden av sin bästa väninna, i synnerhet inte om man i slutet av månaden lånat av barnens veckopengar. Men kvällen var isande kall, vinden låg på från nordost och det lyste så inbjudande i Karins köksfönster att Maria inte kunde motstå impulsen att gå dit. Fast hon tidigare i veckan tagit sig själv i kragen och tackat nej. Så skönt att bara få slå sig ner en stund bland vuxna människor utan att någon klänger på en, spiller på en och behöver hjälp att torka sig på toa. Maria hälsade på Karins väninnor från sjukhuset och slog sig ner bredvid Pia Rönn, som presenterat sig som skolsköterska. Maria tyckte sig känna igen henne från den gemensamma introduktionen i aulan på Emils första skoldag.

”Så har vi samlats idag för att lära oss hur vi på bästa sätt ska behaga männen”, muttrade Pia ur mungipan. ”När kommer det en herrtidning med tips om hur en man ska behaga sin kvinna genom att lyfta rumpan, dra in bilringarna och överraska med att ha tagit på sig rena kalsonger?”

Maria skrattade så gott det gick med munnen full av bulle. Pia såg precis så bistert analytisk ut som hon lät. Det var en del av komiken. Råd & Rön personifierad utan smink, med kort lättskött frisyr, Marimekkotröja, Gudrun Sjödén-kjol och breda fotriktiga snörkängor, sannolikt med hålfotsinlägg. Säkert har hon sparat alla kvitton i händelse av att produkterna inte håller vad de lovar, tänkte Maria innan hon tuggade ur och svarade: ”Det dröjer nog. Män tror inte att de behöver behaga kvinnor på det viset. Det brukar ordna sig ändå.”

”Det är det som är så sjukt. Varför gör vi det, varför anstränger vi oss till det yttersta när männen inte plockar håret ur öronen en gång?" Pia fick ett skarpt ögonkast av den föreläsande sminkösen och tystnade motvilligt.

"Jag skulle ha svårt att tända på en man som la ner alltför stor möda på sitt utseende", viskade Maria tillbaka med handen i den burk med nattkräm som skickades runt. Demonstratrisen från kosmetikkedjan Your Love reste sig upp och lät sitt leende lysa över de församlade tills tystnaden lagt sig.

"Våra produkter är inte testade på djur och alla produkter går att äta. Man ska inte ha något på huden som inte går att äta. Huden är inte en ogenomtränglig barriär som vissa tillverkare tycks tro. Allt vi lägger på huden påverkar hela organismen. Tänk bara på nikotinplåster och östrogenplåster och andra läkemedel som tas upp genom huden."

"Jag tänker inte köpa något", bestämde Pia och lutade sig bakåt. "Jag skaffar det jag behöver på apoteket." Flera av de andra inbjudna visade också en avvaktande hållning. Maria kände att ansvaret för en trevlig kväll nu vilade tungt på henne och sökte efter den billigaste produkten i beställningslistan. Priserna var inte utsatta. Strategi på hög nivå det också.

"Har vi några favoriter?" Sminkösen såg frågande från den ena till den andra. "Huden måste tillföras näring och vitaminer. Du måste vara en vinter", fortsatte hon. Och utan att Maria riktigt visste hur det gick till hade hon köpt en hudkräm för nästan fyrahundra kronor och en ögonskugga i pastellblått. Sen gick det nästan inte att få ner kaffe och chokladmuffins för klumpen i halsen. Var det möjligt att ändra sig? Antagligen inte när man just bekräftat att man är medveten om vad huden kräver. Maria ruvade på en försiktig undran. Får inte huden i sig näring precis som resten av kroppen med maten? Eller har evolutionen gjort att huden liksom samhället gått ifrån självhushållningsprincipen och blivit beroende av yttre långväga försörjningssystem? Är det trevligare med köpt hudfett än med egenproduktion? Mer civiliserat.

Alla som handlat var entusiastiska över produkterna när de blev tillfrågade och sminkösen, som nu var riktigt i sitt esse, talade salvelsefullt och karismatiskt om vikten av att använda cleanser och tonic.

”För det är väl ingen här som tvättar ansiktet med tvål och vatten längre?” spottade hon ur sig och nejsvaren liksom beställningslistan gick som ett sus runt kaffebordet. ”Vet ni hur mycket bakterier det kan finnas i en hård tvål gjord på fettrester från fläktar och stekbord i gatukök? Det är väl ingen här som har sådant i sitt ansikte?”

Vem skulle haft mod att säga sanningen, vem skulle vilja argumentera? Maria var i själva verket inte helt säker på vad det var för skillnad på en cleanser och en tonic. Eller ens vad en concealer var för något. Grämelsen satt där den satt i halsen. Vad skulle Krister säga om han fick reda på vad hon handlat? Han som så sent som i går fått avstå från att köpa en ny skjorta att ha på jobbet för att pengarna skulle räcka månaden ut. Fick han reda på sanningen skulle hon få äta upp den här krämen till morgon, middag och kväll så länge hon levde. Fru Råd & Rön kanske skulle ta henne på allvar om hon sa att hon ångrat sitt köp. Möjligen också ge stöd och aktivt delta i avvecklingsprocessen i den medvetna konsumentens rättfärdiga kamp för att inte låta sig luras av kapitalet. Men hur skulle de andra reagera? Värdet på Karins värdinnepresent baserades på totalsumman av de församlades inköp. Hon hade redan börjat titta i katalogen. Att backa nu skulle vara skamligt. Rent av oförlåtligt ur social synpunkt.

”Läste ni i tidningen om den där pedofilen? De har gripit honom nu, i Stockholm.” Karin la ifrån sig produktkatalogen och bläddrade upp mittuppslaget i dagens tidning. ”Han har jobbat som fritidspedagog på olika skolor i nästan tio år och ingen har vetat om det eller velat ta tag i det. När ska vuxna börja ta barn på allvar och lyssna på vad de säger.”

”Jag läste i kvällstidningen igår att man i kommunen där han arbetar överväger nya direktiv vid anställning. De kommer att se till att ingen man arbetar ensam med barnen utan att ha en kvinnlig kollega närvarande. Det tycker jag är bra”, sa Pia.

”Hur ska män kunna arbeta under ett sådant misstroendevotum och etablera en naturlig kontakt med barnen? Det begriper jag inte.” Maria tackade ja till påtår. ”Det kommer snart inte att finnas män som vill arbeta på dagis eller i skolan. Om en kommun med ansträngd ekonomi får välja mellan en manlig eller en kvinnlig arbetssökande är risken för diskriminering stor. Det är viktigt att utreda anmälan omedelbart på ett professionellt sätt och att få tag på den som är skyldig. Men att slå mot alla män är djupt orättvist. Vanliga normala män ska inte behöva leva på pedofilernas villkor. Barn behöver manliga förebilder."

"Säger du ja, men vad vet du om verkligheten?" Pia la armarna i kors över bröstet redo för strid.

"Vill du veta om jag haft hand om den här typen av utredningar så är svaret ja. Och det är bland det svåraste fall vi har. Vem talar sanning? Om domen är felaktig blir konsekvenserna förödande. Samtidigt som det gäller att få fram bevis som håller i rätten vill vi inte utsätta barnet för fler förhör än vad som är absolut nödvändigt. Det kan ta tid att vinna ett barns förtroende, särskilt om det är ett barn som utsatts för övergrepp. Man får väga nackdelen med upprepade förhör mot risken för fortsatt sexuellt utnyttjande."

"Det finns väl de som ljuger också", sa Ella som arbetade på infektionskliniken. "Mammor som försöker vinna en vårdnadstvist och använder barnen som redskap."

"Frågan är hur många mammor som verkligen är beredda att göra sina barn så illa, om inte anklagelsen är sann?" Maria kände de andras blickar på sig.

"En del tar ju tillbaka vad de sagt." Ella nickade för att understryka sitt påstående och sökte från ansikte till ansikte efter medhåll.

Maria väntade inte med sin kommentar: "Det finns barn som tar tillbaka sina anklagelser. Så sant. Barn som ändrar sig när mamman väljer att blunda för sanningen och stannar kvar hos mannen. Konsekvensen för barnet blir ju helt ödesdiger. Det placeras i fosterhem och blir av med sina syskon och kamrater, hela sin närmiljö. Det är ett högt pris att betala för sanningen, kanske är det ibland lättare att låtsas som om det aldrig hade hänt. En flicka jag talat med var så lojal att hon stannade för sina mindre syskons skull. För att de skulle slippa det hon utsattes för."

"Jag skulle kunna döda den som rör mitt barn." Karin lät handen glida ner i vaggan där Emilia låg. "Det enda rätta vore att kastrera dem." Påståendet följdes av en tydlig gest. "Pia, du sa förut att det var någon ni misstänkte på din skola."

Pia hajade till. Värjde sig med handflatorna. En präktig rodnad spred sig lång ner på halsen, om det var av skam eller ilska kunde Maria inte bedöma.

"Jag har tystnadsplikt. Vad barnen berättar för mej i förtroende kan jag inte tala om hur som helst."

"Har det gjorts någon polisanmälan?" frågade Maria.

"Det är inte längre ett problem. Det är allt jag kan säga." Pia reste sig och borstade smulorna från kjolen. "Den lärare vi hade ögonen på arbetar inte längre. Det är allt jag kan säga."

När Maria kom hem gömde hon fyrahundrakronorskrämen längst in i badrumsskåpet under gästhanddukarna i hopp om att det i framtiden skulle yppa sig ett tillfälle då den bättre kunde tåla dagens ljus. Ögonskuggan beslutade hon sig för att ge till svärmor i julklapp. Gudrun Wern brukar använda något i den kulören vid festliga tillfällen, erinrade sig Maria och kände en viss lättnad i den tanken när hon makade undan en driva gosedjur och kröp ner i dubbelsängen till sin sovande familj. I morgon skulle hon tala med Emils fröken, det var då en sak som var säker. Lämnar man sina barn till skolan, ger lärarna sitt förtroende, måste man som förälder bli informerad när något allvarligt inträffar.

"Är du vaken Krister?"

"Ja." Han sträckte ut armen och rörde vid henne i mörkret.

"Du ville berätta något för mej." Det blev tyst en stund. Maria önskade att hon kunnat se hans ögon. De enda ljud som hördes var barnens lätta snusningar, snön som rasade ned från taket och kastvindarna från havet som slog upp mot verandafönstren.

"Jag får inga fler bokningar från min uppdragsgivare. Jag är arbetslös."

"Vad är det du säger?" Maria satte sig upp i sängen och fattade med båda händerna runt Kristers ansikte.

"Fin julklapp va? Jag behövs inte längre. Mina föreläsningar efterfrågas inte. I IT-branschen måste man hänga med eller gå under. De flesta gymnasieungar har samma kunskaper på papperet som jag. Jag är självlärd, andra har betyg. De har skrivit kontrakt med en yngre konsult som har universitetsutbildning. Om han kan konsten att fånga en publik och förmedla sin kunskap är av underordnad betydelse."

"Men Krister, du har ju arbetat för dem så länge. De kan väl inte bara kasta ut dej?"

"Det finns inga papper skrivna. Även om jag fick folkets jubel på de kurser jag haft så är ingen beredd att betala för att lyssna på mej längre. Det kommer att bli kärvt med pengar framöver. Jag hoppas att vi har råd att bo kvar."

Morgonen kom som en tryckande baksmälla efter nattens oroliga drömmar. Kristers sida av sängen var tom. Det hörde inte till vanligheterna. Maria satte ned fötterna på det kalla golvet och vacklade upp. Minnet av nattens samtal om framtiden blev till en klump i halsen. Hon gick ut i köket för att hålla honom sällskap och fråga hur de skulle lägga upp dagen.

"Var det bra hos Karin igår?" Kristers röst kom från badrummet. Maria stack in huvudet för att svara. Emil hade gnagt sin knäckebrödsmacka tills den fick formen av ett handeldvapen och nu sköt han sidensvansar hej vilt, med autentisk ljudimitation. Linda skrek och höll för öronen. Det var hennes fåglar och Emil var elak!

"Vad sa du?" Maria blev stående i badrumsdörren med ett konstigt uttryck i ansiktet. Där satt Krister på toalettsitsen och smorde fötterna med fyrahundrakronorskrämen.

"Hade du trevligt igår?"

Maria knep ihop ögonen och nickade.

6

Gymnastikdirektör Svante Henningsson låg ovanpå överkastet i sin säng och stirrade upp i taket på den sammetsklädda kornisch som lät den dammiga sänghimlen sväva över hans huvud och omgärda hans läger. Sakta kröp skuggorna längre in i rummet. Dagsljuset drog sig gradvis tillbaka och lämnade honom ensam med mörkret. Ensam med de svartaste av tankar och det beslut han inte kunde dela med någon. Brevet från försäkringskassans handläggare låg i fotändan av sängen, en röst bland många i den hånfulla kör som fyllde tiden mellan gryning och skymning. Ytterligare ett ifrågasättande, inte det värsta, långt därifrån, men kanske var det droppen. Brevet i kombination med den medicin som hjälpt honom ur den värsta initiativlösheten hade pressat honom ytterligare ett steg mot avgrunden. Arbetsträning. Att vistas i en skolklass några timmar om dagen. Svante Henningsson hade knappt läst de få raderna innan han tvingades störta ut på toaletten och lämna ifrån sig frukosten. Sen hade han blivit liggande resten av dagen.

Rykten sprids med vindens hastighet, en antydan lätt som ett maskrosfjun, bär ett frö som gror och spränger allt som byggts upp av välvilja och samförstånd. Ingen rök utan eld. Det hade inte blivit någon offentlig rättegång. Inte heller någon upprättelse. Det kunde ju vara så att gymnastikläraren tafsat på något av barnen. Var går gränsen mellan en vänskaplig omfamning och otillbörligt kladd?

Helvetet hade tagit sin början när han fick hand om Cecilia Ståhls klass. Innan dess hade han varit en vanlig medelmåttig idrottslärare med hyfsad respons från sina elever. Han tänkte faktiskt på klassen som Cecilias redan från början. Hon hade den i sin hand. En självklar auktoritet. I sfären av hennes hånfulla utstrålning krympte han ihop till en liten fjant, Svante-fjante. Hon var oerhört verbal för sin ålder när hon så ville, men främst var det attityden som sänkte honom. Med ett ord här och en antydan där kände Svante för var dag hur motståndet ökade även från kollegornas sida. Hade han inte alltid varit lite tillbakadragen och konstig? Suttit för sig själv i lärarrummet och läst när de andra diskuterade världsproblemen? Hade han någonsin följt med dem ut en fredagskväll och tagit en öl och en bit mat efter jobbet? Varför inte? Han kunde inte förklara det för sig själv. Hur förklarar man att maten inte går att svälja ner när man sitter i ett sällskap där man inte vet vad man ska säga, när man inte känner sig helt accepterad och delaktig. Hur förklarar man sin blygsel vid femtio års ålder? Det var inte så att han någonsin längtat efter att få vara i centrum. Nej, den tanken skrämde honom. Det han önskade i all blygsamhet var delaktighet, att inte ständigt bli nonchalerad och bortglömd vid schemaläggning och löneförhandlingar. Han hade inte ens blivit betrodd med nyckel till huvudentrén när låset byttes ut. I en halvcirkel hade de stått runt rektorns skrivbord när nycklarna delades ut som medaljer efter förtjänst. Både skolsköterskan och kuratorn hade fått varsin. Fast de också hade sina expeditioner i annexet. Varför sa du inte till, hade hustrun frågat. Ja, varför? För att det inte gick, för att orden inte kom. Hur förklarar man sådant?

Ryktena tog fart. Det sades att han kikat på flickorna i duschen. Ingen lärare med självbevarelsedrift kollar väl att barnen duschar sedan de passerat lågstadiet. Tanken var helt befängd. Inte behövde han väl försvara sig mot sådant skitprat. Eller borde han ha gjort det medan kraften fanns kvar? Han kunde märka på de andras kroppshållning när han kom in i ett rum att något var fel. Samtal tystnade. Han hade själv tystnat. Rösten hade blivit knastertorr och obrukbar till annat än korta ja- och nejsvar. Helt otjänlig utom de stunder när han fikade med Rut, städerskan, på tu man hand. Då kunde han ibland förvåna sig själv med att berätta om trädgården och fisket och lusthuset han byggt. Annars var han nog det perfekta offret som kröp längre och längre in i sitt skal ju mer eleverna överträdde gränserna för det språk och den attityd som passar sig mellan lärare och elev. Cecilia styrde och de andra följde hennes viljas minsta vink. Under tystnad tog han de ständiga kränkningarna när eleverna vägrade genomföra lektionerna som han planerat. För att de andra lärarna inte skulle se hur han sakta men säkert förlorade greppet förlade han, om möjligt, lektionerna till ängen bortom träddungen. Halva elevstyrkan brukade gå förlorad på vägen. Bara de ordentligaste och mest samarbetsvilliga blev kvar och så hade han lyckats att genomföra de första lektionerna på terminen. Cecilia Ståhl gjorde allt för att utmana honom. ”Kom hit ska jag våldta dej.” Hon fick skrattarna på sin sida när han hastigt stängde dörren till sitt omklädningsrum.

Så kom själva dödsstöten den helvetesdag då han ertappades med en ljusrosa bh i handen. Cecilia Ståhls bh av alla onda ting på jorden. Hur den hamnat på hans rum kunde han fortfarande inte begripa. Dörren hade varit låst. Han hade duschat efter gymnastiklektionen och börjat klä på sig. Bh:n låg på hans skrivbord. Han hade tagit upp den i handen och funderat på om det var någon sorts skämt. När han lyfte blicken stod de båda flickorna där framför honom och stirrade. Han försökte urskulda sig. Han sprang efter dem för att få dem att lyssna. Försökte hålla fast dem för att få förklara sig innan ... Att förvrängda ord kan låta så sanningsenliga hade han aldrig förut upplevt. Flickorna, två mot en, hade hävdat att han jagat dem naken och hotfull genom hela gymnastikbyggnaden. De hade sprungit till skolsköterskan, som tagit med sig flickorna till lärarrummet, där de berättade för alla som ville lyssna. När Svante klätt på sig och infunnit sig bland kollegorna låg avståndstagandet redan som en kompakt mur av kyla i lärarrummet. I kylan krympte han till den sexåring som skamligen blivit ertappad med händerna under täcket. Han kunde inte se dem i ögonen. Hans röst var ett barns och det han tänkt säga lät så långsökt och konstruerat att han avstod. Varför hade han jagat dem endast iförd kalsonger? Att sanningen kan låta så otrolig. Så kom yrseln. Deras ansikten dansade viktlösa utmed väggarna. Gapande munnar hotade att svälja honom. Tystnaden svajade av och an i ett tjockt lager av vadd och i sista stund innan väggarna föll in kände han en hand på sin arm. Rektorns röst nådde honom. ”Vi går till mitt kontor Svante.”

En hel vecka hade Svante Henningsson hållit ställningarna innan han sjukskrev sig. Rektorn ville på allt sätt att man skulle ligga lågt och inte äventyra skolans rykte genom att göra för stor affär av det hela. Skuldfrågan var underordnad. Skolsköterskan, som ville göra en anmälan, kallades också in till rektorn och kom ut igen efter tjugo minuter med blossande kinder och hat i blicken.

”Tänk positivt” var mottot för studiedagen, den dag då Svante Henningsson gick hem för att aldrig mer återvända. En konsult var inkallad med uppdrag att få kollegiet att inse fördelarna med de nedskärningar som stod för dörren. För de kollegor som skulle friställas öppnades nu oanade möjligheter till ett rikt och spännande liv. Och barnen skulle få lära sig att ta större ansvar för sina egna studier vilket var positivt för deras utveckling till ansvarskännande vuxna. Precis så som George Orwell beskrivit att språket skulle förändras till nyspråk, tänkte Svante. Krig är fred, frihet är slaveri och okunnighet är styrka. Han sa det inte högt, förstås. Nedskärningar är förbättringar. Bristande lärarresurser är pedagogik. Tänk positivt. Och när han försökte se på tillvaron och hitta något som var positivt i sitt eget kaotiska helvete var det bara torsdagskvällarna med Pontus Larsson som föreföll vara något att glädja sig åt. I åratal hade de spelat badminton tillsammans. Även om Pontus aldrig satte sig bredvid Svante i lärarrummet så hade de träffats regelbundet utanför skolan. Det fanns en stor tröst i det. Inte minst för Kristina.

”Vi ses väl ikväll då”, hade Svante sagt när han stod i begrepp att gå hem och träffade Pontus utanför skåpen i hallen.

”Kan inte. Det går inte i kväll.” Pontus hade tvekat en stund i dörren som om han ville säga något mer. Det behövde han inte. Det finns en skamgräns. Svante skulle aldrig komma att fråga honom igen. Aldrig någonsin! Med sin oöppnade post i portföljen gick han hem. Inte förrän han druckit två koppar kaffe tog han fram papperen och la dem på köksbordet. Ögnade igenom ett par meddelanden från rektorn, så ett från föräldraföreningen där föräldrarna till barnen i åttan krävde att någon annan vuxen skulle vara med på gymnastiklektionerna. Då brast allting. Kroppen sa ifrån. Han gick och la sig, sen kom han inte ur sängen.

Inte den dagen, inte nästa dag och inte de kommande dagarna heller. All kraft var slut.

Kristina blev orolig förstås. ”Vad är det Svante? Du måste berätta för mej.”

Trots hennes vädjan kunde han inte klä det i ord. Det var en sådan skam, ett sådant misslyckande att orden bara gav vika. Det blev Pontus Larsson, lärare i svenska och engelska, som berättade det för henne. Om Pontus ringde av nyfikenhet eller välmening var oklart men det var hans version av händelsen som Kristina fick, korthuggen, naken och ful. Svante hade hört allt från sin säng. Kristina tycktes upprepa varje ord för att få bekräftelse på det osannolika hon hörde. Jagat dem? Blottat sig för barnen?

”Är det sant Svante? Du måste berätta för mej! Du måste kunna säga till mej som det är! Jag kan inte tro att det är sant.”

Och han hade sökt efter sanningen, sammanhangen och orden. Hennes tålamod hade varit beundransvärt, men inte oändligt.

”Jag orkar inte prata mera om det, Kristina.”

”Du måste. Om du inte försvarar dej går du under.”

Så rätt hon hade i det.

Svante Henningsson tog fram den glasfiberarmerade tejpen och kniven ur nattduksbordet och gick ut i köket. Längst in i skafferiet stod en oöppnad flaska Bacardi, som Kristina köpt att ta med till sin syster där de skulle fira julhelgen. Beslutsamheten fanns där, men också rädslan för att modet skulle svika. För Kristinas skull måste han klara det. Hon skulle inte behöva leva i den skam han dragit på dem. Om hon inte ville lämna honom frivilligt fanns bara en utväg. Svante tog fram brevpapper och pennan han fått i julklapp av sin svärfar. Papperets vita yta anklagade honom för att han inte kunde hitta orden. Orden till tröst. Orden som skulle sammanfatta tiden de haft tillsammans. Han provade att skriva ”Förlåt” och strök över det. Började om med ”Älskade Kristina” och knycklade ihop papperet. Bättre än så blev det inte när de hånfulla skuggornas ansikten tätnade i skymningen och anklagande kretsade runt honom i rummet. Magsäcken sved som eld när Bacardin rann nedför strupen. Svante lät pennan dala ned bredvid den tomma flaskan och jordnötterna.

Beslutsam steg han ut i vintermörkret. Blåsten bet tag i hans kläder, ylade och slet i tyget som en flock osynliga vargar när han närmade sig vattnet. En isvind från havet, ett dödens eget andetag svepte kroppen i frost. Ingen människa så långt ögat kunde nå. Långt där borta kunde han skymta Kronholmen i grådiset. Varning för svag is, stod det på den rostiga skylten vid bryggan. Termometern i köket hade visat på minus två grader. Ensam som en varg, tänkte Svante suddigt. Det går inte att leva utanför flocken. Den som inte syns, finns inte. Är redan död. Det sista steget är bara en ren formalitet. Försiktigt klev han ut på isen och lufsade bredbent framåt. Isflingorna bildade drivor i hans hår och på den tjocka mörkblå yllejackan, bet i huden som envisa pissmyror. En ensam varg i pissmyrornas frätande paradis. Två enrisruskor som mörkare skuggor i det grå ljuset visade vägen till vaken. Det knakade i isen. Här och var brast det under hans fötter så vattnet kom att täcka skon innan han tog nästa kliv. Händerna kändes stela fast han hade skinnhandskarna på sig. Vid kanten av vaken stannade han och surrade sina ben med tejpen, satte den sen mellan knäna och lindade händerna på framsidan av kroppen. Med kniven han stuckit ned i kängans skaft skar han av silvertejpen och lät den glida ner i vattnet. Följde rullen med blicken när den krossade hinnan av is som var det sista hindret på vägen ner i djupet. Svante Henningssons sista medvetna tankar gällde inte hustrun Kristina. De var en förbannelse, en bittert framviskad förbannelse över de goda människornas tystnad.

”Jag skrek åt honom att isen inte bar, men han hörde mej inte. Det var pålandsvind.” Vincent Chambon rabblade samma mening för säkert sjätte gången i rad och drog ihop kapuschongen runt ansiktet och knöt ihop snöret.

Kriminalinspektör Maria Wern nickade bekräftande, la armarna i kors över bröstet och värmde händerna i armhålorna. Kylan och fukten kröp in under kläderna och de hårda snöflingorna som blåste in från havet stack som nålar i kinderna. Skymningen föll hastigt.

”Kände du igen mannen?”

”Det var han, Henningsson, gymnastikläraren. Han kom gående från deras hus rakt ut på isen. Han snubblade flera gånger. Det såg konstigt ut, tyckte jag. Som om han inte var riktigt nykter. Jag skrek åt honom, men han vände sig inte om. Inte tordes jag gå efter honom på isen heller, inte när den var så tunn. De varnade faktiskt för svag is på lokalradion." Vincent pekade på skylten vid bryggan.

"Kände du honom väl?" undrade Maria.

"Vi brukade fiska ihop ibland och sälja det som inte gick åt därhemma till Gyllene Druvans restaurang. Sen brukade vi resa i slutet av sommaren för fiskpengarna, han och jag. I somras var vi i Kalix och fiskade. Vi hyrde en stuga. Han var aldrig särskilt pratsam, men hygglig. Jag tyckte om honom. Och nu är han ... död. Det är fruktansvärt. Jag kunde inte ge mej ut på isen efter honom. Inte utan att själv riskera livhanken."

"Jag förstår det", sa Maria. "Du ska inte anklaga dej själv. Du gjorde vad du kunde när du ringde efter hjälp."

De såg det stela bylte, som männen från räddningstjänsten dragit upp ur vaken och fraktat mot den väntande ambulansen. Teknikern Erika Lund närmade sig med hasande steg. Snön låg som en hjälm över hennes brunlockiga hår. Hon vände sig mot Vincent.

"Tror du att du skulle kunna identifiera honom?" Hon torkade sin röda näsa med gummihandskens baksida. "Se att det verkligen är han?" Vincent tog ett ofrivilligt steg bakåt.

"Så slipper frun när hon kommer", förtydligade Maria.

"Tekniskt sett är det fullt möjligt att han surrat sina händer och fötter själv." Erika hängde av sig ytterkläderna och spolade sina frusna händer i ljummet vatten. Lyfte upp sitt ansikte och såg på Maria i spegeln när hon gjorde en fläta av sitt snöblöta hår.

"Jag fick kontakt med hans hustru, Kristina", sa Maria. Hon är på väg hem från firandet av sin systers femtioårsdag. Svante Henningsson har varit deprimerad en tid. Efter medicinering blev han så mycket bättre att hon vågade lämna honom ensam. Han försäkrade henne att allt var bra och övertalade henne att fara. Hon är alldeles förtvivlad. Jag bad henne att inte köra själv till Kronviken. Det verkar som om systern skulle följa med tillbaka. Jag hoppas att det är hon som sitter vid ratten. De kommer direkt in till stationen."

"Han måste ha planerat det. Tejpen och kniven – han måste ha funderat på det ett tag." Erika snöt sig ljudligt i en pappershandduk och vände sig mot Maria som räckte henne en kopp rykande kaffe.

"Svante Henningsson uppmanade Kristina att fara till systern, sa att han behövde få vara ensam. Hon var tveksam, men han krävde att hon skulle fara. Sa att de gick varann på nerverna annars. Hon grämer sig för att hon lydde honom. Hon som trodde att allt skulle lösa sig, att det värsta var över."

"Säg till mej när du talat med dem", sa Erika och gick mot dörren till den tekniska avdelningen.

7

Natten ruvade tyst och stjärnklar över prästgården. Kylan knäppte i knutarna på båthus och lador. Genom köksfönstret lyste månen in och sträckte en bred silvertunga över golvet. Reidun öppnade kylskåpsdörren. Egentligen var hon inte hungrig. Det var inte det, snarare var det en längtan efter tröst och omväxling. Det kalla luftdrag som slog emot henne från skåpets inre var mättat av odörer från surnad mjölk, vitlök och rökt fårstek. Även om alla böcker i ämnet gav för handen att tonåringar är fumliga kunde Reidun ge sig fasen på att Cecilia spillde mjölk med flit. Kanske var det en orättvis tanke, kanske inte. Om man rycker förpackningen ur hyllan rinner vätskan över pipen. Det är i det närmaste en naturlag. Reidun orkade inte fördjupa sig i misstankar på den punkten. Hon smällde igen dörren, men det var för sent. Illamåendet hade redan fått fäste. Kallsvetten sipprade sakta från armhålorna ned efter nattlinnets sidor. Hon satte på vattenkranen, lät vattnet bli riktigt kallt och drack sedan med huvudet under kranen i små, små klunkar. Så sköljde hon ansiktet, halsen och händerna en lång stund och blötte håret vid tinningarna. Långsamt gav illamåendet med sig och ersattes av en svidande känsla i mellangärdet.

Tanken på ett eget rum ville inte släppa. Att få ett eget krypin kändes som den enda möjligheten att överleva i relationen med Johannes och Cecilia, en plattform, ett basläger dit hon kunde dra sig tillbaka och hämta kraft inför dagens strider. I källaren innanför hobbyrummet fanns ett litet kyffe utan fönster, egentligen ett förråd. På bara fötter tassade Reidun nedför betongtrappans kalla steg för att tvinga sig att se på rummet igen. Det skarpa ljuset i källarnedgången skar henne i ögonen när lysröret blinkade till och blev stadigt. Det luktade fortfarande svagt av målarfärg här nere, fast det var flera månader sedan de rustat rummet. Minnet som drivits på flykt återkom med förnyad styrka. Reidun tog sig för halsen. Blåmärkena efter misshandeln hade bleknat, gulnat och försvunnit. Men kroppen reagerade på minnet. Hobbyrummets bordtennisbord stod fortfarande uppställt fast ingen av dem spelat på månader. Askan låg kvar i öppna spisen, liksom grillpinnarna sedan de grillat äpplen och rullat dem i socker i en annan och lyckligare tid. Reidun andades häftigt och öppnade dörren som så länge varit stängd. Med en stark känsla av obehag lät hon blicken glida över rummet hon själv målat i citrongult. Johannes hade satt upp bården med solar och månar. Till vad nytta? Säg till vad nytta? Här inne fanns en annan doft, en vittring av främmande kryddor, av vrede och skräck. Lakan och täcke låg i ett bylte nederst i fotänden av sängen, precis som Malaki lämnat dem på morgonen den 24 augusti. Hans slitna gröna jacka hängde fortfarande över stolen. Ur jackans fransiga bröstficka stack en silverfärgad flöjt upp sin smala hals. Koppen, som krossats mot stengolvet till tunna vassa skärvor låg kvar i en mörk fläck av intorkat kaffe. Fastkletad och surnad satt tårtbiten fortfarande i ena hörnet av brickan som fallit ur hennes händer. Så aningslös hon varit, så omedveten om vad livet gör med en människa som utsatts för det omänskliga. Det var Johannes idé att de skulle gömma en flykting. Bara tills vidare, bara tills Malakis sak kunde få en ny prövning i rätten. Sen skulle allt ordna sig. Det måste det ju göra. Han var ju ingen brottsling, sa Johannes. Att skicka tillbaka honom vore rena dödsdomen. Naturligtvis måste det vara ett misstag från myndighetens sida.

Malaki hade kommit till Kronvikens kyrka sent en kväll i juni. När mässan var slut och Johannes skulle låsa porten hade han stått där i månljuset som en varelse från en annan verklighet och bett om beskydd, vädjat för sitt liv. Johannes hade bjudit hem honom till prästgården och utan att fråga Reidun, erbjudit honom att stanna. Reidun hade vaknat flera gånger den natten och hört deras mumlande samtal från det mörklagda biblioteket. Johannes röst låg som en brummande bas i bakgrunden. Då och då genomstungen av utrop i vrede eller högljudd klagan. I sin säng hade Reidun legat och önskat inkräktaren tillbaka ut i mörkret, bort från Johannes uppmärksamhet. Hon föraktade sig själv för sin småaktighet, men lyckades ändå inte kväsa känslan av ensamrätt till Johannes den förtroliga timmen före midnatt.

De hade inrett källaren för att Malaki skulle trivas. Johannes idé förstås. Ibland var han tondöv i sina omsorger. Medan de målade rummet Malaki valt, ett fönsterlöst rum i källaren, satt han med ljuset släckt i pannrummet hopkurad i hörnet bakom vedbingen. I det sotiga mörkret valde han att inta sina måltider. Kanske borde hon redan där ha förstått hur pressad han var. Om hon inte haft så bråttom att vara Johannes till lags, skulle hon kanske ha tagit flyktingens protester på allvar. Han menade ju att rummet var utmärkt som det var. Att allt han önskade var vila och tystnad, ett litet krypin där ingen kunde nå honom. Trygghet. Lugn. Bara det.

Malaki al Hakim var kopt från Egypten. Han hade en mor och fyra systrar i livet. De hade tidigare sänts till släktingar längre söderut. Sedan fundamentalistiska grannar bränt ned huset där de bodde och misshandlat och dödat hans far och bror hade han valt att fly ur landet. Resan till Sverige hade varit full av umbäranden. Den hade kostat honom allt han ägde. När han väl kom fram till det förlovade landet hade han räknat med att få stanna. Kallad till invandrarverkets lokalkontor fick han sitt besked. Asylansökan hade efter rättslig prövning avslagits. På tredje året i Sverige hade han överklagat hos utlänningsnämnden och även denna gång fått avslag. Polisen fanns på plats. Korrekta i sin bedömning att han tänkte avvika. Och ändå hade han lyckats ta sig ifrån dem via ett fönster på toaletten. Så enkelt att han funderade över om det kanske var meningen, hade han sagt till Johannes. Detaljerna kring detta var inte helt lätta att förstå på grund av språksvårigheterna. Men här fanns en människa i behov av hjälp, och då var det deras plikt att hjälpa, menade Johannes. Det hade stått en liten notis om händelsen i en av rikstidningarna. Sen föll saken i glömska. Vem kunde tro att en flykting från Egypten skulle ta sig ända upp till Kronviken?

Det hade inte gått att hålla saken hemlig för Cecilia. Det var klart att det var spännande för henne med en främmande man boende i källaren. En hemlighet. Just då var det faktiskt den gemensamma hemligheten som höll dem samman i en lycklig liten familj. Malaki var kittet. Efteråt insåg Reidun det, att det faktiskt var Malakis närvaro som givit dem den första smekmånaden tillsammans, innan helvetet brakade löst. Den lyckligaste tid hon känt. Cecilia hade varit ett under av hjälpsamhet. Johannes levde upp av att få göra en meningsfull insats och hon själv ... Nej, hon ville inte tänka på det.

Johannes hade givit sin dotter stränga förhållningsorder att tiga om Malakis närvaro i deras hem. Vad hon sagt till sina väninnor om saken, visste Reidun inte, men de slutade komma. Cecilia gick allt oftare ner med maten till Malaki och stannade allt längre. Han lärde henne spela flöjt. Flöjten gick från mun till mun. Med sina känsliga fingrar visade han henne hur hon skulle forma läpparna. Smekte fram ett O. Vibrationerna fanns där. En ung man, en ung kvinna. Reidun hade försökt tala med Johannes om saken, men han var döv på det örat. Vad av hjärtat är fullt, talar munnen, skämtade han och kupade händerna runt hennes bröst. Och hon glömde, just då.

Så kom Johannes olycksaliga födelsedag den 24 augusti. De firade honom på morgonen med kaffe på sängen, tårta och presenter. Cecilia hade gjort en slips i slöjden. En gul. Johannes tackade och sa att det var den finaste gåva han någonsin fått. Själv hade Reidun köpt en skivsamling med irländsk folkmusik han länge önskat sig. När Cecilia hade gått till skolan och Johannes dragit sig tillbaka till biblioteket i kontemplation över kommande söndags predikotext hade Reidun kommit att tänka på Malaki. Det fanns en tårtbit kvar. Hon hade dukat en bricka åt honom, tänt stearinljuset, hällt upp kaffe och tyst smugit sig nedför trappan. Dörren till hans rum stod lite på glänt. Hon iakttog honom en stund i dörrspringan. Han andades häftigt i sömnen, vred sig undan en osynlig fiende. Hans ryggtavla glänste av svett i ljuset från dörröppningen. En sur stank av ångest. Där, om inte förr, borde hon ha stannat till och tänkt. Borde inte medvetandets äldre primitiva delar tagit överhand inför vittringen av fara? Men icke. Johannes fanns ju i huset, hon var trygg. Malaki var en vän. Hur skulle hon i förväg ha kunnat se den fulla konsekvensen av vad som sen hände? Kanske är det vår kultur som betingar att man smyger fram när man har en födelsedagsbricka i händerna. Antagligen är det så. Med tysta fjät skred Reidun fram över golvet tills hon stod mitt över den sovande unge mannen. Så började hon sjunga med hög röst. Tänkte väl, på något idiotiskt sätt, att hon ville visa hur en svensk födelsedagsuppvaktning gick till. Det var så hon sedan gråtande förklarade det som hände för Johannes. Ja må ... längre kom hon inte innan ett hårt slag träffade henne i magen och fällde henne till golvet. Med en skräll slog brickan i väggen och kaffekoppen krossades mot stenplattorna. Reidun tappade andan i fallet. Hårda händer slöt sig om hennes hals, pressade tills små lysande prickar dansade för hennes ögon. Hon stirrade på Malaki. Ett välbekant ansikte förvridet till oigenkännlighet. Hans blick var vild och uppspärrad. Underkäken frampressad. Han satt grensle över henne och hans starka armar höll henne fast. Sakta gled vanvettet ur hans ansikte och ersattes av skräck och förtvivlan. Han släppte sitt grepp och störtade mot dörren. Snubblade uppför trappan. Ytterdörren föll igen. Tystnaden slog lock för hennes öron. Reidun blev liggande kvar på det hårda stengolvet, förlamad i kroppen så länge tanken sökte en förklaring till det som hänt. Inte förrän Johannes kom ned efter en timme, flera timmar eller någon minut, hon kunde inte avgöra vilket, reste hon sig mödosamt upp och kände med händerna över kroppen.

De hade frågat henne på jobbet om det var sugmärken hon fått på halsen. Somliga fann det ofattbart lustigt att en medelålders prästfru tilldelats kärleksbett. Reidun hade tigit och samtyckt till förklaringen. Börjat bära scarf för att förlänga effekten. Ja, hon hade tyckt om att chockera dem lite. Men Cecilia, o... det värsta var att berätta för Cecilia. Johannes mötte flickebarnet med öppna armar när hon kom från skolan. Ledde in henne i biblioteket. Reidun hade följt efter som en skamsen hund. Varsamt berättade Johannes vad som inträffat. Du har dödat honom, skrek Cecilia så väggarna bågnade. Det är ditt fel att han blir tillbakaskickad och mördad nu. Ditt jävla fel, Reidun. Hon grät sig igenom dagar och nätter, vägrade att äta och så la sig hatet och tystnaden och istiden över prästgården.

Reidun stängde dörren till Malakis rum. Nej, det skulle inte gå. Det här rummet skulle aldrig mer kunna användas av någon i familjen Ståhl. Nästa präst kanske skulle göra bruk av skrubben, men för Reiduns del var det ett omöjligt val.

”Kommer du nu?” sa Johannes. ”Vad kall du är. Stoppa fötterna mellan mina lår ska jag värma dej. Det blev lite ensamt här. Jag undrade vart du tagit vägen.”

”Jag kunde inte sova.” Reidun kröp ned under hans täcke och la sig tillrätta på hans arm. ”Jag tänkte på Malaki.”

”Jag tänker också på honom ibland”, andades Johannes i hennes öra. ”Undrar var han finns nu? I vårt skyddade hörn av världen kan vi nog inte föreställa oss de fasor människor i konfliktdrabbade områden får utstå. Jag kommer ihåg en av de första nätterna han var hos oss. Vi hade grillfest med grannarna. När de droppat av kom han upp ur källaren. Jag tror du hade gått och lagt dej då. I skydd av mörkret vågade han sig ut på altanen. Det var stjärnklart. Han läste en text han kunde utantill, kanske en dikt. Så log han. Det var enda gången jag såg honom le. Vi drack en kopp te tillsammans. Det var fortfarande varmt i luften. Cecilia hade av någon anledning hittat en smällare som var kvar sen påsken. Kvar i feststämning tände hon på. Pang! Det var ingen stor smällare, men Malaki kastade sig på marken och skyddade sitt huvud. Han skakade där han låg på stenplattorna. Jag minns att Cecilia skrattade. Det är enda gången jag har känt att jag skulle ha kunnat bära hand på mitt eget barn. Det var mitt fel, Reidun. Jag borde ha begripit vad som skulle hända.”

”Det här har du inte berättat för mej. Varför?”

”Jag tror att jag skämdes för att jag förstod så lite”, sa Johannes och tryckte Reidun intill sig i en tyst vädjan om tillgift.

8

Med ett diffust illamående vaknade Reidun Ståhl. En kväljande stank av vidbränt kaffe letade sig in i hennes näsborrar och gjorde det omöjligt att somna om. Ännu en stund låg hon kvar i tystnaden. Försökte minnas sina drömmar. Det var något om vatten, en liten sjö med fiskar och en å som ledde vidare till en stor bottenlös sjö med svart och farligt vatten. Cecilia hade badat. Hennes hår var stripigt och vått. Hon satt vid kanten av sjön och sträckte ned sin vintervita arm i vattnet. Flöjten hade fallit ur hennes hand och singlade silverblänkande nedåt mot mörkret. Hon böjde sig längre fram. Hennes våta hår nuddade vid Reiduns kind och det var inte längre hår ... utan sjögräs. Johannes ansikte speglade sig i vattnet. Ett klargrönt skägg och han grät ... Nej, Reidun ville inte vara kvar i drömmen, ville inte minnas fortsättningen. Det var mörkt i rummet. Klockan kunde inte vara så mycket. Reidun vände sig på mage. Överlakanet följde med och vred sig om hennes fötter. Sängen var knölig och brösten ömmade. Det gick inte att ligga på sidan heller, inte ens med kudde mellan benen. Hon satte sig upp med ryggen mot sänggaveln och lutade huvudet mot knäna. Klockradion blinkade. Siffrorna visade 00.00. Reidun jämförde med sitt armbandsur. Det visade på 08.13. Strömavbrott. Hon tände sänglampan på prov, jodå strömmen var tillbaka. Försiktigt satte hon ena foten i golvet och vacklade upp till toaletten. Jag borde sjukskriva mej idag, tänkte hon. Jag orkar inte med andra människor, orkar knappt med mej själv en gång. Redan i dörren kände Reidun hur badrummet stank av halvmögliga handdukar, svettiga gymnastikkläder och urin. Johannes rakvatten, som hon annars tyckte så mycket om, stack i näsan efterhängsen som en baksmälla. Måste han vräka på sig parfym, tänkte hon irriterad och tårögd av lukten. Illamåendet gungade i halsen upp och ner. Kallsvetten sipprade utmed ryggen och i pannan och en stor matthet kom över henne. Plötsligt var hon tvungen att kasta upp. Knäböjande med armarna över toalettsitsens ring, beslutade hon sig för att stanna hemma.

Sen kändes det lite bättre och efter en stund kunde hon ta sig ut i köket. Vid spisen blev hon stående utan att kunna besluta sig. Bara tanken på kaffe fick det att vända sig i magen igen. Reidun satte på tevatten och sträckte sig efter tidningen. Sakta men säkert återvände livsandarna och tanken på sjukskrivning omprövades. Antagligen var hon slutkörd. Att vara prästfru innebär att man har vissa förväntningar på sig. Heltid som sjukgymnast kräver också en del. Och så var det extraknäcket som ledare för vattengympan. Sammantaget kanske det blev mer än hon orkade med, men pengarna behövdes ju så förtvivlat väl. Förebyggande sjukfrånvaro skulle kunna vara en klok åtgärd för att inte kollapsa senare. Men patienterna då? Och vem skulle ta hand om vattengymnastiken? Reidun ögnade igenom tidningens förstasida. Huvudrubriker för dagen var Stockholmspedofilen, senaste strömavbrottet och i samband med det ett inbrott i Bredströms guldsmedsaffär. Tydligen samme man i år igen som klappat in en ruta för att få fira jul i häktet. Efter det kom sidan med nyfödda. Leende mammor med ljusskygga små gullegryn på armen poserade sida vid sida, spalt för spalt. Bilder med eller utan syskon och en stolt fadersgestalt i bakgrunden fyllde uppslaget och rann över på nästa sida. Reidun tyckte de såg ut som tonårstjejer allihop, mammorna. Själv skulle hon aldrig... Mensen hade krånglat den senaste tiden. Reidun hade tagit det som tecken på ett begynnande klimakterium. Men om ... Nej, tanken var alltför stor och alldeles ofattbar. Men inte omöjlig.

Ljudvolymen var hög i badhuset. Diskomusiken flödade från högtalarna, småbarn skrek och plaskade. De vuxna försökte överrösta barnen och musiken för att kunna prata med varann. Annan tyngre musik strömmade ut från styrketräningslokalen. I det skarpa solljus som föll in från panoramafönstren splittrades bassängens vatten i tusentals bländande solkatter. Klorlukten var påträngande frän i Reiduns näsa. När någon öppnade dörren till cafeterian rullade stanken av vidbränt kaffe och stekt flottig mat över henne och provocerade fram ett nytt anfall av illamående. Reidun lutade sig mot väggen och höll andan medan gruppen samlades nere i vattnet.

”Så sträcker vi på armarna och runt och runt och runt ... fint tjejer”, hojtade hon till vattengymnastikens måndagsgrupp. ”Ge järnet nu så sparkar vi. Kom igen då. Nu! Vänster spark, höger spark, vänster spark och vila.” Tänk om det fanns ett barn där inne i mörkret. ”Höger spark, vänster spark, höger spark och vila.”

Jag skulle faktiskt hinna till apoteket på lunchen och köpa en graviditetstest, tänkte hon. Bara nu inte Elvira Bredström satt bakom disken. Fast hon måste ju ha tystnadsplikt. Men ändå. Det skulle räcka att hon antydde något, bara lite så skulle snacket vara igång. Vad skulle arbetskamraterna säga? Och Johannes? Var hon inte för gammal? ”Och så hoppar vi på ett ben i taget och upp med knäna, upp och upp och upp. Det går fiiint. Och igen upp och upp och upp.” Tänk om det blev något fel på barnet. Efter fyrtio är risken större. Jag skulle inte orka, jag skulle inte klara att ta hand om ett handikappat barn. Jag är för gammal och för trött och har sett för mycket svårigheter för att tro att det är enkelt. Man kan göra fostervattensprov förstås, men sen om det nu är något med barnet ... vad ska jag göra då? Abort? Det skulle aldrig Johannes gå med på. Men om jag inte säger något ... Det är klart jag måste berätta för Johannes. Men det skulle vara så mycket lättare för honom att slippa veta, om det nu är något fel. Han är så kompromisslös i sin syn på livets okränkbarhet, så fyrkantig och genomlogisk i sitt tänkande att det är rent opraktiskt. Han skulle bli förtvivlad om jag valde en annan väg än hans. Hur skulle jag sen kunna leva med hans förtvivlan? Och med Cecilia! Vem skulle berätta det för Cecilia? ”Så tar vi en sista omgång. Kom igen nu, på rad. Hopp och hopp och hopp.” Nej, jag inbillar mej säkert. Inte är jag med barn. Varför skulle jag bli med barn nu när det inte har hampat sig tidigare? Dumheter! ”Då slutar vi för idag. Ni har varit duktiga. Vi ses på måndag. Samma tid, samma plats.”

Nog var det tio år sen sist. Reidun låser dörren till toaletten och kontrollerar igen att den verkligen är låst. Inkrupen i sig själv, i privatlivets allra heligaste hemlighus, sitter hon med sin gröna apotekspåse i knät. Frågan fyller rummet. Femton minuter kvar på lunchen. Om fem minuter kommer hon att veta. Med svettiga, fumliga händer öppnar hon förpackningen och tar fram instruktionen. Det är lätt att göra fel när man är nervös. Därför medföljer apinstruktioner, bilder att följa från ruta ett till ruta två och tre, om förmågan att läsa skulle försvinna i intet. Det händer säkert i stressade situationer att det skrivna ordet blir obegripligt. I livsavgörande situationer. Plastmugg, teststicka och klocka, allt på plats. Och så väntan ... som på en dödsdom fast tvärt om. En livsdom, en varelse kanske gömmer sig i djupet, dömd att leva. Ett människoliv. Eller också är det bara en släng av magsjuka, tänker Reidun och skakar på huvudet. Så länge som maten fick stå framme i söndags vore det inte underligt alls om det var magsjuka. Men Johannes mådde ju bra i morse. Som vanligt for han på besök till de församlingsmedlemmar som inte orkade komma till kyrkan. Likadant varje måndag. En kär plikt, som han brukade säga när han kom hem och avböjde kaffe å det bestämdaste. Fyra minuter kvar. Hjälp, vad gör jag om jag är med barn! Vill jag det? viskar Reidun för sig själv. Klarar jag det? Tre minuter kvar. Händerna darrar. Tröjan är blöt av svett under armarna. Djupandas, slappna av. Låt utandningen ta tid. Lugn och fin. Lugn. Två minuter kvar. I cirkeln ska ett plus framträda om det är positivt, minus ska bli plus. Reidun slutar andas. Yrseln kommer. Golvet gungar till, allting snurrar runt för ett ögonblick, andetaget har fastnat i lungorna. Det spränger i bröstet. Ögonen stirrar sig suddiga på teststickan, där en diffus linje får skärpa. PLUS!!! Reidun nyper sig hårt i armen. Hjärtat stiger upp ur strupen och blir till gråt. Varför vet hon inte. Gråten bara kommer. Golvet och väggarna blir en dimma av färger. Jag är med barn! Jag ska bli mor! Hon smakar på orden. De konstiga, overkliga orden som handlar om Reidun Ståhl. Tårarna rinner. Näsan rinner. När Johannes kommer hem ska jag föreslå att vi tar en promenad och så säger jag det, tänker hon och känner glädjen virvla genom kroppen. På telefon kan man inte berätta en sådan sak. Med utbredda armar ska han möta mej och han ska fråga vad det är. Han kommer att se det i mitt ansikte, att något stort har hänt, och så kommer han att fråga. Gång på gång går Reidun igenom det underbara ögonblick när hon ska säga till Johannes, du ska bli far! Och han ska säga, Reidun, jag är så lycklig! När blir det? När? Och han ska krama henne hårt och lyfta upp henne i famnen och dansa runt med henne så snön yr om benen. Så tänker hon att det ska bli.

Kirurgavdelningens korridor var rena autostradan. Sängar transporterades fram och tillbaka, rostfria vagnar med omläggningsmateriel och ren tvätt körde om andra vagnar med bäcken, termometrar, saftglas och blodtrycksmanschetter. Utanför sal 11 stod medicinvagnen tillfälligt parkerad. Läkare med allvarliga ansikten samtalade med stressade sjuksköterskor, som i vita sandaler jagade iväg med droppställningar och pärmar, och mitt i detta satt en gammal man i en rullstol och klappade sin hustru på handen. I dagrummet räckte sittplatserna inte till, de överblivna människorna tapetserade väggen utmed långsidan mot köket. Just när Reidun passerade fick hon syn på honom där han satt bakom ett nummer av Datanytt. Det var håret och den lite nasala rösten när han talade med damen bredvid som fångade hennes uppmärksamhet. Reidun stannade till ett kort ögonblick för att iaktta honom. Då och då tittade hon ner på papperet i sin hand för att det plötsliga stoppet mitt i strömmen inte skulle verka omotiverat. Matvagnen dundrade förbi. Det luktade stekt fisk och uppskrämd potatis. Reidun höll handen för munnen när hon kände ett diffust illamående smyga sig på. Det måste vara han, vaktmästaren som talade med Johannes i biblioteket, Rune Villman.

Reidun hade varit på väg att hämta ett par journaler i arkivet, för att sedan gå till sitt rum på sjukgymnastiken. Nu tog hon istället svängen över sjuksköterskeexpeditionen. Utan betänketid, rakt på, driven av nyfikenhet. Det måste vara han! Utan att reflektera närmare över saken slog hon upp Rune Villmans journal och läste vad sköterskan skrivit under rubriken omvårdnadsanamnes. Det var på allt sätt en omoralisk handling. Men om ingen fick veta det ... hade det inte hänt. Hon såg sig hastigt omkring. Expeditionen var fortfarande tom. Om någon skulle komma på henne med det här och ställa henne till svars skulle hon givetvis finna det obehagligt, kanske rent av skamligt. Men nyfikenheten är ett starkt incitament. På sätt och vis var hon faktiskt behörig. Om Rune Villman i ett senare skede skulle behöva sjukgymnastik, var hon definitivt behörig. Hon bara ögnade igenom hans papper för att planera kommande vårdåtgärder. Så var det.

"Rune Villman 800229-8613. Närmast anhörig Rut Villman (mormor). Videvägen 143." De hade samma adress och samma telefonnummer. "Socialt: arbetar deltid som vaktmästare på Ekeskolan i Kronviken." Märkligt att som vuxen man sammanleva med sin mormor. "Sjukdomshistoria: Buksmärtor av oklar genes sedan tonåren. Opererad oskyldig appendicit -94. Gastritbesvär. Migrän. Planerad inläggning för operation av ljumskbråck." Antagligen satt han där ute och väntade på att få en säng inför morgondagens operation, tänkte Reidun lite besviken över att inte hitta något annat. Vad hade hon förväntat sig egentligen? En komplett redogörelse för hur mannens hjärna var konstruerad? En diagnos på det märkliga som viskats mellan väggarna i prästgårdens bibliotek? Kanske. Reidun kände sig snöpligen lurad och skyndade sig att lägga tillbaka journalen. Händerna kändes lite smutsiga.

Är det kanske vanligare än man kan tro att män samlar på kvinnokläder? frågade hon sig. Fast det behöver ju inte alltid vara som man tror. Ibland är det inte alls som man tror. Så sent som i höstas hade de fått in en rörmokare på akuten, ryktet gick. Reidun hade hört historien i fikarummet på akutmottagningen. Mannen hade varit med om en trafikolycka. Folk hade samlats runt omkring honom som en svart surrande massa. Ambulansens sirener skar genom sorlet. Nej, nej, han tänkte inte låta dem klippa sönder byxorna. Aldrig! Ambulansen skumpade ylande in mot lasarettet. Benet var med största sannolikhet brutet och han rullades in på en bår likblek i ansiktet. En ung rodnande sköterska tog emot, också hon saxförsedd.

"Aldrig! Absolut inte!" kved han.

”Men vi måste ju se hur det ser ut om vi ska kunna hjälpa dej”, förklarade sköterskan tålmodigt.

”Det går inte”, stönade mannen och vred sig som en mask, mer av inre plågor än av fysisk smärta.

”Du kan ha brutit benet. Jag är tvungen att klippa upp byxorna så vi får se. Snart ska du få en smärtstillande spruta.”

Mannen framhärdade, skrek att de skulle låta honom vara, att han måste HEM! Framför honom tornade överläkaren upp sig som en vägg. Det fanns ingen nåd. Byxorna klipptes upp och ett par trosor med små rosenknoppar kom i dagen, till allas munterhet.

”Jag hade inga rena, så jag tog ett par i Lenas låda.” Vem vet, kanske var det sant, tänkte Reidun. Saker och ting är inte alltid som de tycks vara.

9

"Hur var det i skolan idag?" frågade Reidun när hon ett par timmar senare dukade fram kvällsmat bestående av ugnsstekt falukorv och stuvade makaroner. Hon hoppades verkligen att det skulle falla Cecilia i smaken. Inget svar. Cecilia såg ut genom fönstret som om frågan aldrig ställts. "Nu är det snart jullov. Det blir väl skönt?" fortsatte Reidun trots det kompakta motståndet från andra sidan bordet. Cecilia tuggade långsamt på sin smörgås med öppen mun och blåste upp en bubbla av saliv. Hon svarade inte nu heller. "Vad önskar du dej i julklapp?" En sista vacklande ansträngning att få kontakt. Reidun hostade till i slutet av meningen när hon märkte att rösten inte bar.

"Att du flyttar", fräste Cecilia och välte sitt mjölkglas. Innan Reidun riktigt hunnit fatta vad Cecilia sagt hade hon försvunnit ut ur köket. Mjölken rann över bordet och ner på golvet. Glaset rullade från sida till sida, ljudet vickade sig in, packade sig in i tystnaden. Reidun tog disktrasan och torkade upp. Hur länge till? Hur länge skulle det dröja innan det blev bättre? Var det säkert att det någonsin skulle bli bättre? Dörren till badrummet slogs igen och strax därefter hördes ljudet av strilande vatten.

Posten, som Johannes tagit in vid middagstid, låg fortfarande utspridd på bordet. Reidun slängde ett par mjölkdränkta reklamlappar i soporna och ögnade igenom resten. Underst i högen låg telefonräkningen. Reidun fick titta två gånger för att uppfatta beloppet de hade att betala. Johannes måste ta tag i det här! Det handlade om tusenlappar som Cecilia lekt bort vid sin dator när hon varit ute på nätet. Och alla telefonsamtal. Var det nödvändigt att hon ringde Amanda efter skolan och talade i timmar när de träffats hela dagen? Reidun tog räkningen i handen och gick mot biblioteket. Nu skulle Johannes få se det svart på vitt. Att vara snäll är inte samma sak som att vara en god människa! Om det var i sin ordning att Cecilia fick hur mycket pengar som helst att strö omkring sig, innebar det följaktligen att det blev mindre till annat. Reidun var inte säker på att hon ville vara med och betala längre. Om ungen inte visade ett dugg tacksamhet, fanns det ingen anledning att låta henne få allt hon pekade på. Kanske skulle det vara bättre med separat ekonomi, som de hade i början, tänkte hon. Nu fanns det aldrig pengar över till något av det hon var van att kosta på sig, inga pengar till oförutsedda utgifter, inga pengar till jul.

Tanken på ett samtal med Johannes skrämde henne lite. Vad skulle det kosta att sätta hårt mot hårt? Skulle hon våga? Vinna eller försvinna. Var hon verkligen beredd att ta strid? Riskera att förlora det liv de hade tillsammans?

Johannes satt i biblioteket. Han hade sin vana trogen tagit av sig skorna. De stod övergivna mitt på golvet. Antagligen var de för trånga. Slitna och dåliga var de också. Han talade i telefon och viftade avvärjande mot Reidun när hon dök upp bakom draperiet. Glasögonen låg på skrivbordet. Han gnuggade sig i ögonen. Kroppshållningen vittnade om en stor trötthet.

”Ursäkta mej”, sa han i telefonluren. ”Nu kan vi tala ostört igen. Ja visst får du komma hit. Jag väntar på dej ... Ja visst, men klockan åtta måste jag gå ner till kyrkan. Vi har församlingsmöte och sen är det Gospel night. Ja, jag väntar.”

När en passande stund förflutit återkom Reidun in i rummet med räkningen i slak hand. Den värsta ilskan hade runnit av. Nu ville hon bara att han skulle hålla om henne och säga att allt var bra, att hon var fin. Att han älskade henne.

Fortfarande strilade duschvattnet i en outsinlig ström medan elmätaren tickade pengar. Reidun hade retat sig på det en god stund när hon hade stått bakom draperiet och tänkt föreslå att de skulle skaffa duschpolletter till tonårsfröken. När polletterna tog slut skulle det finnas kallvatten, endast. Ville man ha mera varmvatten fick man arbeta för det, exempelvis städa sitt rum och dammsuga vardagsrummet. Men när Reidun kom fram i bibliotekets ljusa atmosfär och såg Johannes bekymrade min blev inget av detta sagt. Då övermannades hon av ömhetens och varsamhetens kletiga vekhet fast hon innerst inne föraktade sig själv för det. Hon kröp intill honom och in i hans famn.

”Vad är det?” frågade hon. Han släppte henne, höll henne på armlängds avstånd ifrån sig och såg genom henne långt bort där bekymren hade sitt fäste, dit hon inte kunde följa honom.

”Jag kan inte berätta det för dej. Det faller inom ramen för min tystnadsplikt. Jag är ledsen Reidun. Jag är inte riktigt mej själv just nu. Jag behöver få vara ifred en stund.”

Allt var fel! Johannes skulle ha frågat: ”Vad är det?”, när han såg på henne att något stort hade hänt. Han skulle ha frågat och så skulle han ha tagit henne i famn. Det var så det skulle ha gått till. Han måste kunna se henne, annars var allt tal om närhet och kärlek utan värde. Annars älskade han henne inte. Om han inte kunde läsa henne nu när ansiktet var vidöppet så var hon osynlig. Och allt annat var viktigare för honom, allt annat än just Reidun Ståhl och barnet hon bar under sitt hjärta.

”Hinner vi ta en promenad innan vi äter?” viskade hon och tyckte att han borde inse att det gällde hela deras fortsatta liv tillsammans.

”Nej, nej det finns inte en chans. Jag måste arbeta, sen får jag besök. Och sen ikväll ... ja du vet. Det finns inte en möjlighet.”

”Cecilias klassföreståndare ringde precis när jag kom innanför dörren. Cecilia har inte varit i skolan idag,” sa Reidun och stängde igen porten till känslorna med en smäll som borde ha ekat över hela Kronviken.

”Varför inte? Är hon sjuk?” undrade Johannes. Hans röst var lika uppgiven som kroppshållningen. Han bläddrade förstrött bland papperen på skrivbordet och mötte inte hennes blick.

”Jag vet inte. Du får väl fråga henne själv. Jag sa att hon inte fick gå på filmklubben ikväll. Hon står i duschen.” Reidun vände mot dörren och bet ihop om vreden så tänderna isade.

Rune Villman kom med skymningen och smög sig in i biblioteket utan att ringa på ytterdörren. Prästen hade väntat på honom, men blev ändå obehagligt överraskad när den magre lille vaktmästaren dök upp bakom hans rygg utan ett ord. Johannes hade alltid satt en heder i att ha dörren till prästgården olåst när de var hemma. Det hade sitt pris förstås. Det var Johannes som talade först.

”Var så god.” Han gjorde en gest mot soffan. Rune Villman satte sig på yttersta kanten och såg ner i golvet. Johannes satte sig i fåtöljen mitt emot och försökte samla sina anletsdrag till en någotsånär hyfsad min. Någon kvällsmat hade han inte hunnit få och samtalet med dottern fick skjutas till morgondagen. Men det som bekymrade honom mest var Reiduns ansiktsuttryck. Det hade skrämt honom mer än han vågade tänka på. Hon hade bett om en promenad på tu man hand. Varför hennes önskan om tid var mindre viktig än Runes, kunde han inte förklara för sig själv. Det är väl som med bagarns barn som blir utan bullar och skomakarns som får gå barfota. De anhöriga till en präst kommer i sista hand, som en del av självuppoffringen. Kanske var det rent av så att han kände ett visst obehag inför vad Reidun tänkte säga. Rädd att det var början till slutet på deras tid tillsammans. Något allvarligt måste det vara. Det såg han ju. Rune hostade försynt och Johannes gav honom sin fulla uppmärksamhet, slog en båge med fingertopparna och nickade åt honom att börja.

”Vad var det du ville tala med mej om?”

”Jag kanske inte lever så länge till.” Rune såg prästen rakt i ögonen på ett alldeles nytt sätt.

”Varför säger du så?” frågade Johannes.

”För att de kommer att öppna mej. De kommer att skära i mitt kött och sen vaknar jag inte mer.”

”Vem kommer att skära i dej?” Johannes kände sig allt mer övertygad om den andres sviktande mentala hälsa. Att möta en människa som hamnat så långt utanför verkligheten låg utom räckhåll för prästens erfarenhet och förmåga.

”De grönklädda, sen kommer man till de vita om man överlever. Gud kanske inte låter mej leva. Om det är han som bestämmer när man ska dö. Jag kan inte somna, vill inte att de gröna söver mej för då vaknar jag nog aldrig mer. Men om jag berättar för dej, kan du ju säga till den där Gud att mormor behöver mej. Hon kan inte klättra upp på taket och justera teveantennen själv och hon har svårt att få upp locket på rödbetsburkarna. Säg det till Gud. Då kan han inte ta mej till dödsriket när jag sover.”

Johannes gnuggade sig i ögonen gång på gång. De var irriterande torra.

”Önskar du bekänna något du gjort? Är det förlåtelse du vill ha? Du är rädd för att dö – är det så?” sammanfattade prästen det han fann begripligt av mannens utläggning.

”Ja. Mest tycker jag det skulle vara obehagligt att vara död och lukta illa.”

”Jag förstår”, sa Johannes och lutade pannan i handflatorna för att dölja ansiktet som så tydligt talade om motsatsen. ”Hur är det med flickorna, har du slutat att följa efter dem?”

”Det är inte så lätt att förklara.”

”Försök, vi har ingen brådska.”

”Jag berättade ju för dej att jag köpte kläder som flickorna provat”.

”Ja, det berättade du för mej”, bekräftade Johannes.

”Jag har dem på mej nu.”

”Hur menar du?” Johannes såg på Rune och fann inget konstigt i hans klädsel.

”Jag har på mej deras underkläder. I fickorna alltså. På kvällen när det blivit mörkt tar jag med mej dem och så går jag hem till flickorna. Inte så de vet om att jag är där, det skulle jag aldrig våga, men jag brukar titta på dem i smyg. Jag vet var de bor, var de har sina rum. När det är mörkt kan man komma väldigt nära utan att bli upptäckt, man kan se utan att synas. Ibland står ett fönster öppet. Då kan man känna dofter. Det gäller att veta vilken doft som hör ihop med vem, att hitta doften igen. Dels den artificiella doften och dels den som utsöndras via de apokrina körtlarna. Det tar sex år att utbilda sig till parfymör. Jag behöver ingen sådan utbildning, jag har den talangen medfödd. En toppnäsa. Strax före ett migränanfall utkristalliseras dofterna och de förstärks. Det är då jag är som bäst.” Det blev tyst en stund och Rune skruvade på sig i soffan.

”Vet du, jag tycker att du borde tala med någon som förstår sånt här bättre än jag gör”, sa Johannes slutligen. ”Du skulle behöva tala om det här med flickorna och om dina tankar på döden med en utbildad terapeut.”

”Om man blev balsamerad, skulle man inte lukta lika illa. Eller om man kunde hållas djupfryst, fast då får det inte bli strömavbrott. Du måste lova att tala med den där Gud. Jag vill inte dö förrän jag hittat en balsamerare."

När Johannes, med en smörgås i ena handen, sträckte sig efter sin kappa i hallen öppnades dörren till badrummet och Cecilia kom ut ur ångorna med handduksturban virad om huvudet.

"Får jag gå på filmklubben ikväll, pappa?"

"Du har inte varit i skolan idag, sa din klassföreståndare. Är du sjuk Cissi?"

"Ja, jag hade lite ont i huvudet på förmiddagen, men jag mår mycket bättre nu. Snälla!" vädjade hon och gav honom sitt allra underbaraste leende.

"Okey, men du måste vara hemma igen till klockan nio. Det slutar halv nio eller hur?"

"Tio, snälla pappa. Ingen går hem före klockan tio. Det är ingen idé att se en film om man inte diskuterar den efteråt."

"Vi säger väl det då", sa Johannes trött.

"Jag älskar dej, pappa!" Cecilia slog armarna om honom och han skrattade högt och överraskat. Så knöt han sina skor, tog sin rock och gick ut i den snötunga kvällen. Redan på väg i tanken mot nya problem. Församlingens ekonomi var inte den bästa. Kyrkan behövde renoveras, samtidigt ville Johannes att de skulle stå kvar vid det åtagande om månatligt bistånd till barnhemmet i Indien de beslutat om vid förra årsskiftet. Det behövdes mer pengar till ungdomsverksamheten och sin egen låga lön hade han inte andats om på flera år.

Vad hade Johannes Ståhl fått se om han vänt sig om i grindhålet? Reiduns förbittrade ansikte i köksfönstret? Eller kanske skuggan som sakta vandrade utmed husväggen mot Cecilias rumsfönster och som materialiserade sig som kött och blod i en vaktmästares skepnad.

Cecilia hade redan gått in på sitt rum och låst dörren. Hon slog på datorn. Hoppades att HAN skulle finnas online. Medan datorn sakta och omständligt checkade av sina funktioner vankade Cecilia av och an framför skrivbordet. Yourlove, han kallade sig Yourlove. Fyndigt. Det hade tagit ett tag att förstå vem det var.

Hon hade berättat för honom att han glömt kvar sin flöjt i fickan på sin gröna jacka. Kommer du tillbaka? Kan vi ses? Bara datoreländet slutat tugga skulle det kanske finnas ett svar. Nu ... ett meddelande avsänt klockan 21.30 på söndagskvällen. I går kväll då det var strömavbrott. Så märkligt! Cecilia hade fått ett rejält utbrott när huset blev mörkt och hon inte kunde gå ut på nätet efter familjekvällen. HAN hade svarat! En korthuggen mening, men så välkommen! Tid och plats. Redan ikväll! Yourlove – Your love – My love! I kväll skulle hon få träffa honom igen. Cecilia kände spänningen spritta som en nyfångad lax i mellangärdet. Vad fanns det att ta på sej? Reiduns nya parfym låg under madrassen. Cecilia sprayade lite på halsen och dansade in i garderoben för att hitta det optimala.

10

”Jag fick för fan gå på filmklubben för pappa. Du är inte min mamma. Du bestämmer inte över mej ett jävla dugg.” Cissi vände demonstrativt ryggen åt Reidun.

”Jag vet att jag inte är din mamma. Men jag har ansvar för dej.” Reidun förde omedvetet handen mot halsen och vidare mot tinningen där spänningshuvudvärken sved som ett blåmärke.

”Pappa sa att jag fick gå.”

”Jag hörde det. Du skulle vara hemma klockan tio.”

”Vi får väl se. Jag kanske sover över hos någon kompis.” Cissi målade munnen med läppglans och såg sig i spegeln, vände sig lite sidledes och tutade med läpparna. Reidun iakttog henne och svalde den ena bitska kommentaren efter den andra. Cissi drog i jumpern och pushade upp bysten lite till. Fram med brösten, ut med rumpan och så slängde hon med det långa ljusa håret och lät tungspetsen glida över läpparna. Provade en ny pose och plutade med munnen igen.

”Va fan glor du på, jävla kärringjävel”, skrek hon åt Reidun. Det var inte meningen att tonen skulle bli så hård. Men hon kände sig ertappad på ett obehagligt sätt och ifrågasatt.

”En liten ängslig flicka, som är rädd för att inte duga.” Reidun gick ut i köket, för att inte Cecilia skulle se hur tårögd hon blev. Automatiskt öppnade hon kylskåpsdörren som för att söka tröst. Svalkan kändes skön mot ansiktet. Hon blundade. Odörerna fick henne att storkna. Helvete! Ut på toaletten for hon och slog igen dörren. Magen vände sig ut och in. Ljudet gick inte att dölja. Cecilia måste ha hört. Så fruktansvärt onödigt.

”Och vad kan Cissi ha i väskan”, sa Cecilia hemlighetsfullt till Amanda när de stängt in sig på elevtoaletten utanför aulan och tänt varsin cigarett. Toalettutrymmet var hårt nedslitet och inte ens sittringen hade undgått graffiti: "Benjamin har mökat", stod det med kantiga bokstäver och ovanför toalettpappershållaren kunde man läsa texten: "Nu i dessa svångremstider, använd papprets båda sider."

Amanda lutade huvudet mot väggen och tittade på Cissi med runda ögon, men hon sa inget. Cissis överraskningar brukade vara överväldigande. Som en trollkarl inför den stora finalen lät Cissi ögonen spela i sina hålor, fram och tillbaka längs de kraftiga kajallinjerna. Amanda kände en rysning glida längs ryggraden. "Till dej och till mej", sa Cecilia och halade upp två flaskor rödvin ur ryggsäcken. Hon räckte den ena till Amanda.

"Var har du fått dem ifrån?" Cecilia höjde på ögonbrynen åt Amandas ängsliga uppsyn. Skakade på huvudet och smackade. Så typiskt, alltså.

"Var tror du?" skrattade Cecilia.

"Har du tagit dem hemma? Kommer det inte att märkas?" Amanda grimaserade i röken som sved i ögonen.

"Tror jag inte. Pappa är faktiskt tvungen att dricka vin i sitt jobb, vet du. Din pappa har tjänstebil, min pappa har tjänstevin. Jag tror uppriktigt sagt inte att han räknar flaskorna. Och skulle han göra det så tror han nog att det är Reidun som tagit en vinare. Hon har anledning. Hon har ju mej!"

"Är det nattvardsvin? Cissi, jag vet inte om jag vill ... det känns lite ... magiskt på nåt sätt. Jag tror inte ..."

Amanda ryggade tillbaka och fick en sträng blick av Cecilia.

"Din jävla tönt. Det är inte nattvardsvin förrän det kommer in i kyrkan. Innan dess står det i matförrådet hemma och är vanligt vin, fattaru väl. Tror du att de som trampar druvorna tänker att den här druvan får jag nog klämma mellan tummen och pekfingret istället för det är en nattvardsdruva, tror du det?" Amanda böjde sig för den tunga logiken och synade sin flaska.

"Hur öppnar vi dem?" Cecilia stirrade på Amanda och såg för ögonblicket ställd ut.

"Jag vet inte", sa hon långsamt. "Jag fick inte med någon korkskruv. Man kanske kan bita av plasten men hur får man ur korken?"

Amanda såg lättad ut en kort stund, innan Cecilia kom med nästa snilleblixt.

”Man kan slå av flaskhalsarna mot handfatskanten. Här i hörnet är det ganska vasst. Det kan gå. Blir det glasbitar i flaskan kan man sila genom toalettpapper. Smart va? Fan vad det luktar, har du fjärtat?”

”Nej.” Amanda hade försökt hålla sig i det längsta men anspänningen var för stor.

”Det har du fan visst. Öppna dörren jag kvävs. Vädra för helvete. I morgon ska jag till skolsköterskan. Jag måste bara snacka med nån. Rune visade ändan i fönstret till gymnastiksalen. Bara drog ner brallorna och vickade på häcken, fan va äckligt.”

”Gjorde han? När då? Det såg jag inte.”

”Det gjorde du visst. Det måste du ha gjort. Stäng dörren, städerskan kommer.”

Tom Flodström satt längst bak i aulan. Filmförevisarens presentation var slutförd och ljuset släcktes. Tom hade någonstans hoppats att Cissi Ståhl skulle komma fast hon inte varit i skolan, men hon syntes inte till. Lika bra det, intalade han sig själv. Att skicka ett sms och göra slut var förbannat taskigt. Filmen startade efter en lång rad av transfers. Den handlade om boerkriget. Holländska bönder som slogs mot engelsmän om guld och gröna åkrar. Gårdarna brann, civilbefolkningen föstes ihop i koncentrationsläger och mitt i detta helvete de vita skapat stod den svarte mannen och stirrade på sina tomma händer. Stridsrop och vapenskrammel dolde ljudet av glas som krossades på toaletten utanför aulan. Elden flammade, skrämda hästar skenade och mitt i detta möttes filmens kärlekspar i ett ögonblick av omöjlig kärlek. Han svart, hon vit. Tom kunde inte låta bli att tänka på Cissi. Han hatade henne och älskade henne och den kyss hon givit honom förra veckan på lunchrasten brände ännu i byxorna. Men nu var det slut. SLUT. Det var bara att inse. I morgon skulle hon säkert ha en ny kille virad runt kroppen. Bara han slapp se det så. Bara han slapp se någon annan röra vid henne. Krasch, klirr! Den här gången kom ljudet av splittrat glas mitt i en scen av tårögd längtan. Den svarte mannen ser henne gå. Han vet att hon älskar honom, men han har bett henne gå för att han inte har ett värdigt *liv* att erbjuda henne. Ljudet av krossat glas nådde också klassföreståndaren, Pontus Larsson, som satt strax framför Tom. Han kastade en hastig blick bakåt utan större engagemang. Scenen på duken var magnetisk, full av kärleksvånda och spänning. Ska kvinnan vända sig om och rusa i hans famn? Hon slår av på stegen, står stilla en stund. Himlen hänger dramatiskt mörklila över deras huvuden. Musiken vädjar till hennes stela ryggtavla. Nej, nej hon gör det inte. Hon vänder sig inte om. Men hon gråter.

I pausen kände Tom att han måste lätta på trycket, vädra kobran, slå en åtta, slå en båge, en drill, urinera eller vattna gräset, pissa, kissa eller slå en sjua. Dörren till toaletten var låst så han fick gå ända bort till matsalen. På den sträckan kom han på ytterligare fem varianter på ordet pinka. När han återkom var det fortfarande upptaget på toaletten utanför aulan. Han bultade på dörren, mitt på fallossymbolen någon ristat in med kniv. En herrtoalett således. Dörren öppnades sakta och tveksamt och Amanda kom ut med toapapper lindat om ena handen. Tom såg blodet, rött blod i den vita pappersmassan. Amanda var mycket blek.

”Vad har du gjort?” frågade han och rösten gick upp i målbrottsfalsett.

”Ska du skita i. Jag går hem nu. Säg till Pontus Polletten att jag fick ont i huvudet.”

”Du blöder ju. Har du skurit dej i handleden?” läspade Tom och vickade på piercingringen han hade genom tungan.

”Så fan heller.” Amandas röst lät på inget vis så kaxig som de ord hon uttalat.

”Jag hörde mitt namn nämnas”, mullrade en röst över deras huvuden. Pontus Larsson, ämneslärare i svenska och engelska, stegade fram ur halvdunklet och synade Amandas hand.

”Vad har hänt?” frågade han och stoppade näsan i bandaget.

”Jag cyklade omkull.”

”Du stinker rök.” Pontus böjde sig fram och luktade.

”Ja, är det inte äckligt. Det sätter sig i håret direkt. Min faster var hemma hos oss. Jag tycker att hon kunde röka ute, men jag får inte säga det för mamma.”

”Vem är på toaletten? Är det du Cissi? Det är dags att gå in nu. Filmen fortsätter.” Pontus Polletten knackade på dörren. Snurrskivan var rödmarkerad. Ett svagt pipande ljud hördes där inifrån. Pontus la örat mot dörren. Tom gjorde likadant. Någon där inne spelade flöjt. Pontus Polletten bankade igen, men toalettdörren var och förblev låst.

”Cissi är det du?” frågade han. Inget svar utöver det entoniga pipandet. Han lät henne vara. Att ge sig in i närstrid med Cecilia Ståhl utan mycket goda skäl skulle på allt sätt vara otaktiskt.

Filmen fortsatte efter några förtydliganden av det historiska innehållet från skolans bibliotekarie. Om inte Polletten hade satt sig alldeles vid utgången skulle Tom ha smitit ut. Han måste få tala med Cissi. Det måste finnas en anledning till att hon gjort slut. Han måste få veta vad han gjort för fel.

En gisten kärra skramlar fram på en dammig väg dragen av en lika dammig häst. Den svarte mannen sitter bunden till händer och fötter på vagnens botten. Han har försökt fly och ska hängas. En fin droska närmar sig. Där sitter den vita kvinnan i bahytt och en ljusrosa sidenklänning och bredvid henne jäser godsägaren till vars frieri hon tackat ja. Godsägaren beordrar bonden att släppa den svarte mannen fri. Bonden tar upp en kniv ... Dörren bakom Tom öppnas och någon smyger ner i sätet bredvid honom. En pust av rök och vin når hans näsa. En hand snuddar vid hans lår. Hennes ljusa hår faller över hans arm och ansiktet kommer alldeles nära innan hon trevar sig ned på sin plats.

”Cissi”, viskar han och försöker göra rösten mörk och sträv. Han önskar så intensivt att hon i biomörkret ska flytta handen uppför hans lår mot brännpunkten. Men hon gör det inte. Hon ser inte ens på honom utan stirrar upp i taket och fnittrar, fast inget finns att skratta åt. Inget alls.

11

”Vi ses”, ropade Tom till Cecilia Ståhl när de skildes åt på skolgården. Hon gav honom en simmig blick. Såg honom gå i riktning mot centrum. Amanda har inte synts till på en stund, varken i kapprummet eller ute på skolgården. Hon har nog gått hem i förväg, tänkte Cecilia. Taskigt att inte vänta. En jäkla svikare var hon. Feg och opålitlig. Pontus Polletten startade sin bil borta på parkeringen. En röd Toyota. Cecilia såg den blänka under gatlyktan och kände en ilning av olust. Det där hon berättat för Amanda om Toyotakillen som kommit fram till henne på stan och sagt: ”Hej Cissi”, var inte särskilt sant. Har man en pappa som är präst måste man visa att man är cool. Att haspla ur sig att killen hade en röd Toyota var väl inte så genomtänkt, men vadå? Något bilmärke måste hon ju dra till med i hastigheten. Amanda kunde vara så vansinnigt frågvis och jobbig ibland. Det skulle aldrig ha blivit en så lång utläggning om hon inte frågat hela tiden och krävt att få veta allt. Lättlurad var hon dessutom, en riktig tönt. Cecilia skrattade högt. Amandas min när hon försökte dölja sin förskräckelse och se oberörd ut var så jäkla komisk. Som när de snattade smink på varuhuset i stan och Cecilia la ner det i Amandas jackficka just när vakten kom. Fy fan vad hon såg dum ut då. Strykrädd och skitnödig.

Snöfallet hade upphört, men månljuset låg fortfarande inkapslat i mörka moln. Det blåste snålt och vasst mot kinderna. Ögonen tårades. Cecilia frös i sin midjekorta jacka. Gymnastikskorna blev snart genomblöta i snöslasket och isvinden sved och kliade som kaustiksoda i ansiktet. Den röda Toyotan närmade sig skolgrinden och stannade. Dörren på förarsidan öppnades och ett mörkt huvud stack ut. Cecilia saktade av på stegen.

”Vill du ha skjuts?” frågade Polletten när hon kommit inom

hörhåll. ”Så slipper du gå ensam över skogen.”

”Det är okey.” Cecilia stannade där hon stod och kände på flöjten i sin jackficka.

”Säkert det. Jag skjutsar dej gärna hem.”

”Inget besvär för min skull”, sa Cecilia och härmade Gudrun Werns röst. Hon blev alldeles fnittrig när hon tänkte på det. På Gudrun Wern alltså. Cecilia skrattade så hon trampade fel och höll på att störta baklänges i en snödriva.

”Oj då, det där kunde ha gått illa. Det är inget besvär alls för mej, vet du. Jag kan skjutsa dej fram till korsningen i alla fall. Så slipper du gå över E4:an i mörkret.” Cecilias fnittrighet slog om till djupaste allvar.

”Nej tack, jag går.”

”Jag tror det kunde vara bra om vi fick en pratstund på tu man hand Cecilia. Hoppa in nu. Jag ser ju att du fryser.”

”I din bil, mitt i natten?” frågade hon spydigt och formade munnen till en kyss i tomma intet.

”Nej, det kanske inte var någon bra idé. Jag återkommer i dagsljus.”

”Varför då? Har jag gjort nåt?” Cecilia kände osäkerheten komma smygande. Hade han märkt något? Ville han tala med fader prästen om att hon suttit på toaletten under filmförevisningen? Det hade han fan inte med att göra. Det var faktiskt inte obligatorisk skoltid. Eller ännu värre, hade Amanda sagt något om vinflaskan som sprack?

”Jag tror du vet vad vi bör tala om.”

”Nej”, sa Cecilia lamt och så kom fnittrigheten över henne igen. Den bubblade i magen och kokade över. Det gick inte att stå emot. Pontus Polletten såg så enastående dum ut i lyktskenet. Halva hans ansikte låg i skugga från biltaket och den andra halvan var upplyst. Hon kunde tydligt och klart se hans mun röra sig men inte hans ögon. Ibland glimmade de till i mörkret och näsan, näsan var det mest komiska av allt. Den var bara en liten vit tipp som guppade upp och ner när han pratade.

”Vad är det?” Pontus mun öppnades och stängdes under den lilla nästippen.

Cecilia exploderade av skratt. Hon hade inga ord för det hon såg. Men roligt var det. Så vansinnigt roligt.

"Din näsa", sa hon och vred sig av skratt när hon såg Pollettens min.

"Cecilia, har du druckit alkohol?"

Hon kunde inte låta bli att härma honom.

Han stannade motorn och klev ur bilen. Som en svart demon kom han emot henne med sin slängande hästsvans och sin svarta fladdrande långrock och hon sprang. Utan att se sig om sprang hon in mellan husen, rundade idrottsplanen och fortsatte i den knädjupa snön i uppförsbacken mot skogen. Den första biten hörde hon hans flåsande andning tätt bakom sig men avståndet ökade. I skogens mörker kände hon sig så säker att hon tordes stanna och vända på huvudet. Pulsen slog hårt, lungorna krävde syre. Cecilia lutade sig framåt med händerna på knäna för att få luft. Nedanför sig såg hon den mörka skolbyggnadens fasad upplyst av ljuset från gatlyktorna. Magister Pontus Larsson var på väg mot sin bil. Hans rock flaxade upp där bak när han gick med stora arga kliv och håret slängande på ryggen i samma takt. Cecilia drog ett djupt andetag och hostade i kylan. Hon ville inte tänka på morgondagens lektion i svenska. Han skulle be att få tala med henne efter lektionen, tvärsäkert. Hon kunde ju sjukskriva sig förstås. Om Reidun började tidigt skulle det inte stöta på några problem.

När den röda Toyotan lämnat grindhålet och svängt ut på vägen tog Cecilia fram sin ficklampa ur ryggsäcken. Det var en fin liten ficklampa hon fått av sin pappa när de var inne i stan och skulle köpa fiskegrejor. Hon hade fått vänta jättelänge medan Johannes valde drag och linor. Så länge att han fick dåligt samvete och köpte lampan åt henne fast den kostade två hundra kronor. Ljuset var starkt fast lampan var så liten. En perfekt lampa att använda när hon sedan sökte igenom Reiduns saker på vinden och läste breven i det röda plåtskrinet som det varit kex i. Rena pornografin. Förbjudet, upphetsande och äckligt på nåt sätt att tänka sig kossan Reidun göra sådana konster.

Cecilia frös om händerna. Hade inte Polletten sagt det där om att tala på tu man hand hade hon nog låtit honom skjutsa henne fram till korsvägen i alla fall. Tårna domnade i kylan. Det var inte alldeles lätt att hitta stigen när snön låg packad över marken. Cecilia slog huvudet i en gren och snön drösade över hennes axlar. Allt var Reiduns fel, bestämde hon. Det skulle vara lätt som en plätt att förklara läget för Johannes om inte Reidun la sig i det som inte angick henne ett dugg och ställde taskiga frågor. Fan vad hon hatade Reidun. Utom den gången förstås när hon fick mens och Johannes inte fattade ett dugg, men Reidun hämtade en vetekudde som hon värmde i mikron och la på magen så det onda blev lite bättre. Och den gången när hon fick en jättefinne på näsan och inte kunde gå i skolan. Då var Reidun sjyst och lät henne vara. Hon hade till och med köpt något dundermedel mot böldpest på apoteket och hämtat ut p-piller. Men annars var hon bara för jobbig att ha i närheten, med sina ängsliga frågor och sin darrande fuktiga överläpp. Det går inte att vara snäll mot någon som hela tiden vill vara till lags och vädjande slickar golvet framför ens fötter och lägger mattan till rätta. Då känner man sig överlägsen och elak. Till slut kryper det i en av elakhet. Det är svårt att ha respekt för någon som inte respekterar sig själv. Man blir hård, så jävla hård att man inte själv kan bryta det. Och sen får man dåligt samvete och blir ännu mer förbannad. Jävla Reidun! Det är ditt fel. Du skulle aldrig ha flyttat hem till oss. Det hade varit bättre om ni bara träffats ibland, tänkte Cecilia. Fast på sista tiden hade hon blivit lite bättre, Reidun. Hon var inte lika mesig längre. Utom när hon spydde förstås, fan va äckligt. Säkert var hon full. Eller ännu värre, med barn. Är hon med barn så flyttar jag, sa Cecilia högt för sig själv. Bara tanken på att hennes far skulle ha något sexuellt för sig med Reidun fyllde Cecilia med vämjelse. Ändå måste hon inse att det var precis vad som hände där på andra sidan sängkammarväggen. Ljuden och lukten i badrummet sen de tassat upp i tur och ordning gick inte att ta miste på. Reiduns handduk luktade som de sötäckliga blommorna på ligusterhäcken hemma hos faster Eva. Cecilia stannade till. Nu hade hon kommit fram till järnvägen. Ljuset från byn föll in i den öppna järnvägsbanken. På långt avstånd kunde hon höra tåget komma. I samma stund ringde telefonen. Cecilia fumlade i sin ficka och fick fram sin mobil.

”Cecilia”, svarade hon. Fingrarna var stela som träpinnar. Om hon ändå tagit med sig vantarna. Det var också Reiduns fel, hade hon inte tjatat så hade vantarna legat i väskan nu.

"Hej, det är Reidun. Jag undrar var du är? Klockan är snart halv elva."

"So what?"

"Du kom överens med Johannes om att vara hemma klockan tio."

"Det glömde jag, för fan."

"Kommer du nu då? Ska jag komma och möta dej med bilen?"

"Nej, för helvete jag är snart hemma." Jävla kärring! Reidun skulle faan inte lägga sig i när hon kom hem. Det var faktiskt Johannes som bestämde. Fram till klockan ett i natt var det lugnt. Före det skulle inte Johannes vara klar i kyrkan. Om Reidun berättade för honom att Cecilia kommit hem sent skulle han bara tycka att kärringen var tröttsam och gnällig. Om han ens skulle tro på det hon sa. Det enda viktiga var att finnas på plats när Johannes kom hem, så han slapp bli orolig personligen. Oron kunde driva fram förbud som ingen av dem egentligen ville ha. Så fungerade det i praktiken.

Cecilia Ståhl följde järnvägsbanken mot stugområdet och minigolfbanan. Det gick tungt att kliva fram i den blöta snön. Hon skyndade på stegen. HAN väntade på henne där framme det visste hon. Det måste vara han! Spänningen pirrade i hela kroppen, virvlade i magen, susade genom blodet. Hur såg hon ut? Var hon mycket röd om näsan? Håret var rena katastrofen. Skit samma! Nu kunde hon se det, se att det lyste bakom luckan i den förbommade kiosken. Han måste ha brutit sig in. Cecilia undrade för sig själv om han varit där länge. En månad, kanske mer. Tid, all den tid de kunde ha varit tillsammans. Så många dagar av längtan. Snart skulle hon vara i hans famn. Cecilia kände på nyckeln i jackfickan. En kopia. Den hade inte varit svår att ordna. Amandas pappa hade haft knippan med nyckeln till kiosken liggande i sin skrivbordslåda. Cecilia hade bara lånat den ett litet tag. Gjort en kopia för att ha fri tillgång till kiosken i våras när Amanda och Tom ville vara med och leka de lekar som inte var lämpade för vuxna människors ögon. Men nu, just i detta nu, fanns hennes älskade där inne. HAN väntade på henne. Glädjen lyfte henne över den djupa snön.

Cecilia sprang den sista biten. Snart skulle han hålla om henne. Hon skulle omslutas av hans doft och ingen, ingen skulle kunna skilja dem åt igen, inte nu när han kommit tillbaka. Om han stannade i kiosken skulle hon komma med mat åt honom och de skulle få vara tillsammans varje dag. Ljuset bakom träluckan slocknade. Han måste ha hört hennes steg. Han var försiktig förstås. De meddelanden han skickat henne hade varit så opersonligt formulerade. Om hon inte varje dag hade väntat och längtat efter att han skulle höra av sig hade hon knappast lagt märke till hans meddelande i mängden av skräppost och allmänt pladder. Möt mej vid kiosken, tid och datum, ingen underskrift, användarnamn: Yourlove! Precis som det där sminket hette.

Cecilia stannade för att hämta andan och dra fingrarna genom håret innan hon i ett kliv tog de båda trappstegen och knackade på dörren. Hasande steg. Det knakade i golvets plankor. Dörren gled sakta upp. Han kom emot henne ur mörkret och lyfte sin hand mot hennes ansikte, smekte trevande hennes kind med handskens skinn. Hon försökte se hans ansikte i mörkret. Hans doft var en annan främmande lukt av vått ylle och kaffe. Hon väntade att han skulle säga något, att han skulle hålla henne i sin famn. Huden där hans hand vidrört henne brände som av eld och is. Rör vid mej. Säg något. Varför säger du inget? Lukten av kaffe. Så konstigt.

"Du tycker väl inte om kaffe?" Han rörde sig inte. Talade inte och ängslan grep henne och fick tankarna att söka mening och sammanhang i en labyrint av möjligheter och omöjligheter. Något var fel. Så obegripligt fel.

"Malaki är det du?" Cecilias röst var ett litet barns och rädslan kröp i hennes frusna kropp. "Malaki?"

Den mörka gestalten drog henne med sig över tröskeln, knuffade henne över golvet och slog igen dörren från utsidan.

"Vem är du?" I samma stund som hon fattade vad som hänt hörde hon regeln som lades för dörren och hänglåset som knäppte igen på utsidan.

"Släpp ut mej! Snälla släpp ut mej! Jag fryser ihjäl här inne. Är det du Tom? Sluta skoja nu. Det är inte roligt längre. Vad vill du med mej? Vad tänker du göra?" Cecilia gav den orubbliga dörren en tackling och svor till av smärta.

12

I Kronvikens kyrka släcktes först takkronorna och sedan ytterbelysningen. Mörk och majestätisk vilade hon på sin klippa vid havet med utsikt över onda och goda. Stjärnorna trädde sakta fram, när Johannes hade vant sig vid mörkret. Månljuset silade genom kastanjeträdens svarta grenar ner över kyrkogårdens snöklädda gravstenar. Johannes tyckte det såg ut som om de bar vita väpnarhuvor nedtryckta över sina åldersgrå stenhuvuden. Tanken var kanske en smula hädisk men den roade honom. Han drog igen den tunga kyrkporten, låste den och såg så upp mot stjärnhimlen igen. Svarta molnstråk gled över Pollux, Castor, Tvillingarna och Oxen. Orions bälte lyste starkt i mörkret. Så långt borta och så vant för ögat. Johannes tog ett djupt andetag, luften var mild att andas. Bortom kyrkogårdsmuren sluttade berget ned i havet, ned i Kronvikens frusna svarta vatten. I mörkret kunde man inte se Kronholmen, men den fanns därute dold i natten. 1945 när isen låg tjock hade bönderna kunnat vandra dit ut med vinterfoder till fåren. Då hade det funnits en fyrmästare där ute. Men det var längre tillbaka än Johannes kunde minnas. Stugan hade för länge sedan brunnit ner, liksom fyren som stod alldeles intill. Nu fanns bara husgrunden kvar. Några stenar i en ruin vittnade om en människas liv och gärning, långt därute i mörkret. En skrämd fågel flög upp framför Johannes fötter och han ryggade tillbaka. I det ögonblicket kom han märkligt nog att tänka på Malaki och såg sig om över axeln. Ur jasminbuskarna hade han stigit fram i juninatten tyst som en tanke. Nu var grenverket glest och avlövat och Johannes ensam under stjärnorna. Ensam med sina egna tankar om livet och döden.

Det hade varit en fin kväll. Akustiken i kyrkan hade gjort gospelmusiken full rättvisa och många hade stannat kvar på kvällskaffet efteråt. Vid bordet där Johannes satt hade man talat om våldsgärningar i Guds namn. Hur är det möjligt? Muslimer den här gången, men de kristnas historia är ingalunda obefläckad. Hur är det möjligt att i Guds skaparens namn spränga sig själv och andra till döds? Samtalet hade spunnit kring de gnostiska strömningar som mer eller mindre påverkat religionerna sedan förkristen tid. Bristen på respekt för livet, det liv vi lever nu och väntan på det eviga livet, det eftersträvansvärda och riktiga. Gud som skapare får dra sig tillbaka till sin örtagård, om han ens står att finna i sin skapelse. Här gäller det en kamp på liv och död mellan det onda och det goda, mellan en upplyst elit och mörkrets söner. Hatets och hämndens ideologi, i direkt motsats till att älska sin nästa som sig själv och Koranens: ”Den som gör gott gör det mot sig själv. Den som gör ont gör det mot sig själv.”

Vilken grym gudsbild ger inte förnekelsen av livet? Var finns kärleken till nästan? Hur kan en människa bli så blind att hon inte ser livets helighet i skapelsen. I ett litet barn, i allt som växer, i stjärnhimlen och i vinden som böljar över rågfälten, i havets skiftningar och i en gammal kvinnas erfarna händer? Så tänkte Johannes där han gick på den nyfallna snön där ännu ingen fot gjort avtryck. Framför honom nere i dalen glittrade ljusen från adventsstakarna i fönstren, från gatlyktor och enstaka bilar som färdades i den sena natten, allt inbäddat i mjuk vit snö. Bänken under almen vid grinden hade under kvällen fått vita dynor. Den såg mjuk och inbjudande ut. Kyrkogårdsmuren låg som en jätterulltårta med vispgrädde på. En rad istappar hängde ned från förrådshusets tak och glittrade i gatlyktans ljus, ett ackord av färger så stämningsfullt och vackert som det vackraste postludium. Skulle livet bara vara en förberedelse för döden eller en illusion i väntan på verkligheten? Är inte förnekelsen av livet självt det största bländverket av dem alla? Så hade konsensus blivit av kvällens samtal och Johannes kände sig upplyft och stärkt av att ha funnit meningsfränder.

”Härlig är jorden, härlig är min kvinna”, sjöng han högt för sig själv där han gick i månljuset och tänkte på Reidun. Funderade på om hon hade gått och lagt sig och om hon krupit ner med eller utan sitt storblommiga nattlinne, en fotsida särk med krås runt hals och ärmar. Första gången hon tagit det på sig hade han fått bita sig i tungan för att leendet inte skulle läcka ut. Sen hade det gradvis gått upp för honom att hon bar det höghalsade eländet för att skydda sin kropp från insyn. I första hand för Cecilias skull, för att slippa bli inspekterad in på bara skinnet. Det skyddade också mot oönskad kroppskontakt, signalerade rör mej inte. Hur effektivt det var hade hon väl aldrig anat, men Johannes mindes tydligt att det var samma kväll hans manbarhet svikit honom för första gången sen de börjat dela säng. Det storblommiga blev för mycket för honom. Blommorna var så överväldigande och biets gadd så liten och bräcklig. Johannes fyllde sina händer med kramsnö. I snön la han sin rädsla för att misslyckas om hon skulle uppenbara sig i särk, kramade den hårt och skickade iväg den över kyrkogårdsmuren. I nästa snöboll la han sina tvivel på att Reidun och Cecilia någonsin skulle komma sams och i kommande fyra snöbollar kramade han in diverse små bekymmer för ekonomin, både kyrkans och den privata. Efter att på så sätt ha konkretiserat sina böner begav han sig hemåt genom skogen lyst på sin stig av månens bleka silver, efterlämnande en ansenlig hög med snöbollar på kyrkogårdsmurens västra sida.

I skogens mörker tillät han sig de förbjudna tankarna på Annalisa, de undanträngda och styvmoderligt behandlade. För dem fanns ingen plats i dagsljus. Deras tid borde ha varit ute för länge sedan, färdigältade och sorterade i vällovliga fraser. Det kunde man vänta sig av en själavårdare och på ytan hanterade Johannes det väl. Men i sin ensamhet, i de få stunder av verklig ensamhet Johannes kunde uppbringa, fanns saknaden som ett rytande vilddjur. Varför Gud? Varför Annalisa?

Han hade försökt följa de råd han brukade ge andra människor som hemsöktes av sorgen: ”Tillåt dej att minnas de fina stunder ni hade tillsammans. Se varje ögonblick av lycka som en gåva av livet självt. Våga tankarna om det som inte var så bra, lyft fram och avsluta det som skulle ha sagts.”

Och hon kom honom till mötes i den snötunga skogen, en vandrerska med utbredda armar och han sjönk in i hennes mjukhet och snyftade i hennes utslagna hår. Kände doften av vanilj och beröringen av hennes smeksamma händer när han sökte tröst i välviljan. Hon log retsamt mot honom och lät pekfingret följa läpparnas konturer, en signal och landet låg öppet. Han speglade sig i hennes blick. Såg sig själv genom hennes lust, åtråvärd, potent och älskad i tiden som var då. Minnena fortfarande så plågsamt fjättrade av känslor. Han drog jumpern över hennes huvud. Bröstvårtorna knoppades i kylan, eller var de redan sprängfulla av längtan innan dess? Han kysste dem och blodet brände i hans lem, bultade och spände. Hennes andedräkt täckte hans ansikte varm och mättad av vanilj. Kyssarna, lätta som blomblad, djupnade och fyllde honom. Så lyfte hon sakta upp sin kjol över låren utan att släppa honom med blicken och han visste att hon väntat honom, att hon längtade och ville. Aldrig mer som då – aldrig mer den man han blev i hennes närhet. När han öppnade sina ögon var hon borta. Kylan och ensamheten kröp in på bara själen och han grät som ett barn. Ulkade och skakade av köld och förtvivlan över vad han förlorat – sig själv. Bilden av sig själv så som hon sett honom, älskat honom. För alltid skulle Annalisas kropp vara ung i hans minne, full av lust och lekfullhet och utan blygsel. Så orättvist mot Reidun. Kanske var det otrohet, han visste inte säkert. Ville inte veta. Han var inte beredd att avstå, behövde så förtvivlat väl stunderna med Annalisa. Utan dem skulle livet vara outhärdligt grått. Om det inte varit för Cecilia skulle han sannolikt ha tagit steget över gränsen till evig förening. Om det inte var för att Cecilia behövde honom i livet och för tvivlet på det som fanns bortom, på Gud och på nåden. Främst på att nåden gällde även honom. När fyller man sin kvot av missgärningar? Att möta Annalisa var att förneka livet. Han kunde se det nu. En smärtsam tanke. Att leva är alltid förenat med smärta. Om döden vet vi intet.

En kall januarikväll hade det knackat på prästgårdens dörr. Två poliser hade stått på trappan. Johannes hade stängt dörren mitt i ansiktet på dem. Han kunde ha hållit för ögonen för att stänga dem ute, men det blev dörren. Ord som pilar, borde ha riktats åt ett annat håll. Varför, Gud? Hur kunde du i din allmakt tillåta att hon skadades?

Om du har all makt låter du henne få leva, hade Johannes viskat till den Högste. Tysta förtvivlade besvärjelser uppfyllde honom när han var på väg till akutmottagningen i polisbil. Visa mej att du finns Gud, visa mej då. Nu har du chansen! Om du är kärleken själv kan hon inte dö ifrån mej. Då kan du inte göra mej så illa. Styrkt av sina böner hade han fattat hennes hand. För sin inre syn kunde han se henne stiga ur sängen och förvirrat se sig omkring. Helad, helbrägdagjord. Var är jag? Hur kom jag hit? I lysrörens kalla ljus hade bilden av hennes blåbleka ansikte etsat sig fast för tid och evighet. Blodet, slangarna. Om du älskar mej Gud ... Om du låter henne få liv igen ska jag ... Om ... Och sen det vita raseriet och tomheten och avgrunden.

Så hade han förbannat, härjat och svurit. Den milde Johannes hade inte känt igen sig själv i sin fruktansvärda vrede och besvikelse över Gud och livet självt. Han hade spottat på allt som var heligt, förnekat, förkrossats för att sedan krypa till korset. Till vem skulle han annars gå med sin smärta när människors öron tröttnat. Därför, Gud är det inte mer än rätt att jag får träffa henne ibland, viskade Johannes in i granskogens mörker. Och som så många gånger tidigare tolkade han egensinnigt tystnaden som ett samtycke till mötena med Annalisa.

Det var inte rättvist mot Reidun. Där fanns en skuld att betala. Han var inte alls redo när de flyttade ihop. Men det är icke gott för mannen att vara allena. Johannes andades tungt men ökade på stegen. Reidun hade alldeles rätt i att huset fortfarande stod som ett monument över de lyckliga åren med Annalisa. Vid närmare eftertanke hängde Annalisas kläder fortfarande kvar i garderoben i sängkammaren. Reidun hade sina i skrubben i hallen. Hon hade inte sagt något om just det, men talet om eget rum var tydligt nog. Johannes skämdes när han tänkte på det, förbannade sin tröghet. Kanske skulle de börja med att tapetsera om i sängkammaren och röja ur garderoben. Reidun skulle få bestämma vilken tapet de skulle ha. Hade hon inte talat om en blå tapet alldeles i början, innan Malaki kom och allt blev kaos. Hur de skulle få pengar till projektet var en annan femma, men det fick nog ses som en alldeles nödvändig utgift. I dessa tankar gick Johannes den sista biten hem utan att för ett ögonblick ana vad som väntade honom.

13

Adventsljusstaken lyste i köksfönstret bakom den röda gardinen. Lampan i biblioteket var också tänd. Det förvånade Johannes. Han kastade en blick på sin klocka. Den var några minuter över ett. Omvägen genom skogen hade tagit längre tid än han trott. Han kunde ännu känna eftervärmen från mötet med Annalisa. Och nu satt Reidun, det måste vara Reidun, uppe i biblioteket och väntade på honom. Antagligen hade Cecilia kommit för sent hem och nu ville Reidun tala gränssättning igen. Johannes kände sig oändligt trött. Svåra samtal blir alltid mer konstruktiva om de förs i utvilat tillstånd. När tröttheten gör det svårt att finna rätt ord och irritationen kryper i kroppen redan innan anklagelserna börjar vina om öronen, är det lätt gjort att det hela går i baklås. Han tänkte faktiskt föreslå att de skulle sova på saken. Han brukade föreslå det. I morgondagens ljus kanske det inte skulle vara så mycket att tala om. Det brukade det inte vara. Genom fönstret kunde han se att Reidun satt vid hans skrivbord rak i ryggen och ovanligt stel i sina rörelser. Det var naturligtvis inte förbjudet att sitta på hans stol, bara märkligt. Vad gjorde hon där mitt i natten? Hon höll telefonluren i handen. Hennes mun rörde sig utan ljud som på en stumfilm. Vem talade hon med vid denna sena timme? Johannes kände sig skamsen, som om han varit ute på dåligheter. Tänk om det hänt något. Reiduns mamma var inte så ung längre. Eller var det något med Eva. Han kände hur det knöt sig i bröstet. Kände hur mycket han älskade sin storasyster. Hade hon blivit tvungen att fara in till sjukhus igen? Livet är inte rättvist. På väg uppför trappan mumlade Johannes alla låt-det-inte-vara-böner som for genom hans huvud, steg för steg mot vissheten. När han öppnade dörren till biblioteket släppte Reidun ner telefonluren på sitt fäste och kom emot honom. Hade hon stannat där hon stod skulle rädslan inte ha gripit om hans strupe som den nu gjorde. Hennes tystnad, de utsträckta händerna och de långsamma målinriktade stegen skrämde vettet ur honom.

”Vad är det?” röt han. Reidun fortsatte att gå mot honom och hennes ögon var svarta av ängslan. ”Säg vad det är människa”, rösten brast och blev till en viskning. Reidun öppnade och stängde munnen som en fisk på land. För första gången någonsin kände Johannes att han hade lust att ge henne en örfil. Att slå undan det osäkra leendet i hennes ansikte. Förstod hon inte att hon plågade honom, att han varit med om samma ovisshet tidigare och att den var värre än ett brinnande Gehenna. Spyfärdig av ängslan fattade han hårt om hennes axlar: ”Svara mej för helvete!” Reidun ryckte till.

”Cecilia har inte kommit hem ännu.” Johannes fortsatte framåt i rummet och föll ihop i soffan. Han stirrade förvirrad på henne.

”Då sover hon väl över hos Amanda.” Valhänt började han snöra av sig skorna som gjort stora blöta fläckar på golvet bakom honom. Han hade sölat ner golvet. Han fick inte smutsa ner golvet. Johannes lät detaljen fylla hela universum. Inga andra tankar fick plats, ingen och inget släpptes in utom de blanka våta fläckarna på golvet som hans skor nyss åstadkommit och en vit flaga av sågspån som fastnat på Reiduns strumpa.

”Jag har ringt Amandas föräldrar flera gånger. Amanda kom hem redan klockan åtta. Hon hade cyklat omkull och skurit sig på en glasflaska någon slängt på cykelbanan. De fick fara med henne till lasarettet och sy fem stygn. Cecilia följde henne inte hem.

”Har du provat att ringa på mobilen?” väste Johannes utan att ta blicken från fläckarna på golvet.

”Det är klart jag har. Jag fick tag på henne vid halv elva. Jag erbjöd mej att hämta henne, men hon skulle alldeles strax vara hemma. Det sa hon.”

Johannes skruvade på sig i soffan, skakade på sig för att bli av med den surrande känslan av olust som inte ville lämna honom ifred. Reidun såg på honom oavlåtligen. Fordrade att han skulle göra något. Förväntade sig att han skulle ställa saker till rätta. Krävde något?

”Klassföreståndaren? Har du ringt Pontus Larsson?” Rösten så kall och saklig att han hade svårt att känna igen den själv.

”Säkert tjugo gånger. Det är ingen som svarar. Han är nyskild, tror jag. Det är inte säkert att han sover i sin egen säng.”

”Ring igen”, uppmanade Johannes i brist på bättre uppslag. Efter den första kallsvettiga upplevelsen började han långsamt få fotfäste igen.

”Jag tänkte ringa polisen när du kom.”

”Nu ska vi inte förhasta oss … Tom, hon pratade med mej om en pojke som heter Tom så sent som igår. De hade blivit osams och nu tänkte hon be honom om ursäkt eller något liknande.”

Reidun tvivlade, men undvek att kommentera saken.

”Tom. Jag ska se efter i skolkatalogen. Du, Johannes, om hon nu sover över hos någon kanske vi inte bör berätta det för hela skolan.”

”Varför då?” frågade Johannes dumt. ”Du menar inte att hon sover över hos någon på *det* sättet. Nej, nu får du faktiskt sansa dej, Reidun. Cecilia är ju bara barnet.”

”Nej, Johannes det är hon inte. Hon är en ung kvinna. Med en kvinnas behov av ömhet och sex. Jag tror att hon är ganska avancerad på den fronten.”

Efteråt fann Johannes det helt obegripligt, det som hände. Reidun vacklade bakåt när han höjde sin hand för att slå. Så nära, så fruktansvärt nära att utdela slaget. Med vidöppna ögon stirrade hon på sin make medan hennes ansikte fylldes av förvåning och sedan rädsla. Gesten gick inte att ta tillbaka. Johannes stirrade på sin hand, kände vreden krypa ut i fingertopparna. Säg något, sluta plåga mej. Han kom emot henne och hon ryggade tillbaka.

”Förlåt mej, snälla älskade Reidun förlåt mej”, vädjade han när vreden runnit av honom. ”Jag är så fruktansvärt orolig. Förlåt mej. Kan du förlåta mej? Det ska aldrig, jag lovar dej, aldrig hända igen. Jag skulle aldrig ha förlåtit mej själv om jag ... Och Reidun släppte in honom i sin famn, satte sig ner på golvet och begravde hans huvud i sin mjukhet.

”Vad gör vi nu?” sa hon och strök honom sakta över ryggen.

”Jag skulle bli väldigt tacksam om du ville ringa den där Tom.” Han gjorde en paus. I utkanten av sitt synfält la han märke till Reiduns strumpor igen. Halvt omedvetet fångade de hans uppmärksamhet. Båda de röda strumporna bar spår av sågspån. Som röd flugsvamp med sina vita prickar. Han kom sig inte för med att fråga henne, glömde det i samma stund han noterat det. ”Om det är som du säger”, tillade han.

Reidun gav sin make en lång blick, men hon sa inget. Lät tanken ta sin tid att smälta och omvärdera. Hon reste sig tungt från golvet och gick in i Cecilias rum för att hämta katalogen. Letade tills hon fann den inklämd bland de tomma vinflaskor Cecilia sparade på sin bokhylla som ett monument över Reiduns alkoholkonsumtion. Tom Flodström. Efter fyra signaler svarade en kvinnoröst.

”Jag måste faktiskt gå och se efter om han är inne. Det låter inte klokt men jag somnade redan klockan halv nio. Maken är på tjänsteresa. Ett ögonblick.”

”Kan jag få tala med Tom”, frågade Reidun.

”Nu mitt i natten?”

”Ja, nu mitt i natten.” Efter något som tycktes Johannes som en evighet la Reidun på luren.

”Inget”, sa hon. ”Han hade inget att säga mer än att han kom hem direkt när filmen slutade. Cecilia var där på filmförevisningen. De sa farväl till varann på skolgården när filmen var slut.”

”Vad gör vi nu?” Johannes slog händerna för ansiktet och drog dem sakta ned mot halsen. Den långa magra kroppen sjönk ihop.

”Innan du kom ringde jag sjukhuset. Hon var inte där. Vi bör nog ge oss ut och söka efter henne. Hon borde ha följt stora vägen. Det är för mörkt och för mycket snö för att hon skulle ha tagit skogsvägen, tycker jag.”

”Cyklade hon?” frågade Johannes.

”Nej, cykeln står kvar på gården. Jag provar att ringa hennes mobil igen.” Reidun slog det välbekanta numret och lyssnade till Cecilias röst.

”Chaba, du har kommit till Cecilia Ståhl. Jag kan inte prata med dej just nu, så försök lite senare. Vi hörs.”

14

”Hade hon sin nyckel med sig?” Johannes blev stående på trappan i begrepp att slå igen ytterdörren.

”Det vet jag inte. Kanske bäst att vi lämnar dörren olåst.” Reidun drog huttrande ned sin basker över öronen och steg ut i vinternatten.

”Hon kan knappast ha gått över skogen. Det är så mörkt. Hon måste ha tagit landsvägen. Vet du om hon hade reflex?” Johannes skyndade på stegen jagad av sina egna bilder. Tänk om hon blivit överkörd. Folk kör som galningar. Det är mörkt och halt. Varför hade han lovat henne att gå på den där filmklubben? Så fruktansvärt onödigt. Hon mådde ju inte bra. Tänk om hon hade feber och inte orkade ta sig hem. Nu kanske hon låg nedmejad i diket eller kanske ... ”Visst ringde du akutmottagningen?”

”Ja, det har jag gjort”, flämtade Reidun andfådd. ”Men de hade inget att säga.” Hon halvsprang vid sidan om Johannes för att hinna med i hans raska takt.

”Om vi går på var sin sida av vägen ser vi bättre. Jag har förbjudit henne att lifta. Hon har lovat mej att aldrig lifta”, sa han för sig själv gång på gång medan fantasin spelade upp den ena scenen värre än den andra. ”Hon har lovat mej.”

”Då har hon säkert inte gjort det heller.” Reidun lät föga övertygande.

”Tänk om hon frös. Sa du åt henne att ta på sig mössa och ordentliga kängor på fötterna?” frågade Johannes utan att ta blicken från diket. Reidun svarade inte.

”Om hon frös kanske hon liftade i alla fall”, fortsatte Johannes utan att lägga märke till Reiduns ansiktsuttryck.

”Jag erbjöd mej att komma och möta henne med bilen, men hon sa att hon strax skulle vara hemma.”

”Hur dags var det?” Johannes letade fram sin klocka under jackans mudd. Den var fem minuter i två.

Reidun tvekade och rösten var bara en viskning när hon talade: ”Jag ringde henne vid halv elva.” Med ett halvkvävt skrik började Johannes springa.

”Cecilia”, ropade han med hög röst. ”Cecilia.” Nere vid korsningen svängde en bil söderut. Johannes viftade och gestikulerade men förblev osynlig i sin gråhet. ”Helvete! Vad skulle hon ut och göra?” Johannes tvärstannade och såg på Reidun i ljuset av gatlyktan. Hans händer grep om hennes armar. ”Hade ni grälat?”

”Inte mer än vanligt”, sa Reidun och backade ett steg.

”Hur menar du då?” Johannes tog ett stadigt tag om hennes axlar.

”Cecilia sa allt hon hade på hjärtat och jag lät henne hållas. Hon sa att jag inte bestämde över henne, för jag är inte hennes mamma.”

”Blanda inte in Annalisa i det här.” Johannes röst fick en skärpa som förvånade honom själv. Ertappad i sina tankar. Om Annalisa fått leva hade det här aldrig hänt. Om bara Annalisa hade levat.

”Jag gjorde inte det”, svarade Reidun kraftlöst. ”Ingen har talat om Annalisa.”

Så gick de tysta bredvid varandra vägen ner till skolan. Ibland sprang Johannes i förväg, ibland blev han snyftande stående vid en buske eller en sten och andades häftigt. Skolbyggnaden låg i mörker. Parkeringen var tom och skolgården öde. Ett ögonblick tyckte sig Reidun se en mörk gestalt på marken under klätterställningens nät alldeles intill lekstugan, men vid närmare betraktelse var det bara skuggan av en pulka som stod lutad mot väggen.

”Försök nå henne på mobilen igen”, sa Johannes. Reidun tog av sig vantarna och slog numret. Samma svar som tidigare: ”Chaba du har kommit till Cecilia Ståhl. Jag kan inte prata med dej just nu, så försök lite senare. Vi hörs.”

”Vad gör vi nu?” sa Reidun när de känt på den femte och sista dörren som ledde till gymnastiksalen.

”Försök att ringa hem igen. Hon kanske har kommit hem och

undrar var vi är.” Johannes blåste på sina frusna fingrar, en gnutta hopp tändes i hans blick. Reidun knappade in numret och väntade i tio signaler. Tio evighetslånga rop genom natten. Sen skakade hon på huvudet. Johannes knep ihop ögonen och vred sina händer, kramade och vred dem tills smärtan nådde hans medvetande.

”Hon kanske sover över hos någon av de andra flickorna. När nu Amanda gick i förväg. De kanske blev osams”, försökte han.

”Cecilia har aldrig sovit över hos någon annan än Amanda.” Reidun ångrade sina ord innan hon fullbordat meningen. Johannes behövde hoppet mer än sannolikheten.

”Vi får ta skogsvägen hem”, sa han kort. ”Hon måste ha kommit hem vid det här laget. Hon kanske sover eller har på musik så hon inte hör telefonen.”

De segade sig uppför slänten, stapplade fram i knähög snö lysta av månljuset på den smala stigen mellan träden. Fukten sökte sig genom kläderna in på huden. Trädens grenar grep efter dem och raspade deras ansikten, men de kände det inte. Johannes sökte med händerna i mörkret under granarna, famlade över stubbar och stenar, ropade in i den snötäckta tystnaden. Cecilia!

En ljusare skiftning i mörkret förebådade strandängen. Skogen glesnade ut och månljuset föll över fjolårsgräset som stack upp som skäggstubb ur snöskorpans vita hud. Johannes stannade och väntade in Reidun medan han spanade över landskapet ner mot Kronvikens svarta vatten och det öppna havet. Den övergivna kiosken med förbommad lucka stod kvar som en minnesstod över sommarens turistinvasion. Minigolfbanans landskap med sina pyttesmå hus täcktes av vita drivor. Den snöbelagda bryggan och vägen som fortsatte mot fiskeläget låg öde. Johannes tog ett par steg framåt och satte sig på huk. Såg spår efter grova mönstersulade skor och en pulka. Spåren ledde mot skogen. De var nästan lika stora som de hans egna skor lämnade efter sig. Johannes följde avtrycken i snön en bit, de såg ut att leda upp mot järnvägsspåret. Så hörde han Reiduns steg bakom sig och synintrycket gick förlorat.

15

Kriminalinspektör Maria Wern lutade huvudet mot den dammiga smalrandiga gardinen och stirrade ut genom tågfönstret. Städer med höghus, trafikljus och viadukter byttes mot väldiga granskogar som snart övergick i slättlandskap och mindre byar. Krister förväntade sig antagligen att hon skulle ringa hem, men sanningen var den att hon inte ville störa honom när han hade tänkt städa på förmiddagen. Det var inte svårt att föreställa sig honom med sopborsten höjd till slagskott på en dammboll och siktet inställt på soffan när han gick in i anfallszon mot de båda stadiga fåtöljerna som försvarade målet. Och där händer något. Krister vesslan Wern avancerar snabbt. Får en passning, den sitter som klistrad vid klubban. Han går över linjen. Den breda vänsterbacken ger honom en hård tackling och lyfter pucken ur zon. Den går till icing. Det blir tekning. Nedsläpp. Centern vinner tekningen. Passar till Krister Wern. Vänsterbacken igen. Krister Wern gör suddenfinten. Vänsterbacken är så bortfintad att han tror han är på läktaren och köper korv. Krister vesslan Wern fejkar ett slagskott. Målvakten går ned och täcker. Och där, DÄR smeker Krister Wern in pucken, lyfter den rätt upp i nättaket och vågen böljar över läktaren. Krister! Krister! Krister hör du mej? Där någonstans behöver han bli påmind om verkligheten för att inte hela förmiddagen ska gå till spillo. Och sen är det Tinas matprogram i repris, det missar han aldrig. Om så hela programmet hade visats i slow motion skulle han suttit parkerad framför burken på sin breda bak. Jag hade hoppats att du skulle ha maten klar när jag kom hem? Har barnen inte heller ätit? Men de måste ju gå och lägga sig nu? Vad gör du sa du? Tinar kotletterna i kylskåpet? Men vi måste ju äta NU! Har Tina sagt det, att man ska tina kotletterna i kylskåpet? Jaha, de blir saftigare då, verkligen? Jag bryr mej inte om vad Tina säger, jag vill ha något att äta innan jag svimmar. Jag äter kotletten rå och dricker blodet bredvid bara det händer något. Varför kan du inte bara steka falukorv? Öppna en burk fiskbullar eller koka gröt? Har vi ingen mjölk hemma? Du skulle ju handla. Någonstans i den tanken måste Maria ha somnat. När hon vaknade upp var de på väg att lämna stationen i Gävle. Det som väckte henne var det påträngande ljudet av en mansröst.

”Ny-på-satta! Nypåsatta i Gävle”, ljudade konduktören melodiskt. Två kvinnor som troligtvis stigit på i Gävle såg villrådigt på varann, liksom fegade med att räcka upp handen och anmäla sig som nypåsatta, i alla fall i Gävle. En man i ljusbrun manchesterkavaj som till en början räckt upp handen tog ner den igen och såg besvärad ut. Den tågvagn konduktören just passerat gungade av skratt och kommentarer. Den utländske konduktören tittade uppfordrande på Maria och viftade med biljettsaxen. ”Nypåsatta?” Då hände något i mannen med manchesterkavaj. Han tog sitt ansvar som man och medkämpe, reste sig upp och såg konduktören i ögonen: ”Kom får jag prata lite med dej.” Med en handfast gest visade han vägen, en bit bort i korridoren utom hörhåll för de övriga. Lågmält förklarade han, man och man emellan, det språkliga problemet.

”Det heter nypåstigna!”

”Alla har varit så glada på mej, hela dagen. Snuskig språk ni har, du”, hörde Maria konduktören säga med stukad entusiasm.

”Mycket möjligt”, sa mannen i manchesterkostymen och satte sig sedan på sin plats med klippt biljett. ”Mycket möjligt. Vi kanske har ett konstigt språk, i alla fall är det stundtals inkonsekvent när motsatsen till inredning inte är utredning och motsatsen till inbrott borde vara utbrott.”

”Papegoja på tre bokstäver”, sa kvinnan mitt emot Maria till sin väninna som hängde över det korsord som nu upptog hela bordet. De hade alltså stigit på i Gävle, konstaterade Maria när de släppte till konduktör och biljettsax och fick sina biljetter åtgärdade.

”På bara tre bokstäver. Det måste vara en liten papegoja, det. Finns det någon mera bokstav, Anita?” frågade hon på bred dialekt och satte glasögonen i pannan. Maria, som sjunkit ihop under sömnen, satte sig upp ordentligt och såg sig omkring. Den rödtonade, som kallats Anita, visade på de tomma rutorna i korsordet med hel och militärisk hand: ”Här, det slutar på RA”, sa hon.

Mannen i manchesterkostym, som tydligen inte hörde till korsordssällskapet, flyttade sina handskar till knät och satte boken han läste närmare ögonen. Han såg lite trängd ut, tyckte Maria.

”Vad kan det vara?” undrade väninnan med glasögonen. ”Jag kan inte begripa. Kan du det Anita? Papegoja på tre bokstäver?”

”...som slutar på RA. Neej. EKA måste ju vara rätt och ROR”, sa den rödtonade och sökte samförstånd hos sina medresenärer. Mannen suckade tungt och vände blad i boken.

”Vad står det på den lodräta raden ovanför papegojan då?” frågade väninnan och satte glasögonen på näsan. Hon lutade sig fram så Maria fick hennes gungande akter i knät.

”Varm liten stuga i Finland? Vet du det? Sista bokstaven blir den första i liten papegoja”, sa Anita.

”Det måste väl vara någon sorts bagarbod. Det blir ju varmt när man bakar. Är jag fel ute tror du?” Mannen med boken gav Maria en min av outsägligt lidande. Hur länge detta pågått innan Maria vaknade ur sin slummer visste hon inte.

”En varm liten stuga. En liten kiosk där de säljer varmkorv, kanske. Kiosk har fem bokstäver. Då blir det KRA. Det kan det ju inte bli, fast det som papegojan säger låter ju som KRA. Kraaa! Krrra! Du, du nu vet jag! Varm stuga i Finland på fem bokstäver blir så klart bastu ... då blir det URA”, sa Anita tvärsäkert.

”URA, tror du det? Papegoja på tre bokstäver; URA. Ja, kanske.” Kvinnan med glasögon vräkte sig bakåt i sätet och funderade utan att se att hon tappat sin penna och en ask halstabletter i Marias knä. ”Kan det vara URA, tror du?”

”Det heter för helvete ARA”, skrek mannen med boken. ”Det heter SAUNA och ARA!”

”Då måste bastu vara fel”, sa den glasögonprydda oberörd.

”Antagligen”, fräste mannen med boken och försvann igen bland sidorna. Det blev tyst en stund, men inte så länge som man kunde ha önskat.

”Med lyftning som syftning på två bokstäver”, framhärdade

Anita utan pardon. Mannen i manchesterkostym fick envisa ryckningar i ögonlocket.

”På två bokstäver. Med lyftning som syftning”, ekade Britt.

”Kan det vara OK, tror du? Nej det går inte in. ÖK? KO? Det brukar vara RA när det är två bokstäver eller EN.”

”Den sista bokstaven är H”, sa Britt.

”Det måste vara fel. Det finns väl inga ord som slutar på H, heller? Vi försöker med alfabetet. A-H. B-H. C- ... Du, du nu vet jag BH. Det är BH! Med lyftning som syftning, det är ju precis det!” jublade kvinnan med det rödtonade håret triumferande. Med lyftning som syftning blir BH. BH”, sa hon högt för sig själv när hon halvt stående plitade dit bokstäverna med väl tuggad blyertspenna.

”Varför i helvete kan ni inte terrorisera omgivningen med att tala i mobil som vanligt folk?” röt mannen med boken. Kvinnorna stirrade på honom.

”Kom Britt så går vi till cafeterian. Här kan ingen vara!” sa Anita.

”En del människor vet inte hur man umgås”, sa den andra kvinnan och stoppade ner glasögonen i handväskan.

Tystnaden var ljuvlig. Maria kände tröttheten i hela kroppen, lutade huvudet bakåt och blundade. Det skulle bli skönt att komma hem efter fyra dagar på ledarskapsutbildning. Fyra dagar hon, utan barn och make, klarat med hedern i behåll trots svärmors värsta farhågor. När Krister i sitt jobb farit jorden runt och bott veckovis på hotell var det inte tal om heder och anständighet, men när Maria skulle till Strängnäs ansågs hon ha förlupit hemmet, i det allra närmaste. Vem vet vilka frestelser och faror som lurar på en ensam kvinna i Strängnäs? Den största njutningen hade onekligen varit att få sova en hel natt utan att bli väckt, att ha eget badrum var inte heller så tokigt och att gå direkt till dukat bord var en ren lyx. Men några faror av det slag som florerade i svärmors fantasi hade hon inte sett röken av. I alla fall inte i Strängnäs. Möjligen på jobbet. Det finns alltid risker när ett förhållande går på rutin att man till slut känner sig grå och osynlig. Arvidssons uppvaktning hade hon inte kunnat undgå, hans oförtäckta kärleksförklaring på Gotland. Hon hade tackat nej, men dagarna var fulla av hans närhet och fantasin sattes oundvikligen i rörelse. Hur skulle det vara om ... där någonstans satte hon gränsen. Trodde hon, men det omedvetna lever sitt eget liv i drömmar och känslor. Hon hade suttit i cafeterian när hon drabbades av insikten, vetskapen om att livet med Krister höll på att vittra sönder. Att allt det de byggt upp tillsammans höll på att rasa. På kvällen hade hon tagit mod till sig och pratat med Krister om saken. Ängslig förstås för hur han skulle ta det.

Golvet rämnade inte, taket föll inte ner.

”Jag är glad att du berättade det. Hur vill du göra nu?” Han hade sett rädd ut, blivit påfallande vit och sen röd. ”Jag älskar dej, Maria. Vi måste se till att få mera tid tillsammans, göra saker bara du och jag. Om det inte är för sent?” Och de hade lovat varann att försöka igen. Försöka hitta tillbaka till den närhet de en gång haft.

16

Plötsligt gjorde tåget en kraftig inbromsning. Maria kastades halvvägs över till motsatta sätet. Mannen i manchesterkostym tappade sin uppslagna bok på golvet. Pappmuggen med kaffe han ställt på bordet välte och rann ned över sidorna. De var mitt ute i skogen.

”Kan vi ha kört på en älg, tror du?” Han stannade upp mitt i rörelsen när han försökte ruska kaffedropparna ur boken med ena handen och torka upp det som torkas kunde med den andra. Sen presenterade han sig som Göran.

Det är märkligt hur yttre händelser som tågförseningar, inställda bussturer och kraftiga väderomslag kan få människor att bli sociala. Kanske är det ren och skär överlevnadsinstinkt, tänkte Maria. I det trygga samhälle där vi lever låtsas vi ibland att vi inte behöver varandra. Så inträffar något oväntat och plötsligt heter mannen mitt emot Göran.

”Det är inte omöjligt”, sa Maria. ”Eller också kan någon ha dragit i nödbromsen. Vi är så nära hemma nu, så jag skulle kunna gå sista biten.” Hon tittade ut i det grådaskiga morgonljuset och stämde av mot klockan.

”Har vi kört på ett djur kan det ta tid. Sist jag for till Stockholm kolliderade tåget med en älg. Den trasslade in sig i elledningarna så tåget blev strömlöst. Vi fick inga meddelanden på över en timme. Tåget stod stilla, temperaturen sjönk och vi visste ingenting. De trodde att den lugnande information de gav i högtalarna gick fram till passagerarna, men så var det inte.”

”Det är otäckt med viltolyckor”, Maria skakade av sig minnesbilderna som ville tränga sig på. ”Särskilt om djuret inte dör med en gång. Jag vet inte vad lokföraren har för beredskap för sådana situationer. Det blir väl markägaren som i första hand får ta hand om djuret.”

”Så du bor här i Kronviken?” Göran putsade bort de sista fläckarna av kaffe från sina manchesterbyxor med halsduken, en brunbrokig yllesjal. Maria kunde inte låta bli att fundera över vad den trasan kunde ha varit med om i sitt tidigare liv. Allt det brokiga var vid närmare betraktande inte mönster i tyget.

”I det gula huset ovanför fiskeläget bor jag. Känner du till Kronviken?”

”Lite grann. Jag känner en svensklärare som arbetar här. Vi var lumparkompisar och har hållit sporadisk kontakt sen dess. Våra fruar brukar se till att vi träffas ett par gånger om året.”

”Era fruar?” Maria kunde inte låta bli att fråga. Göran svarade jakande, som om det var den självklaraste sak i världen att fruar sköter de sociala relationerna, även med makens gamla ungdomsvänner.

”Min son har just börjat skolan”, sa Maria. ”Jag kanske vet vem det är. Vad heter han?”

”Pontus Larsson. Fast vi kallade honom för Pontus Pilatus när vi gjorde lumpen. Vi hade ett och annat för oss som man inte kommer att glömma under resten av sitt liv. Han kunde komma med vilka infall som helst och jag hängde väl på. Fast efteråt var han alltid oskyldig. Allt var ett misstag. Han tvådde sina händer, som det heter i det bibliska. Vi ett tillfälle sågade vi lite på pinnen över latringropen. När vårt gruppbefäl skulle uträtta naturbehov brast den och det blev ett liv utan sans och proportioner. Rättegång – självklart. Dödsdom – ett minimistraff. Men Pontus, han var oskyldig som en brud. Tvådde sina händer. Jag vet inte om han arbetar i skolan nu, men sist vi talades vid hade han funderingar på att byta jobb.”

Maria blev tyst en stund och funderade. ”Det finns en lärare som de kallar Pontus Polletten. Kan det vara han?”

”Ja. En del kallade honom för polletten för att han var så trögtänkt. Det tog ett tag innan polletten trillade ner liksom. Festligt, det hade jag nästan glömt. Han skrev poesi också på den tiden, började bära långrock och lät håret och skägget växa. Han framhärdade i att plocka buketter med vitsippor till befälen och fick så småningom frisedel. Sen blev han lärare när det inte gick att leva på författarskapet. Jag vet faktiskt inte om han fick några dikter publicerade. Alla ville skriva poesi på den tiden, men ingen ville läsa de andras grötrim. Det var Pontus Poeten det. Fy tusan. Jag skulle aldrig vilja vara lärare nu för tiden."

"Nej, lärare får nog göra skäl för sin lön."

"Ska vi stå här längre kommer jag att missa tåget till Sundsvall." Göran la sin bok i plastpåsen från Pressbyrån och stoppade sedan ner den i portföljen. "Det kanske är fel på tåget, ibland kommer det med ett nytt, ibland blir man evakuerad i buss. Ska bli spännande att se vilket det blir den här gången."

"Konstigt att de inte säger något i högtalarna. Jag undrar vad som kan ha hänt. Om det är ett annat tåg vi väntar in brukar de meddela det." Maria lutade sig mot fönstret och såg ut igen på snöflingorna som sakta svepte förbi fönstret.

"Hoppas korsordskärringarna fick sitt kaffe i knät när vi bromsade in. Det skulle inte vara mer än rätt." Göran började städa upp omkring sig och stoppade ett bananskal i soppåsen, rättade till kläderna och knäppte igen portföljen.

"Det lär vara bra med korsord, ett sätt att förebygga senildemens, har jag läst."

"Inte har det hjälpt på dem. URA, kan det vara URA, tror du?" Inte utan talang härmade han den rödtonade med papegojröst.

"Jag tänker gå fram och fråga vad vi väntar på." Maria log diplomatiskt och reste sig upp. "Det kanske lönar sig att kliva av och gå genom skogen hem. Jag har inte så stor väska att bära på." Stående noterade Maria att hon och Göran suttit ensamma i hela vagnen. Hon hakade ner jackan från kroken vid fönstret och hälsade adjö. I sitt sökande efter konduktören avancerade hon i riktning mot loket och restaurangvagnen. I det trånga utrymmet mellan vagnarna råkade hon på honom.

"Jag undrar när ni tror att vi kan vara framme vid Kronvikens station?"

"Det är omöjlig att svara dej." Hans ansikte var stelt och ögonen undvikande.

"Jag funderar på om jag skulle stiga av och gå den sista biten hem." Maria gjorde en ansats att ta sig förbi honom.

"Ska du inte. Det är bättre du sätter dej."

Maria såg upp i hans gråbleka ansikte och insåg plötsligt att något fasansfullt hade hänt.

”Vad är det? Har vi kört på en älg?”

”Inte älg.” Han såg uppåt i en vädjan till högre makter. ”Inte älg. Det är hemsk. En människa. Död. Det är hemsk. Du får inte gå ut.”

”Jag bör nog göra det ändå.” Maria visade sin legitimation. ”Kan du se till att de andra passagerarna stannar på tåget?”

Lokföraren stod på den snötäckta marken bredvid spåret, med en yxa i handen. När Maria närmade sig lyfte han på huvudet och stirrade på henne med svarta uppspärrade ögon och vidöppen mun.

”Jag kunde inte rå för det”, skrek han. ”Jag trodde det var ett djur.” Han pekade på yxan. ”Jag tog med den här för att förkorta lidandet om ... jag stod över henne med yxan. Hon låg bara där framför loket. Jag hade inte en chans att stanna. Jag såg henne alldeles för sent. Spåret krökte. Jag kunde inte rå för det. Jag kunde inte hjälpa det. Jag hade ingen sikt. Hon bara låg på spåret. Jag kunde inte ...” Rösten bröts av en kraftig gråtattack. Mannen pekade med yxan nedåt tågsetet, satte sig med huvudet mellan knäna, ulkade och reste sig igen. Rösten ville inte bära längre.

”Jag är från polisen, Maria Wern.” Hon sträckte fram handen. Lokföraren grep om den som en drunknande efter räddning. Maria la den andra armen om hans skakande axlar. Han hackade tänder. ”Jag förstår att du inte kunde rå för det”, sa hon lugnt. ”Du hade inte en chans. Det är inte ditt fel. Tror du att du kan visa mej var hon ligger?”

”Hon är död”, lokförarens röst skar genom tystnaden. ”Hon har ...” Maria var redan på väg. Sprang i sina låga skor i den djupa snön längs tågsetet. Snöyran fördunklade hennes syn.

Tågfönstren var fyllda av undrande ansikten. Maria såg dem inte. Någon öppnade ett fönster och ropade efter henne. Hon hörde det inte. Det låg en rödsvart ryggsäck på spåret ett femtiotal meter bort. Och runt den privata småsaker som slungats ut över snön. Maria stannade för en kort stund. En liten ficklampa i blåblänkande metall, tre konservburkar, en baguette, en mobiltelefon, en hårborste, ett paket tuggummi och en människoarm. En blåvit flickarm med en silverring på tummen, stel som en skyltdockas. Inget blod. Bara en arm. Maria kände yrseln komma och satte sig ner på huk, böjde in huvudet mellan knäna. Djupandades och såg bort mot den plats på spåret dit lokföraren pekat, precis i kröken. Hon tvingade sig upp på sviktande ben, fram mot olycksplatsen. Ett bylte i snön. Lokföraren hade trott att det var ett djur. Stora fotavtryck i de mjuka drivorna på väg att suddas ut i den yrande snön visade hans väg mot den avlidna. Han hade vänt på henne och rullat kroppen av spåret. Det som var kvar av kroppen. Ett långt ljust hår, bitar av en sliten jeansjacka. Skor med ben. Resten var ... en massa. Maria kände hur det susade för öronen och i bruset den osannolika signalen från en mobiltelefon. Först hade hon svårt att identifiera ljudet. Det vardagsnära ljudet fanns inte i tankevärlden för ögonblicket. Melodislingan ljöd från andra sidan spåret. Någon som undrade var flickan fanns. Så fruktansvärt makabert. Skulle hon svara? Vad skulle hon säga? Signalen pressade sig genom snöfallet uppfordrande och enträget. Ett svar på frågan om vem hon var? Maria reste sig på vingliga ben och tog ett steg mot ljudet. Innan hon nådde fram hade telefonen tystnat. Lokföraren kom emot henne i sin fruktansvärda ångest. Fortfarande höll han yxan i handen, den slängde mot benet för varje steg i snön. Maria tog honom i famnen, höll om honom hårt och kände hans kyla genom kläderna.

”Det var inte min mening, det var inte min mening. Hon bara låg där. Jag hann inte upptäcka henne i tid.”

”Jag vet”, sa Maria. ”Jag vet att du gjorde vad du kunde. Det var inte ditt fel.” På långt håll hörde hon polisbilens sirener. Så en evighetslång tystnad innan de mörka figurerna dök upp ur skogen, Arvidsson och Ek. Det var en lättnad att se dem. Snart skulle avspärrningen hindra att nyfikna passagerare trampade sönder platsen.

17

”Vet vi vem hon var?” Kriminalinspektör Hartman mötte när Maria när hon kom in på stationen.

”Hon hette Cecilia Ståhl. Legitimationen fanns i hennes plånbok i ryggsäcken som låg bredvid spåret. Jag har adressen till hennes föräldrar. Följer du med mej?”

”Ja, ja självklart.” Hartman öppnade dörren för Maria och lät henne passera mot receptionen.

”Jag ska bara ringa hem till Krister. Han vet inte var jag är. Sen är jag redo.”

”Hur gick det med den stackars lokföraren?” undrade Hartman. ”Det måste ta lång tid att komma igenom en sådan här händelse. Hur klarar man att återgå till arbetet?”

”Vet inte. Jag tror att de fick föra honom till lasarettet. Han var chockad. Jag vet inte om de har någon stödgrupp eller liknande vid sådana här tillfällen. Det borde de nog ha. Konduktören berättade att det inte var första gången för den här lokföraren. För tretton år sen körde han över en dement kvinna som rymt från Åviksgården. Hon satt på spåret. Hade stukat foten. Han hade inte en möjlighet att bromsa i tid då heller. Det händer då och då att någon kastar sig framför tåget. Hur många gånger klarar man att vara med om det?”

”Hur mår du själv då?” frågade Hartman och la sin stora hand på Marias axel.

”Jag vet inte. Jag har inte hunnit känna efter riktigt. Jag tänker på flickan, om hon gjorde det med flit eller om det var en olyckshändelse. Ville hon begå självmord? Var hon påverkad av droger? En ung flicka på fjorton år med hela livet framför sig. Vad kan vara så illa att man väljer döden framför livet?”

”Olycklig kärlek kanske.” Hartman slog på snabben för att meddela växeln vart de skulle fara.

På långt håll kunde de se Kronvikens kyrka där hon låg i middagssolen på sin klippa med den mörka skogen bakom sig. Snön föll i glittrande små kristaller mot vindrutan och sveptes iväg som damm av en dammvippa. Maria frös och drog på värmen. Byxbenen var blöta upp till knäna och skorna genomsura.

”Jag försöker tänka på hur det var när jag var fjorton”, sa Maria. ”Visst var jag olyckligt kär ibland, men aldrig så att jag på allvar skulle ha funderat på att ta livet av mej. Jag tror att det måste vara något mer, flera svek och starka känslor av hopplöshet, om man verkligen kommer till skott och gör det.”

”När jag var femton kom Marianne till min klass. Jag blev dödligt förälskad i henne men hon såg mej inte. Jag gjorde allt för att verka vuxen, skaffade moped och rökte Bill i skogen bakom skolan tills jag kräktes som en räv. Det hjälpte inte mycket när det fanns andra grabbar som kunde spela blues. När hon gick hem tätt omslingrad med den där avundsvärde långhårige killen med gitarr kände jag att livet var slut. Det kändes som om jag aldrig skulle kunna bli glad igen. Jag kommer ihåg det som om det var igår. Den sugande känslan i magen.”

”Okey, men det är sådant som vanligen drabbar människor. Från vardagligt tonårstvivel och kärleksvånda till att verkligen ta sitt liv är det en lång väg att gå. Ditt liv tog uppenbarligen inte slut. När blev ni ihop då?” frågade Maria.

Hon önskade att Hartman skulle tala hela tiden. Bilderna av den sönderslagna flickkroppen började göra sig allt mer gällande. I tystnad var de outhärdliga.

”Det var hur oglamoröst som helst. Just inget att tala om.” Hartman gjorde en avvärjande gest med handen.

”Snälla. En oglamorös historia är precis vad jag behöver just nu.” Maria kände hur händerna började darra där de låg i knät. Kylan kröp uppåt i kroppen.

”Jag var vansinnigt svartsjuk förstås.”

”Ja, så klart”, sa Maria och försökte koncentrera sig på Hartmans ord.

”Det var i augusti månad och Flitiga Lisan lyste i cementurnorna vid lasarettets entré när jag ensam och olycklig vandrade hemåt i natten. Regnade gjorde det också. Kunde det bli värre?

Ja. Var det värt risken? Ja. Så jag repade famnen full av blomrevor och begav mej hem till Marianne. Svimfärdig av anspänning ringde jag på dörren och Mariannes mamma öppnade, tog emot blommorna och kysste mej på kinden inför sin förvånade make. Hon hade födelsedag. Jag hade kommit ihåg hennes födelsedag. Kvinnor minns sådant. Jag fick en allierad. Lydig och formbar som Marianne var på den tiden tog hon sin mors råd och valde mej sedan det visat sig att hon bara var en av alla de unga damer som tilldelats kölapp av gitarristen, om du förstår hur jag menar. Han hade för stunden förväxlat turordningen i kön. Det fanns en annan ung kvinna han delade bröd och bädd med. I Mariannes släkt finns det ett gammalt visdomsord. Se noga hur en man beter sig mot äldre kvinnor och du ser din framtid. Maria du gråter ju. Hur mår du?" Hartman stannade bilen intill vägrenen.

"De kommer över mej, bilderna av flickan. Jag vet inte om jag klarar att möta föräldrarna ännu. Jag vet inte vad jag ska säga till dem, vet inte om jag kan säga det utan att gråta." Maria torkade sig med jackärmen i ögonen.

"Berätta för mej vad du såg och gråt så mycket du behöver. Vi är bara människor, Maria. Bara människor." Hartman tog fram en rulle hushållspapper ur handskfacket. "Att visa sin medkänsla, till och med att gråta är långt ifrån det sämsta sättet att säga det på. Det viktigaste är att finnas med hela sin närvaro och att lyssna när reaktionen kommer. Jag tycker inte det svåraste är att säga det." Hartman rev av en bit papper och räckte den till Maria. "Det svåraste är att lämna dem när man har sagt det. Att med sina ord ha slagit sönder någons hela tillvaro utan att kunna ställa det tillrätta."

"Jag mår illa." Maria öppnade bildörren, steg ur och tog några djupa andetag. Kylan svalkade skönt mot de svullna ögonlocken.

Hartman stannade till en sekund innan han ringde på dörren till prästgården. Han såg Maria i ögonen och hon nickade till svar.

"Det är okey nu."

Han lät en ny signal gå fram. Huset var mörklagt. Det stod ingen bil parkerad under carporten. Allt var mycket tyst och stilla i den bitande vinterluften. En flickcykel lutade sig översnöad i cykelstället. Maria huttrade till. Efter ytterligare några signaler beslutade sig Hartman för att ta ett varv runt huset.

Knappt hade de stigit ned från trappan när de hörde ett hasande ljud. Ett skrapande läte från östra gaveln. Hartman skyndade på stegen, höll sig nära intill husväggen. Maria följde tätt efter runt hörnet. Först såg de bara glasverandan med sina stora döda fönster, utan vare sig gardiner eller blommor. Sen hörde de ljudet igen. Ett märkligt raspande läte. Maria lyfte blicken och såg en man uppe på verandans tak. En spenslig man i en alltför stor tröja och keps av äldre modell nedtryckt över pannan satt hopkurad intill husväggen och såg på dem med butter uppsyn.

”Vi söker Johannes Ståhl.” Hartman bugade sig lätt. Hoppades i det halvmedvetna att mannen på taket inte var den präst de sökte. Mannen stirrade på dem. Så blundade han och stirrade igen som om han önskade att de skulle ha försvunnit medan han höll ögonen stängda. Maria försökte sig på ett leende.

”Vet du om Johannes eller Reidun Ståhl är inne?”

Mannen i kepsen mätte med blicken avståndet till stuprännan intill och innan Maria hade hunnit reagera hade han hasat sig nedför den. Skrikande stapplade han över den snötäckta gården, halkade på en isfläck, sprattlade i luften och föll ihop i en hög innan Hartman hann fånga honom i sina björnramar. Han skrek högt och höll sig över magen. Vrålade och fäktade omkring sig innan han övergick till ett mera stillsamt gnölande ljud.

”Vad kan vi göra för dej?” Hartman betraktade honom villrådigt.

”Vi är från polisen”, förtydligade Maria och satte sig på huk bredvid mannen. ”Vad heter du?”

Han försökte resa sig upp men smärtorna i buken blev honom övermäktiga. ”Rune”, flämtade han. ”Jag heter Rune Villman.”

När han i en något fördröjd hälsningsgest tog av sig kepsen såg Maria att han var betydligt yngre än hon först tänkt. ”Jag ser att du har ont. Gjorde du dej illa?”

”Jag lever. Jag skulle visa Johannes att jag lever. Han skulle få se mitt sår, men nu har jag säkert spruckit.” Rune drog upp sin tröja och blottade en vit patientskjorta och innanför den ett solkigt bandage.

”Vad gjorde du på verandataket?” Hartman tittade upp mot det enda fönstret på gaveln. Ett fönster med en luftig ljusblå gardin och rosa hyacinter på fönsterbrädan.

”Jag ville se om hon var inne?” Rune reste sig sakta med stöd av Maria.

”Vem då?” Maria kände sig alldeles torr i munnen.

”Den ljusa. Jag vet vad hon använder för parfym nu. Jag är nästan säker.”

”Men du kom hit för att tala med Johannes”, konstaterade Hartman för att hitta en farbar väg ut ur galenskapen.

”Johannes hade inte tid med mej. Han skulle till stan. Frun satt bredvid honom i bilen. De skulle träffa polisen. Men nu är ni ju här och de är i stan. Det är tokigt. Då behövde han ju inte ha så bråttom. Då kunde han ju ha stannat här så jag fick visa honom att jag lever.”

”Hur kom du hit?” undrade Maria och såg sig omkring efter ett fordon.

”På skidor.” Rune pekade mot utedassets gavel där ett par breda träskidor med läderband stod uppställda. ”Mormors skidor”, tillade han.

”Vi skjutsar dej hem.” Maria öppnade dörren till baksätet utan att vänta på svar.

18

”Men Rune! Vad i hela världen gör du här? Är du alldeles från vettet!” En tunnklädd gråhårig kvinna mötte dem ute på gårdsplanen och tog Rune hårt i armen där han satt i baksätet. ”De har ringt från lasarettet och jag har varit så orolig. Var har du varit, Rune?”

Rune ruskade henne av sig och steg ur bilen. Inför deras ögon förvandlades han till ett barn. Minen blev trulig, armarna slängde efter sidorna och rösten blev gäll och trotsig.

”Ute, bara.”

”Ute! Du är ju nyopererad. Du ska ligga i din säng. Gå omedelbart in och lägg dej”, sa hon barskt och föste honom mot dörren. ”Nu måste vi ringa lasarettet och säga att du har kommit till rätta. Vad ska folk tro när du håller på på det här viset? Jag gör mej olycklig på dej när du inte kan uppföra dej som folk.”

”Du luktar svett.” Rune böjde ner huvudet så ansiktet doldes under kepsens skärm. Kvinnan tog ingen notis om uttalandet.

”Rut Villman, heter jag. Tusen tack för att ni körde honom hem.” Hon tog i hand och neg. Hartman såg i det närmaste generad ut.

”Tomas Hartman, kriminalinspektör och det här är min kollega Maria Wern”, sa han dröjande i väntan på någon sorts förklaring av situationen.

”Jag måste få bjuda på kaffe”, sa Rut Villman med nästan samma tonfall som hon nyss använt för att läxa upp Rune. Det tålde inte några som helst motsägelser. ”Kom in och värm er en stund. Fruns byxor är ju alldeles våta.”

”Tack”, sa Maria. ”Det tackar vi väl ja till?” Hon gav Hartman ett frågande ögonkast när han tvekade att lämna ifrån sig överrocken i Rut Villmans framsträckta händer. Enligt sambandscentralen var det inte längre någon brådska tillbaka till stationen.

Kriminalinspektör Ek hade tagit hand om paret Ståhl, med stöd av Erika Lund. Vi bör nog ta oss tid att stanna en stund och få en utförligare bild av den unge mannen, tänkte Maria.

”Jag har en sak att uträtta. Kan jag hämta upp dej här om en halvtimme, Maria?” undrade Hartman. ”Jag lovade Ek att kontakta skolan.”

Maria såg sig om i det hemtrevliga lilla köket med sin rödrutiga gardin, den röda duken och pelargonerna i fönstren. Kakelplattorna över diskbänken var dekorerade med klisterdekaler. Julstjärna, tomtedans och grötätande tomte, i ett återkommande mönster. På kroken bredvid diskborsten hängde en liten garntomte med sladdriga ben. En svart katt kom och strök sig mot Maria, började spinna och så småningom kloa i jeanstyget på hennes byxor, hela tiden med rumpan i vädret.

”Schas med dej! Så där håller han på. Jag kan aldrig ha nylonstrumpor på mej utan att de går sönder. Så ni hittade Rune på taket till prästgården?” fortsatte Rut och sänkte rösten till en viskning sen hon konstaterat att han var på väg till sitt rum. ”Jag säger då det. Endera dan får jag blodstörtning på han. Det är inte så lätt att orka med när man blir gammal. Jag lovade hans mor att ta hand om pojken när hon for utomlands. Inte trodde jag att det skulle bli på livstid, då inte.”

”Bor han här hos dej?” Maria följde den unge mannen med blicken när han gick in på sitt rum och satte sig vid datorn.

”Han klarar sej inte själv. Men det är ingen som begriper det. Nuppan från socialtjänsten var här igår igen för att diskutera om han inte skulle ha ett eget boende. Eget boende! Pha! Jag vet inte om jag ska skratta eller gråta.” Rut tog kopparpannan i sina båda händer och serverade påtår i rena upprördheten utan att be om samtycke. ”Hon kunde prova att gå i mina gamla tofflor en vecka och se vad hon tyckte sen om eget boende. Det sa jag till henne, socialtjänstnuppan. Vad vet hon om livets motgångar? Det ska talas och talas, men har hon någonsin uträttat ett riktigt arbete med sina händer? Nejdå! Där sitter hon med sina nylackerade kontorsnaglar och petar i sånt hon inte har med att göra. Jag kan i alla fall hålla lorten av mej själv, och andra med för den delen. Det sa jag till henne, Nuppan. Har vi klarat oss själva till den dag som idag är, så gör vi det i fortsättningen också. Jag vet precis vad hon är ute efter. Hennes bror har ett privat vårdhem. När Rune inte klarar av sin vardag själv kommer hon att se till att han kommer dit. Där bor man inte gratis, det kan var och en begripa. Följ pengarna så hittar du motivet."

"Rune berättade att han arbetar som vaktmästare på skolan." Maria tog ett pepparkakshjärta när hon blev bjuden. Glasyren ovanpå var mjuk och vattnig.

"Ja, men det är inget riktigt jobb." Rut sänkte rösten igen. "Det är en åtgärd. Fast det är bra för han, det är det. Annars skulle han sitta vid datorn hela dagarna. Du kan nog inte föreställa dej vad jag fick hålla på innan det var ordnat med ett arbete. Det är som om ingen annan kan se det friska i honom. Se vad han faktiskt kan. Han är klipsk pojken, fast på sitt eget vis. Hamnar han på nåt sånt där hem skulle han bli sittande i rökrummet hela dagarna eller vid datorn om han fick ha den ifred. Och blev han arg skulle de säkert stoppa i honom medicin så han kroknade. Jag har arbetat på sådana där inrättningar och jag är inte ett dugg imponerad. Den som städar ser mer än vad folk tror."

"Vill han inte fika med oss?" Maria böjde sig fram för att få en skymt av honom.

"Det har han inte tid med. Han måste ut och träffa sina vänner på nätet. Vanliga människor är för oberäkneliga och för nära, men vid datorn kommer de på lagom avstånd och han kan när som helst stänga av dem, säger han. Det var väl därför han hade så bråttom hem från sjukhuset. Han har svårt att klara av att någon främmande rör vid honom. Förlåt mej. Jag bara pratar. Jag blev så orolig och nu rinner pratet ur mej. Förlåt. Sen har du satt dej på hans plats. Nej, nej det gör inget nu. Sitt kvar du. Han är bara så bunden vid att allt ska vara som det brukar. Jag tror inte han skulle ha druckit kaffe med oss i alla fall."

Maria undrade försiktigt om Rut visste vad Rune skulle göra i prästgården.

"Han skulle väl träffa Johannes. Rune vill prata med honom ibland. Fråga mej inte varför. Jag är inte mycket för det kyrkliga." Rut lyfte kaffepannan igen.

"Har Rune och prästen känt varann länge?" Maria avböjde tretår och gjorde ett nytt försök att mota undan den närgångna katten.

"Det var Johannes som jordfäste min dotter. Rune var inte mer än sex år då. Flygplanet störtade. Rune trodde att det berodde på att han var arg, att han gjorde det med viljekraft. Barn är så magiska." Rut såg tankfullt ut genom fönstret där snön åter hade börjat falla i stora vita flingor mot en askgrå himmel.

"Varför var han arg?" undrade Maria. Rut Villman tvekade en stund och såg värderande på henne. Vägde sin lojalitet mot dottern å ena sidan, och lättnaden i att få tala ut om det som varit å den andra. Längtan efter att någon skulle se och förstå bördans tyngd blev det som tog överhanden.

"För att hon lämnade honom igen utan att de hunnit gå på cirkus som hon lovat honom. Hon var flygvärdinna. Ville se världen. Pojkens ankomst var inte alls planerad. Hon var bara barnet när hon fick honom." Rut tog ned ett fotografi från hyllan över köksbordet. Strök över det med handen. Det fanns en stor ömhet i rörelsen.

"Har han bott hos dej hela tiden?" Maria lutade sig fram över bordet för att studera fotografiet. Ett föreställde en ung flicka med långt ljust hår som hängde fram i en hästsvans på ena sidan. En djupt urringad spetsblus, tunga ögonlock och en fyllig mun som säkert varit rödare men som i likhet med de andra färgerna bleknat av ålder.

"De bodde här båda två av och till." Rut Villman sopade ner några kaksmulor från bordet och höll dem i sin hand medan hon funderade på om hon skulle drista sig att fortsätta. "När hon skulle gå ut genom dörren, den där sista gången, hittade hon inte sin handväska. Hon hade väldigt bråttom. Rune sa att han tagit den för att ha någonstans att göra av de kastanjer han plockat och fick en örfil. Det hände i hastigt mod. Hon menade inte att göra så. Jag är säker på att hon inte ville göra honom illa. Hon var bara så fruktansvärt stressad. Slaget träffade över läppen som sprack i blod. När han slog tillbaka kom det blod på hennes dyra vita yllekappa. De skrek saker åt varandra som aldrig borde ha blivit sagda. Ord som fick en annan mening när de aldrig sågs igen."

"Så fruktansvärt." Maria vände på huvudet och kikade mot

rummet där Rune satt i det blåa skenet från datorn. Han tycktes helt absorberad av det han höll på med. Fingrarna smattrade mot tangenterna. Plötsligt lystes hans ansikte upp av ett brett leende. Tystnad, medan han läste meddelandet, och sen ett smattrande svar på tangentbordet. Maria vände uppmärksamheten mot Rut.

”Vilka vackra kaffekoppar. Jag har aldrig sett något liknande.” Hon snurrade koppen i sin hand och studerade blommönstret.

”Jag har målat dem själv. Jag hade kurser i porslinsmålning. Min farfar var porslinstillverkare när vi bodde i Tyskland, en riktig konstnär. Han lärde mej blanda glasyren. Det är ett hemligt familjerecept.” Rut pekade upp mot hyllan med fotografier på ett svartvitt porträtt i tennram. En skrattande man lyfter upp en liten flicka mot fotografen.

”Det måste vara roligt att kunna skapa så vackra föremål. Har du tid att måla fortfarande?”

”Det är si och så med det. Jag städar. Både hemma och borta. Det är inte mycket hjälp man får av Rune inte. Jag vill att han bäddar sin säng och sopar av golvet varje fredag. Jag tycker inte om att han sitter vid datorn hela kvällarna.”

Rut reste sig och vaggade mot diskbänken med kaffekopparna, sköljde ur dem och återvände till bordet. ”Fast ännu värre är det förstås när han försvinner iväg och jag inte har en aning om vart han tagit vägen. Sa han vad han gjorde där hos prästens?”

”Inte direkt. Han var uppe på taket till verandan. Jag tror att han blev rädd när vi kom. Han satt under Cecilia Ståhls fönster.”

Rut satte sig ned med en duns. Maria förvånades över kvinnans häftiga reaktion.

”Cecilia Ståhl, Annalisas dotter”, sa Rut. ”Jag ser Cecilia ibland när jag städar på skolan. Hon är så lik sin mor. Hon var en så rar människa, Annalisa. Det var synd om Johannes att frun skulle gå bort så hastigt. Reidun är väl rejäl och bra på sitt vis men som Annalisa är hon inte. Ska jag vara ärlig tycker jag inte om henne, den nya. Hon är beskäftig och lägger sig i sånt hon inte begriper. Hon sa att hon tyckte jag var för gammal för att ta hand om Rune. Skitprat! Vem skulle annars ge honom ett hem? Så Rune satt på verandataket hos prästens. Det är så man kan få hjärnblödning. Jag har sagt åt honom att han inte får smyga efter människor! Att han måste sluta med de där dumheterna. Han förstår inte sitt eget bästa. Han menar inget illa men folk blir förargade på honom."

"Vet du om han ofta varit i prästgården?" Maria gjorde en ansats att resa sig, men satt kvar.

"Ja, det tror jag. Johannes har alltid varit snäll mot honom."

"Tack för kaffet. Kan jag få prata lite med Rune, tror du?" Utan att vänta på svar reste Maria sig och gick mot Runes rum.

"Varför då? Har han gjort något mer? Vad tänker du fråga honom om?" undrade Rut och följde tätt efter. Maria slog sig objuden ner på Rune Villmans säng och lät blicken svepa över rummet. Det hon såg väckte en känsla av vemod. Detta skulle vara en vuxen mans rum.

Rut såg beklämd ut där hon stod i dörröppningen. Avklädd i sitt livs stora sorg. Den ljusblåblommiga tapeten var fläckad och skavd. Gardinen i sitt virkade uddmönster var inget en ung man frivilligt skulle ha valt. Väggarna saknade tavlor och annan utsmyckning. I bokhyllan låg en trave tummade datatidningar. På hyllplanet inunder stod en lång rad omålade modellflygplan, en del utan vingar, andra med krossad nos eller bruten akter. Ingen av modellerna tycktes vara hel. Mitt på golvet låg en skumgummimadrass med randigt överdrag.

"Jag brukar ligga här inne när han drömmer mardrömmar", förklarade Rut när hon såg Marias min. "Så här har vi det. Men vem har sagt att livet ska vara enkelt. Rune, Maria vill fråga dej om en sak. Hör du mej Rune? Hör du mej eller ska jag stänga av datorn?"

"Vad är det?" Rune höjde irriterat på axlarna, snärtade till med huvudet som för att bli av med en enveten fluga.

"Kan du berätta för mej om Cecilia Ståhl?" Maria kunde inte se Runes ansikte, men nacken sträcktes upp och ryggtavlan stelnade. Plötsligt vräkte han sig av stolen, sköt iväg den ut på golvet och rusade förbi Maria.

"Nu gjorde du honom upprörd", sa Rut. "Jag hoppas han inte ger sig ut."

Maria hörde en dörr som slog igen och följde efter ut i hallen. Toalettdörren var låst.

"Låt honom vara", sa Rut. "När han är på det där humöret vill han inte prata. Då måste han få vara ifred och lugna sig."

19

När Hartman och Maria Wern steg ur Forden utanför polishuset hade snöfallet ökat kraftigt. Från en gråbrun himmel vräkte det ner. Maria höll handen ovanför ögonen för att se vägen in till entrén utan att förblindas av snön. Det vilade en tyst förstämning över stationen denna dag. Inte ro eller stillhet, arbetet pågick för högtryck, men rösterna hade förändrats och blivit till lågmälda viskningar. Kriminalinspektör Ek satt nedsjunken i Marias soffa med en kopp kaffe framför sig på bordet. Han rörde den inte. Erika Lund satt vid datorn. Hennes annars så raka hållning hade mist sitt grepp. Nu hängde hon nedsjunken på sin stol med armarna i kors över magen. När Maria kom in i rummet lyfte hon blicken från nättidningens rubriker och nickade utan ett ord. Maria skummade webbsidan över Erikas axel.

”Hedersamt av dem att låta bli att skriva om händelsen när det sannolikt rör sig om ett självmord”, sa Maria.

”De kanske inte har hunnit lägga in det ännu. Vi får väl se. Jag varnade föräldrarna för att tala med pressen. Man vet aldrig vilken väg utredningen tar. De gick just.” Ek snurrade tvehågset koppen ett varv men lät den stå kvar på bordet. ”Du skulle ha sett prästen, ett fullkomligt vrak. Först förlorar han frun och sen sin dotter. Vad ska man säga? Om ändå Arvidsson hade varit här. Det är han som brukar ta hand om det. Han vet hur man lägger orden. Jag har mest varit med, bredvid. Man saknar Arvidsson i de här lägena.”

”Var är han då?” Hartman pressade sig förbi soffan och satte sig i fåtöljen vid fönstret.

”Han har tagit ledigt. Ville inte säga vart han skulle.”

”Javisst, det hade jag glömt. Det var idag det”, sa Hartman kryptiskt. ”Något mer vi kan göra för dem just nu? Behöver de någon mer att tala med?" Maria slog sig ner bredvid Ek i soffan och vände sig till Erika.

"Jag tror det finns en krisgrupp knuten till lasarettet, fast han som präst kanske har ett eget nätverk. Pratade ni om det?" Erika skakade på huvudet.

"Han anklagar sig själv. Det är klart att ett självmord väcker skuld hos alla i omgivningen. Ju närmare anhörig, desto tyngre. Han och frun har varit ute och letat efter flickan hela natten. Klockan fyra ringde de sambandscentralen och talade med vakthavande. Innan dess hade de varit i kontakt med samtliga lärare och klasskamrater till Cecilia."

"Vad hade de för tankar om vad som kunde ligga bakom flickans död? Hade hon varit deprimerad? Försökt göra sig illa?" undrade Hartman.

"Johannes anklagar sig själv för att allt för snart ha gift om sig." Erika krånglade sig upp till sittande ställning.

"Sa han det fast hans nya fru var med?" Maria kände hur huden knottrade sig på armarna.

"Johannes Ståhl är hårt pressad, det är inte alltid det finns kraft över att tänka på andra människors reaktioner." Ek tog en klunk av sitt kalla kaffe och grimaserade. "Han kan inte ha tänkt på vad han sa. Det måste ha sårat henne. Hon såg ut som hon skulle falla av stolen där hon satt. Hon rusade ut på toaletten. Erika hörde att hon kräktes. Stackars människor, båda två."

"Något mer?" Hartman putsade sina immiga glasögon och ögnade igenom nättidningen också han.

"Att det inte är så lätt att vara dotter till en präst. Hon kanske hade för höga krav på sig hemifrån att vara på ett visst sätt. Och sen stämde världarna inte ihop när hon kom till skolan. Så menade Johannes." Ek föste undan kaffekoppen.

Maria la märke till de stora svettfläckarna under hans skjortärmar när han sträckte på sin stela kropp. Dunstningsprocessen gick att följa som årsringarna på ett träd där saltavlagringarna samlats i ränder under morgonens och förmiddagens pressande arbete.

"Har någon märkt att Cecilia Ståhl varit nedstämd. Vad sa de på skolan?" undrade Maria.

Hartman blundade och tänkte efter och gjorde sedan en sammanfattning för sig själv innan han rekapitulerade samtalet med Pontus Larsson.

”Jag talade med hennes klassföreståndare. Han sa inte mycket. Det kom så klart som en chock för honom. Cecilia har tydligen haft en del kontakt med skolsköterskan. Han antydde avslutningsvis och i mycket försiktiga ordalag att hon kan ha varit alkoholpåverkad under filmkvällen.”

”Kan det handla om olycklig kärlek? Vad jag minns var det en jobbig ålder, när man inte visste om man dög eller var värd att bli älskad. Och när man blev förälskad räckte inte perspektivet längre än näsan. Det fanns inget liv efter NU. Ena stunden var man jordens medelpunkt, och i nästa var livet totalt meningslöst och tomt.” Ek såg på Maria för att få sitt påstående bekräftat. Erika hann före.

”Allt det ni har räknat upp är sådant som händer de flesta utan att de för den skull väljer att ta livet av sej. Ingen av dem vi talat med har varit oroade över att hon skulle göra något förhastat. Ingen har sett några tecken på depression, snarare tvärt om. Johannes sa att hon var så full av liv. Precis så sa han. Full av liv. Klassföreståndaren menade alltså att hon var alkoholpåverkad.” Erika tystnade och såg ut att fundera. Så fortsatte hon: ”Jag tänker att det kan vara en olyckshändelse. Det var mycket snö. Det kanske var lättare att gå på spåret än i snårskogen. I sitt omtöcknade tillstånd kanske hon inte reagerade i tid på ljudet från tåget som rusade fram över rälsen. Det är fullt möjligt att det var en olycka.” Erika lutade sig tillbaka och bet på knogen. ”Vem köper ut alkohol åt en fjortonårig flicka?”

”Allt för många skulle jag vilja påstå.” Hartman tog av sig slipsen och knölade ner den i fickan.

Maria hade en stark känsla av att något talade mot teorin om olyckshändelse eller självmord. Det var något i den stund då hon såg den frusna blåvita armen som skickats i väg bort från kroppen och blivit liggande ett tjugotal meter längre fram i tågets färdriktning. En tanke hon haft just då, utan att kunna förklara den ens för sig själv. Ett mord. Självklart var Maria skärrad och spänd, kanske var ögonblickets insikt bara ett hjärnspöke format av tidigare erfarenheter och bilder. Det skulle knappast leda någon vart om hon delgav de andra sin misstanke på så lösa grunder som en känsla.

"Skolsköterskan skulle jag vilja höra upplysningsvis, men hon har tystnadsplikt. Har vi inga andra misstankar än olyckshändelse och i värsta fall självmord, lämnar hon nog inga upplysningar. Straffpåföljden måste vara minst två år om hon ska kunna bryta sekretessen", sa Maria.

"Vi får se vad det preliminära obduktionsutlåtandet säger." Erika reste sig långsamt upp med handen över korsryggen, grimaserade när smärtan slog till. "Det är som om all kraft rinner ur en när sådant här inträffar. Vad finns det för mening med att en flicka på fjorton år dör? Vad finns det att säga till de anhöriga? Ingenting! Jag hoppas vid alla högre makter att det var en olyckshändelse."

"Jag tänkte på den där mannen, Svante Henningsson, som gick ner sig i vaken. Han var lärare på Cecilias skola. Det är jag nästan säker på." Ek satte sig längre ut på soffkanten redo att bryta sin rast.

"Ja, det är sant. Det är anmärkningsvärt." Maria kände obehaget krypa i hela kroppen. "Att två personer på en och samma skola dör under loppet av så kort tid är ett observandum."

"Båda självmord. Det kanske finns en del att säga om den psykosociala miljön om inte annat. Stora klasser. Pressade lärare. Otillräcklighet. Mobbing?" Hartman gjorde också en ansats att resa sig upp.

Maria förekom dem och gick ut mot diskmaskinen med sin kaffekopp. Halvvägs över golvet vände hon sig om: "Jag vet att biträdande rektor är långtidssjukskriven. Det är osäkert om hon kommer tillbaka alls. Det var väl mer eller mindre hon som fick hålla i yxan när nedskärningarna skulle genomföras. Hopslagna klasser i nya sammansättningar varje läsår och ingen arbetsro för någon. Att mitt i stormen ha den dåliga smaken att presentera nedskärningarna som förbättringar för barnen ökade knappast förtroendet för skolledningen. Det blev nästan upplopp."

Maria tog ner jackan från sin krok och stämplade ut. Krister skulle hämta barnen när han träffat sin kontakt på arbetsförmedlingen. Om hon hade tur skulle det bli en liten stund för egna tankar innan dess, en välbehövlig transformationssträcka mellan jobb och privatliv för att kunna möta sin familj med närvaron i behåll.

20

”Har du några läxor idag Emil?” frågade Maria när de ätit kvällsmat.

Emils soliga ansikte mulnade betänkligt. ”Jag vet inte”, sa han och la sig på mage i kökssoffan med ansiktet i kudden som Gudrun Wern broderat åt honom i födelsedagspresent. Det var en nalle på den och Emil hade haft svårt att inte visa sin gruvliga besvikelse när han öppnade paketet i tron att det var axelskydd till hockeyn.

”Kan du se efter i din ryggsäck?” Maria ställde in mjölken i kylskåpet och torkade av bordet.

”Nej!” muttrade Emil i kudden.

”Varför kan du inte det?” Maria strök med handen över hans snaggade huvud. Han skakade av sig hennes hand.

”Jag orkar inte. Förresten har du diskvatten på händerna.” Emil vände sig på rygg och lät armen pendla utanför sofflocket.

”Förlåt så mycket. Är det matte?” Maria gick ut i hallen och hämtade ryggsäcken. ”Vet du, jag tror att det kan vara matte”, sa hon. ”Ska vi se efter?”

”Det tycker jag inte! Det är orättvist.”

”Vad är orättvist?” Maria fiskade upp boken och såg hur tårarna steg i Emils ögon. Han blundade hårt för att hålla gråten tillbaka.

”Först säger dom att det inte är bråttom. Att man ska räkna i sin egen takt och sen ska man plötsligt göra hela boken innan det är jul. Alla andra är nere vid isbanan. Det är bara jag som måste göra matte.”

”Hur mycket är det du ska göra då?” Maria satte sig bredvid Emil i kökssoffan. Han kröp upp på huk bredvid henne och bläddrade.

”Nästan halva.”

”Hur kan det bli så? Har inte fröken sagt hur mycket som ska räknas varje vecka?”

”Man får bestämma det själv hur mycket man vill räkna. Matte är svårt och svenska är svårt och Linda kan allting mycket fortare. Ta ut henne från köket. Jag vill inte att hon ska titta i min bok! Piss off!”

Under glada tillrop och med hjälp av en jättepåse geléhallon, som adderades och subtraherades efter konstens alla regler grupperades om och avsmakades, lyckades Maria få sin son att räkna nästan tio sidor innan han bröt ihop igen för att han missat Bolibompa. Med tanke på vad läkaren på vårdcentralen sagt om Emils övervikt var metoden förkastlig och den heliga principen om lördagsgodis bruten. Men vad gör man när man bara är en vanlig enkel mor utan pedagogisk utbildning? Kanske är det bättre att träda ut i livet med aningens overload än som obildad.

När Krister kom in från garaget gick strömmen. Han skulle just värma sin mat i mikron när mörkret föll över den gula villan vid havet. En urtida stjärnklar natt, så vacker som i tidernas gryning, låg utanför deras fönster. Orörd gnistrande snö i det flödande månljuset gav en märklig illusion av försoning. Som om Moder Jord för ett ögonblick svept kappan över sin förnedrade kropp och valt att glömma hur hennes hav och gröna dalar skändas, tänkte Maria.

”Strömmen kommer nog tillbaka snart”, sa han och trevade sig fram till bordet där de satt. Maria hittade en ljusstump och tändstickor i nedersta kökslådan men dröjde med att tända. Tillsammans såg de ut genom fönstret. På månljuset som glittrade i skaren och på stjärnbilderna som så tydligt framträdde i frånvaron av konstlat ljus. En riktigt klar midvinternatt ska man kunna se 6 000 stjärnor med blotta ögat, menade Krister. Temperaturen föll hastigt. Maria satte på barnen tröjor och raggsockor medan maken försökte få eld i vedspisen.

”Håller vi köksdörren stängd är köket den bästa platsen att sova på. Om vi drar ut kökssoffan, kan barnen ligga skaffötter i den och vi på luftmadrasser.” Maria började lyfta undan stolar för att göra golvytan större.

”Tänk så pigorna hade det vid sekelskiftet när de skulle upp och slå hål på isen för att koka morgonkaffe innan de gick ut i lagården. Vi skulle faktiskt kunna koka vatten redan nu och slå på termos.” Krister huttrade till när han tänkte på pigorna.

”Till i morgon har nog strömmen kommit tillbaka”, sa Maria och började dra ut lådan i kökssoffan. ”Det här blir väl mysigt va?”

Det knastrade och sprakade hemtrevligt från vedspisen. Barnen snusade tätt tryckta till varann i soffan. Änglabarn när de sov. Maria la sig på Kristers arm och kröp in i hans famn.

”Allt man verkligen behöver är gratis. Har du tänkt på det?” sa hon. ”Vatten, det som växer på marken, elden och luften vi andas.”

”Och kärleken, min favorithustru, kärleken får du inte glömma. Vad har jag gjort för att förtjäna dej? Vad ska du med en lönnfet, medelålders tunnhårig gubbe till när du kunde valt en atlet. Arvidsson på ditt jobb till exempel.”

”Varför så blygsam plötsligt? Det är inte likt dej.”

”Nej, när man har haft ett jobb där man tagit emot massornas jubel och känt sig uppskattad ... du ska veta att det inte finns någon drog som ger snabbare tillvänjning och svårare abstinens än just beundran ... och det plötsligt tar slut, börjar man se sig om efter andra bestående värden. Vart tog livet vägen? Valde jag rätt eller valde jag fel. Och där finns du, kvinnan i mitt liv, en räddande ängel i ålderdomen. Mitt livs viktigaste val och rikaste skatt.”

”I ålderdomen? Vad är det med dej, Krister?”

”Åldersnoja kanske? IMS”, sa Krister dystert.

”Vad är det?” fnittrade Maria och smög in sitt ben mellan Kristers lår.

”Irritable male syndrome. Testosteronhalten sjunker, potensen sviktar och man blir en grinig gubbe, tappar håret, tappar tänderna och blir rund om magen.”

”Jaså det. Jag trodde den runda magen var ett freudianskt tecken på graviditetsavund.”

”Fri association – du skrämmer mig. Skulle du vilja ha ett barn till?” Krister fick ett ängsligt uttryck i ögonen.

”Kanske det.”

”Nu?”

”Varför inte, Krister? Hur många barn har inte blivit till under strömavbrott? Jag tror det är tecknet vi väntat på. Fullmånen lyser, barnen sover och stjärnorna talar om framgång.”

”Jag tycker vi borde tänka på personalen på förlossningen. De kommer att duka under av merarbete om nio månader. Det kommer att bli massjukskrivning och de kommer att tvingas ta in hela reserven av veterinärer, tandläkare och psykologer för att klara krisen.” Krister backade tills han kände kalla golvet mot sin axel.

”Tror du?” Maria kröp in med huvudet under Kristers t-shirt och kysste hans mulliga mage.

”Du det är någon där ute. Jag såg någon i fönstret.” Krister satte sig upp som en ertappad tonåring. Ytterdörren öppnades med nyckel utifrån. Någon frustade där ute i hallen. Dörren till köket flög upp med en smäll och en isande vindil förebådade den kommande olyckan.

”Vi tänkte att ni kanske frös, så vi tog med lite rabarbersoppa på termos.” Gudrun Wern steg in iklädd fårskinnskappa med dito pannband. Bollarna på pannbandet svängde när hon pratade och Maria kände att hon plötsligt blivit pälsdjursallergisk, vansinnigt allergisk.

”Ni kunde kanske ha ringt.”

”Jag tänkte vi skulle överraska. Var är Krister? Jaså, där under täcket gömmer du dej. Men så varmt och gott ni har. Och jag som tog med spritköket hit så vi skulle kunna laga mat tillsammans. Jag tycker vi stannar här över natten Artur. Här är det mycket varmare än hos oss i stan. Jag tänkte att varför ska vi sitta ensamma och frysa på varsitt håll när vi kan vara tillsammans?”

”Vi var inte särskilt ensamma”, påpekade Krister frankt.

”Och var är mina små älsklingar? Mina hjärtegryn. Titta de är vakna. Här kommer farmor med lite godsaker. Stäng dörren Artur så vi inte släpper ut den goda värmen. Jo, den här prästen i Kronvikens kyrka, Johannes Ståhl heter han, jag har säkert talat om honom förut. De säger att hans dotter blivit överkörd av tåget. Vet du något om det Maria? Jag tänkte att polisen måste ju veta. Stackars människor. Och snart är det jul. Hur ska det bli för dem? Vi var faktiskt förbi med en blomma. Men hon öppnade inte dörren, den där nya frun, Reidun, eller vad hon heter. Vägrade släppa in oss. Kan du begripa? Hans förra fru var ju så rar. Det är verkligen förfärligt synd om dem. Hur blir det nu med adventskonserten? Det undrar jag faktiskt. Vet du hur det gick till, Maria? Var det en olyckshändelse eller tog hon livet av sig flickstackarn."

"Vem har blivit påkörd av tåget, mamma?" Linda tittade storögt upp över soffkanten.

"Det är sent." Maria virade täcket runt kroppen och reste sig upp ur bädden. "Jag arbetar i morgon, Emil ska till skolan och vi behöver sova."

"Vi tänkte inte störa, inte alls. Vi hade också tänkt oss en tidig kväll. Men saker och ting blir inte alltid som man vill, sådana här strömavbrott rår man inte över. Då måste man hålla ihop och hjälpas åt. Artur och jag kan sova intill kylskåpet, där finns det ju gott om plats."

"Jag beklagar." Artur skruvade på sig märkbart generad. "Vi kan nog dessvärre inte komma tillbaka till stan. När jag skulle tanka på vägen hit var macken stängd på grund av strömavbrottet. Pumparna fungerar inte."

"Och inte har vi någon mat hemma heller", sa Gudrun. "Jag försökte få handla lite bröd och en falukorvstump i affären, men deras kassa fungerade inte och det var beckmörkt där inne, frånsett stearinljusen på diskarna. Det var nästan julstämning, ska jag säga. Jo, jag tänkte på flickstackarn, Cecilia. Hon var ju inte med på samkvämet i kyrkan på kvällen. Det var synd för det var en fin konsert. Jag visste ju inget, jag. Vem kunde tro att hon skulle råka så illa ut. Hon blev inte våldtagen?"

"Nu är du tyst mamma." Krister for upp ur sin bädd så Gudrun vacklade baklänges och satte sig på Emil i kökssoffan i blotta förskräckelsen. "Jag kan ordna en kasse med mat åt er och sen skjutsar jag dej och pappa hem."

"Men då har vi ju ingen bil i morgon när vi ska hit på lilla Lindas namnsdag. Hon heter ju faktiskt Beatrice efter mej. Hade du glömt det? Artur kan du gå ut i bilen efter madrasserna innan de blir alldeles nedkylda."

21

Diskomusikens puls tvingade Marias steg i takt när hon följde ljudet mot källaren till polishusets gym. En blandad odör av plastmatta, sura handdukar och svettiga gymnastikskor kom emot henne när hon öppnade dörren till träningslokalen. Elektriciteten hade kommit tillbaka vid femtiden och Maria hade givit sig av med första bästa buss till stan för att inte för evigt bli osams med sin svärmor. Gudrun Wern hade bestämt sig för att det inte var någon idé för hennes egen del att fara till stan för de korta timmar då Maria arbetade. Inte när de skulle fira lilla Beatrices namnsdag på eftermiddagen. Nu skulle svärmor ha hela dagen på sig att göra husrannsakan i den gula villan vid havet, gå igenom skåp och lådor och damma av undanställda prydnadsföremål. Kristers kalsonger skulle ligga i hans låda i strukna travar och hans jeans skulle ha pressveck innan dagen var slut. Den ackumulerade irritationen efter en natt med svärmor ämnade Maria kanalisera i styrketräning före arbetsdagens början. *One night in Paris is like a year in any other place.* Kan inte vara värre än en natt med Gudrun Wern på köksgolvet. En riktig hårdkörare var vad som krävdes medan vreden ångade i kroppen. Till sin förvåning fann Maria teknikern Erika Lund i motionshallen på en träningscykel. Maria satte sig på cykeln bredvid, ställde om tyngden och trampade igång.

”Jag var rädd att det var Himberg.” Orden kom stötvis ur Erikas mun. ”Du gick med så bestämda steg.”

”Himberg har inte jobbat på en vecka, han har ont i foten. Det vet du väl.”

”Har han ont i foten? 'Jag ska säga dej att under franska revolutionen halshögg de adelsmän som brödlimpor. De skulle ha varit glada om de haft ont i foten' ”

”Himberg har fått inflammation i hälen. Det måste du väl ha hört. Jag trodde inte det hade undgått någon levande själ vad doktor Höök sa och vad sköterskan svarade och precis hur sprutan stacks in och hur det sprängde och att Himberg svimfärdig tog sig hem med livet som insats. Och vad de hade mage att ta betalt. Och vad doktor Höök sa när Himberg sen ringde upp och hotade med förtroendenämnden, patientombudsmannen och socialstyrelsen.”

”Ja, när du säger det så. Det är märkligt. När en karl får en idrottsskada är det nästan som en sorts medalj som ska förevisas och beundras, men om en kvinna får framfall efter att ha hoppat eller sprungit så är det sådant vi skamsna tiger med.”

”Det är sant.” Maria ökade tyngden på cykeln ett snäpp. ”Jag har aldrig hört talas om framfall som idrottsskada. Det är knappast något man skulle skryta med i fikarummet. Det har du alldeles rätt i.”

”Och lik förbaskat är det en prestation både att föda barn och att hoppa sig till framfall i efterhand. Jag har sålt min studsmatta”, sa Erika. ”Nu tänkte jag satsa på styrketräning i stället. Vet du att en chokladkaka innehåller lika mycket kalorier som en skottkärra med sallad?”

”Förvånar mej inte ett dugg. Dock är det inte förenligt med god livskvalitet att avstå från choklad.” Maria var övertygad på den punkten.

”Är styrketräning det, att plåga sig tills svetten kokar i armhålorna?” Erika stannade mitt i tramptaget och såg ut över lokalen med sina inventarier. ”Spanska inkvisitionens tortyrmästare skulle inte ha tackat nej till det här tillskottet av redskap.”

”Varför utsätter du dej för det då?” undrade Maria och gick mot mattan för att göra sit-ups.

Erika följde efter, la sig skaffötters och stirrade i taket. ”För att jag inte vill leva på stekt snö och vatten. Jag lider av intermittent bulimi. Jag tvingar i mej sallad och knäckebröd och gröt så det står mej upp i halsen. Tuggar långsamt. Räknar prickar och rutor och ränder. Tackar nej till tårta, likör och goda dessertostar och så plötsligt brister fördämningarna. Begäret blir mej övermäktigt. Jag formligen våldtar kylskåpet, äter och äter utan skam i kroppen. När jag väl börjat äta är det så bedrövligt att jag inte klarar av det jag förutsatt mej. Då tröstäter jag. Har man ätit en tårtbit kan man lika gärna äta upp det som är kvar av tårtan och annat man sparat i kylen sen festen i helgen. Sen går jag ut och tar ett par öl och en köttbit, dessert och en likör. Du vet. Det är ändå förstört. Därefter kommer dagar i eftertankens kranka blekhet då man ser sig i spegeln full av självförebråelser. I jämförelse med de anklagelserna är spanska inkvisitionens beskyllningar rena sällskapsleken."

"Och nu är du här för att göra bot och bättring. Jag tycker mej ha hört det här förut", sa Maria.

Erika drog upp svettbandet högre upp i pannan så håret kom att stå rakt upp. "Jag kunde inte sova. Och när jag skulle tända lampan var det strömavbrott. Tänkte på prästen som förlorat sin flicka. Jag drömde om dem i natt, sen kunde jag inte somna om. Du skulle ha sett hans ögon, alldeles svarta och feberblanka. Kallsvetten rann av honom. Han darrade så stor han var. Skakade så han riktigt hoppade i stolen. Han talade oavbrutet och Reidun, frun, satt stel som en staty bredvid vaxblek i ansiktet. Läpparna var gulvita. Jag har aldrig sett så gulvita läppar på en levande människa. Jag trodde hon skulle svimma, men hon rusade ut och spydde. Vad kan man säga till tröst? Ingenting! Det finns ingenting att säga. När hon var ute, berättade prästen hur mycket han saknade sin första fru. Om hon bara hade levat skulle det här aldrig ha hänt, sa han. Hon dog när flickan var åtta."

Maria gick upp på sitt rum och slog på datorn. I det blanka svarta fönstret kunde hon se sig själv som i en spegel, men inget av det landskap hon visste fanns där utanför i mörkret. Det ljusa håret hängde fuktigt ned på axlarna efter duschen. Med vana händer satte hon upp en lös knut med hjälp av en penna medan hon sökte i dataregistren. Annalisa Ståhl. Trafikregistret. En bilolycka. Av oförklarlig anledning hade fordonet kommit över på fel sida vägen, kolliderat med en långtradare och släpats med ett tjugotal meter. Förarsidan tog den värsta smällen. I över en timme arbetade brandmännen för att såga loss kroppen. Kvinnan kunde inte räddas till livet. Hon avled på intensivvårdsavdelningen senare under natten på grund av svåra skallskador. Den åttaåriga dottern, Cecilia Ståhl, fördes till sjukhus med lättare blessyrer. Kunde dock inte höras på grund av chock. Vägen var vid olyckstillfället plogad och sandad, temperaturen minus tio grader. Föraren var ej påverkad av alkohol eller andra påvisbara droger. Varför bilen kommit över på fel sida av vägen var oklart. Föraren kan möjligen ha somnat vid ratten.

”Du är tidig idag.” Arvidsson steg in i rummet och ställde en mugg rykande kaffe framför Maria. ”Du vill ha det svart eller hur?”

Maria nickade. ”Jag hörde inte när du kom.”

”Du var djupt koncentrerad. Vad gör du?”

”Just nu slår jag en MFP på Rune Villman. Han satt på taket till verandan i prästgården när vi var där igår. Vet inte riktigt hur jag ska bedöma honom. Han verkar ha ett normalt ordförråd, med det är något som inte stämmer. Han är tjugotre år och oförmögen att klara sig själv, säger hans mormor. Han finns i alla fall inte med i brottsregistret.”

”En del tycker nog att han skulle platsa där.” Arvidsson drog fram stolen på andra sidan skrivbordet, satte sig grensle på den och lutade hakan mot ryggstödet. Maria tittade upp från skärmen.

”Varför då?”

”Han hängde mycket nere i färjeläget för några år sedan. Jag hade ett tillfälligt jobb i terminalen så jag såg honom nästan dagligen. Han skaffade sig en overall i samma färg som gubbarna och satt med dem på fikarasterna med egen matlåda. En av de äldre gubbarna, Bengt-Emil, ville vara lite hygglig mot Rune och tog med honom ut i sin båt en söndag. De skulle ankra upp utanför Kronholmen och fiska. Så Bengt-Emil skrek åt honom att kasta i ankaret medan han satte på kaffe nere i kölsvinet. Jajamänsan, det skulle inte vara några problem. Men för helvete vi driver ju, vrålade gubben när han kom uppför stegen och såg Kronholmens klippa resa sig 50 meter från båten. Slängde du inte i ankaret? Jo, men det fanns inget snöre, lär Rune ha svarat. Om det är sant vet jag inte, Bengt-Emil är en riktig skrävlare och lögnhals. Dock vet man med säkerhet varför Rune slutade hänga nere vid färjan."

"Jaha, varför det?" Maria tittade upp från dataskärmen igen och mötte Arvidssons blick.

"När de andra gubbarna var på fikarast började han dirigera bilar. I kroppen var han stor som en vuxen man och med rätt färg på overallen kunde han domptera bilarna. Han vinkade dem framåt och fick dem att byta filer och backa nedför landgången och sno runt i cirklar. Han sorterade dem efter bilmärken helt enkelt. Till slut lyckades han få en fläskmerca att braka rakt in i en husvagn. Men där var det stopp. Det blev ett helvetes liv. Han fick inte vara nere vid hamnen längre, fast hans mormor bönade och bad att han skulle få vara med dem. Hon erbjöd dem till och med pengar bara han fick sitta hos dem och äta sin matlåda. Men det var blankt nej."

"Det måste vara värre än man kan begripa att inte passa in någonstans. Var var du igår förresten?"

"Det var det jag kom för att berätta. Jag ordnade en del papper, har sökt FN-tjänst. Reser om en vecka."

"Har du tänkt på det länge?" Maria såg begrundande på Arvidsson. Han vek inte med blicken, sin vana trogen, och hans röst hade ett nytt djup och en energi som fick Maria att lyssna med skärpta sinnen.

"Sen vi var på Gotland. Det var där jag bestämde mej. Om du tänker slänga bort ditt liv på fel man, kan jag inte hindra dej. Har du någon gång funderat på hur det skulle vara att dela livet med en vuxen människa, med en man som ser dej och älskar dej? En karl som vet vad ditt arbete kräver, som förstår när du vill vara ensam och som kan lyssna när du behöver det?"

"Nu är du väldigt orättvis. Jag ska vara så uppriktig mot dej som jag kan. Krister och jag har haft det jobbigt ett tag. Det är inte bara hans fel. Jag har arbetat mycket, barnen är små och kräver mycket uppmärksamhet. Jag har varit trött och tråkig och oengagerad. Det kanske är oundvikligt i alla längre förhållanden att pendla mellan närhet och distans. Men det betyder inte att man behöver ge upp. Det har hänt att jag slängt vigselringarna i väggen, visst har det det, men sen tagit dem på mej igen. För det är honom jag vill leva med, för att han är mina barns far, mitt livs passion och för att jag tror att han faktiskt ändå älskar mej. Vi har bestämt oss för att jobba på vår relation. Så ser det ut."

"Vad känner du för mej då? Jag vill veta det innan jag reser."

Maria såg upp i Arvidssons ansikte och kände att hon rodnade ända upp i hårfästet. Hon svalde och försökte få rösten att bli stadig. "Du är en av de finaste och mest pålitliga arbetskamrater jag haft. Och jag kommer att sakna dej väldigt mycket."

"Låter som jag var en arbetshäst, en ardenner. Sanningen Maria. Hela sanningen."

"Nej, där går gränsen för mitt privatliv. Bättre avskedstal än så blir det inte."

Arvidsson skrattade torrt och skakade på huvudet. "En sista fråga. Om du inte hade barn med den där karln, skulle du då kunna älska mej?"

"Jag har barn med den där karln. Det är ett faktum." Dörren flög upp utan föregående knackning.

"Vad det är varmt här inne. Känner ni det?" Erika Lund fläktade sig framför ansiktet med en tidning. Maria reste sig häftigt upp och öppnade fönstret. "Man blir liksom eftersvett efter träningen, känner du det också. Jag tänkte höra om någon ville ha kaffe, men ni har redan druckit ser jag. Öppna fönstret ordentligt ett tag. Det är milt ute. Luften är så skön." Erika ställde sig bredvid Maria i fönstret och andades in vinterkylan i djupa andetag. "Jag trodde det var åldern, men du eftersvettas också, Maria."

"Du kan ju fundera på det." Arvidsson tog kopparna med sig och gick mot dörren. "Dock anser jag frågan högprioriterad."

"Jag anser frågan avslutad." Maria stod kvar och lät kylan svalka ansiktet.

"Vet du hur många kalorier det är i en deciliter ketchup?" undrade Erika.

Pia Rönn stod att finna i telefonkatalogen. Maria lät tre signaler gå fram och hoppades att skolsköterskan inte skulle ha hunnit till sitt arbete.

"Ursäkta att jag stör så tidigt på morgonen. Jag heter Maria Wern och är kriminalinspektör. Vi sågs på sminkparty hemma hos Karin Bengtsson förra veckan, minns du. Nu ringer jag å yrkets vägnar.”

Kvinnan drog in luft i en hörbar väsning: ”Det är om Cecilia, eller hur?”

”Ja, jag skulle vilja ställa några frågor. Går det bra att jag kommer förbi vid åttatiden.”

”Jag har en klass som ska vaccineras. Men det bör vara klart till klockan nio. Kan vi säga klockan nio på min mottagning?”

22

En varelse med hårdsprayat, svartfärgat hår, två ringar genom vänster ögonbryn och en genom läppen halvlåg i väntrummets soffa och bet på naglarna. Trots att händerna glittrade av ringar och armband var figuren svår att könsbestämma. Märkligt att man behöver göra det. Att det ger en sådan osäkerhetskänsla när man inte vet, tänkte Maria. Varför känns det så komplicerat att tilltala någon när man inte vet vad de är för sort? Talar man på olika sätt till män och kvinnor, omedvetet? Onekligen går det åt en del tankeverksamhet att hitta tecken som kan hjälpa till i bedömningen. Maria noterade ett vekt ansikte, ingen iögonfallande byst och stora händer. Näsan var också stor. Det kunde lika gärna vara ett tillväxtfenomen. Först växer näsan, händerna och fötterna och sen kommer resten av kroppen ifatt. Människovarelsens kläder var genomgående svarta och bylsiga. Fötterna, beklädda med grova stålhättade kängor, låg parkerade på ett sideboard med broschyrer i så vitt skilda ämnen som acne, scouting, fotvård och fäktning. På golvet hade det dråsat ner en hög med ”Oss kvinnor emellan” och en lapp med telefonnummer till jourhavande kompis. Som kriminalinspektör borde man kunna hitta en ledtråd, men här gick Maria bet. Det var bara att vänta. Den röda upptagetlampan lyste. Det fanns inget av den genomhygieniskt sterila miljö eller den lukt Maria kunde minnas från sin barndoms skolsköterskemottagning, den fräna och skrämmande odör som framkallat svimningar redan innan skolsköterskans vita rock skymtat och hon visat nålen.

”Hej, vet du om någon är inne hos skolsköterskan nu?” Maria skärskådade sin fråga och fann den helt könsneutral.

Varelsen tog upp ett silverfärgat läppstift ur fickan och drog en repa över båda läpparna samtidigt innan hon svarade: ”Amanda, jag väntar på henne." Hon satte sig upp och tog ned fötterna när en blek rödhårig flicka öppnade dörren. Upptagetlampan slocknade.

"Pia Rönn." Kvinnan sträckte fram handen mot Maria och hälsade svalt och yrkesmässigt. "Nu kommer jag ihåg dej. Du är mamma till Emil Wern."

"Det stämmer." Maria stängde dörren bakom sig. Kvinnan framför henne såg enorm ut i sin vita rock, en kroppshydda hon lyckats kamouflera väl med sin privata klädsel men som tog sig helt andra proportioner i det missklädsamma sjukhusplagget.

Pia strök med händerna över magen, knäppte upp rocken och hängde den över stolssitsen. "Ingen flärd från centraltvätten, här är vi alla lika. Sitt ner."

Maria följde uppmaningen som en lydig skolelev och lät blicken svepa över rummet med sin vita bokhylla, den rostfria vagnen med materiel för injektioner och planschen med rosiga barn som äter röda äpplen i stället för godis. En veckotidningsreproduktion? Dörren till journalarkivet stod lite öppen. En elljusstake i rödmålat trä med små lingonkransar runt ljusen lyste i fönstret. Maria kastade en blick på almanackan på väggen och konstaterade att det redan var den första december.

"Hur väl kände du Cecilia Ståhl?" frågade hon.

Pia skruvade på sitt klockarmband och sög in underläppen. "Uppriktigt sagt vet jag inte riktigt vilka frågor jag har befogenhet att svara på. Jag har försökt kontakta min chef hela morgonen för att stämma av med henne vad jag får berätta och inte. Det här med sekretess gentemot polisen känner jag mej lite osäker på. Det är ju fruktansvärt det som inträffat. Jag förstår ju att ni måste utreda olyckan, men jag skulle vilja få klartecken innan jag säger något jag inte bör."

"Jag förstår. Enligt Pontus Larsson var Cecilia ofta hos dej. Skulle du anse att hon var självmordsbenägen?" Maria talade med låg röst, osäker på om något av samtalet kunde nå ut i väntrummet genom de tunna gipsväggarna.

"Tänker ni så?" Pia drog in luft mellan tänderna. "Tänker ni att det skulle kunna vara självmord? Det är ju fruktansvärt."

”Vi utreder alla tänkbara möjligheter. Hur skulle du vilja beskriva Cecilia Ståhl?” Maria bläddrade fram ett tomt blad i sitt block och väntade.

”Cecilia var en mycket mogen och förståndig tjej. Så konstigt det känns att tala om henne i förfluten tid. Duktig i skolan, ambitiös. Mjuk och känslig, lite blyg, kanske. Jag har svårt att riktigt ta in det som hänt. Hon grubblade mycket över livet och döden. Mer vill jag inte säga just nu. Om du ursäktar mej, det känns inte riktigt rätt.”

”Då lämnar vi det här tills du fått klartecken.” Pia såg lättad ut. Maria lutade sig tillbaka i stolen och iakttog hennes ansikte uppmärksamt när hon ställde nästa fråga: ”Vill du berätta om Svante Henningsson, som var gymnastiklärare här på skolan. Det har förekommit en del rykten sa du sist vi sågs. Vad hände egentligen?”

Pia gjorde en hastig rörelse med handen och välte ett pennställ, ursäktade sig och började fumligt plocka tillbaka pennor, suddgummin och gem igen.

”Det är inget att prata om nu. Frågar du som polis eller som förälder?”

”Det borde inte göra någon skillnad. Det gjordes ingen polisanmälan, eller hur?” Maria hjälpte till att plocka upp en penna från golvet och satte den i pennstället.

”Nej, rektor Montelius tyckte att man inte kunde anmäla saken när vi inte säkert visste hur det låg till. Det fanns inget konkret att ta på. Montelius var rädd för att föräldrarna skulle flytta sina barn till andra skolor om polisen blev inblandad. Det skulle liksom ge en annan dignitet åt ryktena. Byter flera elever skola måste lärare sägas upp. Skolan är redan nu liten, det skulle kunna bli tal om sammanslagning med Björkavi om det ville sig illa. Då skulle våra barn bli tvungna att åka skolskjuts.”

”Det var rektorns synpunkter. Vad säger du själv?”

”Att man alltid ska lyssna på barnen.”

”Och vad säger barnen?”

”Det vill jag inte svara på. Det vet du. Jag vill tala med min chef först så kan vi gå igenom de här sakerna senare. Nu tänker jag inte svara på flera frågor.”

”Jag ska inte pressa dej. Pontus Larsson berättade att Cecilia hade en bästa väninna, Amanda Myrbacke. Jag skulle vilja tala med henne. Vet du var jag kan nå henne nu?”

”Hon har hemkunskap, det är i den gula byggnaden där uppe i backen. Dörren bredvid cykelstället.”

”Hör du av dej så fort du fått klartecken?”

”Det ska jag.” Pia reste sig och tog formellt i hand. ”Sen är det en sak jag bör prata med dej om som mamma till Emil. Så det var bra att du kom. Jag hade tänkt ringa dej. Emil är som du säkert lagt märke till lite kraftig, överviktig. Det skulle vara bra om du tänker lite mera på vad han äter och ser till att han kommer ut och rör på sig och inte bara sitter inne vid teven. Har han några fritidsintressen?”

23

Pia Rönn släckte ljuset i vardagsrummet och stirrade ut i vintermörkret. Runt balkongräcket löpte en tjock girlang av granris och röda band. Hon släckte den elektriska ljusslingan för att se bättre, uppmärksam på varje rörelse under parkens snötyngda lindar, vaksam på varje ny skugga i skenet av gatlyktan. Tiden från det att han ringt kröp sakta minut för minut av rastlös väntan. Sängen var renbäddad. En svag doft av sköljmedlets vårblommor från de nymanglade lakanen nådde henne där hon stod. Badrummet blänkte och i köket var bordet dukat med porslinet hon fått av släkten när hon tog studenten. En servis full av förväntningar. Tjugofyra tallrikar, i väntan på den familj och de vänner som aldrig kom. Tjugofyra vita tallrikar med ett slingrande handmålat bladmönster. Någon talang på det konstnärliga området hade Pia aldrig haft och efteråt ångrade hon sig. Hon skulle aldrig ha gett sig på tallrikarna. Hon skulle inte ha gått den där kursen i porslinsmålning överhuvudtaget. Aldrig, om det inte hade varit för Annalisa. Tanken föll så tung att Pia måsta sätta sig. Så nära att få en vän, en riktig väninna hade hon aldrig varit. Annalisa kunde se bortom vrångheten och de korthuggna svaren. Hon var sig själv, bottnade i sig själv, och tog inte vid sig av kylan. Bit för bit hade hon lyckats komma närmare ömtåligheten. En strykning på armen, ett välvilligt leende, en hastig smekning på kinden. Att en kropp kan längta så, törsta så, efter beröring och välvilja. Det var Annalisa som föreslog att hon skulle gå kursen, tantkursen i porslinsmålning som kyrkan hade arrangerat. Medelåldern hade säkert varit sextio år. Annalisa var trettio när hon dog. Så full av liv. Så förödande vacker och charmfull.

Pia reste sig upp och slog bort de ovälkomna tankarna som så ofta och kompromisslöst sökte henne i stunder av stiltje. Jumpern var blöt av svett i armhålorna. Sur svett fast hon duschat för en timme sedan och använt den bodylotion med doft av mimosa hon köpt på sminkpartyt hos Karin Bengtsson, fast hon inget skulle ha. Allt för att behaga en karl. Pia rodnade när hon tänkte på det och på den svarta body hon skickat efter, höfthållaren med strumpeband och de svarta silkesstrumporna med spets i överkanten. Än mer beklämd blev hon när hon tänkte på epilatorn med kylaggregat för bästa komfort och roterande pincetter för håruppdragning med rötterna. Han tyckte inte om håriga kvinnor, slätrakat skulle det vara och lent som huden på ett barn. Helvete vilken smärta innan hon kom på att strömstyrkan var för låg och att pincetterna roterade för långsamt i bikinilinjen. Rött och pippligt blev det och hon hade beställt ett nytt paket med snabbleverans.

Boxertrosa med rejäla ben blev det istället för bodyns högt skurna linjer. Om ljuset förblev släckt under natten skulle hon kanske överleva skammen. Pia letade febrilt i garderoben. Den röda jumpern var i tvätten och den svarta hade hon på sig. Han kunde ju vara här när som helst nu. Köttgrytan puttrade på spisen. Rödvinet hade luftat en timme. I kylen stod två räkcocktails toppade med dill och avokado och grädden till desserten var vispad och klar. Fikon i konjak med avec. Hon hoppades så att han skulle tycka om det, att han kanske skulle stanna hela natten. Nej, inte hela natten. Då måste hon upp innan han vaknade och borsta tänderna, duscha och sminka sig. Och om hon inte hann det, inte vaknade i tid, skulle han ertappa henne som hon var i sin vämjeliga vita nakenhet. Då skulle hon aldrig mer kunna se honom i ögonen. Aldrig mer. Tjugofem minuter försenad nu. De första gångerna hade han haft rosor med sig, men det var ingen självklarhet längre. De ömma upphetsade ord han hade viskat när han klädde av henne i mörkret, då den första gången, hade blivit allt mer sällsynta. Hans varsamma händer som känt rodnaden stiga på kinderna hade hårdnat. Och ändå kunde hon inte släppa honom fri, det var som en drog att äga någon. Att få leka kärlek. Jag trodde sjuksköterskor hade vita underkläder, hade han viskat. Du får inte kika. Jag vill inte att du ser på mej. Att huden kan längta så efter att bli vidrörd. Så till förnedringens gräns.

Pia tände adventsljusstaken i fönstret och nöp av ett gult blad på julstjärnan. Ljudet av en annalkande bil blev starkare, en inbromsning och sen tystnad. Genom vardagsrumsfönstret kunde hon se den röda Toyotan. Så han hade tagit bilen? Han visste ju att hon brukade bjuda på vin. Tänkte han stanna över natten i alla fall? Pia öppnade dörren och såg på honom när han med långsamma steg gick uppför trappan. Så snygg han var i vit skjorta istället för de där batiksärkarna han brukade ha i skolan. Han märkte henne inte, såg henne inte i ögonen förrän han kommit till översta trappavsatsen.

”Välkommen Pontus”, hon gjorde en ansats att omfamna honom, men han gled förbi henne in i hallen och hängde vant upp sin långa svarta rock på en galge. De slog sig ner vid köksbordet.

”Plocka inte fram något för min skull. Jag har just ätit.” Pontus avböjde med en gest det vin Pia stod i begrepp att servera.

”Har du just ätit? Jag trodde du förstod att ...”

”Du får gärna sätta på en kopp kaffe.”

”Kaffe?” Pia hörde själv hur sinnessvag hon lät. ”Vill du ha någonting till kaffet?”

”Jag vill prata.” Pontus la armarna i kors över bröstet och lutade sig bakåt. Hans ansikte var allvarligt. ”Vad tror du om det här med Cecilia?”

Pia drog efter andan och satte sig ner. Gned sina kinder med händerna, gnuggade och gned med ögonen slutna. Tankarna på Cecilia ägde icke tillträde, dem värjde hon sig emot. Det hade tagit timmar att mota bort de frågor polisen ställt, att stilla oron i kroppen. Jag har tystnadsplikt. Det gav en frist, ett andrum. Hon behövde tänka. De svar hon lämnade fick inte ge några följdfrågor. Vad menade han? Vad ville han veta? Vad kunde han veta?

”Om Cecilia ... det är så hemskt.”

”Hon brukade ju tala med dej. Du om någon måste ju veta vad hon tänkte. Sa hon något till dej. Hade det hänt något särskilt före olyckan?”

”Jag kan inte prata om det, det vet du.” Pia öppnade ögonen och kisade på honom genom smala springor.

Pontus reste sig långsamt från sin stol och ställde sig bakom henne. La händerna på hennes spända axlar och masserade sakta upp i nacken, hårfästet och tinningarna.

”Du har berättat saker för mej förut, eller hur Pia. Jag är Cecilias lärare. Jag har aldrig velat veta för min egen sensationslystnads skull. Jag har frågat för att kunna hjälpa henne. Uppsatsen i svenska jag visade dej kan få det att vända sig i magen på vem som helst. Berätta för mej Pia, berätta vad hon sa.” Hans fingrar sökte sig genom hennes hår långsamt utstuderat och underbart. När andhämtningen blivit lugnare sökte sig hans händer till bröstten utanpå jumpern, under jumpern, knäppte upp bh:n. Så enkelt det skulle vara att ge sig hän. Att byta insinuationer och halvsanningar mot det som kroppen hungrade efter. Som i tusen och en natt fortsätta historien i det oändliga för att slippa dö av undernäring. Så hade hon sålt Svante Henningsson bit för bit. Pressat honom ut på isen mot det oundvikliga mörkret. Pontus hade kommit hem till henne för att diskutera vissa rykten och hon hade berättat det han ville höra. Det var ju för helvete han själv som berättade historien. Hon hade bara fyllt i och bekräftat, halvt dold bakom slöjan av sin tystnadsplikt. Han hade fått den bekännelse han önskade. Hon hade fått vad huden krävde, om än med en bitter eftersmak. *Sjung vackert ni skorrande strängar, sjung vackert om kärlek ändå.* Vem sa att kärleken var en gåva? Allting har sitt pris.

”Kom”, viskade han och hon följde honom in i sängkammaren. Nu fanns de ömma orden där igen, de laddade orden som lät så annorlunda i sängkammarmörkret än när de stod skrivna på skoltoalettens smutsiga vägg. Långsamt föll kläderna till golvet. Han var en god tekniker. Hon kände hans hud mot sin rygg. ”Vad sa du till polisen?”

”Inget”, flämtade hon och böjde sig efter hans vilja över toalettbordet. ”Inget. Jag har tystnadsplikt. Jag vet inte vad jag har befogenhet att berätta för dem, så jag sa inget.” Han smekte insidan av hennes lår och hon var förlorad.

”Vad sa Cecilia när ni pratade med varann sista gången?”

”Att hon saknade sin mamma och att hon hatade Reidun, pappans nya. Det har väl blivit nya regler i prästgården. Strängare regler.”

”Sa hon inget mer?” Pontus erfarna händer sökte lustens källa och slutade sedan tvärt när han inte fick svar på sin fråga.

"Hon hade skaffat p-piller."

"Sa hon varför? Sa hon med vem?" Hans röst förlorade sin smeksamhet och Pia mattades i sin berusning.

"Reidun krävde det av henne, sa hon. För att hon skulle få vara ute på kvällarna."

"Det låter väl förnuftigt. Du har ingen aning om vem hon var ihop med?"

"Kanske. Jag har antecknat mina funderingar i journalen." Pia kände hur han stelnade till. Hon vände sig hastigt om. Kände med handen hans kön som hängde slappt som en snigel efter låret. Den bittra sanningen fick fäste och tog allt större plats. Var det så att han aldrig velat ha henne, inte ens som tröst när ingen annan fanns för stunden? Var det så enahanda affärsmässigt?

"Man vill för helvete inte bli anklagad. Hur fan ska man kunna bli rentvådd när man en gång blivit märkt som Svante Henningsson?"

"Är du rädd för det?" Pia svepte lakanet om sin kropp och kände ett ögonblick övertaget. Ville hugga honom i bitar. Krossa hans blänkande ängsliga ögon.

"Lägg dej ner så ska jag göra det skönt för dej", sa han och tryckte henne intill sig. Orden fungerade med betingad automatik. Hon lät sig förföras, förnedras, förledas att lova det hon inte hade rätt att lova och sedan aldrig skulle komma att förlåta sig själv. Han gick när han fått det han ville ha.

Efteråt när hon med en sur smak i munnen tänkte på det var det obegripligt, även om det lindrade lite med en hela rödvin. Autofobins förbannelse vilar tungt över de drabbade. Jävla karl! Jävla karlar! Att kravla omkring med instruktionsboken i hand för att hitta den absoluta G-punkten har ingenting med kärlek att göra. Stanken av vidbränd köttgryta nådde ända ut i badrummet och den förbannade epilatorn med trippelblad, kondenseliminator, snöröjningsaggregat och allt vad finesserna hette stirrade hånfullt från papperskorgen. Åtta hundra kronor åt helvete. Maten åt helvete. Hela livet var åt helvete. Pia sköljde ansiktet i iskallt vatten, gång på gång tills skinnet sved. Om Annalisa hade levat skulle allt ha varit annorlunda. Eller kanske ännu värre. Hur står man i längden ut med oförtjänt godhet utan att skulden växer en över huvudet? När man inte tillåts utföra några gentjänster utan att de renderar i ytterligare uppoffringar och gåvor. Annalisa hade suttit i vardagsrumssoffan, med det ljusa håret som en sky över axlarna och ett hemlighetsfullt leende på läpparna.

"Öppna paketet, det är till dej Pia."

"Är det till mej. Jag fyller inte år."

"Det är till dej." Paketet var mycket litet, med guldpapper och en liten blåskimrande rosett fastklistrad med en bokmärkesängel. Pia vek undan silkespapperet och tog upp smycket. En bärnsten infattad i silver.

"Den har varit min farmors", sa Annalisa. Och hjärtat växte i bröstet, växte till en klump i halsen och de idiotiska tårarna rann.

"Din farmors smycke och det vill du ge till mej?"

Detta var akt ett, men dramat fortsatte mot sin oundvikliga upplösning. Akt två. Pia hade aldrig kunnat förklara det för sig själv, varför hon böjde sig ner och gömde sig bakom sätet när Annalisa steg på bussen den där slaskiga vinterdagen i februari en dryg vecka senare. Närvaron kändes så stark att hon inte riktigt visste var hon skulle göra av sig, kanske ville hon bara skoja lite. Så onödigt och dumt. Annalisa hade satt sig på sätet framför när hon fick syn på Elvira Bredström. Det fanns en viss tillfredsställelse i att se utan att bli sedd, att lyssna på det som sades i lönndom. Hur smärtsamt det skulle bli kunde hon inte ana.

"Vad sa du? Gav du bort din farmors halsband till Pia? Var det inte att ta i?" Elviras röst var alldeles klar och tydlig. "Hur orkar du med att ha henne efter dej hela tiden? Hon är ju ingen muntergök precis." Elvira hade tagit upp en spegel och målat läpparna och frågan hängde och svajade i luften.

Svara då, svara henne Annalisa, svik mej inte. Pia hade hållit andan och krupit ännu längre ner mellan sätena. Det självklara svaret uteblev och självklarheten avtog för varje sekund av tystnad.

"Man kanske är för snäll, men det är så synd om Pia. Hon är ju så ensam. Förresten tyckte jag aldrig om min farmor. Halsbandet har inget affektionsvärde för mej. Men jag tänkte att hon kanske skulle bli glad åt det."

Akt tre. Annalisa kom för att hämta upp till porslinsmålningskursen. Av godhet, Pia hade ju inte körkort stackarn. Flickungen väntade i bilen. Leende satte Annalisa sig vid köksbordet som om ingenting hänt och inga dödliga ord hade uttalats där i bussen. Hon såg på Pia med sina runda ljusblå ögon.

"Du har inte halsbandet på dej. Var kedjan för kort?"

"Jag har spolat ner det i toaletten."

"Vad sa du nu?" Hennes förvåning övergick i en klädsam rodnad.

"Jag har spolat ner det i toaletten. Jag hatar dej din skenheliga apa, vet du det. Jag hatar dej!" Vreden kröp i fingrarna, längtade efter att få dra i de där ljusa hårtussarna och se dem lossna. Pia hade rest sig och slitit tag i Annalisas kläder. "Hatar dej."

Annalisa hade klöst sig fri och gråtande rusat nerför trappan. Det var den sista gången. Den allra sista gången. Ingen hade hört orden fällas. I princip var de aldrig uttalade. Det verkade inte heller som Annalisa berättat något om händelsen för sin dotter i bilen innan olyckan skedde. Eller också mindes Cecilia det inte, varken händelsen i sig eller begravningen veckan efter, om man fick tro Elvira Bredström.

En telefonsignal skar genom tystnaden och Pia rycktes ur sina tankar på det som varit. Vinflaskan välte och den lilla skvätt rödvin som ännu fanns kvar rann ut över det vita lakanet när hon sträckte sig efter luren.

"Hallå, det är Pia Rönn." Tystnad. "Hallå, det är Pia." Djupa andetag, en levande människa på andra sidan. Någon som andades, ett hjärta som slog. "Hallå, Kristina är det du?"

Tystnad och så det klickande ljudet när samtalet bröts.

24

”Amanda, jag lånar din mockakjol i kväll, det är okey va? Tycker du inte att jag har blivit smal? Kolla in min nya top? Visst passar den ihop med kjolen? Jag köpte den på boutique Black Rock.”

”Måste du handla i samma affärer som jag mamma? Black Rock är inte för dom i din ålder.”

”Man är inte äldre än man gör sig.” Eva Myrbacke blinkade åt sin dotter med tunga silverfärgade ögonlock och log in i spegeln.

”Måste du visa magen?” Amanda studerade sin mor med kritisk blick. Granskade uppifrån och ner och fann resultatet beklämmande.

”Du gör ju det.”

”Jag är fjorton, du är ju för fasen min mamma.”

”Jag måste väl också få ha ett liv. Han kanske ringer och vill att vi ska gå ut. Då måste jag vara lite snygg, förstår du.”

”Du ser ut som om du skulle ha hand om barnprogrammet på teve. En tofs över ena örat är urtöntigt. Han går väl inte på dagis heller?”

”Han är polis och heter Jesper Ek, så du vet det. Han är skitmysig. Du kommer att gilla honom.”

”Han är en skithög och du beter dej som en fjortis.”

”Amanda, vart ska du? Amanda förstår du inte vad det här betyder för mej?”

”Nej, men jag förstår vad det betyder för mej. Jag får sitta ensam här varje kväll, och somna ensam fast jag är rädd. Tänk om någon bryter sig in. Nere i macken har dom haft inbrott. Min bästa kompis är borta och du bara struntar i mej. Blir du ihop med han flyttar jag till pappa.”

”Vilken egoist du är. Unnar du mej ingenting? Ska jag sitta här ensam när du har flyttat hemifrån? Vill du det? Amanda du stänger inte dörren i ansiktet på mej när jag pratar med dej. Öppna! Öppna sa jag!"

"Det gör jag inte." Amanda kröp ihop i sin säng och tryckte kudden över öronen och knep ihop ögonen.

"Det där med att flytta till pappa har vi ju talat om." Evas röst lät precis så ängslig som man kunde önska. "Han och Jenny har jättemycket med tvillingarna nu och du skulle få byta skola. Hör du mej Amanda? Kan du inte låsa upp? Jag tycker det är tråkigt att det ska bli så här."

"Gråt då!"

Amanda lyssnade efter stegen som försvann mot köket. Nu skulle hon säkert som amen i kyrkan ringa mormor, moster Agneta och Lotta och säga att hon inte visste vad hon skulle ta sig till. Det är märkligt att föräldrar får ha hand om barn när de inte vet vad de ska ta sig till. Dessutom var ringandet ett straff, typ. En sorts känslomässig utpressning. Om du är jobbig så skvallrar jag för mormor. Och jag kommer att prata så högt att du hör vartenda ord. Hela anklagelsen i min version. Amanda tog fram tygtigern som låg under sängen. En allierad hon tryggt kunde anförtro sig åt. Någon som kunde konsten att tiga. En svensk tiger, hade pappa sagt när hon fick den i julklapp. Vad han nu menade med det? Amanda la tigerns tassar runt halsen och lät tårarna rinna in i den mjuka teddyn. Ingen ville ha henne. Hon var bara i vägen. Hon var ingen och ingen tyckte om henne eller brydde sig om henne. Inte pappa för han bara jobbade och var med Jenny och snorvalparna och inte mamma för hon var kär igen och hade slutat lyssna. Min bästa kompis är död. Jaha säger du det och vad tycker du om mitt nya nagellack då? Fy fan för vuxna människor. Och Tom, som hållit hennes hand på skolavslutningen i sjuan, honom hade Cissi tagit och sen dumpat precis som det behagade henne för stunden. Hela sommarlovet hade Amanda dagdrömt om och längtat efter Tom, längtat efter att skolan skulle börja igen. Hon hade gett honom ett läderarmband på examensdagen och han hade lånat ut sin kebba. Och han hade hållit henne i handen en kort stund när ingen såg. Tills det blev för svettigt och Amanda plockade upp en blomma från marken för att komma åt att gnida handen torr mot kjoltyget.

Där hade någon ropat på Tom och magin gick förlorad. Hela sommaren hade hon burit hans svarta kebba, nästan som en vigselring och vetat att de hörde ihop. Och så kom Cissi den första skoldagen, brunbränd i vit kortkort kjol, och kysste honom mitt på munnen. Bara så där rakt på, utan föregående kring-kring. Han hade knappt sagt hej till Amanda efter det. Skämdes väl. Hade bara stoppat ner kebban i sin skolväska när Amanda slängde den på hans bänk. Så var det med den kärleken. Om hon bara hade kunnat bli solbränd som Cecilia skulle det aldrig ha hänt. Men den genomskinliga hyn tålde inte solen särskilt bra. Resultatet blev oftast en grisskär och svidande hud. Får man hata någon som är död, frågade Amanda sin Tiger, eller måste man tänka väl om de döda? Hur många gånger hade hon inte önskat att hon skulle se ut som Cecilia med långt ljust hår och välformade bruna ben. På vintern när Cecilia inte kunde visa benen blev hon lik förbaskat vald till Lucia, bara så orättvist. Och jämt skulle hon bestämma, annars blev hon sur. Hur länge som helst kunde hon vara sur, tills man bett om ursäkt för precis allting.

”Amanda, Amandagumman! Mamma vill prata med dej. Kan du öppna?” Amanda förpassade Tiger till sin hemliga låda under sängen och öppnade en springa i dörren.

”Vad vill du?” Rösten var bräddfylld av vrede över livets orättvisor. Bara för att man öppnade dörren skulle mamma inte tro att de var sams, inte än i alla fall.

”Du får hundra kronor så du kan hyra film och köpa godis ikväll.”

”Har han ringt, den där Jesper?”

”Jaa.” Eva skrattade med hela ansiktet. ”Det har han. Och jag tycker du är så stor så du klarar dej ett par timmar själv, eller hur? Jag tar mobilen med mej.”

”Jag vill inte vara ensam hemma.”

”Du kanske kan be någon väninna vara hos dej.”

”Du fattar ju ingenting! Du lyssnar inte på mej!”

”Amanda, varför gör du så här. Öppna dörren! Öppna säger jag! Du, jag lägger pengarna på köksbordet. Jag måste faktiskt gå nu. Hör du det. Jag går nu. Kan du inte komma ut så jag får en kram innan jag går?”

”Nej, för du bryr dej inte om mej.”

”Men lilla älskling det gör jag visst. Kram då! Och sen tycker jag att du går och lägger dej vid tio, så är du inte så trött i morgon när du ska till skolan. Puss, puss.”

Och där slog dörren igen. Amanda skyndade sig ur sitt rum och ut i hallen. Hon öppnade dörren och spanade nedåt trapphuset. Mamma syntes inte till. Så bråttom hade hon haft att komma iväg. Viktigare än så var det inte att få en kram. Amanda stängde dörren och kontrollerade att den var riktigt låst. Så gick hon en runda i lägenheten kollande bakom alla dörrar och under sängarna. Inte för att hon i sin vildaste fantasi vågade tänka på vad hon skulle göra om någon låg där, utan mest för formens skull. Sen satte hon sig vid köksbordet och tände det första ljuset i adventsstaken. Det skulle finnas köpta pepparkakor i burken på tidningshyllan. Amanda öppnade locket och konstaterade att de var slut. Och bullarna var slut, och så var det med det. Utanför huset låg natten som ett svart skynke över en fågelbur. Amanda var glad att de bodde på andra våningen och inte på nedre botten. Om någon skulle stirra in på henne fick han klättra i stuprännan. Ingen mänsklig varelse kan klättra ljudlöst i en stupränna. Hon stirrade in i ljuslågan och funderade en stund på hur det skulle vara att vara död. Hur är man då? Är man en ande som kan vara var som helst? En sorts energi. Tom trodde det. Hans bror hade läst kvantfysik. Är man överhuvudtaget? Och hur vet man det om man är död? Tänk om Cecilia fanns här, fast osynlig. Om hon kunde höra vad Amanda tänkte. Det var nästan lika otäckt som att leka anden i glaset. Cecilia hade tyckt det var häftigt, men Amanda tyckte det var hemskt och fick så ont i magen att hon måste gå hem. Både då och senare samma vecka när Cecilia hittade ett trollbord uppe på vinden med tre ben och en vippande bordsskiva. Ett ben för ja ett för nej och ett räkneben. Det hjälpte inte ens att Cecilia den gången lockade med att de kunde läsa Reiduns gamla kärleksbrev som fanns bevarade i en kexlåda av plåt. Amanda hade haft så ont i magen så hon mådde illa. De frågor Cecilia ställt till bordet var det otäckaste hon någonsin hört och det olycksbådande klapprandet från träbenet fick henne till sist att rusa därifrån. Hon hade faktiskt kräkts i papperskorgen på lekplatsen. Fast det värsta var bilturerna de gjort på nätterna när Amandas mamma sov borta hos snuskgubben hon höll ihop med i somras.

”Jag kommer och hämtar dej i pappas bil klockan tolv.” Cecilia befallde, Amanda lydde och ställde väckarklockan.

”Kan du det? Kan du köra den då?”

”Ja, för fan.” Och där hade Johannes bil stått nedanför Amandas fönster. I början var det mest spännande. Efter ett par ryckiga försök fick Cecilia igång bilen och rattade uppför kyrkberget grensle om mittlinjen med helljuset på för att se ordentligt. Allt snabbare spann hjulen ut mot klippan. Amanda skrek i ljudlös skräck, tappade andan fullständigt, allting snurrade, dansade mellan klippkanten och evigheten. Cecilia skrattade högt. En konstig skrattgråt och tvärnitade på klippans yttersta rand.

”Skithäftigt! Visst var det häftigt? Fan vad du ser dum ut”, sa hon. ”Fy fan va komiskt.”

Amanda hade inte kunnat sova, inte äta, inte koncentrera sig i skolan av rädsla för de nätter mamma sov hos äckelgubben. ”Själviska unge, du låter mej inte få göra något jag tycker är roligt”, hade Eva sagt.

Men jag då, tänkte Amanda, är det inte roligt att vara med mej. Finns jag? Bryr du dej om mej?

Inga undanflykter hjälpte. När Cecilia bestämt sig för en nattlig biltur blev det så. Volvon stod där nedanför sovrumsfönstret. Cecilia kastade sten på rutan och ingen återvändo fanns. Du är väl ingen jävla fegis va. Neej! Och turen gick genom stan tvärs igenom den planterade rondellen vid södra utfarten, backspegeln tuschade en gatlykta när de körde upp på trottoaren. De svängde ner mot hamnen. Ut på piren. Sväng på sväng i cirklar närmare och närmare hamnbassängen. När Amanda sedan blev avsläppt utanför hyreshuset märkte hon att hon kissat på sig. Det var blött ända ut på täckjackans bakkant. Hon hoppades att det inte skulle märkas. Att sätet skulle självtorka under natten.

”Igår var det jävligt nära att vi åkte dit”, sa Cecilia när de smygrökte på skoltoaletten dagen därpå.

”Va då?” Amanda försökte se oberörd ut av röken som stack i ögonen.

"Gudrun Wern såg oss i bilen och sa till pappa."

"Shit." Amanda försökte kväva en hostattack och fimpade.

"Ja, men han trodde henne inte. Jag hörde när han berättade det för Reidun. Vet du vad han sa? Det är synd att Gudrun Wern har blivit så senil. Men vi kanske måste ligga lågt med bilen ett tag?"

"Okey."

Amanda stirrade in i ljuset och kände ensamheten och tystnaden slå lock för öronen. Hon försökte låta bli att tänka de farliga tankarna, att det var skönt att Cecilia inte kunde bestämma mer. Nu fanns det en möjlighet att få vara med de andra tjejerna i klassen. Det hade varit otänkbart när Cecilia svartsjukt vaktade på varje ord och varje steg. "Vad pratade ni om? Är hon inte ett jävla pucko? Kom Amanda, hit ska vi." Cecilia hade faktiskt bestämt allting, vem som dög och vem som inte gjorde det. Vem som skulle få vara med och vem som skulle vara utanför. Vad som var snyggt att ha på sig och vad som var hopplöst töntigt. Men det svåraste var lögnerna. Om gymnastikläraren, Svante, till exempel. Amanda hade också ljugit. Fast inte lika mycket och inte på samma sätt. Bara hållit med och sagt ja och jo. Hur överlever man annars en vilja som Cecilias?

Pontus Polletten hade frågat så konstiga saker. Han hade blivit arg och sen lite rädd. Amanda hade märkt att han såg rädd ut. Det var väldigt obehagligt, värre än ilskan. Hon rodnade bara hon tänkte på det. I dag på middagsrasten hade han bett Amanda stanna kvar. Han hade frågat henne om filmkvällen, vad de gjorde på toaletten. Hon hade inte kunnat annat än att säga honom som det var, att de druckit vin. Pontus hade inte ens blivit arg, bara skakat sorgset på huvudet som ville han säga: "Så onödigt och dumt." Så hade han frågat om Cecilia talat om att dö. Om det kunde ha varit så att hon gick på rälsen med flit för att bli påkörd av tåget.

Amanda hade inte behövt fundera särskilt länge på svaret: "Hon lekte med döden. Hon fick en kick av det." För hon ville träffa sin mamma, tänkte Amanda, men det kunde hon inte säga högt. Det var alltför privat.

Cecilia ville det, men jag ville inte träffa hennes döda mamma.

Att utmana döden och överleva var ett sätt att vinna över döden, besegra den, hade Cecilia sagt. Just då hade det låtit väldigt förnuftigt.

Polletten hade frågat så konstiga saker, som om han visste något han inte kunde berätta. Och sen hade den där polisen som hette Maria frågat andra saker. Så klart Cecilia hade gått där på spåret så länge som möjligt, hört tåget komma för att sen hoppa undan i sista stund. Så typiskt Cecilia. Amanda ville tänka att Cecilia var hos sin mamma nu. Att det var andar och inte slamsigt kött och benbitar. Då kanske hon inte skulle vara så arg för att Amanda tänkte sina egna tankar. Om hon nu kunde höra dem?

Amanda knäppte på datorn i sitt rum och loggade in på Lunarstorm. Det kändes mindre ensamt om man fick någon att prata bort tiden med. Hon gick in på spana och markerade ”Sök efter snuttisar som bor nära mej”. Kollade en stund och gick sen till sitt ”krypin” för att se om någon varit där och kollat. Det var det, men bara ett nytt användarnamn. Yourlove, en pojke på 17 enligt de obligatoriska uppgifterna. Amanda klickade på länken till hans krypin. Han hade varken skrivit något om sig själv eller satt in foto. Senaste inloggning var söndagskväll 23.50. I söndags? Då var det ju strömavbrott i hela Kronviken och i hela stan med förresten. Det hade Polletten sagt. Nu la hon märke till att mailikonen blinkade. Amanda gick tillbaka till sin inkorg och såg att hon fått brev. Det var från Yourlove. Så vansinnigt spännande.

”Hej, Amanda. Jag har kollat fotot på dej och känner igen dej. Du och din väninna var här i min pappas affär torsdagen den 23 november. Jag såg vad ni tog och jag vill att du lämnar tillbaka mascaran och ögonskuggan. För att du ska slippa genera dej med att gå till affären vill jag att vi ses vid kiosken nere på stranden klockan 20.00 i morgon. Lämnar du tillbaka sakerna är allt glömt och det blir ingen polisanmälan.” Användarnamn Yourlove.

Amanda läste brevet en gång till och sen ytterligare en gång och kylan spred sig i rummet. Vad skulle hon göra? Vad skulle hon ta sig till? Vad skulle Cecilia ha gjort? Gått dit så klart. Fanns det någon annan utväg? Yourlove lät bekant på något sätt. Hade inte Cecilia läst ett gästboksinlägg från Yourlove på Lunarstorm? På måndagen när Amanda kom för att hämta henne till filmkvällen? Amanda hade inte fått kolla på det. Cecilia hade hållit för hennes ögon så det blev röda eldar under ögonlocken.

Mascaran och ögonskuggan låg i obrutna förpackningar i tigerlådan. Amanda satte sig på golvet och drog fram den. Det var Cecilias fel. Amanda hade varken velat eller vågat ta sminket. Så otrevligt det blev nu. Det var Cecilia som stoppat det på henne när expediten kom. Hade han sett det? Kunde han ha sett det när affären var full av folk? Om han såg det, varför hindrade han dem inte på en gång då när de gick ut ur affären? Längre kom Amanda inte i sina funderingar innan hon hörde steg utanför i trapphuset och en nyckel som sattes i låset.

”Mamma? Skulle inte du ut med den där snuten?”

”Mitt hjärta, jag är så ledsen. Så jätteledsen. Jag måste berätta något för dej. Kom så sätter vi oss i soffan. Och så håller du mej i handen. Det är något mycket allvarligt.”

”Vad är det?” Amanda följde efter och satte sig ner. Klumpen i magen steg upp i halsen, brände och sved.

”Jesper berättade för mej att Cecilia är död.”

”Det vet jag väl.”

”Men varför har du inte sagt något till mej, Amanda?”

25

”Cecilia Ståhl var redan död när hon hamnade på spåret. Den ringa mängden blod fick mej att fundera. Nu är det bekräftat. Den preliminära obduktionsrapporten är lite vagt formulerad men rättsläkaren bedömer att hon legat död mellan sex och åtta timmar innan hon blev överkörd av tåget. En lättnad för lokföraren, givetvis. Men ytterligare en börda för hennes nära och kära.” Erika Lund såg på sina kollegor från ansikte till ansikte i väntan på en reaktion och la protokollet på bordet framför Hartman.

Maria Wern kände olusten som en skavande klump i halsen. När hon stod där vid rälsen och såg på den vita flickarmen hade hon haft en märklig känsla av att det inte var en olyckshändelse. En intuitiv ingivelse. Det man ibland kallar intuition kanske inte är annat än det vi omedvetet lägger märke till, utan att riktigt kunna sortera eller hitta en mening i, just då. Snön hade varit så vit och ren. De viltolyckor Maria råkat ut för hade varit blodiga historier. Blod ser alltid mera ut än vad det är. Men snön hade varit så ren och vit.

”Kan man säga något i det här läget om dödsorsaken?” frågade Maria.

”Bergwall på rättsmedicin ringde mej för att diskutera den saken. Det var inget han ville sätta på papper än. Han vill avvakta fler analyser. Han lät förbryllad.”

”Vad såg han då?” undrade Ek.

”Utanför protokollet skulle han vilja säga kvävning. Men det finns inga märken på halsen, vare sig av händer eller rep.” Erika rynkade pannan och drog handen genom sitt orediga hår.

”Det kan alltså vara fråga om mord?” Hartman la i från sig protokollet och stoppade ner glasögonen i kavajens bröstficka.

”Eller något hon själv tillfogat sig, något gift? Jag vet inte vad jag ska tro. Hade det varit något vanligt läkemedel, opiater, sömnmedel, borde vi fått svar på det nu.” Erika satte sig ner och lutade sitt brunlockiga huvud i händerna. ”Det är fruktansvärt, det här.”

”Vem talar med Johannes Ståhl?” Hartman såg direkt på Maria, fast frågan var allmänt ställd. ”Vi bör plombera flickans rum och kanske andra delar av prästgården också.”

Maria instämde. ”Jag följer med. Senare i eftermiddag vill jag höra skolsköterskan igen. Är det misstanke om mord kan vi gå in och granska journaler. Som saken utvecklat sig är hon inte bunden av sin tystnadsplikt. Inte vid en mordutredning.”

”Klassföreståndaren och klasskamraterna borde höras igen. Städerskor, vaktmästare och bespisningspersonal får vi inte glömma. Vi har ett gigantiskt arbete framför oss. De ledigheter som beviljats före jul kommer troligtvis att återkallas.” Hartman reste sig halvvägs. ”Har vi något annat att meddela varandra innan vi kör igång?”

”Jag har tagit upp en anmälan från Data-Akuten, den nya firman i hörnet av Storgatan–Nygatan.” Arvidsson, som sjunkit ner som en harkrank på sin stol, satte sig upp ordentligt. ”En reparatör ringde mej i morse och sa att dom fått in en dator med tvivelaktigt innehåll, barnpornografi. Jag har kontaktat åklagaren och beslagtagit datorn. Håller just nu på och går igenom den och det ser inte bra ut.”

”Fy fan”, sa Ek.

”Man blir både spyfärdig och förbannad när man ser det. Dom här jävlarna ska klämmas åt utav bara helvete.” Arvidsson bet ihop käkarna så kinderna vitnade. ”Dessvärre lämnar jag er om en vecka.”

Frågorna haglade. Arvidsson skakade på huvudet. ”Någon annan får höra det kräket. Jag har en del att slutföra. Hinner du Maria?”

Johannes Ståhl visade dem in i biblioteket. Hans ansikte lyste vitt mot den svarta prästkappan. Det var mycket kallt i rummet. Andedräkten ångade ur munnen och Maria funderade på att fråga om något hänt med värmepannan, men kom sig inte för. Hon satte sig i den iskalla skinnsoffan bredvid Hartman. Johannes slog sig motvilligt ner i fåtöljen mitt emot dem. Reidun blev rådlöst stående vid sin makes sida och fingrade på ryggstödet. Maria såg ner i golvet för ett ögonblick och la märke till att prästen var barfota. De bruna skorna låg i var sin ände av rummet som om han sparkat dem av sig. Strumporna låg i en boll bredvid. I varsamma ordalag redogjorde Maria för sitt ärende.

”Hur kan ni veta att hon druckit alkohol?” Johannes knep oavbrutet i byxans svarta tyg.

”Man gör en analys av blodet.” Hartman reste sig och hämtade en stol åt Reidun som i ett nästan förlamat tillstånd åtlydde hans tecken åt henne att sitta ner. Hennes bleka läppar antog en blåaktig ton i kylan.

”Hur kunde hon få tag i alkohol?” Johannes verkade inte alls närvarande i sin fråga. Kanske var den stora frågan om det som hänt Cecilia honom ännu övermäktig.

”Jag skulle vilja att vi gick igenom den sista veckan hon levde, timme för timme och dag för dag. Vilka personer hon träffade, om hon fick några telefonsamtal eller e-mail. Var hon ovän med någon? Hade hon någon pojkvän? Allt är av intresse. Vi måste få klarhet i vad som hänt. Om det visar sig vara mord ska vi ha tag i den skyldige.” Hartman la sina stora händer över Johannes. Han ryckte till och drog sig undan som om han fått en stöt.

”Ska jag sätta på lite kaffe?” Reidun reste sig innan någon hunnit svara och försvann ut ur rummets tryckande atmosfär.

Maria tog fram block och penna ur sin svarta väska och vek fram ett nytt blad med köldstela fingrar.

”Enligt Pontus Larsson hade Cecilia med sig en flöjt till skolan. Han såg att hon stoppade den i sin ficka innan hon tog på sig jackan och gick ut på skolgården den aktuella filmkvällen. Flöjten har vi inte funnit bland sakerna på järnvägsspåret. Vet du vad det är för en flöjt vi talar om?”

Johannes skavde fortfarande med tumnaglarna i tyget på sina svarta byxor.

”Förlåt, jag lyssnade inte. Vad var det?” sa han när han kände Marias hand på sin arm.

”Cecilia hade en flöjt med sig till skolan. Hur är det Johannes? Hur mår du? Orkar du fortsätta eller ska vi vänta en stund?” Maria iakttog med stigande oro prästen som med monotoni nöp i sina byxben med blicken uppspärrad och fäst i fjärran som på en osynlig fiende.

”Blev hon mördad”, frågade han plötsligt och såg Maria rakt i ögonen.

”Vi kan inte säga det ännu med säkerhet, men det kan inte uteslutas.”

”Hade någon ...” Johannes röst stockade sig, han drog efter andan och fortsatte viskande. ”Hade någon varit på henne?”

”Kroppen är skickad till rättsmedicin, vi kommer att få svar därifrån om någon dag.” Hartman reste sig och lämnade plats åt Reidun, som kom in med en kaffebricka och började ställa av koppar på det ovala ekbordet framför dem.

”Så ni kan inte säga om hon blev våldtagen, innan ... Gode Gud. Det får inte vara så, hon var bara ett barn.” Johannes stirrade hjälpsökande på Reidun. Hennes händer skakade våldsamt. Maria var på vippen att be att få hjälpa till när en kopp kraschade i golvet mellan brickan och bordet.

”Vad gör du människa?” Johannes flög upp från fåtöljen. ”Det är Annalisas koppar! Vem har lovat dej att ta fram Annalisas koppar till vardags?” Han la sig på knä och samlade ihop skärvorna i sina händer, en och en medan de övriga iakttog honom under tystnad. Han såg på det trasiga föremålet och kramade sedan de vassa bitarna hårt som en snöboll tills blodet sipprade mellan de smala fingrarna på honom. Och så kom gråten som en rasande uppdämd urkraft i långa konvulsioner när han hackande drog in luft. Bit för bit la han upp de blommönstrade porslinsdelarna på brickan under högljudd gråt. Blodet klibbade mellan hans fingrar och ingen rörde sig förrän Maria reste sig upp och försiktigt, så som man närmar sig ett skadat djur, tog steget ända fram och la händerna på hans skakande axlar. Utan ord. För det finns inga ord. Bara kroppens värme och sinnets närvaro till tröst. Där blev de stående som en isskulptur, orörliga medan värmen i Marias händer sakta fick honom att komma tillbaka till de levande.

”Varför måste jag finnas till”, viskade han. ”Kan ni säga mej det? Kan ni ge mej ett enda skäl till att fortsätta leva?" Reidun rörde på munnen, men ljudet uteblev. Hon höll händerna skyddande över magen.

"Vi är skyldiga Cecilia att ta reda på vad som hänt." Maria reste sig stelbent från golvet när Johannes började röra på sig. Hon hjälpte honom varsamt tillbaka till fåtöljen och satte sig på huk bredvid honom utan att släppa kroppskontakten. Något kaffe blev aldrig serverat. Långsamt och omständligt började Johannes berätta.

"Stackars människor." Maria gned tinningarna när hon stannat Forden utanför polishuset för att släppa av Hartman. Han steg ur bilen, stängde bildörren och öppnade den igen för att se efter att han inte glömt sina handskar på sätet. Det hade han.

"Kommer du förbi när du hört skolsköterskan?"

"Ja, Krister hämtar barnen idag så jag kan jobba över. Det är lugnt."

"Har du hennes telefonnummer? Du ska inte ringa skolan först?"

"Nej, jag far dit direkt. Hon arbetar väl vanlig kontorstid."

Maria satte på radion och meddelade vakthavande sin destination. En grå dager låg över staden och gjorde de trista hyreshusen på Allévägen ännu tristare. Vägbanan var slirig och snömodden stänkte upp på trottoaren när Maria rundade Gyllene Druvans restaurang. I tanken förberedde hon sitt kommande förhör, frågor och följdfrågor. Pia Rönn hade luktat starkt av halstabletter utan att visa andra tecken på förkylning. Kan vara en vana förstås, gott att ha något att stoppa i munnen. Kan också dölja oangenäma och för tidpunkten olämpliga ångor. Och hur kunde hon bara säga att Emil var tjock? En del barn är kraftiga i starten som tulpanlökar innan de skjuter fart på längden, så är det bara, tänkte Maria.

Skolsköterskans väntrum var tomt på elever. Maria kände på dörren till undersökningsrummet, men den var låst. Hon borde givetvis ha ringt. Men det var så dags att tänka på det nu. På väg mot lärarrummet stötte hon ihop med Rut Villman. Städvagnen stod på tvären framför ett glasskåp med uppstoppade smådjur och blockerade den smala korridoren. Det luktade svagt av rengöringsmedel, kaffe och våta ytterkläder.

”Ett ögonblick ska jag flytta på mej.” Rut vred ur moppen i hinken och log mekaniskt.

”Hej, så du jobbar här på skolan.”

”Jovisst, ska du hämta pojken?” Rut manövrerade vagnen åt ena sidan och torkade svetten ur pannan med gummihandskens baksida.

”Jag söker Pia Rönn.”

”Å yrkets vägnar?” Rut fick en ny skiftning i blicken. ”Är det om flickan, Cecilia?”

”Ja, du har väl fått svara på frågor här under förmiddagen, du också.”

”Jo, det är nästan fler poliser än elever här. Och drar in smuts gör de så man kan bli gråhårig. Jag pratade med en som hette Jesper Ek. Men jag tyckte gott ni kunde ha skickat någon annan.” Rut återtog sitt moppande.

”Varför då?” undrade Maria.

”Det trodde jag du visste. Är det inte en sorts jäv, eller vad det heter?”

”Hur menar du då?”

”Så kraftig imma bildas det inte inuti en bil om man inte ’hålls’ ”, sa Rut med eftertryck. ”Han har ihop det med Amanda Myrbackes mamma.”

”Har han det?” Maria funderade en stund och log sen för sig själv. ”Vi fick ett larm en gång om en övergiven bil i skogen, men när vi kom dit och såg att rutorna immat igen lät vi dem vara och höll dem under uppsikt tills bilen startade. Ek var med den gången. Det var faktiskt han som ansåg att de borde avvakta.”

”Precis vad jag gjorde.” Rut gned sin näsa med gummihandsken. ”Lite finkänslig får man vara. Man minns väl hur det var när det begav sig.”

”Finns skolsköterskan i lärarrummet?”

”Jag har inte sett henne här idag. Jag hörde att hon var sjukskriven. Nej, nu har jag inte tid att stå här och prata strunt längre. Jag har ett beting att sköta. Om inte jag höll undan lorten skulle det gro igen fullständigt. De unga töserna de tar in som vikarier kan inte städa ordentligt. Så sent som i förra veckan hittade jag stora dammråttor bakom draperiet i aulan efter det att den nya varit där och städat. Så blir det när de uppfostras på dagis och inte får en grundläggande uppfostran hemifrån. De kan inte vrida ur en skurtrasa ordentligt en gång, bara klämma den lite på mitten med sina frökenfingrar.”

26

Johannes Ståhl reste sig sömngångaraktigt ur fåtöljen och gick fram till det kurbitsmålade väggskåpet. Han sträckte in handen efter sin konjaksflaska, satte den direkt till munnen och drack. Reidun iakttog honom från sin plats vid bordet, oförmögen att resa sig upp och hålla om honom. Ge mej en enda anledning att fortsätta leva, hade han sagt. Och drömmarna om ett liv tillsammans hade smält bort som snöflingor, uppslukats av den mörka jorden. Reidun försökte att inte hata honom för det, för de vackra orden om närhet och kärlek, för drömmen de delat. Han hade sannolikt lurat sig själv lika grundligt som han hade lurat henne. Kanske hade hon låtit sig vilseledas för att längtan efter närhet var så stark. Han var ingen ond människa, Johannes, bara omedveten om sina egna känslor. Annalisa var inte död, hennes ljusgestalt lyste ännu för honom med samma kraft. Så tydligt det trädde fram mot den nattsvarta bakgrunden av Cecilias död. Att drömmarna så uppenbart hade handlat om honom själv, om tröst, om bekräftelse och praktiska lösningar på det betungande hushållsarbetet. Om gränssättning av en förvirrad tonåring, där han hade fått vara den gode och tillåtande medan Reidun fick spela rollen av den onda styvmodern. Han hade aldrig varit beredd att betala priset för en ny tvåsamhet. Han hade inte ens lagt märke till prislappen. Nu var drömmen över. Sanningens ord uttalade. Reidun såg på honom där han stod och undrade hur hon någonsin kunnat älska den magre kutryggige mannen med håret i feta stripor över pannan och ögonen blanka av konjak. Hur hon någonsin hade kunnat längta efter hans händer på sin kropp. Det var obegripligt. Förnedrande. Hon kunde känna medlidande med honom till gränsen för det outhärdliga. Empati – men det var allt. Det är svårt att högakta den man ömkar och ännu svårare att åtrå en man med ett barns behov. Det får något incestuöst över sig, tänkte hon.

”Jag ska döda den djävulen!” Johannes ställde tillbaka flaskan i skåpet och torkade sig om munnen. Hans uppspärrade ögon brann av vrede.

”Vad är det du säger, Johannes?” Han såg henne inte. ”Vart ska du? Stanna Johannes! Vad ska du göra?” Reidun försökte ställa sig i vägen för honom och blev omilt bortföst.

”Jag ska slå ihjäl den satan!” Med orygglig beslutsamhet stegade Johannes Ståhl ut till garaget, barfota i snön. Han slet upp den tunga garageporten. Innan han satte sig i bilen tvekade han ett ögonblick och tog så ned yxan från verktygstavlan. Vägde den i handen, för och emot.

”Johannes, sluta, Johannes. Du vet inte vad du gör. Du skrämmer mej.” Reidun, som sprungit efter honom, försökte öppna bildörren. Johannes fruktansvärda blick fick henne att släppa dörrhandtaget och ta ett steg bakåt.

”Stäng garagedörren efter mej”, skrek han genom rutan. Reidun tordes inte annat än att lyda, men signalerade sin hela vädjan med de utsträckta händerna. Han vände bort huvudet. Vägrade att se på henne.

När Volvon försvunnit utom synhåll blev hon stående flera minuter i en paralyserande vanmakt. Vad kunde hon göra? En taxi, jag måste få tag i en taxi, virvlade tanken. Måste hindra honom. Han slår ihjäl mej om jag försöker hindra honom. Måste stoppa honom. Måste hjälpa honom förstå. Han kommer att förstöra sitt liv. Vad har jag att leva för? Att ringa polisen var inte att tänka på. Han hade ju druckit. Hur mycket visste hon inte, men alldeles säkert tillräckligt för att mista körkortet. Ett samtal till polisen skulle bara göra ont värre, resonerade hon. Reidun letade febrilt efter bussturlistan i sin handväska. Det borde gå snabbare att ta bussen än att rekvirera en taxi från stan. Texten blev suddig. Ögonen hade svårt att följa raderna till rätt avgångstid.

Johannes hade bara hunnit ett par hundra meter på stora vägen när han körde över snösträngen i mittlinjen och fick sladd på Volvon. Han parerade med ett för stort rattutslag och fick en ny sladd i retur. Bilens bakända dansade ut i en virvel bortom all kontroll. När han äntligen fick stopp på 740:n stod den med nosen i motsatt körriktning. Hade han fått möte hade utgången varit oviss. Tanken gav honom svindel. Johannes märkte att han skakade i hela kroppen, av köld och upphetsning. Så nära. Finns då ingen barmhärtighet. Till vad nytta skulle han leva här i jämmerdalen ytterligare tjugo kanske trettio år?

En mötande bil bländade med sitt ljus. Sekunden före mötet övervägde Johannes att lägga om ratten mot mittlinjen. Händerna vitnade i sitt grepp, men han gjorde det inte, fast det låg inom räckhåll för den fria viljan.

Tanken brusade som ljudet av stora vatten, brusade och berusade honom ytterligare. Varför kunde jag inte få gå över gränsen Gud? Är mitt uppdrag inte slutfört? Varför måste jag leva? Har du för få präster i din tjänst eller anser du att jag först ska befria jorden från detta avskum, denna nidbild av ditt väsen. Tanken på den unge vaktmästarens bekännelser fick det att vända sig i magen på honom. Väl var han bunden av sin tystnadsplikt, men det hindrade inte att han i helig vrede kunde få den satan att bekänna vad han gjort och ta konsekvensen av det.

Gatlyktorna tändes undan för undan i ett rosa sken som gradvis bleknade över i gult. Klockan var fyra på eftermiddagen och himlen sammetsblå och genomstungen av vita stjärnor. Johannes såg det inte, såg knappt vägbanan för sin stressade blick. För hans inre syn spelades scener upp, den ena mer fasansfull än den andra; Cecilia neddrogad och våldtagen, överraskad i skogen och slagen till medvetslöshet, påkörd och lemlästad. Hade hon frusit till döds? Johannes hann inte reagera på illamåendet som steg i halsen. Innan tanken fått fäste hade han kräkts över instrumentbrädan. Det varma våta rann ner i hans knä och ner på de bara fötterna. När han fick tag på den lille djäveln skulle han dräpa honom utan förskoning.

Villan innanför granhäcken vilade i mörker. Johannes stannade bilen ute på gatan och blev först i den stunden varse sina bara fötter. Den vrede som rusat vanvettig och vild i hans huvud hade mattats och ersatts av iskall planering. Han steg ur bilen med yxan i handen. Kände inte kylan av snön under fötterna. I ett av fönstren på nedre botten lyste ett blått sken. Det fladdrade inte som tevens flimrande bilder. Det var ett stadigt sken och i skenet en mörk kontur av dataskärmen och siluetten av en man med böjda axlar. Johannes ringde på dörren utan att släppa figuren med blicken. Mannen i fönstret rörde sig inte. Johannes tryckte på knappen till ringklockan igen. Kylan började tränga in i medvetandet. Benen darrade och tänderna skallrade utan att han kunde göra något åt det och där inne i värmen satt Rune Villman utan att så mycket som lyfta blicken. Efter all tid prästen lagt ner på honom under dygnets alla timmar, vare sig det var söndag eller vardag, lägligt eller icke. Hade han inte tagit emot den lille vaktmästaren som en vän och lyssnat på hans vansinnigheter? Släppt in ondskan i sitt hem, till sin familj? Johannes höjde yxan och krossade den frostade glasrutan i ytterdörren. Ljudet fick honom att rista i hela kroppen och hastigt se sig omkring. När ingenting hände stack han in armen tills han nådde vredet. Tystnaden efter klirrandet från den krossade rutan kändes overklig. Johannes stod stilla i hallen och lyssnade, försökte bestämma nästa steg. Ett svagt ljud av tangenter som hastigt smällde mot sitt underlag trängde ut från rummet bredvid köket, tystnad och en ny serie smattrande bokstäver som sökte sig ut via nätet. Han fanns där inne i rummet. Nu var hans stund kommen.

”Vad gjorde du med Cecilia, ditt kräk. Vad gjorde du med mitt barn?” Johannes steg in i med yxan svingad över huvudet redo att dräpa.

Runes ögon flackade ängsligt. Han reste sig upp och tog försiktiga steg mot dörren med ryggen mot väggen. Läpparna rörde sig oavbrutet mumlande i osammanhängande tröstande ramsor. Händerna fladdrade vid kroppssidorna som vingskadade fåglar.

”Jag vill veta vad som hände med Cecilia. Jag vill att du bekänner vad du gjort.” Johannes röst dånade genom rummet.

”Jag ville bara känna hur hon doftade”, hackade Rune fram.

”Vad gjorde du sen? Kom tillbaka! Jag kommer att få tag i dej.” Johannes avgrundsvrål kunde uppväckt de döda när Rune rusade förbi med en hårsmåns marginal. Prästen nuddade vid hans tröja med sin långa utsträckta arm, men nådde inte att gripa tag ordentligt. Rune skrek och snubblade uppför trappan till övervåningen. Johannes rusade efter vit av vrede. Rune smällde igen dörren till vindsrummet efter sig och låste i samma stund som Johannes grep om handtaget.

”Öppna annars hugger jag sönder dörren.” Rune andades tungt där inne. Snyftade. Ljudet av en möbel som flyttades trängde ut i trappan. Johannes gav sig inte tid att vänta. Med all kraft höjde han yxan och slog så flisorna rök ur dörren. Träet i den tunna dörrspegeln gav vika efter ett par hugg. Genom det hål som blev sträckte han in handen och låste upp. Rune snyftade och kved från sitt gömställe under sängen och blev omilt framdragen i fötterna. ”Vad gjorde du med henne, ditt satans kräk?” I rent raseri tryckte Johannes upp den förstenade vaktmästaren mot väggen. Rune skrek tills han tappade andan. Johannes svor och förbannade, hotade och ruskade honom i en vrede bortom all kontroll. Han hörde inte stegen i trappan, inte heller när hon klev över träflisorna på rumsgolvet.

”Sluta Johannes. Du vet inte vad du gör. Sluta säger jag.” Reidun rörde varligt vid hans arm. ”Rune har inte gjort det.”

Johannes skakade på axlarna för att slippa hennes beröring. ”Säg vad du har gjort annars slår jag ihjäl dej”, vrålade han till sitt offer. Reiduns grepp om Johannes axel hårdnade. Han tog ingen notis om henne.

”Rune har inte gjort det. Jag vet det, Johannes.” Hon höjde rösten så mycket hon vågade. Han såg på henne med oseende ögon medan hans blick återvände från vansinnets rödglödgade irrfärder och blev stadig. Frågande mötte han hennes ansikte för att få ny bekräftelse. Reidun nickade. ”Så är det. Rune har inte dödat Cecilia”, upprepade hon.

”Hur vet du det? Svara mej. Hur vet du det?” Johannes släppte den snyftande och ulkande vaktmästaren som föll ihop på golvet framför deras fötter och snabbt ålade sig tillbaka under sängen.

”Det kan jag inte säga. Men du har mitt ord på att han är oskyldig.”

Johannes ryggade tillbaka och stirrade på henne. Stirrade med ett uttryck i sitt rödbrusiga ansikte som fick Reidun att frukta för sitt liv. Han tog ett steg närmare. Hon tvingade sig själv att stå kvar. Pressade sig att inte vika med blicken.

”Jag är med barn, Johannes.” Reidun la sina händer skyddande över magen. ”Vårt barn.”

27

”Vart ska du, Amandagumman?” Eva Myrbacke som låg i soffan släppte tevesåpan med blicken för en kort sekund och satte tvehågset ner ena foten i golvet.

”Ut.” Amanda svepte ner täckjackan från kroken och steg i Evas nya boots. Hon kände efter med handen i bröstfickan. Paketet låg där det skulle. ”Ut och supa mej full, röka hasch och klä av mej naken”, proklamerade hon tyst för Evas upphängda vinterpäls.

”Du måste vara inne till klockan tio.”

”Är du hemma då?” Amanda stod med handen på dörrhandtaget. Eva skakade på huvudet.

”Men det vet du ju, det har jag berättat för dej, att jag ska på bio med Jesper Ek. Jag har köpt chips och cola åt dej. Det pratade vi ju om i morse. Har du nyckel med dej nu?”

”Så klart, annars kommer jag inte in när du är ute och fnaskar hela natten.”

”Amanda, nu är du elak. Amanda!”

Dörren slog igen och Amanda rusade nedför trappan för att slippa den föreläsning som ovillkorligen skulle följa. Paketet brände i innerfickan. Det stulna sminket skulle återlämnas och sen skulle saken vara ur världen. Allt som hade med Cecilia och döden, skuld och rädsla att göra måste bort. Kjolen hon lånat av Cecilia, cd-skivan, jumpern Cecilia lånat och sedan lämnat tillbaka trasig, allt hade Amanda tryckt ner i en plastkasse och slängt i sopnedkastet. De julklappar och födelsedagspresenter hon fått så långt tillbaka hon kunde minnas gick samma väg och fotografierna. Det svåraste var att slänga kortet där de som tandlösa sjuåringar stod och höll armarna om varann i prästgårdens kök. Då hade de varit hjärtevänner och Amanda sjungande lycklig över att ha en bästis. De hade grävt ner en skatt tillsammans i trädgården, en lock av det röda håret och en slinga av det ljusa och viskat hemliga skrattord i syrenbersåns dunkelgröna hus. Julkort och semesterkort hade rivits i smulor och Cecilias e-mail raderats. Hon fanns inte mer. Hade aldrig funnits. Cecilias sista rader hade Amanda läst en gång till innan hon förpassade dem till papperskorgen och lät dem försvinna i intet. ”Tja, Amanda. Om du har den där urtöntiga ljusblå täckjackan på dej i plugget är jag inte med dej längre. Och läderstövlarna, hur fan tror du att du ser ut i dem? Nästa gång kommer du väl i termobyxor med hängslen. Man skäms ju. Ha ett liv, för fan! Och du, om du tar med pengar kan vi gå på stan efter plugget. Hälsa Polletten att jag ska till skolsköterskan första lektionen. Cissi.” Det var på måndagen. Den sista dagen de fick tillsammans.

Amanda svepte täckjackan hårdare om kroppen och drog upp dragkedjan ända upp över hakan och tryckte ner mössan över ögonbrynen. Yourlove hade skrivit att hon skulle lämna tillbaka det stulna sminket i kiosken nere på stranden. Det skulle ta en stund att gå genom skogen. Om hon å andra sidan gick landsvägen skulle någon kunna se henne och undra vart hon tänkte ta vägen. Då kanske hon skulle bli tvungen att säga den skamliga sanningen, säga vad hon gjort. Snatteri polisanmäles stod det på skylten vid kassan på sminkavdelningen. Cecilia hade sagt att man kunde hamna i fosterhem långt bort hos främmande människor om man blev tagen av polisen. Amanda hade inte velat prata om det, men Cecilia ältade det i dagar. Njöt av Amandas vånda. Hade Cecilia kunnat se henne nu hade hon säkert pepprat henne full av berättelser om mördare och våldtäktsmän.

Amanda tog upp ficklampan och tände den. Det var svårt att se stigen i skogens mörker. Snön låg i blöta sjok på de nedtyngda granarna. Ett plötsligt ljud av snö som rasade mellan grenarna fick Amanda att hoppa till. Bara det här var över, bara hon lämnat tillbaka det stulna skulle hon aldrig mer göra något så dumt. Aldrig! Det såg ut som om någon stod där framme. Amanda stannade och lät ficklampans kägla följa den svarta gestalten uppifrån och ned medan pulsen pressade i hörselgången och luften stod stilla i bröstet. Nej, det var ett vindfälle bara. Om hon vetat hur rädd hon skulle bli av alla otäcka skuggor och ljud i skogen hade hon tagit landsvägen istället, trots risken att bli upptäckt. Hon kunde förstås ha lånat någon av mammas jackor och ingen skulle ha känt igen henne, men det var så dags att tänka på det nu. Mörkret kryper så inpå kroppen när man bara kan se i ficklampans ljusgata. I ljusskenet syntes hon på långt håll, utan att kunna se annat än rakt fram så långt ljuset räckte. Amanda släckte lampan och lät ögonen vänja sig vid mörkret. Om det fanns någon mer i skogen, tänkte hon inte låta sig överraskas. Månens svaga ljus räckte för att ana stigen där människofötter trampat marken djupare och snön tinat i smältvattnet och lämnat jorden brun. Skogen öppnade sig för varje steg som en ljusare nyans av mörkgrått.

Nu kunde hon höra havet långt där nere och känna den isande vinden i sitt ansikte. Där nere vid stugbyn låg kiosken. Någon hade spänt ett band runt området. Det stod en bil parkerad på grusvägen. En polisbil. Amanda tvärstannade. Polisen väntade på henne. En hund gav till ett skall och Amanda vände tvärt tillbaka in i skogen igen. De var efter henne nu och tänkte sätta henne i fosterhem. Mamma hjälp! Om hon bara fick stanna hemma skulle hon aldrig mer säga taskiga saker om mammas gubbar. Amanda snubblade över grenar och rötter, slog sig på knät så det domnade och fortsatte bort från hundens skall och åsynen av polisbilen. När hon sprungit luften ur sig och var tvungen att stanna vände hon sig om. I ljudet av de egna andetagen som dånade i öronen var det omöjligt att höra om någon följde efter. Tårar av rädsla och ensamhet sved under ögonlocken. Hon måste lämna tillbaka paketet innan hon blev tagen av polisen. Amanda kände efter i jackfickan om hon hade några pengar kvar. Det kändes som en sedel. Det kunde vara en tjuga och en femma och tre enkronor. Om hon lyckades hinna med sista bussen till stan skulle hon kunna lifta hem när hon lämnat tillbaka paketet. Det var inte större än att det borde gå ned i affärens brevinkast. Om hon bara hann fram till busshållplatsen i tid. Gode Gud låt bussen vara försenad.

Senare på kvällen när Amanda öppnade en colaburk och slog på datorn såg livet mycket ljusare ut. Hon var så lätt om hjärtat att det inte gjorde något att mamma inte kommit hem ännu. Hon fick vara ute och hångla med den där Jesper hela natten om hon ville. Amanda slet upp chipspåsen, tog en hel näve och mulade in i munnen. Det var hon värd. Uppdraget var slutfört. Bussen hade kommit in till hållplatsen i samma stund Amanda nådde skylten. Hon hade vinkat med lampan och den hade stannat.

När hon kom in till stan hade det varit folktomt utanför Yourlovebutiken, och på hemvägen hade hon fått lift med en lastbilschaufför som skulle till Söderhamn. En stor tjock gubbe med buskiga ögonbryn och yviga polisonger. Han var lite vresig, fast på ett trevligt sätt.

”Hade du varit min dotter skulle du fått stryk”, muttrade han medan han konstaterade att hon satt på sig bältet ordentligt. ”Fattar du inte att det är farligt att lifta med främmande människor?” Sen hade han bjudit på varmkorv i macken och spelat Dolly Parton-låtar hela vägen tillbaka till samhället. Jolene, spelade han minst sju gånger för den tyckte Amanda var skitbra. *Jolene please don't ever take my man, please don't take him just because you can.* Precis som Cecilia hade gjort med Tom. Amanda blev tårögd när hon tänkte på det och sjöng med för full hals. Gubben sjöng också med lite här och där när han kunde texten och halsade cola han haft på kylning i en hållare utanför fönstret. Hängivna åt de bitterljuva känslorna på sin färd genom natten kändes det som de var mitt inne i en film. *Roadmovie – real life.*

”Nu är du rädd om dej och så vill jag att du lovar mej att aldrig mer lifta.” De hade slagit i hand på den saken. Nu behövde hon bara meddela Yourlove att hon lämnat tillbaka det där stulna och så skulle det hemska vara över.

Amanda tog en klunk av colan och loggade in. Yourlove fanns online. Lampan blinkade. Hon kände hur händerna på sekunden blev alldeles klibbiga av svett. Var han arg för att hon inte kommit fram till kiosken? Jag har lämnat tillbaka det i affären. Vi är kvitt nu, skrev hon och väntade på svar.

”Jag visste väl att du var en ung dam man kunde lita på. Vi gör alla dumheter ibland, men det ordnar sig oftast om man bara har viljan. Vi glömmer det som har varit. Eftersom jag vet att du är en tjej med stil har jag ett förslag att göra dej. Jag har sett ditt foto och tror att du har goda chanser att bli modell för vår nya sminkserie som är anpassad för tonåringar. Du är en mycket vacker ung kvinna, Amanda. Jag kan inte lova något just nu, som du förstår, men vår fotograf skulle vilja ta en serie bilder på dej. Du får ha på dej vad du vill. En makeupartist sminkar dej med våra produkter. Du får givetvis behålla sminket efter fotograferingen. Även om det inte blir något modelljobb, kan jag med största sannolikhet ordna ett sommarjobb åt dej. Vad säger du?"

"Jag kan komma till affären efter skolan i morgon", skrev Amandas fingrar och hon kände bröstkorgen fyllas av fjärilar som ville flyga ut i rummet, dansa, virvla, sväva ut genom fönstret som ett fyrverkeri av färger och skratt.

"Sakta i backarna, jag hör av mej om tid och plats när vår fotograf är ledig. Sen vill jag be dej om en sak, låt det här bli vår hemlighet tills vi beslutat om du blir miss Amanda Yourlove. Om det kommer till allmänhetens kännedom att vi söker ett ansikte blir vi överhopade med telefonsamtal. Det förstår du kanske? Så vi håller våra hemligheter för oss själva, eller hur?"

"Visst jag lovar." Amanda hoppade jämfota framför spegeln. Det var omöjligt att sitta stilla vid datorn. Självklart skulle hon tiga! Hon var väl inte skvatt galen heller. Ju mindre konkurrens hon fick, desto större chans att bli modell. Snart skulle de få se att det inte bara var Cecilia som kunde glittra. Tom skulle få se och han skulle ångra sig, ångra sig bittert. Han skulle bli sittande där på sin säng och sukta, men då skulle det vara för sent. Kanske, det behövde hon ju inte bestämma än. Nu när hon såg sig noga i spegeln kunde hon faktiskt se det vackra Yourlove talat om. Hyn var alldeles slät och mjuk och läpparnas form precis som på läppstiftsreklamen. Det hette amorbåge, hade Cecilia sagt. Amanda lät pekfingret följa konturen och log för sig själv. Om hon blev modell skulle de förstås köpa vackra kläder åt henne och en jätteduktig frissa skulle fixa håret och sätta i löshår så hon fick långt hår som Cecilia. Och mamma skulle aldrig mer behöva säga att pengarna inte räckte till och hon skulle få så många läppstift hon ville ha. Amanda gick ut på nätet igen för att se om han hade funderat färdigt så de kunde träffas och ta de där bilderna. Men det fanns inga meddelanden.

”Men Amandagumman, sover du inte.”

”Jag älskar dej mamma!” Amanda dansade över golvet och flög rakt in i Evas famn och kramade henne hårt.

”Jag vet, även om vi är lite osams ibland så älskar vi varann innerst inne.”

”Innerst inne är du min älsklingsmamma. Du är ganska snygg och jag brås på dej, faktiskt.”

”Oj, det var en komplimang. Har du inte ätit någon kvällsmat, Amanda?”

”Jo då, jag har ätit korv.”

”Korv? Var har du fått korv ifrån?”

”Nej, jag bara skojar.”

”Du, jag vill inte att du bara lever på chips och cola. Du har ju inte rört pannkakan jag gräddade åt dej. Vad skrattar du åt?”

”Jag är glad bara.”

28

Maria öppnade skuffluckan och lyfte ut läskbacken, två plastkassar med mat och sin ryggsäck. Erika Lund brukade hävda att kvinnor har längre armar än män. Om man ser efter noga är de proportionellt sett ett par procent längre. Just nu kände Maria sig benägen att acceptera den teorin. Kanske blir armarna ett par millimeter längre för varje kasse man bär, eller också beror det på att man knäar av tyngden, lite djupare för varje gång.

En mycket risig rikt motivmålad Van stod parkerad på gårdsplanen. Bakom den djupa bromsspår ned i gruset. Ett illavarslande tecken. Det lyste i köksfönstret. Redan på trappan hörde hon hans omisskännligt brölande stämma. Manfred Majonnäsen Magnusson som i livets svåra stunder adopterade Krister som sin vän och biktbroder och däremellan tack och lov var försvunnen i månader befann sig just nu slokande på en stol vid köksbordet. Ur det rufsiga mörklockiga håret och det vildvuxna skägget glänste ett par rödkantade ögon.

”Maria, du måste hjälpa mej.” Maria ställde ned sin last i dörröppningen, åderlåten på all kraft.

”Vad kan jag göra för dej, Magnus?”

”Dom är fan i mej inte kloka på polisen, vet du det?” Medan Maria funderade över frågan gav Majonnäsen upp ett nytt bröl rakt ut i luften och snöt sig sedan ljudligt i den lindrigt rena näsduk han halade upp ur skinnjackans innerficka.

”Har det hänt något särskilt?” Frågan var överflödig. Uppenbarligen hade det gjort det. Oljudet var olidligt. I det här brölandet hade säkert inte barnen kunnat somna. Alldeles riktigt. I ena ögonvrån kunde Maria se sina båda barn sitta vid datorn, inte ens ombytta till pyjamas.

”Dom tror att jag är en sån där pedo, en ful gubbe. Du måste förklara för dom, Maria.” Majonnäsen tog tag i Marias hand. Med en dramatisk gest drog han den till sitt bröst, gav upp ett nytt klagorop och bröt ihop över bordet. Maria såg frågande på Krister.

”Han lämnade in sin dator för lagning i förra veckan och skulle hämta den idag. Då var den beslagtagen, av polisen. Datakillen hade upptäckt barnporr på hårddisken.” Maria blåste upp kinderna med luft och suckade långdraget, sneglade på Emil och Linda igen och stängde dörren till köket.

”Kommer jag i fängelse så har jag i alla fall någonstans att bo. Det har jag inte nu.” Majonnäsen såg vädjande på Krister. Krister vände sig försiktigt mot Maria och hajade till inför hennes genomträngande blick.

”Han har ingenstans att bo”, förtydligade Krister lamt.

”Jonna har slängt ut mej igen. Hon hotade att slänga ut mej en gång förut när jag kollade på damer på nätet, man är väl bara människa för tusan. Jag älskar kvinnor, små mulliga blonda kvinnor med stora rattar, men inte barnungar. Jag skulle aldrig kolla på sånt. Det är fan sjukt! Man skulle kastrera dom jävlarna. Kan jag få bo här tills Jonna låter mej komma hem? Jag kan sova på soffan i vardagsrummet. Det är inte så noga.”

Maria satte sig tungt ned vid köksbordet. Armarna föll ned efter sidorna. Hon drog ett djupt andetag. ”Du kan inte bo hos oss, Manfred. Jag skulle ha haft hand om den här utredningen. Men jag får frånsäga mej den nu eftersom jag känner dej.” Majonnäsen släppte en lättnadens suck och log genom skägget.

”Vilken röta, vilken jävla tur! Då fixar du det åt mej. Jag älskar din fru, Krister.”

”Nej min vän, rättsväsendet fungerar inte så. Spontant tror jag inte att du är skyldig ...”

”Tack för den du. Den komplimangen satt som en spark i röven.”

”Du kan inte bo här. Det är en ren omöjlighet. Vi måste fixa det på annat sätt. Krister, ring upp din mamma och fråga om hon har en säng ledig.” Krister log osäkert när han lyfte luren.

”Hämnden är ljuv, inte sant?” viskade han i hennes öra.

"Vem säger att de inte kommer att trivas ihop", mumlade Maria i ena mungipan. "Han behöver moderlig omsorg och hon behöver ett objekt. Det kan fungera."

När Majonnäsens Van hickande försvunnit i ett moln av avgaser och Krister stoppat sina nybadade barn i säng kände han oron skava i bröstet. Hur pratar man med sina barn om livets faror utan att göra världen ful? Förra försöket att tala om fula gubbar hade blivit totalt misslyckat. Kan du visa mej en då? hade Linda sagt och Krister hade gett upp för stunden. Se på han där, han är en ful en – eller vad säger man?

"Lova mej att ni aldrig följer med någon främmande person utan att fråga mej eller mamma eller dagispersonalen. Aldrig någonsin, inte ens om han lockar med godis eller kattungar."

"Varför då?" Linda tittade på sin far med runda ögon.

"Kommer du ihåg boken jag visade dej om hur det blir babysar. Det finns fula gubbar som vill göra så med barn."

"Jag tycker det är gulligt med babysar." Linda tog upp sin docka i famnen och vaggade den. Krister gav upp. Han kramade Linda hårt och länge i sin stora vanmakt innan han gick ut till Maria i köket.

"Är det så meningsfullt att varna för fula gubbar när nästan alla övergrepp görs av någon som barnet känner? En främmande människa kan inte komma så nära utan våld. Jag tror det är viktigare att lära barn att de har rätt till sin egen kropp. Rätt att säga nej. Och att visa att man kan prata om allting. " Maria tände adventsljusstaken i fönstret och släckte takbelysningen. "Dessutom är en av tio av de fula gubbarna en kvinna, men det är det nästan tabu att tala om. Då rubbas hela världsordningen. Den heliga modern kan inte vara ond."

"Vet du, jag badade inte med Linda idag. Hon kanske börjar bli för stor." Krister slevade upp glögg åt dem och skickade mandeln tvärs över bordet till Maria. Kvällsmaten stod fortfarande framdukad. Smörbacken såg ut som en fågel hackat i den och Lindas smörgås låg kvar på bordet söndersmulad.

"En pappa måste kunna få bada med sina barn, pussa dem och ta tempen på dem utan att känna sig misstänkliggjord. I de fall av incest jag kommit i kontakt med har förövaren undvikit kroppskontakt med barnet när någon ser på. Dels för att inte barnet i handling ska röja vad de brukar göra tillsammans, dels för att inte avslöja sig med sin synbara upphetsning om barnet sätter sig i knät eller klänger. Barn behöver en naturlig kontakt med sina pappor."

Kriminalinspektör Hartman lät fatet med pepparkakor och lussekatter cirkulera.

"Jag förstår din belägenhet, Maria. Det är klart du inte kan ta dej an fallet när du känner Manfred Majonnäsen Magnusson. Arvidsson har kontaktat en dataexpert som kommer hit i eftermiddag. Ek får ta över. Det är bättre att du koncentrerar dej på mordutredningen. Du ser helt slutkörd ut Ek, hur är det?" Jesper Ek fyllde sin kaffekopp till översta randen för säkert tredje gången och gjorde en ansats att skärpa anletsdragen. Han log, men kinderna ville inte följa med ända upp.

"Han har en ny flamma på gång." upplyste Erika Lund sina kollegor. "Nattlivet tar hårt på den gamle mannen."

"Skitsnack", sa Ek och satte sig upp ordentligt i soffan. "Det är daglivet som är värst. Varför ska kvinnor prompt ha med en när de ska prova kläder? Oavsett om de ska fira något eller deppar så ska det provas kläder. In och ut ur affärer och där står man utanför provhytten nedlastad med plagg som ska provas eller har provats. Och så ska man ha åsikter om varenda klädtrasa, röda jumprar och brunrutiga kjolar, tills armarna kroknar och ögonen svider av överstimulans. Och sen när man gått igenom vartenda klädställe i hela staden och tror att det är över ska hon in i den första affären igen för att jämföra och se om den röda jumpern matchar rutorna i den bruna kjolen. Till och med där förväntas man komma med ett omdöme. Jag läste en undersökning i en tidning om män och julhandel. En verkligt angelägen artikel. Forskaren hade mätt blodtrycket på män när de klev in i ett varuhus under julruschen och konstaterat att blodtrycket steg till samma nivåer som stridsflygare har under pågående attack. Rent patologiska värden för en man i fredstid. Jag sätter min hälsa på spel för hennes skull."

”Varför gör du det då?” Hartman såg riktigt klurig ut.

”För att jag älskar henne, antagligen.” Ek såg uppriktigt bekymrad ut. ” 'Ser jag tjock ut tycker du? Passar jag i den här klänningen eller tycker du jag ska ta den blå i stället. Den kanske är lite dyr, men den satt bättre över höfterna och bysten. Tycker du jag har för små bröst, ser jag stor ut i den här? Säg ärligt.' Och just när man ska säga att hon ska ta den blå, för att man glödhett önskar att något ska beslutas, så bestämmer hon sig för att gå till nästa affär och prova den röda klänningen en sista gång för säkerhets skull.”

”Jag trodde du förstod dej på kvinnor, Ek.” Hartman skrattade sitt goda skratt och Ek såg i det närmaste förvirrad ut. Skulle inte Jesper Ek förstå sig på kvinnor? Kan fiskar simma?

”Vad menar du då? Följer inte du med Marianne ut i affärer kanske?”

”Nej, inte numera. Inte sen jag kom på vad hon egentligen frågade mej om när hon provade sig igenom hela stadens utbud av klänningar. 'Passar jag i den här?' betyder på kvinnospråk, 'älskar du mej?' Så jag såg henne rakt in i ögonen och jag sa så innerligt jag kunde: Ja, Marianne, jag älskar dej. Och så var det bra med det. Mer behövs inte.”

”Det är inte sant?” Jesper Ek vände sig till Maria för att få Hartmans befängda påstående dementerat.

”Jo, så är det nog. Vill jag ha smakråd så frågar jag Karin.”

”Jag frågar mina väninnor jag med”, sa Erika. ”Hade lagen om tillfälligt omhändertagande för färganalys varit uppfunnen skulle du ha blivit tvångsvårdad för länge sedan. Inte skulle jag fråga dej, Jesper.”

”Så hon släpar mej i timmar runt stan för att få veta att jag älskar henne, menar du det?”

Jespers min av misstroende fick Hartman att dra på munnen. Han nickade. ”Det är en viktig fråga. Så mycket är det värt för henne att få höra de orden, tänk på det. Antagligen skulle textilindustrin helt klappa ihop om fler kom till den insikten. Vill man sen få kvitto på att budskapet gått hem behöver man bara titta på sin matlåda. Slottsstek med gräddsås, gelé, inlagd gurka och syltlök i små rara burkar samt efterrätt betyder lycka och harmoni och hemliv. Hopklibbade makaroner från förra veckan och vidbränd falukorv – skåda in i framtiden och du ser en heldag på stan in och ut ur affärer. Fast du kanske gör dina matlådor själv? Nåt mer du vill veta?”

Jesper kliade sig på benet medan han samlade mod. Så ställde han ifrån sig kaffemuggen och blottade sin strupe: ”Hur blir man accepterad av en tonåring som bestämt sig för att hata en?”

”Du menar Amanda Myrbacke?” Maria lutade huvudet i handen, såg retsamt på honom och tog en klunk kaffe.

”Hur visste du det?”

”Fick rapport av en städerska igår. Hon ifrågasatte din lämplighet att jobba med mordutredningen när du är insyltad. Vi kanske kan se det som ett hederligt byte om du nu är insyltad? Du tar hand om Manfred Magnussons dator och jag hör Cecilia Ståhls klassföreståndare och Amanda.”

”Menar du han som de kallar Majonnäsen? Han var här i morse och talade med Arvidsson. Full som ett ägg. Han försökte muta ordningsmakten med en gammal Van och en krogrunda bara han fick tak över huvudet, fyllecell eller vad tusan som helst. När Arvidsson nekade sparkade han på polisbilen och när inte det räckte för att kvala in försökte han sparka Arvidsson på smalbenet. I natt har han tydligen kvartat hos en äldre dam som strukit pressveck på hans jeans och hindrat honom från att se på brottning för att det sammanföll med Allsång på Skansen.”

29

Med det långa håret hängande över axlarna, iklädd V-jeans och en rödlila batiktunika, såg Pontus Larsson ut som en övervintrad hippie där han satt och rökte pipa för öppet fönster i det trånga bås som var hans arbetsrum. Maria behöll ytterkläderna på. Väntade ut honom när han knackade ur pipan i askfatet, ett kranium i miniatyr.

"En gåva av min fru, min före detta fru. Hon tycker inte om att jag röker."

"Så omtänksamt."

"Ja. Det är mycket man inte förstår förrän efteråt." Pontus gjorde en gest åt Maria att sätta sig ner och drog igen fönstret. Ute på skolgården stod barnen i huttrande klungor, utmotade i gråvädret utan sysselsättning. Maria kunde se en skymt av Emil. Han stod bland tjejerna, utan mössa och visade något stort och fyrkantigt med händerna och svajade med huvudet på samma sätt som Krister brukade göra när han berättat poängen och väntade på appläderna. Flickorna skrattade.

"Det är sant", sa Maria. "En del saker tar det tid att komma underfund med."

"Främst var det nog mitt intresse för datorer som tog för stor plats. Jag trodde inte hon menade allvar när hon hotade med skilsmässa. Ibland när hon hade väninnor hemma kunde hon säga högt så jag hörde det: 'Se på honom, han bara sitter där vid datorn. Det är hans nya älskarinna. Hon kräver honom med hull och hår, hans tid, hans uppmärksamhet och hans pengar medan jag går här som en piga och lagar mat åt herrskapet, diskar och städar.'" Pontus såg ut genom fönstret. "Jag trodde att hon skämtade så jag kontrade med att; Det är ju din hobby. Fel replik. Jag borde aldrig ha sagt så. Inte ens tänkt det. Men sagt är sagt och gjort är gjort. Hon packade ihop sina saker och flyttade. Jag vet inte varför jag berättar det här för dej. Det var Cecilia vi skulle tala om. Förlåt min självupptagenhet. Det här med Cecilia är så ofattbart."

"Det är alltid svårt att hitta ord när man ska prata om något så ohyggligt, låt det ta sin tid. Minsta detalj kan vara av värde. Jag skulle vilja att du berättar för mej hur Cecilia var som elev." Maria knäppte upp jackan och lutade sig bakåt beredd att lyssna länge. Pontus strök det tjocka bruna håret bakom öronen och drog ett djupt andetag.

"Cecilia Ståhl var komplicerad. Självsäker och kaxig när de andra i klassen var närvarande och svår att komma inpå livet. Hon gick till skolsköterskan ibland. Jag tror att de hade bättre kontakt. Jag hoppas att det var så. Hon behövde verkligen någon att anförtro sig åt. För två veckor sedan skrev hon en uppsats. Den skrämde mej." Pontus snurrade pipan framför sig på bordet och blev tyst en stund. Samlade sig.

"Kan jag få läsa den?" Maria såg honom allvarligt i ögonen. Anade en tveksamhet innan han nickade till svar. Han sträckte sig långsamt bakåt mot bokhyllan efter en mapp och tog fram några fotostatkopierade ark. Handstilen var liten och spretig till en början och lutade åt vänster. På sista sidan blev bokstäverna tydligare, större och rakare. Maria läste tyst för sig själv och kände en stigande förtvivlan. En uttalad dödslängtan uttryckt av en fjortonårig flicka. Ett barns konkreta tankar om himlen som en plats glider över i den vuxna kvinnans förmåga till abstrakt tänkande.

"Kanske är döden det häftigaste vi får vara med om. Att slippa känna, slippa tänka, slippa drömma om att falla djupt ner utan botten. Att komma undan där inga tankar finns. Om jag vågade lita på Intet skulle jag skära ett djupt sår. Finns helvetet? Pappa säger att himmel och helvete är en fråga om att möta sig själv och det man har gjort. Att uppleva sina egna gärningar, öga mot öga. Ingen kommer undan mötet med sig själv. Det är helvetet. Eller himlen. Varför skulle jag tro på förlåtelsen när han inte gör det själv, han som borde veta? När han aldrig slutar anklaga sig själv, aldrig glömmer." Maria läste den sista meningen en gång till och såg upp i Pontus ansikte.

”Om jag kontaktat skolpsykologen i tid hade hon kanske levat nu”, sa han. ”Jag borde ha talat med hennes far, men uppsatsen kändes som ett förtroende. Inte trodde jag att hon skulle slänga sig för tåget.”

Maria övervägde att berätta om mordmisstankarna men valde att avvakta en stund till. ”Kan du berätta vad du minns av filmkvällen? Ta god tid på dej, inget är ovidkommande.”

Pontus påbörjade en hackig redovisning av den sista kvällen. Då och då avbruten av en stillsam fråga.

”Såg du var hon gjorde av flöjten när hon tog på sig jackan?”

”Hon tog upp den ur jackfickan.” Pontus stirrade in i bokhyllan på väggen bakom Marias huvud som om han såg förloppet i bilder.

”Är du säker på det. Hon kan inte ha glömt kvar den i skolan, på toaletten eller i aulan eller ute i entrén? Finns det något ställe där kvarglömda saker förvaras?”

”Hon fumlade med dragkedjan, tappade ryggsäcken, stoppade ner flöjten och tappade väskan igen. Jag är säker på att hon stoppade ner flöjten. Det var då jag började fundera på om hon var riktigt vid sina sinnens fulla bruk. Jag gick närmare och kände att hon luktade vin. Jag erbjöd henne skjuts hem, frågade henne flera gånger, men jag kunde ju inte tvinga in henne i bilen. Fast så här efteråt ångrar jag att jag inte gjorde det. Hon sprang ifrån mej, in i skogen. Jag hade tänkt att jag skulle ta upp det här med alkohol vid nästa utvecklingssamtal. Det var inte många dagar kvar till beslutat datum och jag kände att jag behövde tänka igenom hur jag skulle lägga fram saken för Johannes Ståhl. Hur jag skulle få honom att ta det på allvar. Han hade väldigt höga tankar om sin dotter.”

”Vad gjorde du sen, efter det att du kört ut från skolans parkering?” fortsatte Maria.

Pontus skyggade med blicken sekundsnabbt. Drog handen över ögonen och såg upp med en viljeansträngning.

”Jag åkte hem. Tankade bilen och åkte hem.”

”Och sen ...?” Maria släppte inte hans ansikte med blicken.

”Vadå sen?”

”Vad gjorde du resten av kvällen och natten?”

”Jag gick och la mej och sov.” Pontus talade snabbt och tonlöst.

”Hemma hos dej?” Maria lutade sig fram, lät honom inte komma undan. Pontus hand som fortfarande låg över pipskaftet darrade lätt. ”Säg som det är, det brukar vara enklast.”

”Det är det inte. Jag hade hoppats att du inte skulle ställa den frågan. Min fru, min före detta fru ... vi har börjat träffas igen. På försök. Om hon fick veta att jag ... sovit borta, så kanske hon inte längre vill. Hon skulle kunna uppfatta det som ett nytt svek, fast det är mycket mer komplicerat än så. Hon skulle aldrig förstå mej. Jag tycker faktiskt inte att det angår dej var jag sov.”

”Vi tror inte att Cecilia begick självmord. Det lutar åt att någon bragt henne om livet. Det ligger i ditt eget intresse att berätta var du befann dej under natten. Förstår du allvaret?”

”Mördad? Det är inte sant! Jag tror det inte! Hur skulle något sådant kunna hända här?” Pontus ställde sig hastigt upp i hela sin längd. Maria kände adrenalinet rusa ut i fingertopparna. En råtta som trängs in i ett hörn kan plötsligt gå till attack. Här satt hon ensam, instängd med den man som sist sett Cecilia i livet.

”Jag anklagar dej inte för någonting. Jag vill bara veta var du tillbringade den aktuella natten.”

”Måste min fru få veta det?” Pontus satte sig tungt ner på snurrfåtöljen.

”Antagligen inte, men full sekretess är inget jag kan lova dej. Hur var det nu?”

”Jag åkte direkt hem till Kristina Henningsson och stannade där över natten.”

”Kristina Henningsson, gymnastiklärarens fru?” Maria hade svårt att dölja sin förvåning. Pontus drog in luft i en jakande väsning och undvek Marias blick.

”Har det pågått länge?”

”Fan vilken fråga!”

”Ja, det kan man tycka. När inledde ni er förbindelse?”

”Svante visste inget om det. Det svär jag på. Det var inte därför han gick i sjön. Han var som en levande död. Helt apatisk. Han åt inte själv, tvättade sig inte. Hur länge ska en kvinna behöva leva i celibat för att hennes make inte kan eller vill? Hon kom till mej för att prata om det, om ryktena. Jag tröstade henne och det bara hände. Det var ingen av oss som ville att det skulle bli så. Är det så konstigt tycker du att två utsvultna kroppar möts?" Pontus lutade sig tillbaka och la armarna i kors över bröstet.

"Antagligen inte. Hur dags lämnade du Kristina?"

"Jag for direkt till skolan på morgonen. Johannes stod utanför klassrummet och väntade. Han ville själv berätta vad som hänt för barnen. Jag begriper inte att han orkade.

"Om det är något mer du kommer på så ring mej." Maria tryckte en lapp med sitt direktnummer i hans fuktiga hand. De tog farväl med några allmänna fraser. Pontus stod kvar i fönstret och såg henne sakta gå över skolgården mot huvudbyggnaden och försvinna i grådiset. Långsamt stoppade han sin pipa och tände den igen. Med små sugrörelser, som ett dibarn, väntade han tills impulsen av tillfredsställelse nådde hjärnan. Spänningshuvudvärken pressade över pannbenet och bak i nackgropen. Kroppen skälvde av efterskalv från hjärnans överaktiverade epicentrum. Nog fanns det en del att säga.

Efter separationen hade allt gått åt helvete. Om Kristina var ett misstag, så var Pia en katastrof. Hennes lår hade slagit igen om honom som en rävsax. Hade han inte tyckt så synd om henne när hon blottade sin torftiga tillvaro skulle det aldrig ha hänt. Genom sin egen ensamhet efter skilsmässan hade han känt hennes tomhet och övergivenhet så starkt. En liten stund av närhet och omtanke hade han kunnat bjuda på, det gjorde varken från eller till för hans egen del. Hade han trott. Känslan av äckel fick honom att rista i hela kroppen där han stod vid fönstret och iakttog det droppande elementet. I avvaktan på att vaktmästaren fick tid att åtgärda det hela hade han hängt upp en tom Kesellaburk i ett snöre för att det inte skulle bli vatten på golvet. Droppe för droppe fylldes burken. Snart skulle ytspänningen brista och vattnet rinna över kanten. En sinnebild för hans eget liv i väntan.

Efter en minst sagt överdådig middag för drygt ett år sedan hade skolsköterskan frågat honom om hans sexuella fantasier. Frågan hade eggat honom, onekligen. Hur mycket hade de druckit, en flaska vin? Två? Ohämmat och skamlöst hade han halvliggande i Pias säng avslöjat sina hemligaste drömmar om Cecilia Ståhl. Utan att fundera på om det sårade värdinnan, eller äcklade henne. Han hade frossat i den bruna bara magen, de knoppande brösten och den runda stjärten som fyllde den unga kvinnans tajta jeans. Hur Cecilia hade stått tätt intill honom, kråmat sig och långsamt dragit tuggummit till en sträng, ett band mellan dem med ögonen halvslutna och de fylliga läpparna redo till en kyss. En varm doft av solvarm hud hade kommit i dunster från klyftan mellan hennes bröst när hon rörde sig. I fantasin hade han tvålat in henne och tagit henne i duschen. En detaljerad berättelse. Han skämdes gruvligen när han tänkte på det. Hur självdestruktiv får man vara? Att uttala något sådant i närvaron av en skolsköterska borde vara skäl nog för stora sinnesundersökningen. På morgonen, i baksmällans skoningslösa gryningsljus, hade han bollat över fantasierna på Svante Henningssons försvarslösa figur. Någonstans måste de ta vägen. Det var egentligen Svante som tyckte att Cecilia var ... och så blev intrigen mot Svante det som band Pontus samman med Pia. Ibland kunde han ha svurit på att hon genomskådade honom, men han vågade inte ta risken att dra sig ur spelet. Jag vill ha mogna och erfarna kvinnor. Visa det då. Och han hade gjort så gott han förmådde. Pias antydningar och förtäckta hot tog musten ur honom i ett perpetuum mobile av skuld och gottgörelse. Vad kunde Cecilia ha sagt? Hur mycket hade hon anförtrott skolsköterskan? Han hade försökt ta reda på det av Pia och uppfattat hennes ordlösa budskap. Min tystnadsplikt förbjuder mej, *but if you scratch my back I'll scratch yours.*

30

Utanför rektorsexpeditionen dominerades väggen av en stor blåmålad anslagstavla med porträtt på lärare och övrig personal. Maria lät ögonen glida längs med raderna av färgglada leenden. Endast ett kort var svartvitt, rektorns. Det höll inte samma mått som de andra fotografierna och såg snarast ut som ett överblivet konfirmationskort. En liten besparing kanske. Maria hann bekanta sig med det unga energiska ansiktet en stund innan dörren öppnades av en betydligt äldre och mindre kraftfull variant på samma tema. Det bakåtkammade håret och de runda glasögonen hade dock bestått över tid.

”Kriminalinspektör Maria Wern, förmodar jag.” Bertil Montelius studerade henne utan tillstymmelse till ett välkomnande leende. ”Stig in.” Dörren ledde till en hall där lärarnas kläder hängde i strikta rader. Inga skor på golvet, halsdukar och handskar prydligt på hyllan ovanför. Rektorsexpeditionen låg på ena sidan kapprummet och personalrummet på den andra. Det doftade kaffe och samtalen låg som ett dämpat surr över lokalen. Rektorsexpeditionens inredning var snusbrun, sliten och anrik så till vida att möblemanget säkert besuttits av samtliga rektorer sedan skolan grundades 1952. Skolledarna fanns representerade i guldram från vänster till höger i tidsordning utom nu sittande Montelius som ännu inte funnit tiden mogen. Besöksstolen framför det väl tilltagna skrivbordet i mörk blankpolerad ek var utstuderat låg. Maria satte sig i soffgruppen. Montelius tog en rådvill lov i rummet innan han landade på yttersta kanten i fåtöljen mitt emot. Han rättade till slipsknuten, borstade mjäll från vänster axel och studerade ingående sina naglar medan Maria plockade upp block och penna ur väskan och antecknade nödvändiga formalia. Montelius svarade strikt på frågorna. Korta svar, inga utläggningar förrän han kom in på sin egen roll som skolans rektor.

”Vad tänker du om det som inträffat?” undrade Maria.

”Det är svårt att vara ansvarig skolledare när händelser av det här slaget inträffar. Hur ska man kunna borga för barnens säkerhet? Tänker polisen ställa resurser till förfogande? Hur ser hotbilden ut? Om ni inte griper någon snart kommer föräldrar att flytta sina barn till andra skolor i stan, även om de får ordna med skolskjuts själva. Har ni någon misstänkt ännu? Hur vore det om ni gick ut och tog er en titt på verkligheten istället för att sitta vid era skrivbord och lyfta lön? Det måste hända något snart.”

Maria lät sig inte provoceras: ”Det är viktigt att vi samarbetar. Allt du kan minnas om Cecilia är av största betydelse.” Hon lutade sig fram, knäppte händerna under hakan och väntade.

Rektorn drog lite i byxlåren på sina stretande smårutiga gabardinbyxor för att ge mer utrymme i grenen. Så sträckte han ut benen under bordet.

”Oss emellan, när flickor går klädda som Cecilia Ståhl är det inte konstigt att sådana här saker inträffar. Det är skillnad på flickor och flickor, om du förstår vad jag menar?” Rektorn nickade åt sitt eget påstående. ”Hon blev våldtagen eller hur? Jag kan inte begripa att Johannes lät henne gå klädd på det viset.” Maria satte sig kapprak upp i soffan.

”Ur den synpunkten tycker jag inte det är skillnad på flickor och flickor. En våldtäkt är en våldtäkt oavsett vad offret har på sig, var hon befinner sig eller om hon är påverkad av droger eller inte. Ett nej är ett nej. Vad gäller Cecilia har polisen inte några som helst belägg för att hon skulle ha blivit utsatt för sexuellt våld. Det är helt dina egna spekulationer.”

”Oskuld var hon väl knappast.” Rektorns huvudskakningar fortsatte i en lång serie gungningar som på en leksakshund.

”Vad grundar du det på?”

”Hon bjöd ut sig. Vi hade en gymnastiklärare här på skolan förut, Svante Henningsson. Jag vet inte om du hann träffa honom. En utomordentlig lärare, inte en sjukdag, väl förberedda lektioner, kom aldrig för sent. Honom kollrade hon bort fullständigt. Det är inte lätt att vara man i dagens samhälle.”

”Vad menar du med kollrade bort?”

”Begriper du väl. Hon la sig ut för honom och han var blyg stackarn och tog det inte på rätt sätt. Det är sånt man får vara beredd på som lärare. Hormonerna stiger dem åt huvudet, de testar gränser, testar sin dragningskraft. Hon betedde sig så mot alla. De flesta kan hantera det. Men för Svante gick det åt helvete. Alldeles åt helvete. Det gick rykten. Jag fick aldrig klart för mej varifrån de kom.”

”Hade du samtal med Cecilia och Svante om det här?” frågade Maria.

”Svante var här. Vi hade ett snack karlar emellan. Jag tyckte han skulle ta sig i kragen. Alla manliga gymnastiklärare får säkert höra någon gång att de tittat på flickorna i duschen. Sen beror det på hur man tar det, helt enkelt.”

”Men du pratade aldrig med Cecilia”, konstaterade Maria.

”Jag ansåg det inte vara nödvändigt. Det räckte med att få skolsköterskan på halsen. Det ska psykologiseras och psykologiseras tills de tror varenda karl om att vara potentiell våldtäktsman. Näst psykologer är amatörpsykologer det värsta jag vet. Svante hade en del att säga om skolsköterskan också, men jag lyssnar inte på skvaller.”

En försynt knackning på dörren och Rut Villmans huvud blev synligt i dörröppningen.

”Det är telefon. Ska rektorn ta det på rummet?”

”Nej, för fan. Ser du inte att jag sitter upptagen? Säkert det tjugonde samtalet jag får idag från upprörda föräldrar. De vill ha stormöte och pådrag. Snart ska vi väl intervjuas på teve också. Jag kan inte ens ha min egen telefon inkopplad.”

”Inte?” Maria hade svårt att dölja sin indignation. ”Vem svarar då på föräldrarnas frågor?”

”Ska det vara kaffe?” undrade Rut.

”Ja, tack vi tar det här inne”, sa Montelius utan att inhämta samtycke från Maria.

”Så du pratade aldrig med Cecilia om det här?” upprepade Maria.

”Nej, vad skulle det ha tjänat till?” Montelius antog en stram och irriterad hållning. ”Jag vill inte uppmuntra till sådan här ryktesspridning. Ju mindre uppmärksamhet det får, dess förr går det över. Det är min erfarenhet."

"Rune Villman arbetar här som vaktmästare", sa Maria när Rut passerat ut genom dörren med den tomma kaffebrickan. "Har han varit här länge?"

"Två år blir det nu till våren. Han hjälper till med rabatterna på sommaren och snöskottning på vintern. Det som ska handskottas. Han har inget körkort och snöslungan är vi rädda om. Rut håller ett öga på honom när hon är här och städar. Han har en tendens att undandra sig arbete och släntra ner till byn. Rut tycker inte han ska göra av med alla sina pengar på att sitta och hänga på café. Inte när de har bullar hemma." Montelius log som om han fann sitt eget påstående lustigt på något vis. "Om inte Rut vakat över honom som över ett spädbarn kanske det skulle ha blivit karl av honom."

Maria höll tand för tunga i hopp om ett fortsatt fruktbart samtal. Det var inte helt utan ansträngning.

Efter ytterligare några frågor av ingen eller ringa betydelse bröt hon upp. Montelius drog igen dörren till expeditionen med en talande smäll. Maria hann nätt och jämnt ut. I klassrummen mitt emot lärarrummet pågick förhör. En dörr längre ned öppnades och en skolklass vällde ut i korridoren som en brusande vårflod. Ett par killar slogs om en mössa. På trappan hejdades Maria av Rut.

"Jag tänkte bara ... jag hörde vad ni talade om och då kom jag och tänka på en sak. Om du har tid."

"Absolut." Maria tog ett steg tillbaka och lämnade dörröppningen fri för in- och utpasserande barn.

"Cecilia sökte faktiskt upp honom, rektorn. Jag satt i personalrummet och drack kaffe, jag. Så jag såg det allt."

"När var det?"

"På måndagen innan filmkvällen. Hon verkade mycket angelägen. Stod en lång stund och väntade på att han skulle öppna. Hon stod inte stilla utan trampade av och an framför dörren tills han öppnade. Han låtsades väl att han inte var inne när det inte var ordinarie arbetstid. Han sitter där inne och ugglar för sig själv på kvällarna ganska ofta. Tror inte han trivs med frun sin. Cecilia var så ivrig. De pratade en kort stund. Men han släppte inte in henne. Han stod på sin sida av dörren med bara en liten springa öppen som om hon var en tavelförsäljare eller nåt annat patrask. Han lät väldigt barsk på rösten."

"Tack för att du berättar det här", sa Maria. "Det är inget annat du tänkt på?"

"Jo, så var det en sak till. Vi har haft inbrott. Det har varit poliser hemma hos oss. Men de gör ju ingenting. Jag kunde inte säga att något var stulet men de har slagit sönder två dörrar för oss. Rune kan inte berätta vad som hände. När jag kom hem låg han och tryckte under en säng på övervåningen. Idag har han hängt mej i hälarna hela tiden. Vettskrämd. Nu sitter han inlåst på toaletten där borta och vägrar att komma ut. Kan inte polisen göra någonting?"

"Kan Rune Villman inte ha gjort det själv?" frågade Ek. "Han kanske fick något ryck och gick loss på inredningen med yxa. Han är väl lite konstig eller hur? Borde man inte koppla in psyk för att få en bedömning?"

"Kanske det. Rut anser att hon klarar att ha honom hemma. Han var panikslagen när hon kom hem. Det troliga är väl ändå att någon utomstående har brutit sig in", sa Maria.

"Träflisorna efter yxans hugg låg på dörrarnas insidor. Ytterdörren var låst. Rune har egen nyckel. Det är faktiskt mer skrämmande om han inte gjort det själv. Folk börjar bli farligt upprörda. Många föräldrar tar ut vård av sjukt barn, kompledigt och semester för att hålla sina barn hemma från skolan. Någon kanske misstänker Rune för mordet på Cecilia Ståhl. Tar lagen i egna händer."

"Hur vet vi att han inte gjorde det då?" Arvidsson knäppte otåligt av och på sin kulspetspenna. "Hur vet vi att han inte tog livet av Cecilia Ståhl?"

"Han har alibi. Han låg på lasarettet och vaknade upp efter en bukoperation, bråck eller någonting. Jag har kollat med nattpersonalen. Han låg i sin säng hela natten fram till klockan sju då de skulle hjälpa honom med morgontoaletten. Då avvek han."

Hartman gav Arvidsson en intensiv blick för att få honom att sluta upp med det knäppande ljudet. Uppenbarligen var han nervös, Per Arvidsson. ”Har du något mer på datorfronten?” Klickandet upphörde för en stund.

”Cecilia Ståhls hårddisk är just nu på genomgång. Av Amanda Myrbacke fick vi Cecilias kod till Lunarstorm. Alla meddelanden verkar vara raderade och borttagna. Ibland kan man ha tur så hotmail blir kvar på hårddisken. Varför det blir så är det inte någon som kan förklara, men det händer. Vi kontrollerar den möjligheten nu.”

”Manfred då?”

”När det gäller Manfred Majonnäsen tror vår expert att någon annan kan ha härbärgerat sina bilder i hans dator. Kidnappat den bildligt talat och använt den som värddator för material som inte tål dagens ljus. Nio av tio som skaffar ny dator går in på sökordet porr. När de sedan grottar ner i systemet och hämtar hem bilder finns risken att de hämtar hem mer än de begriper. Det kan poppa upp nya fönster hela tiden utan att de kan värja sig. På det sättet kan enstaka bilder laddas hem utan att ägaren menat det så. Men den dator vi beslagtagit har ett arkiv på ett hundratal bilder. Manfred Magnusson har i förhör uppgivit att han fått ett erbjudande om ett häftigt spel i en bifogad fil. Han öppnade den. Vi har kontrollerat uppgiften och det stämmer, han har hämtat in en trojansk häst. Den risken finns när man har en dator med hög prestanda och är uppkopplad dygnet runt. Hans dator fungerar som bildarkiv. Sen kan de riktigt stora äcklen nyttja hans dator från betryggande distans. Själva är de rena om polisen gör en razzia. Den här utredningen kommer att ta tid.”

31

Amanda sparkade av sig stövlarna och hängde upp sin täckjacka på kroken som redan var överlastad av väskhandtag, två paraplyer och en löst stickad yllekofta trädd rakt genom maskorna. Så skyndade hon sig in i arbetsrummet och slog på strömbrytaren till datorn och modemet. Långsamt fick skärmen färg, mest blågrått. Efter ett hårt knytnävsslag på bildskärmens översida trädde de röda färgerna fram. Startsidan, Kvällskurirens hemsida, laddades hem med enerverande långsamhet. Amanda lät blicken glida över rubrikerna: Pedofilhärva – barnläkare i Stockholm bland de misstänkta. Hittade hermelin i toaletten. Vad blir årets julklapp? Rösta bland våra förslag. Läsarfrågan: Har du silikon i brösten? Ja. Nej. Vet inte.

Amanda vänsterklickade på favoriter och Lunarstorm tog sakta form på skärmen. Hela denna gråfrusna måndag hade hon väntat på att skoldagen skulle passera så hon fick komma hem och se om det fanns något meddelande från Yourlove. Timme för timme, minut för minut av segsliten satslära, Indiens kastsystem och ekvationer. Sista lektionen hade hon skyllt på huvudvärk och gått hem. Pontus Polletten hade erbjudit sig att skjutsa henne, men hon hade försäkrat honom om att hon skulle må bättre av frisk luft. Amanda knappade in användarnamn och lösenord. Väntade under spänning på att det tröga eländet skulle öppna sig. Shit! Inget meddelande nu heller. Besvikelsen var större än hon räknat med.

Det var småruggigt och luktade instängt i lägenheten, mest från köket. En blandning av sur mjölk och ruttnande matrester från sopsorteringen under diskbänken. Kylan från golvet trängde rakt genom strumporna och skinnet på armarna knottrade sig. Amanda gick fram till spegeln i hallen, sträckte sig efter hårborsten, ångrade sig och la ner den på hallbordet igen. Det kopparröda håret var alldeles stripigt och vått av snön som fallit på hennes huvud som en stor vit tovad hätta av ull. I hallen hade hon ruskat av sig det värsta. Axlarna och hela ryggen var mörk av fukt. I det blåaktiga ljuset från lysröret i taket såg ansiktet onaturligt blekt ut. Som om hon inte tillhörde de levande längre. Kan man vara död utan att veta om det själv? Amanda nöp sig hårt i armen tills tårarna kom. Tänk om Yourlovefotografen inte skulle tycka om henne när han såg henne i verkligheten. Fotografiet hon valt att sätta ut på Lunarstorm var taget på sommaren i kvällsljus i gräset. Då hade hon varit om inte brun så i alla fall gräddvit i stället för albylblek. Brösten var för små, alldeles för små. Hon ställde sig sidledes och bystade upp sig. Bara myggbett. Fast det kunde man ju fixa med silikon. I en veckotidning hade Amanda studerat en serie bilder på själva ingreppet. Det såg ut att göra ont. Vill man vara fin så får man lida pin förstås. Men det där med stick och nålar var bara så äckligt. Om de kunde söva en med mask så man slapp se det slibbiga skärandet och inte behöva vakna upp förrän det var helt läkt, så skulle hon nog våga. I alla fall om hon fick chansen att vara med i Robinson eller nåt sånt program på teve. Där får man bara vara med om man har silikonbröst. Det är de som blir valda. Det vet alla.

Efter ett kontrollerande varv i lägenheten gick Amanda in i sitt rum, drog fram Tiger under sängen och kröp ner under täcket. Först var det isande kallt, sen samlade sig värmen långsamt runt kroppen. En dyster skymning sökte sig in mellan krukorna med utblommad azalea, fredskalla och vit julstjärna. Snön slog mot fönsterrutan och packade sig i ständigt rörliga och invecklade mönster. Sprickorna mellan sjoken såg ut som skabbgångar i förstoring, precis som på bilden de studerat på biologin. På nedre botten dammsög fru Berggren. Hon var halvdöv. Hörde inte när hunden krafsade på dörren och ville ut och inte när man sa hej bakom henne i trappan. Fru Berggren var ensam. Någon herr Berggren fanns inte, hade kanske aldrig funnits. Hon pratade aldrig om honom, bara om sin syster i Vetlanda. Amanda funderade på hur det skulle vara att ha en syster, helst en i samma klass fast lite fulare och lite mindre klyftig, men snäll. Hon blundade.

På grupparbetet i engelskan hade ingen velat sitta bredvid henne. Hon hade gått in och satt sig först av alla i klassrummet, van att Cecilia alltid satte sig bredvid. De andra hade kommit in en efter en och grupperat sig runt de andra bänkarna. Skrattat och pratat som vanligt och sen tystnat när läraren kom in. Då hade de sett på henne allihop, tjugofem par ögon, hade sett rakt in i hennes skamliga ensamhet utan att hon kunde komma undan. Grupparbete. Fyra elever i varje grupp, vem vill ha ett femte hjul under vagnen? Somliga protesterade högt när hon närmade sig, andra visade sitt ogillande med miner eller bortvända ansikten. Golvad utan möjlighet till upprättelse. Isvatten rann i ådrorna och gjorde henne stel i hela kroppen. Så blev hon då motvilligt hopföst med fete Mubbe, genomskitige Lelle, Kotten som bodde på nåt gruppboende och Svävarn som det var nåt fel i huvudet på, fast ingen visste vad det var för fel. Tom hade vänt sin stol med ryggen åt hennes håll och ingen hade velat vara med henne på rasten. Som om hon inte fanns. Inte syntes. I matkön hade de andra tjejerna viskat till varann och skrattat. Visket hade börjat i ledet framför Amanda och sen hoppat över henne och fortsatt bakom henne i kön. Bara när de hade samling, och Polletten sa några ord om Cecilia och att de som ville fick gå i krisgrupp, hade Tom tittat på henne med snälla ögon. Sen hade han kastat ett suddgummi i huvudet på Svävarn och det blev bråk. Amanda ville inte tänka på Cecilia.

På gymnastiklektionen hade Amanda missat hinderbanan för att den där polisen, Maria, ville träffa henne i grupprummet igen. Hon var i och för sig ganska juste, men hon rörde vid de tankar som kunde bli gråt om man lät dem komma. Ni var väldigt goda vänner, du och Cecilia? Vad brukade ni göra när ni var tillsammans? Hände det att ni var osams ibland? Och så hade Maria krupit närmare och närmare med sin mjuka röst och sitt allvarliga leende. Och Amanda hade berättat om sånt som inte var så farligt. Om tiden när hon inte fick komma hem till Cecilia, de sommarmånader de bara var hemma hos Amanda eller uppe vid skolan. Vet du varför ni inte kunde vara hemma hos Cecilia? hade polisen nystat vidare. För att Reidun inte tycker om barn. Hon står inte ut med ljud. Men om ni var tysta, om ni bara var i Cecilias rum då? frågade Maria. Nej, Reidun ville att det bara skulle vara familjen och att de skulle spela spel och sånt. Hon blev så sur om det kom någon och det inte var bestämt innan. Det sa Cecilia. Den mjuka rösten fortsatte att spinna. Hade Cecilia någon pojkvän? En fråga som tog sin tid att besvara.

Sakta kröp mörkret in över fönsterbrädan i Amandas rum, ned över skrivbordet och suddade ut konturerna på planschen med örnen som håller jordklotet i sina klor. Gatlyktan nedanför fönstret flämtade till i ett blekrosa andetag och lät ljuset sakta klättra upp över fasaden på det bruna hyreshuset. Amanda svepte täcket om benen och steg ur sängen för att tända lampan. Hon kastade en blick på väckarklockan på nattduksbordet. Om hon skyndade sig skulle hon hinna ut på Lunarstorm igen innan mamma kom hem. Hade Yourlove inte skrivit något nu heller kanske Amanda kunde ta kontakt igen så hon inte blev bortglömd.

”Hej Yourlove, jag undrar om du har hittat en ny plats för fotografering. Gärna ett ställe där man inte behöver gå genom skogen när det är mörkt. Det var lite otäckt. Det finns en snubbe som brukar följa efter oss ibland. Han klär sig som en gubbe men han är inte så jättegammal. När jag var på väg till kiosken genom skogen knakade det så konstigt bland grenarna som det var snö på. Jag blev jätterädd och trodde att han följde efter mej. Fast det är klart, om det är nödvändigt för fotograferingen att vi ses vid kiosken så gör jag det.”

Lampan blinkade Yourlove var online. Yes!! Amanda höll andan och väntade på hans svar.

”Hej Amanda. Vi har precis hittat en ny lokal som jag är nöjd med. Fotografen vill ju gärna ha bilder i lite tuff miljö, mycket naturmaterial, trä, järn och sten. Tror du att du kan komma till hamnmagasinet bortom strandgärdet klockan åtta ikväll? Jag finns där och väntar på dej på nedre botten. Gå in genom dörren bakom muren vid popplarna. Och du, det smink vi använder oss av får du givetvis behålla hur det än går med fotograferingen. Det sa jag kanske sist? Kan du komma?”

”Ja, så klart jag kan. Vad ska jag ha på mej? Ska jag vara utan smink när jag kommer?”

”Det spelar ingen större roll. Men jag vill att du kommer ensam. I den här branschen är det viktigt att man kan konsten att hålla tyst, annars är konkurrenterna där och snor ens bästa idéer. Jag kan väl lita på dej, Amanda?"

"Jag har inte sagt det till någon. Inte ens till mamma."

"Bra, då vill jag att du raderar de e-mail du fått från mej och tömmer papperskorgen. Det finns alltid en risk att konkurrenterna hackar sej in och stjäl information. Lovar du mej att göra det?"

"Javisst, självklart."

"Då ses vi vid hamnmagasinet. Och om du tycker att någon följer efter dej, så går du hem igen. Lova mej det. Var rädd om dej. Yourlove."

Yes! Amanda hoppade jämfota in i duschen. Håret måste vara blankt och nytvättat och sen skulle hon ha den nya gröna jumpern som var köpt för att ha på skolavslutningen till jul och de svarta jeansen. Måtte de inte vara i tvätten! Ljudet av hårda snabba steg i trapphuset. En nyckel i dörren!

"Amandagumman var är du? Så bra att du har bytt om. Jag blev försenad. Jag vet inte vad som tog åt kunderna idag. De kunde aldrig bestämma sig och gick inte ut ur affären så jag kunde stänga. Elvira Bredström, hon på apoteket, var värre än nånsin. Hon hade hittat en cardigan med små, små knappar och en av dem saknades och då skulle hon pruta förstås. Fast det fanns en reservknapp isydd i sidsömmen. Du ska inte tro att hon gav sej. Hon kom med det ena skambudet efter det andra. Till slut fick jag ge henne den för halva priset. Det stod ju folk i kö och så missade jag bussen. Nu har vi bråttom."

"Vadå bråttom?"

"Mormor fyller ju år vet du väl. Hon har bjudit hela släkten på middag på Gyllene Druvan och så ska vi på teater." Eva Myrbacke rafsade igenom sin garderob och tog fram en svart klänning, hängde tillbaka den och tog fram en röd kjol. Amanda tänkte så det snurrade i huvudet.

"Jag är sjuk. Jag gick hem från skolan för att jag hade ont i huvudet."

"Du har inte feber?" Eva la sin hand på Amandas panna. "Jag är lite kall om händerna men jag tycker inte du känns så varm.

Har du bara ont i huvudet hjälper det nog med en Alvedon ska du se.”

”Jag har ont i halsen med och är trött och har hosta och ont i magen. Jag tror jag måste gå och lägga mej igen.” Amanda tog fram sin ynkligaste min och slokade iväg mot sängen.

”Det är väl ingen annan råd då än att jag ringer och säger att vi inte kan komma. Stackars min Amanda vi som glatt oss så att få gå på teater.”

”Men du kan väl gå i alla fall.” Amanda kände desperationen svirra i hela kroppen. ”Det är okey, jag klarar mej. Det är säkert.”

”Nej min älskling, om du är så sjuk stannar jag hemma hos dej, vet du. Vi kan göra det lite mysigt här och poppa popcorn. Det kanske är nåt bra på teve vi kan se tillsammans.”

32

”Från den plats där Cecilia Ståhls kropp påträffades har man kunnat följa något som liknar pulkaspår. Spåren går genom skogen ned till kiosken på strandgärdet”, sa Erika. ”Skoavtryck har varit svårare att säkerställa. Snön har smält under natten och spåren har flutit ut och blivit större. Lokföraren har trampat runt en del och vi har sorterat bort andra skoavtryck som korsar riktningen. Det verkar vara ett populärt område att rasta hundar på. Men det finns avtryck som följer pulkaspåren ända fram. Preliminärt handlar det om storlek 40–42. Bland flickans saker fann vi en nyckel. Den passar i det hänglås som tidigare satt på strandgärdets kiosk. Vi har kontrollerat det med ägaren. Han har en identisk nyckel i sin ägo. Det lås som just nu sitter där har han inte sett förut.”

Teknikern Erika Lund, som sjunkit ned i besöksfåtöljen i Marias rum, drog fram en stol och la upp fötterna sen hon sparkat av sig tofflorna och lagt en blöt pappershandduk över pannan. ”Jag är för gammal för att vara uppe halva nätterna. Och inte kan man ta sina vattendrivande tabletter heller när man arbetar ute i skogen och inte vill förfrysa rumpan. Se vad svullna benen blivit. En polis i mjuka tofflor, vad ger du för en sådan?”

”I ditt fall ganska mycket.” Maria la ifrån sig den rapport hon försökt skumma igenom före morgonsamlingen. ”Ska jag hämta en kopp kaffe åt tant?”

”Det tycker jag är det minsta man kan begära. Ingen grädde, inget socker. Jag har börjat ett nytt och bättre liv, igen.”

”Har vi hört det förut?”

”Kommer ni?” Ek stegade in i rummet och höjde lätt på ögonbrynen åt Erikas opolisiära uppenbarelse. ”Vi väntar på er.”

Hartman öppnade fönstret mot svalkan och mörkret och släppte ut lukten av dammig heltäckningsmatta och fastbränt kaffe. Kylan spred sig snabbt i rummet. Maria huttrade där hon satt och virade armarna runt kroppen. När Hartman gjorde en ansats av att stänga igen protesterade Erika och fläktade sig framför ansiktet: ”Det är så vansinnigt varmt här inne, låt det stå öppet.”

Ingen kom sig för med att opponera sig. Maria sneglade på termometern på väggen vid dörren. Den visade på 18 grader. Erika kavlade upp skjortärmarna och såg ut att piggna till en smula. Hartman satte på sig kavajen.

”Jag hörde en klasskamrat till Cecilia Ståhl i går eftermiddag, Tom Flodström. Han hade en ring tvärs igenom tungan och läspade så jag svårligen kunde uppfatta vad han sa. Varför i all världen gör de så?” Hartman räckte ut tungan en bit och knep i den tills ögonen tårades. ”Han hade gjort det själv med en glödgad stoppnål, sa han. För att Cecilia tyckte det var häftigt. Han var nog väldigt förtjust i henne.”

”Det tror jag också. Amanda Myrbacke antydde det.” Maria sneglade på termometern igen, 16 grader. ”Sen gjorde Cecilia slut helt tvärt. Amanda sa att väninnan träffat någon som hade en röd Toyota. Klassföreståndaren har en sådan bil.”

”Då tycker jag vi tar in fordonet och tittar på det”, sa Erika. ”Jag var i kontakt med rättsmedicinaren i går kväll. Dödsorsak har ännu ej fastställts definitivt, men man diskuterar i termer av kvävning. Cellandningen har slagits ut. Kolmonoxid eller cyanid är tänkbart, analyser görs med tanke på detta.”

”Men man kan ännu inte säkert säga vilket ämne det handlar om, bara att hon inte blivit strypt handgripligen?” Arvidsson sneglade under lugg på Erika som knäppte upp sin skjorta till den absoluta skamgränsen för att släppa in luft.

”Inget de har fångat upp med standardanalyser i alla fall”, svarade hon. ”Hade det handlat om överdos av läkemedel kunde hon ju ha tagit sitt liv själv, men sen har vi ju förflyttningen till spåret. Vem har anledning att ta livet av en flicka på fjorton år? Finns det överhuvudtaget ett motiv eller är det ett dåd av en vettvilling?”

”När vi skulle lämna besked till de anhöriga på tisdagens morgon satt Rune Villman uppflugen på verandataket. Vi skjutsade honom hem. Jag har varit i kontakt med det sociala. Inger Svensson eller Nuppan, som Rut Villman kallar henne skulle definitivt behöva gå en charmkurs. Jag förstår att Rut Villman inte känner något förtroende för henne. Även om hon är stressad behöver hon inte vara oprovocerat otrevlig. Uppgifterna som finns om Rune Villman är knapphändiga. Hans mormor har tagit hand om honom ensam sedan modern omkom i en flygolycka. Rut Villman har aldrig tidigare erbjudits avlastning i någon form. Nuppan var först med idén om eget boende och hon driver den skoningslöst. Mer av prestige än av välvilja, skulle jag säga. Men det är min helt personliga bedömning. Det sätter svår press på Rut." Maria reste sig upp. "Nu Erika måste jag nog stänga fönstret."

"Vänta du bara, svettningarnas och vallningarnas tid kommer förr än du tror."

"Kanske det, men just nu fryser jag. Det är bara fjorton grader här inne ju."

Samtidigt som Maria stängde fönstret slocknade det elektriska ljuset. Det blev natt direkt.

"En timme kvar till soluppgången." Hartmans röst kom någonstans från rummets mitt. Hasande steg hördes över golvet. Maria kände en arm runt sina axlar och den milda doften av Arvidssons rakvatten.

"Du får en kram nu. Jag reser i morgon", viskade han i hennes hår.

"Var rädd om dej. Jag kommer att sakna dej", viskade Maria tillbaka och kände hur han tryckte en kyss på hennes panna.

"Om du ändrar dej vill jag att du hör av dej. Jag är inte längre bort än ett telefonsamtal."

"Jag kommer inte att ändra mej, men jag kanske ringer ändå och hör hur du har det." Maria släppte taget och tog ett steg bakåt när nödbelysningen blinkade igång och antog ett sparsamt men stadigt sken. De trevade sig ut ur dunklet till vakthavande som letat efter tändstickor i ljuset av sin ficklampa tills reservaggregatet slog igång. Ek studerade kontrollpanelen.

"Hur är det med de elektroniska låsen? Fungerar skalskyddet nu?"

”Det ska det göra.” Arvidsson trängde sig förbi. ”Det är värre med datorerna. Vi kommer att bli försenade med utredningen. Reservaggregatet räcker bara till datorerna i sambandscentralen. Vi äskade faktiskt pengar till en modernisering av elförsörjningssystemet så sent som vid årsskiftet. Hur ska man kunna arbeta effektivt om man inte har den utrustning som krävs?”

”Det värsta är om man behöver uppgifter från arkivet. Vid förra strömavbrottet fick jag fara och hämta Ragnarsson fast han är sjukskriven. Det är ingen annan som kommer ihåg hur man söker manuellt.” Hartman skrattade sitt goda skratt.

”Jag fick en känsla av att han njöt av situationen, och det bjuder jag gärna på. Han tackade för blommorna förresten, det var bra att du tänkte på det Maria.”

”Tror du Ragnarsson någonsin kommer tillbaka efter den där bötestävlingen han utlyste?”

”Fattar inte hur han kom på tanken”, sa Arvidsson.

”Ville väl imponera på överheten och visa polisens nit och redbarhet på gator och torg.” Hartman knep ihop om sitt leende, men ögonen glittrade.

”Vet man vem det var som visade promemorian för pressen?” Maria såg på Arvidsson.

”Det lär vi aldrig få veta. Olämpligt var det i alla fall. Här strävar vi efter ett gott samarbete med allmänheten och så går karln och utlyser en tävling om vem som skriver ut flest böter.”

”Undrar vad han hade tänkt sig för priser? Guld, silver och bronsbatong eller provision?” Hartman hakade ned en ficklampa från sambandscentralens vägg och gick för att kontrollera ytterdörrarna.

Inomhustemperaturen föll i takt med dagsljusets stigande flöde. Maria huttrade i sin tunna yllejacka och önskade att hon haft en kopp kaffe att värma händerna på. Men elbryggaren fungerade inte och skärmen på datorn var svart. De förhörsprotokoll och PM som skulle ha skrivits låg fortfarande som lösa pappersanteckningar. Maria lyfte telefonluren. Skolsköterskan Pia Rönn var inte i tjänst och svarade inte heller på sin hemtelefon. Ett stort bekymmer ansåg rektorn. Sköterskan var den person som hade den sammankallande funktionen i kristeamet. Teamet bestod i övrigt av den sjukskrivna biträdande rektorn, klassföreståndaren i 7A som mot sin vilja tagit plats efter Svante Henningsson och kuratorn som var på semester i Turkiet. Hur mycket sanning fanns egentligen i de rykten Pia insinuerat vid kaffebordet hos Karin? Hade Svante Henningsson gjort sig skyldig till något av det hon antytt? Kanske vore det väl använd tid att ta ett samtal med Kristina Henningsson, om inte annat för att se hur det var med henne efter makens tragiska bortgång. Sällan eller aldrig får man möjlighet att följa upp vad som händer de anhöriga när det polisiära arbetet är över. Pontus Larssons uppgifter om var han tillbringat natten skulle behöva bekräftas, en prekär nödvändighet i sitt sammanhang. Tanken på att fara till biblioteket, att få sätta sig i bilen och dra på värmen var inte helt utan lockelse. Det fanns inte mycket annat att göra i väntan på att datorn skulle bli brukbar igen. De gamla väl användbara skrivmaskinerna hade slumpats bort för flera år sedan när datorerna gjorde entré.

Utanför fönstret gnistrade dagsljuset i den nyfallna snön, så lekfullt och vackert som om inga bekymmer i världen fanns. I ögonvrån noterade Maria att Arvidssons gamla vinröda PV lämnade parkeringen. Ett halvårs FN-tjänst och sen? Han tänkte söka en annan tjänst. Hon tyckte att han vinkade, men hon var inte helt säker. Det kändes sorgligt att skiljas efter så många år tillsammans. Han var fin, Arvidsson. Visst skulle hon komma att sakna honom, hon saknade redan. Hur mycket skulle han nog aldrig få veta. Maria kände med handen på pannan där han kysst henne. Att välja är att dö en smula. Å andra sidan måste man kunna säga nej för att helhjärtat kunna säga ja till det liv man valt att leva. Det kräver sina offer. Under andra omständigheter skulle hon kanske ha sagt ja till Per Arvidsson, givit efter för sin omedelbara känsla, men inte som livet såg ut just nu. Inte när hon hade kommit överens med Krister om en nystart, ett nytt försök att hitta tillbaka till varann igen. Det är alltid lättare att köpa nytt än att lappa och laga. Men priset kan bli väldigt högt. För högt, tänkte Maria och såg på fotografiet där Emil och Linda stod och höll om varann ute på kökstrappan. Krister hade till och med föreslagit en resa på tu man hand till Hamburg. Om du törs vara ensam med mej, hade han sagt och visat resebyråkatalogens glassiga bilder på hotellinteriörer. Och visst hade hon sett nödvändigheten av en helg tillsammans, men finns det inga pengar så gör det inte. Att låna av Gudrun Wern skulle förta hela nöjet. Sen, senare när mordutredningen är över, lovade Maria sig själv. Då ska jag se till att vi får tid tillsammans. Just för stunden fanns inte en möjlighet att få ledigt för att ge sig ut på nöjesresa, inte ens att få barnvakt. Inte när Gudrun hade dragit igång med julstöket. Rullader, syltor och pastejer tar sin tid, liksom putsandet av alla kopparbunkar och att torka ur alla skåp och lådor.

Maria tänkte med en lätt rysning på de första åren då Gudrun erbjudit sig att hjälpa till med julförberedelserna sonhustrun aldrig tycktes inse att hon borde komma igång med. Maria hade avböjt å det bestämdaste. Storstädning och julefrid är två diametralt motsatta begrepp.

33

Till sin lättnad fann Maria att biblioteket hade full belysning. Värmen mötte henne i dörren som en smekning mot kinden. Så skönt efter att ha suttit i den iskalla bilen. Elektriciteten hade alltså kommit tillbaka. Vid förra strömavbrottet hade Maria övervägt att ställa ut den frysta maten på trappan. Hur länge kan mat hålla sig i en frys utan el? Längre tid om man inte öppnar locket och ser efter givetvis. Rått kött eller fisk kan man laga till och frysa om, bullar kan man också frysa om även om de blir lite torra. Men hur gör man med skaldjurspajer, köttbullar och leverkorv om man inte orkar äta upp dem med en gång?

Kristina Henningsson stod i informationsdisken och talade lågmält med en flicka som såg ut att vara i Amanda Myrbackes ålder. Maria satte sig ned på en av stolarna vid disken och väntade på sin tur. På tre stora skärmar presenterades en konstutställning på temat Livslinjer. En separatutställning av en för Maria okänd konstnär som tecknat gamla människors ansikten i kol. Nyanserat, ömsint och med en stark känsla för skönhetens bestående värden som slipats, mejslats fram av tiden. Vad gör man med sitt liv, sitt korta liv? Maria gjorde ett snabbt överslag i huvudet och kom fram till att hon statistiskt sett i runda slängar hade 16 000 dagar kvar innan det var dags att gå i mål. Vardag fogad till vardag, en och annan dag att minnas, små och stora beslut som gav innehåll eller tomhet. Vad har du för drömmar? hade Arvidsson frågat när de satt i parken på Gotland. Nej, du behöver inte svara mej, bara dej själv. Frågan kom över henne där hon satt i ofrivillig väntan och kontemplation. Vad har jag för drömmar? Först och främst att barnen ska växa upp till självständiga, harmoniska och starka människor. Sen att leva i en nära och trygg kärleksrelation, att få utföra ett arbete som jag kan se tillbaka på och veta att jag gjorde något som var bra för någon annan och så vill jag få tid att måla. Jag vill måla. Maria kände till sin förvåning hur stark den önskan var. I en mapp på vinden låg omonterade dukar och skissblock från tiden innan barnen kom. En del riktigt bra, andra sämre. Det ligger en stor spänning i att hitta ett motiv, en ny vinkel särskilt när man målar det alla har sett. Havet, solnedgången, ett ansikte. Samma sak gäller i arbetet som kriminalinspektör, att kunna se detaljerna och sammanhangen på ett nytt sätt. Att se bortom det uppenbara och att lyssna till det outtalade.

”Söker du mej?” Kristina lutade sig fram över disken och fångade Marias uppmärksamhet.

”Ja, har du tid att prata en stund? Ska vi ta en kopp kaffe?” Maria gjorde en gest mot cafeterian och Kristina följde efter. De slog sig ned vid ett fönsterbord. Maria tog en bit chokladtårta och Kristina en slät kopp kaffe.

”När fick ni strömmen tillbaka?” undrade Maria och försökte äta sakta så den syndiga njutningen skulle bestå så länge som möjligt. Chokladkrämen, hasselnötterna, mandelbotten och vispgrädden var underbara i kombination. Livskvalitet i konkret form. Det värsta var att chokladtårtan skulle komma att spä på kroppens former tillika. Men så är det när man inte vill lida pin för att få vara fin.

”Vi har inte haft strömavbrott sen i våras. Biblioteket har inte samma transformator som resten av stan eftersom vi ligger lite i utkanten. Men man kan se från personalrummet på övervåningen att det är svart därute på gatorna och i husen, så jag förstod att det måste vara strömavbrott. Var det något särskilt du ville tala med mej om?” Kristina blåste försiktigt på kaffets ångande yta. Det var riktigt kokkaffe serverat ur kopparkannor. Lätt gjort att bränna sig i gommen.

”Jag ville veta hur det går för dej, hur du mår.”

”Jag klarar mej bra vad gäller det praktiska. När Svante blev sjuk tog jag över allt arbete i hemmet. Det blev så med nödvändighet. Jag lärde mej till och med byta däck, rensa stuprännor och att sota värmepannan. Det skedde successivt, det är nog värre för dem som plötsligt ställs inför nya uppgifter mitt i sorgen.

Det som är svårast för mej är känslan av skuld." Kristina tystnade och rörde i kaffekoppen, när hon såg upp var ögonen blanka och svarta. "Jag klarade inte att hjälpa honom tillbaka till livet, orkade inte förneka mej själv och mina behov hur länge som helst."

"Vem skulle klandra dej för det? Kärlek är en gåva, inget man någonsin kan kräva av en annan människa. Du kunde inte leva hans liv åt honom." Marias leende var fyllt av allvar.

"Jag kunde ha gjort mer. Jag kunde ha ställt rektorn mot väggen och krävt att få veta vem som spred osanningar om min make. Jag kunde ha blivit hans röst när han inte orkade försvara sig själv. Han ville det inte, men jag kunde ha gjort det mot hans vilja. Jag är säker på att han var oskyldig till det som ryktet sa om honom. Du har säkert redan hört det i alla tänkbara varianter. Det var de elaka tungorna som dödade honom. Jag stod bredvid och såg på. Jag är bara en vanlig människa. Jag hade inte kraften, inte när det pågick dag efter dag." Kristina snöt sig i servetten och knölade ner den i kaffekoppen. Maria väntade en stund, tills rodnaden på Kristinas kinder bleknat av en smula.

"Det är inte konstigt att man behöver tröst när hela världen rasar. Du har ett förhållande med Pontus Larsson, eller hur?"

"Hade. Så du vet det. Det är så patetiskt. Stor stark man tröstar liten svag kvinna, de hamnar i säng. Pontus har en fru som han älskar. Jag hoppas uppriktigt att de finner vägen till varandra igen innan han ställer till det alldeles för sig." Kristina tog upp servetten ur koppen och snöt sig igen. Maria blundade i ett försök att ignorera handlingen.

"Hur väl kände du Cecilia Ståhl?" Kristina fastnade i rörelsen med handen genom håret medan hon la de svåra orden tillrätta.

"Jag har sett henne sen hon var en tvärhand hög och Annalisa tog med henne till biblioteket på sagostunderna. De lånade böcker varje vecka. Annalisa och jag gick på porslinsmålning ihop. Ibland hade hon inte barnvakt, då fick flickan följa med. Och sen har hon varit här med skolan förstås. Cecilia var en ovanligt intelligent flicka. Filosofiskt lagd. Hon funderade mycket. Det kanske blir så när man tidigt tvingas se livets villkor. Vem av oss kan utan invändningar acceptera döden?"

"Vet du hur hon hade det i skolan?" undrade Maria.

”Jag tror att hon var mycket duktig i skolan, även om hon inte ville ge sken av det. I den där åldern är det värre att vara plugghäst än att suga på tummen. Pluggar gör man i största möjliga hemlighet. Det är privat som ett toalettbesök. Man talar inte om det. Du minns väl själv hur det var?” Kristina strök med handen över duken som skrynklats av brickan.

”Ja, ja det gör jag. Får jag ställa ännu en fråga? Vad hade Cecilia för attityd till dej? Jag menar, märkte du någon skillnad i hennes sätt när ryktena om Svante nådde dej?”

”Jag frågade henne faktiskt rent ut om Svante uppträtt respektlöst mot någon av eleverna. Jag var tvungen att få veta om det fanns en gnutta sanning i det som sades. Först blev hon lite generad, tror jag. Sen sa hon att han inte gjort något, inte mer än att kontrollera dem i duschen då på lågstadiet. Kanske var hon lite undvikande efter det där. Inte lika spontan i kontakten. Men det var skönt för mej att få veta vad hon ansåg. Hon var lite av en ledartyp.”

Rune Villman släntrade in i bibliotekets cafeteria. Maria försökte heja, men han såg henne inte. Han gick rakt fram till kassan.

”Rut är inte här va?”

”Nej, Rune. Hon skulle ha kommit hit efter lunch och städat. Jag trodde hon var sjuk?” Servitrisen ställde ner fatet med mandelflarn och fångade Kristina med en gest i luften. ”Har du sett Rut Villman idag?” Kristina skakade på huvudet. Det hade hon faktiskt inte gjort. Märkligt var det. Rut Villman, som var punktligheten själv.

”Hon kan ha blivit försenad på skolan. Det blir inte samma arbetsro när polisen är där. Hon kommer nog snart, ta en dricka så länge du, jag bjuder.” Maria grävde i sin plånbok och såg att hon med nöd och näppe skulle ro i land sitt åtagande.

”Jag vet vad du har för parfym”, sa Rune när han ställt sig alldeles intill Maria och böjt ned huvudet mot hennes hals. ”Jag kunde faktiskt känna på lukten att du var här. Jag känner igen din lukt.”

”Okey, får jag höra.”

”Escape. Det är väl korrekt.”

”Ja”, sa Maria. ”Helt korrekt. Kände du på lukten att Rut inte var här, gjorde du det?”

”Så klart.”

”Vad har hon för parfym då?” undrade Kristina.

”Hon luktar kaffe och vått ylle. Hon har ingen parfym på sig. Fast det tycker jag hon borde ha. Men hon vill inte slösa med den till vardags. Jag köpte en parfym åt henne när hon fyllde sextio år. Den använder hon bara vid riktigt högtidliga tillfällen. Det finns inte så många högtidliga tillfällen, faktiskt.”

34

I solnedgångens rosa skimmer öppnade sig Kronviken som en sagobok. Den orörda snön som i sin mjukhet svept in stugor, gärdsgårdar och dungar reflekterade ljuset i rosa och guld. Rimfrosten glittrade i träden. Hög reste sig Kronvikens klippa. Bakom kyrktornets svarta spira samlade sig de sista blodröda strålarna i ett ömsint avsked för att sedan krypa ned inför natten. I fönstren lyste adventsljusstakar, knappt märkbara i det kvardröjande ljuset. Havrekärvarnas långa skuggor föll över marken som mörklila träd fällda av en osynlig yxa.

Maria tillät sig att njuta av skönheten och mystiken så som den tilltalade hennes barnasinne. En längtan efter julen, barndomens kravlösa hemtrevliga jular då man hade tid att vika sina egna julgranskarameller, att fläta korgar i rött och grönt glanspapper och att stöpa ljus. Långsamhetens jular då veken rätades upp, doppades i stearinmassan och fick torka hemma i mormor Vendelas kök. Inte kan man köpa den hemtrevnaden som färdig produkt, i en kartong med spikraka massproducerade ljus. Berättelserna, gåtorna, skratten ingår inte i priset. De blir kvar i tiden som var då, liksom dofterna av varm stearinmassa, lack, nybakade saffransbullar och kokkaffe. Den tid vi köper är så fattig för själen, tänkte Maria. Så urlakad på riktig näring. Kanske kan man kalla det ett eskalerande konsumtionsmissbruk. Tillvänjningen är enorm, doserna liksom priserna höjs och tiden blir i stället en bristvara. Tidsbrist, kärleksbrist, sömnbrist och näringsbrist för att nämna några av tidens bristsjukdomar. Och lik förbaskat måste man skrapa ihop pengar till julklappar. Maria våndades. Om alla vuxna i Wernsläkten beslutade sig för att avstå från att ge varann köppresenter skulle det bli enklare att leva. Men det skulle aldrig svärmor gå med på, inte när hon samlat snabbhetspremier och välkomstgåvor hela året genom att gå med i bokklubbar och sen gå ur dem med minsta möjliga åtagande. På paketets storlek kunde man sedan, utan att öppna det, avgöra om det var en väska eller en klocka. Gudrun Wern var inget annat än en simpel väskryckare, men det generade henne inte ett dugg. Väskan skulle ha kostat 259 kronor, du, 259 kronor. Det svärfar hade att komma med var sådant han hittat i grovsopor på trottoarerna i stan eller i någon container. Vad som helst som var värt besväret att slå in. Dessa styvmoderligt givna gåvor krävde gengåvor. Under rådande ekonomiska omständigheter var det en ren omöjlighet. Det fick bli presentkort på tid i stället. 10 putsade fönster. Ett bullbak. Fotmassage. Barnvakt åt Kristers brorsbarn. En hårklippning. Skjuts till och från krogen eller biltvätt. Eller varför inte försäljning av brorsbarnens bingolotter, strumpor, polkagrisar till skolresan eller diskovakt en lördagskväll. Eller kanske omplantering av krukväxter eller handtvätt av ylle och annat stickat.

Maria skrattade för sig själv när hon kom att tänka på det. Den första julen i familjen Wern när hon fått en gulrandig korvsmal tub med ögla i änden i gåva av svärmor. Såg ut som en virkad kondom, vinterkollektionen. Maria hade blivit lite generad innan hon insåg att kreationen skulle sitta på stekpannans handtag så man inte skulle bränna sig. En tubformad grytlapp. Knappast bokklubb, troligtvis container eller egenproduktion.

Vägen upp mot Kronvikens kyrka var oplogad och slirig. Maria la i en lägre växel. Äntligen hade värmen i bilen nått sin fulla kapacitet och snart var det dags att stiga ur. Hon tog ett djupt andetag och försökte slappna av inför mötet med makarna Ståhl. Det fanns flera frågor att dryfta med Cecilias far efter samtalen med Amanda Myrbacke. Bilden av den ordentliga skolflickan hade undan för undan bytt skal som en rysk gumma. Dödslekar. Var kom inspirationen ifrån? Övningar som gick ut på att känna smärta, att leka med faran och utmana döden. Smärtan som gör en overklig förljugen värld påtaglig. Smärtan är sann och konkret. Och livet. Kanske kan livets realitet bara framkallas i kontrast till sin motsats, döden. De eviga frågorna, som gör sin debut i tonårens förvirrade kast mellan storheter, föds vid insikten om alltings ändlighet. Hur långt kan man gå för att pröva sina tankar i de existentiella frågorna? Var går gränsen för det normala? Vad är sjukt och vad är friskt?

Reidun måste ha hört bilen komma. Hon stod på trappan med morgonrocken hopvirad om kroppen. Hennes hand var mycket kall, en kyla som sökte sig in i Marias blodomlopp sedan de hälsat. Andedräkten ångade ur munnen på dem båda när de stod mitt emot varandra i hallen. Maria behöll jackan på sig men tog pliktskyldigast av sig skorna.

”Är det något fel på värmepannan?”

”Han tycker det är för dyrt med olja och jag vet inte hur man tänder upp med ved. Har aldrig gjort det. Han ligger till sängs. Jag tror han har feber. Han vill inte släppa in mej.” Reidun såg rakt in i Maria, blottade i förtvivlad öppenhet sin belägenhet. ”Vad ska jag ta mej till? Han vill inte tala med mej. Helst skulle jag vilja rusa härifrån. Det är som att bo i en gravkammare. Men jag kan inte lämna honom. Inte i det skick han är nu.”

”Hur länge är det sen du ätit något?” Maria såg på de infallna kinderna och de mörka skuggorna under Reiduns svarta ögon.

”Vet inte. Det blir mest kaffe.”

”Jag följer med dej ner så tittar vi på pannan.” Maria kände redan hur musklerna i kroppen drog ihop sig i kylan. Reidun visade vägen nedför källartrappan, hasade steg för steg i sina alltför stora rutiga tofflor. Maria trevade efter en strömbrytare men fann den inte. Det tog en stund för ögonen att vänja sig vid dunklet. Hon kände med handen utefter den skrovliga väggen. En mörk korridor med stängda dörrar ledde fram till en tvättstuga med gallerförsedda fönstergluggar. Maria noterade att merparten av kläderna som hängde på linorna var tonårsplagg, linnen och t-shirts med nitar och graffitiliknande tryck. Orört. Förfruset. Stelnat i sina klädnypor. Reidun öppnade dörren till pannrummet utan att säga ett ord. Maria erfor en känsla av utsatthet. Telefonen låg kvar på stationen. Hon hade inte meddelat vakthavande att hon skulle till prästgården, det var mer ett spontant infall på hemvägen att komplettera med några frågor och se efter hur det stod till med Johannes Ståhl.

Hon väntade ut Reidun, väntade på ljuset, på att Reidun skulle stiga in först. Men kvinnan stod kvar utanför dörren. Armarna som slappa hängt utefter sidorna på den sjaviga frottérocken spändes, händerna knöts. Någonting var fel, väldigt fel. Varför tvekade hon när steget in borde ha varit så självklart? Vad fanns där inne i pannrummets mörker? Något hon plötsligt erinrade sig? Maria avvaktade medan hon närmast omedvetet vägde styrkeförhållandet. Reiduns kraftfulla kroppskonstitution mot sin egen. De grova vältränade vaderna hade fångat Marias uppmärksamhet redan när de gick nedför trappan. Skuldrornas bredd. Händernas grovlek.

”Vi låter det vara.” Ekot av Reiduns skrovliga röst studsade mellan betongväggarna.

”Men huset är ju helt utkylt.” Maria sträckte in handen och sökte efter strömbrytaren. Försökte förhålla sig neutral och avspänd fast varje muskel i kroppen var stridsberedd. Hur kunde hon vara så dum att hon for hit ensam? Så obegripligt naiv. De flesta mord i fredstid begås av någon som känner offret. I utredningsarbetet finns det alltid risk att man stiger på en mina. Maria lät blicken hastigt svepa över utrymmet. Bakom värmepannans grå fasad stack det ut en bit av ett rutigt täcke. Kanten av en odiskad tallrik. En hög med kläder. En kaffemugg i stengods. Hon såg frågande på Reidun, väntade på ett svar, medan tanken febrilt letade bland de pusselbitar utredningen givit hittilldags. Hade de som straff stängt in flickungen i källaren, låst in henne i pannrummet? Kunde det vara så? Det är inte lätt att styra en tonåring som börjar bli verbal och självständig, provocerande och egensinnig. Tanken gick in i en loop, sökte varv på varv och återvände.

”Vem sover här nere?”

”Jag.” Reiduns hållning skärptes ytterligare. Handen sökte sig mot halsen i en svårtolkad åtbörd. ”Så länge det fanns lite värme kvar, sov jag här. Det finns en trygghet i mörkret. Här kan ingen stirra på en genom fönstren. Här nere hör man inte telefonen när de ringer för att köpslå om ens mest privata angelägenheter.”

”Sover du här nere för att undvika folk?”

”Ja, nyfikna människor vi inte känner. Folk glor, men de kommer inte fram och pratar. Det är så fruktansvärt obehagligt.”

”Jag önskar det fanns något jag kunde göra. Vi bör nog slå över på olja så elementen inte fryser ihop för er. Det kan bli dyrbart. Det lovar jag.”

Sakta spred sig värmen i huset medan Maria lagade till vad huset hade av potatis, morötter, tomater på burk och lök i en soppgryta på hönsbuljong.

”Det har inte blivit av att handla.” Reidun satte sig tungt ned vid köksbordet och lutade huvudet i händerna. ”Människor sneglar på en, men undviker ögonkontakt och försvinner in bland hyllorna när man kommer. Som om sorgen var en skamlig och smittsam sjukdom. Precis så känns det. Som om man var pestsmittad. Man blir folkskygg till slut.”

”De vet väl inte vad de ska säga för att inte göra ont värre.” Maria diskade av en träslev i kallvatten och rörde om i grytan när det började koka. Hon värmde händerna över ångan.

”Jag skulle önska att de sa någonting, vad som helst, allt är bättre än tystnad. Jag skulle bli tacksam om de ville tala potatispriser, snöskottning eller vad tusan som helst. Bara man fick känna att man fortfarande fanns för dem, att de ville en väl. Nu har vännerna tystnat och hyenorna tagit över. De var här från teve igår kväll. Jag motade ut dem med eldgaffeln när de tänkte ta sig in till Johannes. Telefon har vi dragit ur. Det har blixtrat utanför fönstret hela förmiddagen sedan ni meddelade pressen att det handlade om mord, de ringde på som galningar. Så lätt det skulle ha varit att falla offer för en vänlig reporter, berätta allt, ställa upp på bilder och öppna fotoalbumet. Det var bra att ni varnade oss. Det man säger i chocktillstånd när man är svag och blöt och utom sig kanske inte är de sanningar man vill leva med resten av sitt liv.”

”Det är nog en bitter erfarenhet många har fått göra.” Maria dukade en bricka åt Johannes och knackade på dörren till sovrummet. ”Johannes, det är Maria Wern från polisen. Jag vill tala med dej.” Han svarade inte, men hans andhämtning var så tung att den hördes genom den stängda dörren. Maria balanserade brickan på ena handen och öppnade försiktigt. Det var mörkt och kallt och luften var unken. Under högar av täcken satt en mager hålögd varelse i orörlig meditation. ”Jag har med lite soppa åt dej, Johannes. Du måste vara hungrig."

"Jag vill inget ha. Inget ha mer av livet." Maria trugade honom som man krusar ett litet barn. Lät doften övertyga, orden lugna och övertala. Sked för sked.

"Vill du ha lite mer?" Utan att vänta på svar gick Maria ut i köket och hämtade påfyllning.

"Jag stannar här i köket", sa Reidun. "Han släpper inte in mej."

"Har ni inga vänner som kan komma hit och vara hos er? Handla, prata?"

"Nej, jag tror inte det." Reidun sörplade i sig soppa och stirrade ned i tallriken. "Ingen. Jag vet inte vem jag skulle kunna genera med att fråga. Ingen vill egentligen bli störd. Vi lever i en illusion av vår egen odödlighet. Man petar inte ostraffat hål på den bubblan."

"Det är nog sant."

"Jag vill inte att någon ska se Johannes som han är nu. Vem skulle man kunna släppa in i eländet?"

När Johannes intagit sin tredje portion soppa och varit ute en sväng på toaletten fortfarande iförd sin randiga pyjamas började livsandarna återvända. När väl det första motståndet lagt sig flöt samtalet otvunget. Johannes stela kroppshållning mjuknade i värmen, orden blev mindre reserverade, tankegångarna allt längre. Med oändlig varsamhet ledde Maria in samtalet på lekarna kring döden och Annalisas dödsolycka.

"Jag kan inte förlåta mej själv." Johannes satte sig tillrätta mot sängens höga gavel och suckade högt. Jag kan inte förlåta min ynkedom." Maria väntade på att få höra en resumé av den monolog som pågick i prästens tanke. Han nickade, skakade sitt huvud och mumlade tyst.

"Vad är det du inte kan förlåta dej själv?" Maria rörde vid hans hand för att fånga hans uppmärksamhet.

"Att jag hindrade Cecilia från att tala om Annalisa. Det var för smärtsamt för mej att lyssna på hur olyckan gick till. Jag tystade henne varje gång hon försökte tala om det. Jag klarade helt enkelt inte av att mitt älskade barn förorsakat Annalisas död och tillfogat mej sådan smärta. Jag kunde inte ta emot det hon ville säga. Låter det konstigt? Vi teg ihjäl det, som om det aldrig hänt. Hon berättade det inte för polisen, inte för någon annan heller vad jag vet. De blev osams. Cecilia hade ett förfärligt temperament. Hon drog Annalisa i armen, bet henne. Annalisa tappade uppmärksamheten, gick över mittsträngen, fick sladd. Kanske inbillade jag mej att Cecilia skulle glömma sin skuld om vi inte talade om den. Jag tänkte att det var för hennes egen skull. Nu vet jag att det inte var hela sanningen. Jag var rädd att jag inte skulle kunna älska henne, att sanningen om olyckan var oförenlig med den kärlek man måste kunna skänka sitt barn."

"Tack för att du berättade det här för mej", sa Maria.

35

När Maria tidigt följande morgon öppnade dörren till tekniska avdelningen fann hon Erika Lund i djup koncentration vid datorn. Fönstret stod på vid gavel och släppte in hela vintern i drivor bland krukväxterna på fönsterbrädan.

”Har du flexat in redan? Det är inte likt dej att vara så morgonpigg.”

”Jag såg det inte mödan värt att fara hem. Har sovit här på soffan i ditt rum.” Erika vände sig mot Maria utan att vrida på huvudet, vred hela kroppen i sidled för att skona sin ömmande nacke. Uppenbarligen var det sant. En sur stank av svett, de skrynkliga kläderna och den svarta mascaran som smulat sig över kinden talade sitt tydliga språk. Här hade hon sovit.

”Vad gör du?” Maria ställde sig bakom Erika för att se på skärmen.

”Jag har säkrat spår från kiosken och från Cecilia Ståhls rum. För jämförelse har vi tagit fingeravtryck på prästen, Reidun och Amanda Myrbacke. Ska skicka materialet till SKL nu på morgonen. Jag brukar roa mej med att jämföra fingeravtryck och gissa vad proffsen kommer att svara. 12 detaljer måste överensstämma för att det ska räknas som en träff. Se här går linjerna som en gaffel. Där har du en punkt och här börjar linjen men den avslutas för tidigt för att stämma överens med det fingeravtryck vi har här av Amandas tumme. Däremot stämmer det med Johannes pekfinger.”

”Vad har du kommit fram till då?”

”Det får du veta när jag är klar. Håller du tyst går det fortare. Det kräver mer uppmärksamhet och tålamod än ni andra begriper.”

Maria stod kvar och följde de markeringar Erika gjorde på sin kopia av det svärtade avtrycket. ”Sluta andas på mej! Vad vill du?”

”Berätta att vi tagit in en flykting som fått avslag på sin asylansökan. Han avvek när han skulle utvisas för sju månader sedan. Malaki al Hakim, jag vet inte om du minns att det stod om honom i tidningen? Det var en lokal grupp som kämpade för att han skulle få stanna. Han sitter i häktet nu. Du får dakta honom när du hinner. Hans fingeravtryck finns väl i AFIS sen han sökte asyl. Han har inga identitetshandlingar.” Maria la ett fotografi på arbetsbänken bredvid Erika.

”Det var som tusan. Var fick ni tag i honom?”

”Det var helt odramatiskt. Han stod i järnhandeln och väntade på att bli expedierad. Ek fick syn på honom och skaffade förstärkning. Han följde med utan att bråka. Kan du säga något om fingeravtrycken nu?” undrade Maria.

”Det var ett evigt saggande! Jag är ingen expert. Jag bara gissar. Cecilias och Amandas fingeravtryck finns i kiosken, fast det är inte så konstigt när Amandas pappa äger den. Cecilias avtryck finns överallt på varenda vägg, på golvet och över hela dörren. Hon måste ha blivit instängd där. Fönsterrutorna på kioskens insida är krossade, men hon kunde inte ta sig ut när fönstren var förbommade med träluckor från utsidan. Vi har hittat blodspår bland glasbitarna, Cecilias, hon måste ha skurit sig. Om du tittar här på fotografiet av hennes byxor, det som finns kvar av dem, ser du att ena knät har en reva i tyget och fläckar av blod. Det finns flera textilfibrer kvar att analysera. På jumpern finns små blodfläckar. Där skickar jag hela plagget. Offret hade svarta skinnrester under naglarna kanske härstammar det från ett par skinnhandskar, inga hudrester, inget sekret. Kan du hämta en kopp kaffe åt mej och något att äta. Vad som helst. Jag tål inga större motgångar när blodsockret ligger i botten.”

”Det går fortare att bli psykotisk av sömnbrist än av svält, vet du det?” Maria återvände från köket med kaffe och ett par ostfrallor och väntade tålmodigt på en fortsättning. Offer. Att tala om offer när detaljerna blir för obehagliga att hantera är nödvändigt för att upprätthålla den distans till arbetet en tekniker behöver. Inget namn. Offer eller kropp. Hur uthärdar man annars att gräva i kadaver och kroppsvätskor för att sedan kunna meddela sina iakttagelser om man inte avpersonifierar och intellektualiserar dem. Det gäller förresten inte bara tekniker, tänkte Maria.

Enligt Erika hade Cecilia blivit kvävd, gasad med cyanväte i kiosken, för att sedan efter sin död bli borttransporterad på en pulka till järnvägsspåret. En liten flisa av rosa plast och spåren som ledde bakåt från järnvägsspåret till kiosken var grunden för hypotesen som sedan verifierats i varje stycke. En vanlig ljusrosa plastpulka som säljs i vilket varuhus som helst, till och med i livsmedelsbutiker med bredare sortiment. Pulkan hade man funnit i 22 exemplar på fritidsgården i ett olåst förråd. Barnen hade storögda iakttagit hur polisen kommit och tagit deras pulkor och svept in dem i plast. För personalen var det som om mördaren andats dem rakt i ansiktet. Allt fler föräldrar skjutsade sedan sina barn till och från skola och daghem. En turlista för vaktande föräldrar på skolgården hade inrättats och det talades om att anställa vakter från ett privat bolag om inte polisen kunde avvara de resurser som krävdes. Pulkorna granskades. Flisan stämde in på en av dem. Samma pulka bar spår av svart handskskinn på handtag och snöre. Skoavtrycken utjästa i blötsnön hade också krävt sin utredning och torde vara ett par Graningekängor storlek 40–42.

Erika tog av sig glasögonen och fixerade Maria med sina rödkantade ögon när hon ställde ned kaffekoppen.

”Jag kommer att redovisa mina resultat om du låter mej slutföra det här i lugn och ro. Säg till mej när Hartman och Ek har kommit in.”

Maria höjde värmen på elementet i sitt eget rum och slog sig ned vid datorn för att slutföra det förhörsprotokoll hon gjort anteckningar till vid sitt andra besök hos rektor Bertil Montelius. Rut Villmans tvärsäkra påstående om att Cecilia besökt rektorn före filmvisningen på måndagskvällen hade krävt sin förklaring. Rektorn hade till en början haft svårt att minnas.

”Det springer ju folk här hela tiden.”

”Vad ville Cecilia?” framhärdade Maria.

”Hon krävde å elevrådets vägnar ett stormöte med samtliga elever och lärare. Det är inte första gången ska du tro. Jag sa givetvis nej. Det var bara ett sätt att slippa lektionerna.”

”Vad ville hon ta upp för något?” undrade Maria.

”Det var så befängt så man kan krevera. Det kan inte tusan bifalla alla vanvettiga infall från eleverna. Det här med medinflytande har gått alldeles för långt. Det blir ingen arbetsro.”

”Vad ville hon?”

”Hon krävde att eleverna skulle få betygsätta sina lärare, för rättvisans skull. Det skulle vara ett sätt att kvalitetssäkra undervisningen så lärarna inte slöade till. Slöade till! Vi har lärare som går sjukskrivna för att de inte mäktar med sin arbetsbörda. Var får de allt ifrån?” Indignationen hade låtit äkta. Hur får man med tonfall i ett protokoll? Cecilia hade alltså varit elevrådsordförande. De synpunkter rektorn hade på polisväsendet skulle inte heller komma att dokumenteras, i alla fall inte av kriminalinspektör Wern trots att de tagit ansenlig tid och känslomässig energi i anspråk.

”Va fan gör ni egentligen? Vänder papper och tar betalt! Om jag var polis skulle jag sy in varenda utlänning, jävlar det skulle jag. Deras kvinnor går inlindade som kåldolmar i sina tygstycken. De kommer väl inte till och så ger de sig på våra kvinnor istället. Sätt åt dem, för helvete. De sitter ju där nere och häckar på internetcaféet. Det är bara att plocka in dem och skicka hem dem. Det är ett sånt jävla mesande i det här landet. Det beror på alla blötögda kvinnliga poliser och politiker. Det finns ingen stake i dem. Läste att polisen söker aspiranter med invandrarbakgrund. Hur fan kommer det att bli? Om jag måste stänga den här skolan beror det på bristande kompetens och handlingskraft från polisens sida.”

Onekligen hade det funnits en del ytterligare att säga om den saken och så hade dyrbar utredningstid gått till spillo. Oprofessionellt att låta sig provoceras, möjligen. Men en mental spottloska kan sitta lika kletig som en reell sådan. Hur framtiden skulle gestalta sig för flyktingarna på förläggningen nere vid hamnen var oviss om fler tänkte som rektor Bertil Montelius. Liksom vad som skulle hända med klimatet mellan invandrarelever och de svenskfödda eleverna på Kronvikens skola. Och nu satt en utlänning i häktet. Det skulle inte ta lång tid innan pressen hade den godbiten att koppla ihop med mordet på Cecilia Ståhl.

Maria kunde för sin inre syn se rektor Montelius med ett sötsurt leende trycka morgontidningen till sin kaffefläckiga syntetskjorta. Vad var det jag sa? Här behövs inga bevis som håller i rätten, det räcker för fan att se på dem. Kriminella hela bunten.

Det är alltid lättare att söka den skyldige i landet utanför. Bland de udda, som Rune Villman, bland främlingar eller hos dem som tidigare råkat illa ut. En brottsling kan ju inte vara en vanlig människa, som vi. Och ändå händer det så ofta när man läser tidningen efter det att brottet klarats upp, särskilt när det gäller övergrepp på barn, att rubrikerna visar upp en samstämmig överraskning bland de utfrågade. Inte trodde vi att han, vår vän, vår respektable granne kunde vara den skyldige. Han skötte ju sitt jobb, betalade sin skatt som vi. De flesta mord begås av någon som känner offret. Det farligaste stället att vistas på är i sitt hem, om man får tro statistiken.

Erika Lund kisade mot det skarpa ljuset från lysröret i taket. Hon reste sig mödosamt från stolen, släckte ned i utsättningsrummet och knäppte på projektorn. Bilderna kom med ohygglig intensitet. De avfotograferade kläderna, kroppsdelar, skolryggsäcken med sitt innehåll, spåren i snön.

”Det finns inga tecken på sexuellt våld. Ingen sperma. Hymen är intakt. Hon var fortfarande oskuld, en lättnad trots allt. Blodspåren på Cecilias jumper, här mitt fram, består inte av hennes eget blod. Det härstammar med största sannolikhet från väninnan Amanda Myrbacke. Blodfläckarna har troligtvis kommit dit under filmkvällen. Enligt uppgift skar sig väninnan på en vinflaska. På samma jumper har vi också funnit ett hårstrå från Tom Flodström. Det bör ha kommit dit under mordkvällen. Enligt Reidun Ståhl bytte Cecilia till rena kläder strax innan hon lämnade hemmet tillsammans med Amanda. ”

”Vi har inget motiv. Folk börjar bli farligt skrämda. Vi måste få till mer resurser.” Ek la ifrån sig pennan och sträckte ut benen under bordet. ”Vem tar hand om pressen?”

”Du?” Hartman blundade med ena ögat i väntan på de protester som obönhörligen skulle komma från Jesper Ek.

”Jag kommer att åberopa det vid kommande löneförhandlingar. Fattar du vilket pådrag det är, telefonen ringer hela tiden. Det är oroliga föräldrar, teve och sensationsblaskor om vartannat. Folk börjar bli väldigt upprörda över att inget händer och plötsligt har vi häktat en invandrare. Vi måste snarast gå ut med att det gäller ett asylärende och att det finns beslut på att han ska utvisas. Frågan är bara om folk kommer att tro på det?”

”Du slipper samtal på fritiden i alla fall, det gör inte jag”, Maria drog in stolen för att ge plats åt Erika som passerade bakom henne. ”Det ringer föräldrar tidiga mornar och sent på nätterna för att få råd om de bör låta sina barn gå hem ensamma efter skolan. Vad säger man utan att piska upp stämningen ännu mer? Vilka direktiv kan man stå för om något mer skulle inträffa? Vi har ingen aning om vad det här handlar om. Vi har ingen misstänkt. Det driver upp en lynchstämning vi snart inte rår på. Det är kanske det mest skrämmande av allt.”

36

”Det är en pojke som söker dej. Han heter Tom Flodström.” Ljudet på snabben fick Hartman att rycka till i sina funderingar.

”Släpp in honom.” Kriminalinspektör Tomas Hartman sökte i sitt minne och fick upp en vag bild ungefär samtidigt som det knackade på dörren. Pojken med piercad tunga steg in utan att vänta på svar. Han hade en mörkblå stickad mössa ordentligt neddragen till ögonbrynen, en jacka med nitar och fransad nederkant. De trasiga byxorna över de grova kängorna var åtdragna med ett brett bälte en halv decimeter under naveln. Tröjan lämnade en glipa bar blåvit hud, som nästan tycktes självlysande i den grå dagern.

”Måste snacka med dej om en grej.” Ringen genom tungan formade s-ljudet till en läspning.

”Slå dej ner.” Hartman visade med en åtbörd den lediga stolen på andra sidan skrivbordet. ”Vad kan du ha att berätta?” Tom tog av sig mössan och stirrade på den. Hartman stirrade på håret, eller den oväntade bristen på hår och den frapperande kreationen av det som fanns kvar, en smal sträng över skulten formad till drakstjärtsliknande flikar i rött. Hartman gjorde sitt bästa för att mota bort Arvidssons historia om vägverket, där de använde individer med tuppkam att doppa i hink och måla gatornas mittlinjer med. Eller den om sjömannen som gick i land och i fyllan och villan råkade på en dylik varelse och frågade: ”Jag lägrade en papegoja en gång. Kan du vara min son?” Bort det. Stunden krävde respekt och allvar. Det är så lätt att låta sig styras av fördomar.

”Det var nåt jag inte sa, då förut.” Tom skrapade med fötterna under stolen och kröp i hop med armarna runt kroppen. Han rörde läpparna tyst för sig själv, pillade på en av nitarna och skruvade sig av och an på stolen.

"Det var bra att du kom hit. Vi är glada åt alla uppgifter som kan hjälpa oss att förstå vad som hände Cecilia." Hartman log allvarligt och snällt på samma gång. Ett kort ögonblick övervägde han att sätta på bandspelaren men avstod.

"Blev hon kvävd?" Tom lyfte upp hakan och såg in i Hartmans ögon. Polismannen hajade till inför frågan. Modus operandi var inget man gått ut med till pressen.

"Varför frågar du det?"

"Tänkte bara att det nog var så. Hon ville leka sånt, eller leka, det var en sorts spel. En teater. Fattaru va ja menar?" Hartman såg Toms ögon bli blanka och svämma över.

"Berätta för mej", sa Hartman och kände rysningen komma, fortplanta sig genom kroppen till fingrarna som höll pennan. Han la ned den på bordet när han märkte att han inte längre förmådde hålla den stilla.

"Det var oftast hemma hos mej, när mamma inte var hemma. Pappa är nästan aldrig hemma. Han reser till Japan, London och New York. Vetefan var han är nu? Cissi ville att vi skulle tända rökelse. Det fick hon inte göra hemma hos sej för Reidun har astma. Vi släckte lampan i mitt rum och tände ljus och så den där rökelsen då. Mamma blev också förbannad. Hon tycker det luktar för jävligt, men hon är inte lack så länge."

Hartman nickade bekräftande utan att avbryta när det blev en paus. "Cissi ville att vi skulle ligga bredvid varann på golvet och vara döda djupt ned i jorden i en gravkammare som egyptierna i sina pyramider. Ibland var bara hon död, då skulle jag hitta henne och sörja. Och det skulle vara musik och en gång tog jag sönder mammas blommor, vad fan heter dom nu igen, pelargonior för att det skulle bli som en begravning. Men oftast band hon mina händer och fötter med hopprep. Ibland var Amanda också med, då band vi henne. För det mesta var det Amanda." Tom svalde ljudligt och snörvlade. "Vi gjorde stryplekar, med händerna eller med en halsduk. Ibland tills allt ljud blev suddigt och försvann eller det kom en ringande ton och det blev svart och sen vitt för ögonen. Amanda svimmade en gång. Fast det var länge sen. På våren. Cissi tyckte det var äckligt. Sen ville hon inte leka stryplekar längre, i alla fall inte bli strypt själv." Tom lutade huvudet i armarna över skrivbordet. I den ställningen förblev han en lång stund. Hans magra kropp skakade av gråt. Hartman la sin stora hand på hans rygg. Utan ord. Väntade ut gråten, räckte fram en rulle hushållspapper. Väntade. "Jag ville det inte", fortsatte Tom. "Men jag ville va med henne, tyckte så jäkla mycket om henne, fast hon ville att vi skulle spela döda."

"Tyckte du så mycket om Cissi?" Hartman hörde bräckligheten i sin egen röst.

"Ja." Tom drog in luft. "Jag tyckte om henne. Men ibland var hon otäck. Och ibland jätteschysst. Man kunde inte veta. Jag ville inte att hon skulle spela död."

"Var ni i kiosken vid campingen någon gång?" Hartman bävade för svaret. Tom funderade, dröjde en stund.

"Vi var där när Amanda hjälpte sin pappa sälja godis. Ibland lekte vi där. Cecilia hade nyckel. Vet du vad jag tror?"

"Nej." Hartman knöt händerna under hakan och mötte Toms fråga.

"Jag tror att hon kan ha lekt dödslekar med någon annan. Stryplekar med någon som inte slutade när den skulle det."

När Tom lämnat rummet blev Hartman sittande i ett nästan förlamat tillstånd, tomögt stirrande ut genom fönstret i svarta intet. Barnen vår framtid. Hur ser deras värld ut? Vem hinner fråga och vänta på ett svar. Vem hinner se, vem orkar se dem? Barngrupperna i skolan och på fritids hotar att spränga alla ramar. Föräldrarna arbetar för att kunna ge sina barn det som alla andra får. Förväntningarna stegras. Slutkörda försöker de vuxna leva upp till ett eget självförverkligande och den äldre generationen finns på annan ort? Så sårbara vi blivit i vår brist på tid. Vilka risker spelar vi med? Hartman orkade inte ens svara när det knackade på dörren. Det knackade en gång till och Maria stod där bredvid honom utan att han hade märkt att hon öppnat dörren.

"Jag far hem nu. Det är Kristers tur att vakta vid skolan. Ja, jag vet att jag gör bättre nytta här, men det går inte att komma med såna argument. Ingen slipper undan. Den som inte är med oss är emot oss, säger skolrådet. Det är panik i lägret. Så länge vi inte har gripit en misstänkt tänker föräldrar patrullera skolområdet och centrum. Många anser att det är polisens sak att göra det eller att anlita ett vaktbolag, men det har vi ju inte resurser till. Man får inte ett kraftfullare polisväsende än man betalar för."

"Vad sa du? Förlåt jag lyssnade inte." Hartman skakade på sitt lockiga huvud, ruskade av sig olusten.

"Jag flexar ut?"

"Vem hör den där flyktingen, Malaki al Hakim?"

"Ek, han har beställt en tolk tills i morgon. Himberg på NÄPO säger att flyktingen inte är särskilt benägen att samtala."

"Det skulle inte jag heller vara om jag blev inbjuden av Himberg." Hartman suckade tungt. "Du, när du hörde Amanda Myrbacke, talade hon med dej om dödslekar och stryplekar då?"

"Ja." Maria, som blivit stående med handen på dörrhandtaget satte sig ned mitt emot Hartman. "Ja, det gjorde hon. Ibland försökte de framkalla svimning genom att hyperventilera sittande på huk och sen resa sig hastigt upp, eller pressa varann hårt över bröstkorgen. Var går gränsen mellan normal nyfikenhet på hur kroppen fungerar och ett sjukt beteende?"

När Maria öppnade dörren till den gula trävillan vid havet, frusen, trött och utsvulten möttes hon inte av de dofter från köket hon hade hoppats på. Barnens lortiga overaller låg i blöta högar precis som de klivits ur med stövlarna kvar i byxbenen och vantarna överst.

"Hallå är ni hemma?" Ljudet av skottlossning och skrikande bilbromsar ledde till vardagsrummet. Där i soffan satt Krister och Majonnäsen med resterna av det som varit två sexpack öl, en hela Absolut, en tvåliters läsk och ett par chipspåsar. Maria stönade högt. En urdrucken hela Absolut. En kvarting var väl bara startgas för en man som Majonnäsen. På golvet under bordet låg barnen på mage och ritade med färgkritor på makulerade kursintyg. "Har ni ätit kvällsmat?" De hörde henne inte förrän hon med fjärrkontrollen lyckats sänka ljudet till en mera dräglig nivå. "Har ni ätit?" Krister slog ut med handen för att visa vad bordet bjöd. Ögonlocken hängde tunga och ögonen var märkbart blanka. "Har barnen inte heller ätit?"

"Jag orkar ingen kvällsmat." Emil tittade fram under bordet med munnen fetblank av chips. Åt skogen med skolsköterskans förmaningar om överviktiga barn.

"Bovarnas bil brakade in i polisbilen, krasch bara, rakt nedför stupet. Häftigt! Och sen kom en till bil och den prejade dom rakt ut i vattnet och en till och en till. Skithäftigt. "

"Det är dags för er att sova nu. Har du gjort matteläxan tills i morgon, Emil?"

"Glömde den."

"Krister du skulle ju se till att han gjorde läxorna. Har du rastat Molly?" Frågan var retorisk. Afghanhunden stod gnyende vid dörren och såg på Maria med stora vädjande bruna ögon.

"Vet du vad en tarmrensare är?" Krister såg på sin hustru med dimmig blick och besvarade själv sin fråga. "Det enda lediga arbetet inom en radie av 5 mil är enligt arbetsförmedlingens platsbank tarmrensare på slakteriet. Vet du hur det känns att sitta där på arbetsförmedlingen med en papperslapp i handen till allmän beskådan?"

"För jävligt", sa Majonnäsen. "Det är för jävligt."

"När man är van att få uppskattning för det man gör och en slant i näven känns det hårt att bli undanskuffad till en kundarbetsplats, fyll i dina papper själv, sök ditt eget jobb. Uppskattning, Maria, det är uppskattning jag vill ha. Jag är abstinent helt enkelt. Jävligt abstinent när det gäller uppskattning. Se inte på mej så där."

"Krister behöver luftombyte, han behöver ... slappna av. Unna sej någonting. Vi tänkte dra till Hamburg Krister och jag." Majonnäsen la sin stora tunga arm om Kristers axlar och sökte samförstånd. "Sen, när jag får lämna landet, alltså."

"Sen när du får lämna landet", nickade Krister och blundade med båda ögonen och föll tillbaka i dvala.

"Han behövde muntras upp. Det här är bästa sortens köpsprit."

"Ska jag vara tacksam för det?" Maria studerade sin makes osköna uppenbarelse.

”Man ska passa sej för hembränt vet du. Jag brukar köpa ut riktiga grejor åt grabben när han ska till ungdomsgården.”

”Men han är väl bara tretton år?”

”Jag brukar ta med han på systemet så får han välja själv. Förra helgen blev jag så förbannad. Den där hysteriska kvinnan på fritidsgården ringde mej och sa att grabben var full och att jag skulle hämta honom. Jag hade druckit en del själv och kunde inte ta bilen. Men grannen var nykter så han skjutsade mej dit. Fan så förbannad jag blev. Det var inget fel på grabben. Han var inte mer onykter än jag. Han kunde både gå själv och prata. Prästdottern var där också. Hon stod på alla fyra och spydde ute på gården. Vi skjutsade henne hem. Ja, inte ända hem. Hon ville gå den sista biten. Kan man förstå, kanske.”

När Maria rastat hunden, fått barnen i säng, hängt upp tvätten, sopat av köksgolvet, ordnat matlåda och plockat ur och i diskmaskinen märkte hon att duschvattnet var kallt för att Krister glömt att elda i värmepannan. Den hade slocknat, det var bara att tända upp igen. Okey, att det var en redig knäck för hans självförtroende att plötsligt bli arbetslös, att gå från folkets jubel till anonymitet. Det kunde hon mycket väl begripa. Ju högre fall, desto hårdare slår man i backen. Vad hade han egentligen förväntat sig av arbetsförmedlingen? Ett eget rum med personlig service och vad får det lov att vara? Att välja och vraka bland välbetalda konsultjobb. Verkligheten var uppenbarligen en annan. Att tvingas lägga ut sig på nätet i sökandebanken känns ungefär som att strippa, hade han sagt innan han slocknade i vardagsrumssoffan högljutt snarkande med öppen mun. Maria hade fått skjutsa hem Majonnäsen. Det minst onda av flera alternativ.

Att älska dej i nöd om jag får lust, tänkte Maria när hon senare samlade ihop ölburkarna. 6 kronor i pant är alltid 6 kronor, räcker till ett kilo potatis. Rosor i ett sprucket krus är ändå alltid rosor och en potatis är en potatis. Du har väl A-kassa? Det är lugnt, lilla gumman. Full koll. Men så enkelt var det naturligtvis inte. Vid närmare granskning hade han konsekvent underlåtit att betala in någon A-kassa. Tänkte vi kunde ha den slanten till något roligare. Skulle han släppa in henne nu så hon fick se hela ruinen av det som varit deras trygga ekonomi? Egen firma. Nolltaxerare med Alfabidrag, det blir inte många kronor. Måste vi sälja tror du? Nej, hon hade inte ställt frågan ännu, men snart nog skulle det bli nödvändigt. Vilket jobb som helst måste ju vara bättre än att flytta? Jobb som jobb bara de fick bo kvar i huset de hade lagt ned så mycket arbete på. Det här rensjobbet på slakteriet kunde han ju ta tillfälligt. Tarmrensare. Det är klart att de mest intressanta jobben kanske inte dyker upp hos arbetsförmedlingen. Om han svalde sin stolthet kunde han kanske bearbeta sina tidigare kontakter. Söka aktivt. Det borde dyka upp något med tiden.

”Maria?”

”Ja.” Maria ställde ifrån sig strykjärnet och gick fram till soffan för att höra vad han hade att säga.

”Jag älskar dej. Jag vet att jag inte förtjänar dej. Vet inte varför du stannar hos en brakskit som mej. Jag kan inte ens lova att jag ska bli annorlunda.” Sen reste han sig på osäkra ben och fumlade ut till toaletten. Maria lutade sig mot dörren och formade händerna till en lur men ångrade sig. Varför skulle hon tvinga sig själv att säga de försonande ord han så självklart räknade med att få höra. Just nu var hon faktiskt bara trött och vansinnigt irriterad på honom och på dubbelarbetet och Majonnäsen av alla olyckor.
”Maria är du där?”

”Nej.”

”Älskar du mej? Säg att du älskar mej lite i alla fall.”

”Som restskatt och ruttnande räkskal!”

37

"Du kan tvinga mej att stanna hemma, men jag tänker vara sur."

"Snälla Amanda." Eva Myrbacke gjorde en ansats att stryka sin dotter över håret. Amanda böjde sig undan och gick med nackstyv hållning in på sitt rum.

"Amanda, det betyder så mycket för mej att det blir trevligt första gången Jesper kommer hit." Eva följde sin dotter ett par steg i korridoren och blev tvehågset stående utanför dörren till Amandas rum, fortfarande höll hon vispen i handen. Små runda droppar av sufflésmet droppade ned på strumporna.

"Va vill du jag ska göra? Ska jag ha rosett i håret och spela blockflöjt för han?" Amanda klippte igen dörren och Eva blev stående utanför med andra handen på handtaget.

"Amanda, hör du mej? Varför gör du så här mot mej? Om du inte ställer upp på mej nu, så tänker jag inte betala din skolresa. Bara så du vet det."

"Skit ner dej! Jag har väl en far."

"Det är inte säkert han kan hjälpa dej med pengar. De har ju precis köpt hus."

"Utpressare! Varför ska du blanda in mej i ditt privatliv? Jag har aldrig bett att få träffa honom, den där snuten. Jag vill inte se han!"

"Därför att mitt privatliv och ditt hör ihop. Jag tror du kommer att tycka om honom när du har träffat honom."

"Knappast. Tyckte jag om Morgan eller Åke eller Lennart eller ens om Håkan fast han fjantade sig och köpte hårspännen? Vi har inte riktigt samma smak. Fatta det!"

"Jesper är annorlunda." Eva kände på dörrhandtaget. Det var låst. Hon kastade en hastig blick på klockan och stönade högt.

Det luktade om inte bränt så i alla fall väldigt välpreparerat från köket.

”Hur då annorlunda? Kan han blåsa rökringar med näsan? Gillar han att låna dina kläder? Pinkar han inte bredvid toalettsitsen?”

”Amanda, nu slutar du. Du förstör allting för mej, när jag äntligen har hittat nån jag kan tycka om. Lås upp dörren!”

”Om jag får 500 spänn.”

”Är du inte riktigt klok?”

”500 och skolresan. Det var faktiskt du som la det första budet. Nu förhandlar vi. För 500 låser jag upp dörren och ligger lågt. Ska jag vara trevlig kostar det 1000.”

”Är du fullständigt från vettet? Vad har det tagit åt dej? Jag känner inte igen dej, Amanda.”

”Det kan bero på att du aldrig är hemma. Jag har utvecklats. Ska vi slå till med en tusenlapp jämnt?”

”Så mycket pengar har jag inte. Varför håller du på så här?” Evas röst blev liten och ynklig. Ynkligare än hon ville. Nu luktade det definitivt bränt. Suffléhelvetet åt skogen.

”Vi kan göra en avbetalningsplan som när du lånade till datorn. Jag vill inte träffa den där Ek om jag inte får betalt. Du skulle inte gå till jobbet om du inte fick betalt. Så fungerar det här i världen eller hur?”

Han stod i hallen med en bukett rosor bakom ryggen. Näpen som en bokmärkspojke, tänkte Amanda och fokuserade honom med sitt onda öga. Här hade hon föreställt sig en biff i skinnjacka och så kommer det en liten fjant i mellangrå överrock, vit halsduk och kostym. Det är inte sant! Säg inte att han har inneskor? Två blanka lädertofflor lämnade tygpåsen han dolt i portföljen. Eva räckte honom en galge och han tog emot den som om den var en relik av oskattbart värde. Höll om hennes hand med sina båda och log fånigt. ”Lyft på locket till toaletten så jag får kräkas!” viskade Amanda till Tiger som hon placerat bredvid datorn så han skulle se Jesper direkt när han kom innanför dörren. Förhandlingarna hade landat på två hundra kronor. Det är inte mycket man får för pengarna nu för tiden, brukade farmor säga. Och det hade hon alldeles rätt i. För två hundra kronor hade

Amanda gått med på att sitta tyst vid middagsbordet och ha dörren till sitt rum öppen, inget mer. Hon hörde dem jollra med varann ute i köket. Hur pinsamt får det bli? Ska man vid fjorton års ålder behöva höra sin mamma prata småbarnsspråk och se henne sitta i knä? Lösryckta fraser bara, men tillräckligt för att diagnostisera regression eller vad det hette på psykspråk. Amanda startade datorn och stoppade in en cd. Dömd till en kväll i tristess. De andra i klassen, de som betydde något, skulle på fest hemma hos Karro. Jag kan inte komma för vi ska ha främmande, hade Amanda sagt när det kom på tal. Vilken tur hade Karro svarat, och hennes ansikte hade haft ett hånfullt uttryck Amanda inte hade lagt märke till förut. Vilken tur för du är inte bjuden hem till mej. Det blir för mycket folk, vet du. Amanda hade försökt att se det som ett dåligt skämt, så länge det var möjligt. Väntade att Karro skulle ändra sig och fråga om hon kunde fixa några flaskor cider. Eva hade köpt ut cider en gång förut, med dåligt samvete visserligen, men hon hade gjort det. Utan inträdesbiljett kommer man inte in. Amanda hade väntat på frågan resten av skoldagen. Inget hände. De lyckligt lottade började planera kvällen. Hon sökte i deras ansikten och förvånades över att de inte vände sig till henne, inte pratade med henne. Insikten gick som en stöt genom kroppen. Det var inget skämt. Det var iskallt allvar.

”Vad spelar du för nåt?” Amanda ryckte till. Hon hade inte hört honom komma. Det ingick inte i avtalet att han skulle tränga sig på så här.

”Eva var inte riktigt klar med maten. Så jag tänkte vi kunde bekanta oss med varann. Vad spelar du, är det en biljakt?”

”Carmageddon!”

”Är du den röda bilen?” Ek drog fram en stol och satte sig bredvid. Ignorerade hennes avvisande hållning. Amandas röda bil hade just kört in i två fotgängare och en hund så blodet stänkte över trottoaren, splatt, och nu siktade hon in sig på en parkerad bil och dekapiterade föraren. Bilbrand, mera blod och en kraftig gir in i en folkmassa.

”Miss, du kör ju som en biltjuv.” Ek lättade på slipsen, hängde av sig kavajen och gjorde sig hemmastadd på ett irriterande sätt, tyckte Amanda.

”Det var ingen miss. Man får poäng när man träffar fotgängare och djur. Det här är nivå ett. Enkelt som att stampa ihjäl en kattunge, står det i informationsrutan.”

”Jaha. Vad brukar du spela mer då?”

”GTA 3, om du vet vad det är?” Amandas röst lät spänd. Hon lyfte inte blicken från skärmen. Andades inte förrän hon ramponerat nästa fordon.

”Uppriktigt sagt nej, jag är alldeles nöjd med det elände jag ser i verkligheten. Övermätt på det, faktiskt. När man själv har fått en kniv i magen och ser blodet sippra mellan fingrarna känns det litet annorlunda.” Ek lät handen vila i höjd med livremmen och tog ett djupt andetag. ”Berätta om GTA 3.”

”Där får man kriminella uppdrag. Man kan skjuta ner poliser. Placera bomber i bilar. Mörda. Ibland kan man ta upp horor, då guppar bilen. Det ger liv, 100% hälsa. Sen kan man skjuta horan så man får sina pengar tillbaka och det hon tjänat in. Om man tar droger går allt i slow motion, det är skithäftigt.”

”Schysst barnvakt, det här spelet. När jag var i din ålder samlade jag frimärken.”

Amanda kände hur skrattet låg på lur i magen, bubblade och pressade och fick sitt utlopp i en halvkvävd frustning, ljudet övergick i ett okontrollerat gapflapp.

”Jag tror dej.” När hon fick syn på Evas förvånade och förväntansfulla ansikte tystnade hon tvärt. Ingen gratis trevnad här inte.

”Har du det där spelet hemma så jag kan få kolla lite på det?”

”Tom har lånat cd:n. Han skulle bränna den.”

”Okey. Schysst tröja du har med nitar och allt. Vad betyder ACAB?”

”Är du säker på att du vill veta det?”

”Nej, men jag tar chansen.”

”All cops are bastards.” Amanda kände sig lite taskig. Men vadå? Anfall är bästa försvar. Hon kunde ju inte veta att schimpanshanen mamma dragit hem den här gången var rumsren.

”Man blir smickrad. Har du tagit på dej den bara för min skull?”

”Kan man säga. Blev du knivskuren i magen på riktigt?” undrade Amanda och släppte uppmärksamheten på dataspelet.

”Ja, men jag hade tur. Jag överlevde. Alla gör inte det. Inte i verkligheten.”

”Vad hände?” Amanda försökte att inte låta alltför ivrig. Hon studerade sina nedbitna naglar och gömde dem under stolen.

”Det var för flera år sen i Parken på nyårsafton. Jag försökte avväpna en galen mördare. Restaurangen var full med folk. Det var min plikt att skydda dem, mitt jobb.”

”Var du inte rädd?”

”Inte just då, det hann jag inte. Men sen. Ju mer man upplever av våld, desto mer förstår man att livet är dyrbart. Det är ingen självklarhet att man kan gå själv eller äta själv eller andas själv. Det förstod jag när jag låg på lasarettet med slangar högt och lågt. Livet är en gåva. Nu, när jag sett hur lätt man kan förlora allt, händer det att jag är rädd.”

”Varför fortsätter du jobba som polis då?”

”För att det är meningsfullt, tror jag”

”Att hälla ut sprit för ungar?”

”Bland annat att hälla ut sprit, för att visa att jag bryr mej. Ja.” Amanda blev tyst en stund. T-shirten kändes inte riktigt rätt just nu. Inte Carmageddon heller. Hon avslutade spelet och gick ut på nätet. Ek lutade sig bakåt och knäppte händerna bakom nacken. ”Vad har du för drömmar i ditt liv?” Frågan presenterades utan omsvep. Ett taktiskt drag som brukade ge god utdelning i kontakten med kvinnor, beprövad erfarenhet. Han hade ofta diskuterat saken med Arvidsson. Det förundrade honom fortfarande att kvinnor aldrig tyckte att frågan var underlig. Att fråga efter någons drömmar när det sker med respekt och omtanke, är en genväg till närhet. Jag lyssnar, jag vill veta vem du är, vad du vill. Ett säkert kort.

”Vad jag har för drömmar. Jag vill bli fotomodell.” Svaret kom direkt och utan betänketid.

”Ja, det kan du säkert bli. Du är en mycket vacker ung dam, Amanda Myrbacke. Ja, varför inte.” Ek studerade henne med skuggan av ett leende i ena mungipan.

”Det säger du bara.”

”Och jag menar det. Vet du, jag känner en kille som är fotograf. Jag kunde höra med honom om han har några kontakter."

Amanda stirrade konstigt på Jesper Ek, iakttog honom med ett märkligt ansiktsuttryck en lång stund. Hon var precis på vippen att säga något, men hejdade sig. Så loggade hon in på Lunarstorm. Han kunde inte undgå att lägga märke till hennes kodord: ankskit. Hon tittade stint på honom igen, som om hon beslutat sig för något.

"Ja, jag vill bli fotomodell. Jag kunde inte komma till hamnmagasinet för jag var sjuk. Men jag är här nu."

"Vad är det? Vad pratar du om? Jag tycker du ser så konstigt på mej. Har jag spillt på slipsen, har jag läppstift på örat?" Ek kunde inte låta bli att skratta åt Amandas märkliga min.

"Är det du som är Yourlove?"

"Vad sa du nu?"

"Är det du som är Yourlove?" Längre kom de inte innan Eva stod i dörröppningen och tillkännagav att middagen var serverad.

"Ni verkar ha trevligt."

"Det fattas bara en frimärkssamling för en fulländad kväll." Ek lutade sig bakåt på stolen och sträckte armarna över huvudet. Den vita skjortan var mörk av svett under armarna noterade Amanda med viss skadeglädje. Då var han väl lite nervös ändå, ängslig att han inte skulle duga. Det kändes bra att han inte tagit det som en självklarhet.

"Kommer du Amanda?"

"Jag ska bara byta om. Det går snabbt." När hon stängt dörren gick hon in på sitt krypin på Lunarstorm för att se om hon fått något nytt meddelande. Yourlove, var är du? Nej, ingenting. Då var det nog som hon misstänkte, att han satt därinne i vardagsrummet, i egen hög person. Mr Yourlove. Hade han kommit för att överraska henne? Vilket snilledrag, vilken taktik. Som guldmannen på Bingolotto nästan. Inte var han 17 år som han sagt, säkert det dubbla. Vilken blåsning. Och han hade sagt att hon var vacker, att han skulle tala med fotografen. Han tyckte att hon dög, i verkligheten också. Yes! Amanda rafsade igenom sin garderob för att hitta den optimala kombinationen. Hur såg hon ut? Om hon hade vetat att han skulle komma hade hon sminkat sig så klart. Fasen också! Mascaran låg i badrummet och blek var hon också.

38

Maria vred sig oroligt i sömnen. Hon befann sig i en ändlös trappa med snedvridna vinklar och lågt i tak. Bakom varje trappavsats en ny, nedåt i en oöverskådlig spiral. Det bleka dagsljuset tonade bort och ersattes av fladdrande tjärvedsbloss från väggarna. Glest utplacerade kastade de ljus och skugga i föränderliga mönster på de skrovliga betongväggarna. En trappavsats till. Eldsljuset återspeglades i fukten som rann, likt tårar, längs med de svarta ytorna. Det skrangliga träräcket upphörde i tomma intet. Maria trevade med sina bara händer, höll sig tätt mot väggen och sökte fäste med fötterna i den branta ojämna trappan. Fukten klibbade i handflatorna. En sötaktig kväljande lukt fyllde hennes näsborrar. Vid nästa bloss lyfte Maria sina händer mot ljuset. Höjde dem i en nästan rituell gest och såg på dem. Såg att de var orena. Hon sökte något att torka av sig på. Men fann inget annat än den kletiga väggen. Inte på kläderna, ty hon bar inga kläder. Skyddslös tvingades hon steg för steg mot den insikt som väntade i djupet. Någon gick bakom henne i trappan. Försiktiga hasande steg, nästan vädjande. Se mej. Vänd dej om. Men modet fanns icke. Hon befann sig i en tvättstuga. På klädstrecket hängde mänskliga hudar, kroppar utan ben och kött. Blodtomma hudpåsar utsträckta med klädnypor, tunna som lakan. Tomma ansikten med vidöppna munnar. Utan ögon, utan själ svajade de stelt i luftdraget. Ibland snuddade de vid varann och åstadkom ett klapprande fruset ljud i tystnaden. En ringande ton ökade i styrka. Se sanningen. Dörren till pannrummet öppnades och mörkret svepte in över synfältet. Hon var inte ensam, någon annan fanns där nere i underjorden med henne. En vägvisare. Ond eller god? Maria uppbådade all kraft och vände sig om. Såg rädslan i sitt eget vaxbleka ansikte. Öga mot öga med sig själv. Tillsammans lät de ögonen vänja sig vid dunklet. Den rutiga filten blev synlig bakom värmepannan, en nött omkullvält kaffekopp, ett par byxor, en strumpa och en liten flik av en gulnad tidning. Bokstäverna lyste röda som glöd. En märklig och vacker skrift, arabiska bokstäver. Snirkliga versaler, anfanger med drakhuvudsornament. En klagande röst fyllde källarhålans dunkel. En hjärtskärande sång av sorg, som lommens skri över mörka vatten. Ihållande, påträngande och ingen återvändo fanns. Hastigt färdades Maria upp till ytan, upp ur drömmens stela famntag. Ett långdraget jamande ljud. Tassande steg på golvet nedanför sängen och ännu ett högirritabelt missljud. Kattljud. Och som om inte det var nog. Från Kristers del av sängen fortsatte konversationen i en härmande dialog. Katten krävde uppmärksamhet. Maken jamade till svar. Katteländet mjolade och Krister svarade på samma språk och klockan var, efter närmare analys, inte mer än fem. Maria svepte täcket om magen och stapplade upp. För adrenalinhög för att kunna sova, för trött för att kunna företa sig något annat än att hämta in tidningen. Snön knastrade under kängorna. Kölden svepte in under morgonrocken. Maria sprang de sista huttrande stegen in i husets värme.

Brand i natt, löd framsidans tjocka rubrik och under den bilden av ett övertänt tvåvåningshus. En brandman med sotigt ansikte bar en gammal kvinna i sin famn medan kollegorna drog slang och försökte begränsa eldhavet. Maria kom sig inte för med att sätta på kaffe. Texten fortsatte på mittuppslaget. När hon läst till punkt blev hon sittande som i dvala. Händerna som höll tidningen sjönk ner i knät. Flyktingförläggningen nere vid hamnen brann för fullt. Inga döda, men ett tjugotal personer hade förts till sjukhus för observation. Branden hade upptäckts vid halv etttiden av en liten pojke som tyckte det lät som råttor knaprade i köket. Brandlarmet hade av oförklarlig anledning varit ur funktion. På ett mirakulöst sätt hade man ändå lyckats evakuera flyktingarna innan golvet på övervåningen rasade ihop. Från myndigheternas sida är man ännu förtegen om brandorsaken och vill avvakta utredningen, löd reportagets slutreplik. Maria svepte täcket över axlarna och greppade telefonluren. Hörde vakthavandes natthesa röst på tråden i en kort sammanfattning av läget.

”Jag är inne om en timme.”

"Ett mycket häftigt inledningsskede och svart rök tyder på att någon form av accelerator använts. Brännskadorna på golvet i samlingsrummet och i köket kan vara tecken på brännbar vätska." Hartman visade nästa bild och pekade ut två från varandra väl avgränsade brandhärdar. Att det skulle handla om en elbrand som pressen spekulerat i finner brandförsvaret för osannolikt. En sådan brand är inte så snabb att den inom loppet av några minuter skulle brinna igenom golvet mellan källare och bottenvåning. Det är högst osannolikt. En överledning i en elkabel ger upphov till hög värme. Det osar och luktar, väggen runt om förkolnas. Vi talar om en tidsrymd på dagar eller veckor här. Några sådana skador har man inte funnit på elkablarna i källarutrymmet. Och någon borde ha känt lukten."

"Men teven exploderade." Ek gnuggade sina tinningar och kisade mot bildduken. Han såg ut att ha sovit i sina kläder, vilket också var fallet. Ett par timmars orolig slummer på soffan i personalrummet hade det blivit innan larmet kom från flyktingförläggningen.

"Brandbilden runt teven talar för en sekundär brandskada. Det finns mindre skador i teverummet där dörren var stängd än i andra delar av huset." Hartman rev sig i huvudet så det gråa håret stod upp ovanför öronen. "Övertändningen på bottenvåningen har varit mycket snabb, hoppat från rum till rum. Det är ovanligt med en så kraftfull spridning om inte något annat medverkat till utvecklingen. Bensin, fotogen?"

"Oljetanken i källaren då? Branden kan inte ha uppstått där och genom rökgasexplosion slagit igenom golvet på olika ställen i våningen ovanför?" Maria rätade på ryggen, kände hur axlarna sved efter timmar vid telefonen där hon tagit emot allmänhetens reaktioner på det inträffade.

"Oljetanken var nästan tom, man väntade leverans senare den här veckan. En mindre skada har uppkommit på oljetankens främre del, sannolikt i ett senare skede av branden. Det finns inga riktiga förutsättningar för en rökgasexplosion. Källaren var välventilerad. Dessutom är elledningarna och brännaren nere vid värmepannan nästan intakta. Vid de höga temperaturer som utvecklas vid en rökgasexplosion förkolnas plasten. Brandlarmen var ur funktion. Batterierna var urplockade. Det mesta tyder på mordbrand."

Hartman stönade högt och knäppte upp de översta knapparna i skjortan som om eldens värme följt med via bilderna till polisstationens samlingsrum. "Har vi fått in några tips från allmänheten. Vad handlar det här om, Maria?"

"Det går rykten om ett medborgargarde. Lösa spekulationer om att någon från flyktingförläggningen våldfört sig på Cecilia Ståhl och sen dumpat kroppen på rälsen. Branden kan vara en hämndaktion. Människor tar lagen i egna händer. Vårt utredningsarbete har ännu inte lett till gripandet av en skyldig. Så illa är det. Stämmer det att köksdörren till flyktingförläggningen var olåst?"

"De brukar aldrig bry sig om att låsa den. Det har aldrig inträffat något förut som föranlett en sådan försiktighetsåtgärd. Figurerar det några namn när man talar om medborgargarde?" undrade Hartman.

"Gissningar bara. Rektor Bertil Montelius ligger etta på tio i topp-listan, alla röster i diskret förtroende förstås. Det kommer att bli svårt att sätta dit honom för det. Han har gjort en del uttalanden. Jag har själv hört honom säga ett och annat som skulle få tevekamerorna att gå varma. Det är inte säkert att han personligen tänt på. Men aktionen har med största sannolikhet hans välsignelse."

Ek gäspade stort och ruskade på huvudet: "Vi har inte tillräckligt på fötter för att plocka in honom ännu eller hur?"

"Nej, inte ska vi varna honom i förväg." Hartman följde Maria med blicken när hon reste sig och gick mot dörren.

"Vart ska du, Maria?"

"Jag ska tala med Johannes Ståhl. Det finns en del frågor kring fritidsgården där Cecilia brukade vara ibland."

"Inte tänker du väl fara dit ensam? Går det inte att ta det på telefon?" Maria skakade på huvudet.

Hartman kände sig bekymrad, de borde vara åtminstone två. Han räknade över sin glesa skara, dividerade med antal arbetsuppgifter och insåg faktum.

"Var rädd om dej. Ta det säkra före det osäkra." Det såg ut som han tänkte säga något mer, men orden förblev osagda.

39

Johannes Ståhl stod bakom den bruna yllegardinen i biblioteket och såg ut mot vägen. Det puderlätta snöfallet och vägrenens smutsiga drivor skulle aldrig sätta spår i hans minne. Saltbilen dundrade förbi, men också den undgick hans uppmärksamhet. Johannes väntade. Han lyssnade med hela sin varelse efter ljudet när ytterdörren slogs igen och bilmotorn startades. Så drog Reidun ut choken och glömde kvar den i maxläge, hängde handväskan på den, tänkte han med ett stänk av ironi. Sen kunde hon inte begripa varför hon fick problem att starta när motorn var sur. Men hon glömde det väl, fast han påpekat det hundratals gånger. Hon hade annat att tänka på, misstänkte han. Snart kunde han se henne köra nedför backen mot affären. Försiktig i halkan gränslade hon mittlinjen. Johannes hade redan rest stegen mot vindsluckan när hon tidigare på morgonen stod i duschen och inte kunde höra honom. Förberett stunden noga då han skulle vara ensam i huset. Han måste få vetskap. Återstoden av livet var helt beroende av vad han skulle finna. Polisen hade frågat Reidun om hon hade någon mobil. En fråga bland tusen. Ett enkelt ja och hans undran och vånda hade varit ur världen, drunknad bland de oräkneliga svaren. Men hon hade yttrat sig undvikande, svarat dröjande, att hon hade haft en mobiltelefon. Den användes inte längre. Hon visste inte vart den hade tagit vägen. Det var lögn. Han hade själv köpt ett nytt kontantkort åt henne när han var i stan dagen innan Cecilia ... Då tänkte han att Reidun var förvirrad av allt som hänt, att hon inte kunde tänka klart. Händelsen föll i glömska och återkallades först när Johannes bytt fokus för sina grubblerier. Tanken hade förlamat honom till en början. Misstanken, som slog upp som en gnista när Reidun hindrat honom från att dräpa Rune Villman, på fläcken där han stod, blev den mest brännande frågan av dem alla. Jag vet att han är oskyldig! Johannes insåg att han hade burit sig åt som en vettvilling. Hur gottgör man något sådant? Han hade försökt närma sig pojken en gång i affären och nästan skrämt skiten ur honom. Vädjat om förlåtelse, försökt förklara och bett att få betala för den skadegörelse han orsakat. ”Jag vet att han inte är skyldig”, hade Reidun sagt. Hur vet du det? Hon hade hänvisat till sin tystnadsplikt precis som han själv brukade göra. Han hade inte berört det mer, ett sekretesslöfte är ett löfte. Odiskutabelt, höjt över all insyn. Och ändå fanns frågan där som en vägg mellan dem. Den outtalade. Den ofattbara tanken på att Reidun skulle ha kunna ta livet av Cecilia. Och när misstanken väl infunnit sig och apatin släppt sitt förlamande grepp om medvetandet började han rekonstruera. Hade hon varit hemma ensam när han var i kyrkan? Vem skulle ha lagt märke till om hon varit borta en timme under mordnatten och sen återvänt? Hon skulle ha kunnat ta bilen utan att någon märkt det, så inbäddad i granskog låg den gamla prästgården. Hon hade haft sågspån på sina röda strumpor när han kom hem den natten. Varifrån får man sågspån? Var hade hon varit? På vinden?

Johannes tände ficklampan och klättrade upp i mörkret mot vindsluckan, lyfte undan den och hävde sig över kanten. Kylan svepte om honom som en grå fuktig filt. En rå instängd lukt spetsad med råttspillning fyllde näsborrarna. Det sparsamma ljuset från fönstret spred en grå dager över de magasinerade tingen som inte längre behövdes. Reiduns saker stod prydligt utplacerade längs med östra gaveln från fönstret och fram till gungstolen. Den gungstol Annalisa suttit i när hon ammade. Sen hade Cecilia klämt fingrarna under medarna och de hade tagit upp stolen på vinden. Den röda dockvagnen i plåt med flagnade gulmålade rosor hade också hamnat där, av samma anledning. Cecilia hade skadat sig på överläppen när hon snubblade över den och så hade den hamnat på vinden. Så hade han alltid skyddat sin prinsessa, fast ingen ond fe förutspått hennes död. Jämnat vägen. Eliminerat motgångarna och hållit henne skadeslös. Kungen som påbjöd att alla sländor skulle brännas hade inte kunnat förhindra den värsta faran av dem alla, utslocknandet. Hundra år av död i andlös väntan innan uppståndelsen. Väckt av kärlekens kyss. Han hoppades med bävan att det var så, att de skulle ses igen efter hundra år av sömn. Eller för evigt uppslukas av intet. Den tanken föreföll honom allt mer tilltalande. Vem orkar bära den tunga ryggsäcken av skuld från liv till liv eller ens från livet till den stora domen. Redovisa allt för den rättfärdige, den felfrie guden och lita på den stora förlåtelsen. Nåden och glömskan. Kanske är det därför man blir glömsk på äldre dar, för att man inte orkar bära tyngden av sin skuld. Och det goda jag ville – det gjorde jag inte. Det goda som skulle göras med så rent uppsåt att den ena handen inte visste vad den andra gjorde infann sig aldrig. I medlidandet finns alltid en gnutta skadeglädje. I uppoffringen alltid skymten av en framtida vinst.

Johannes torkade ansiktet med handens baksida och kröp fram mot fönstret. Kylan i golvets ohyvlade plankor fortplantade sig till huden. Han kände knappast stickorna som letade sig in genom byxans tunna tyg. Andedräkten svävade trolsk och vit i ficklampans ljuskägla, en magisk rök. Den ljusa livsanden letade sig mot takets mörker i en bön till den högste. Låt det inte vara sant! Låt mina farhågor komma på skam!

Reidun hade sagt att hon väntade barn. Det hade fått Johannes att nyktra till i den stund när han höll på att göra sig alldeles olycklig. Men nu, vad kände han nu inför de ord hon sagt? Plikt. Ja. Ett överväldigande ansvar? Glädje? Han visste inte. Det gick inte att känna någonting alls. Inget utom skulden.

Det fanns ett skrin, en gammal kexburk där Reidun förvarade de brev som sammanfattade livet före Johannes. En privat zon dit han inte ägde tillträde. Han hade respekterat det liksom hon respekterade att han inte ville tala om Annalisa. Om Reidun nu skulle komma hem och ertappa honom i det han gjorde skulle han förintas av skam, men det fanns ingen annan utväg. Han måste få klarhet. Det var det enda ställe i hela prästgården han inte sökt igenom. Om hon var oskyldig till Cecilias död skulle han kunna ta henne till sitt hjärta igen, henne och det väntade barnet. Om hon var skyldig fanns bara en sak att göra. Smärtans väg att gå och rättvisans. Han bar sin del i skulden, det förnekade han inte. Cecilia var van att få som hon ville. Det hade inte varit lätt för Reidun och han hade inte förmått stå emot Cecilia i de konflikter som uppstått. Det var sant och smärtsamt att inse att han på så sätt kunde ha en del i sin dotters död.

Johannes lyfte på locket till skrinet och trevade med handen. En bunt vita kuvert med ett blått sidenband omkring, julkort, semesterkort. Ett brunt kuvert. Där kändes något hårt och kallt. Ficklampans sken föll ned i skrinet. En svart mobiltelefon av äldre modell fångades av ljuset. Johannes tog upp den i handen. Batteriet var slut, det förvånade honom inte. I kyla går det snabbt. Johannes skyndade nedför stegen. Yr och dimmig kände han oron växa från en stickande aning till sprängstyrka. Med fumliga fingrar laddade han upp batteriet och knappade in sparade meddelanden. Sin egen röst. ”Vänta inte med maten, jag blir sen. Älskar dej. Johannes.” Orden lät välrepeterade och nötta som ur en gammal långfilm.

Nästa meddelande. Johannes flämtade högt när han hörde Cecilias röst. Så främmande och så nära. ”Låt mej vara för fan. Jag tycker det är så jävla äckligt att du är med barn. Om du inte passar dej kommer jag att sticka en kniv i din feta mage när du sover. Fuck you!” Johannes lyssnade fyra gånger innan orden eroderat in i medvetandet till begriplighet. Herre Gud! Herre min skapare. Johannes gömde telefonen under sin madrass innan han stapplade nedför trappan till källarrummet där Malaki bott. Den instängda lukten fick honom att kväljas. Den surnade grädden låg kvar på golvet i en hög av hoptorkad sockerkaka. Brickan, koppen, Malakis obäddade säng. Täcket som hastigt slängts åt sidan. Jackan han glömt kvar när han flydde i panik. Flöjten stack fortfarande upp en bit ur jackfickan. Precis som Johannes hade noterat att den gjort tidigare samma morgon. Flöjten Cecilia bevisligen spelat på i skolan innan hon försvann in i skogen. Det fanns bara en rimlig förklaring till hur den kommit tillbaka.

Reidun hur kunde du, när du visste hur högt jag älskade mitt barn, när du visste vad jag gått igenom? Varför kom du inte till mej och berättade hur det var? Att ni inte kunde samsas under mitt tak. Johannes huvud fylldes av bruset från stora vatten, yrseln fick benen att ge vika. Rummets detaljer böljade av och an för ögat. Det kändes som han skulle kvävas av klumpen i halsen när han föll ihop med huvudet lutat mot sänggaveln. Tag denna kalk ifrån mej! Han såg sin egen del i skulden, övermäktig och tung. Om han vetat hur svårt Cecilia provocerat Reidun, om han satt gränser hade det då kunnat förhindras? Svaret föll som en slägga. Ja, han trodde det. Om han inte hade varit så blind, så självgod och egoistisk. På ett plan hade han njutit av rivaliteten, känt sig bekräftad och älskad. Det hade funnits en lockelse i att ha ensamrätt till en kvinnas kärlek, ett barns kärlek. Vad hade han gjort för att de skulle finna varann? Inget av hjärtat. Ärligt sagt, inget.

Ett ljud störde Johannes introspektiva rannsakan. En bil? Inte så snart, det var inte möjligt. Reidun borde vara borta minst en timme. Hon skulle till affären, tanka och till posten och betala räkningarna. Hade hon glömt något? Nej, han hade sett till att hon hade med sig plånboken och komihåglappen och kassen och räkningarna. Men om det inte var Reidun? Vem var det då? Polisen? Johannes reste sig upp med en kraft han inte trodde var möjlig. Flöjten, varför hade hon inte gömt den? Varför hade hon stoppat tillbaka den i Malakis jackficka? Visste hon inte att klasskamraterna hört Cecilia spela på den? Var fanns hon när polisen frågade om flöjten, var det när hon satte på kaffe? Hur kunde hon vara så oförsiktig? Om hon råkat få med sig den hem av misstag borde hon ha sett till att göra sig av med den. Gömt den. Fast så förhärdad var hon kanske inte. Snarare chockad över vad hon gjort. Johannes drog koftärmen över handen och halade upp flöjten ur den gröna jackfickan. Noggrant torkade han av den mot lakanen i sängen. Om det funnits några avtryck på den var de borta nu. Ytterdörren smällde igen på övervåningen.

När ingen svarade på knackningen steg Maria Wern in i prästgårdens dunkla hall. Hon noterade att de höll värmen sen sist. Ett svagt ljus sipprade ut från dörren till källarnedgången

”Hallå! Är det någon hemma?” Johannes hade vid något tillfälle nämnt att han satte en ära i att aldrig låsa om de var inne. Alltså borde de vara hemma, någon av dem i alla fall. ”Hallå!” Maria hörde ett svagt ljud av snabba steg från våningen under. Källardörren stod lite på glänt. Det lyste nere i gillestugan.

”Johannes, är du där?” Inget svar. ”Reidun Ståhl? Hallå. Det är Maria Wern från polisen.”

Hastiga steg över golvet igen. Johannes blev synlig nere i källartrappan. Maria tog ett stadigt tag om dörrposten. Drömmen från föregående natt svepte förbi i medvetandet, en ögonblicksbild av trappan, ogripbar. Ett vagt minne bara. Johannes närmade sig. Skulten blänkte av svett. Händerna gjorde märken på den ljusa ledstången. Grå avtryck som blev allt mer otydliga ju fler gånger han lät handen ta stöd av räcket, märken som om han tagit med handen i sot.

”Är det du som kommer?” Frågan var helt överflödig, men han kom sig inte för med att säga något annat. De slog sig ned i biblioteket. Den officiella platsen för samtal. Johannes gömde händerna i knät under koftan. Hans ansiktsuttryck var märkligt stelt och ögonen dimmiga som om han var berusad.

”Var är Reidun?” Maria undrade för sig själv om hon börjat arbeta på sjukhuset igen, men ville inte kasta fram den tanken om den visade sig vara felaktig.

”Reidun? Varför vill du ha tag på Reidun?”

Maria tvekade en stund, försökte värdera Johannes skrämmande framtoning. Svårt att bedöma vad som var normalt beteende när man förlorat sitt barn. En balansgång på avgrundens rand. En viss försiktighet och varsamhet var nog på sin plats.

”Jag bara undrade om hon var hemma.”

”Varför, varför vill du veta det?”

”Det var en sak vi talade om sist, en sak jag vill kontrollera. Nere i källaren.” Johannes svarade inte. När Maria reste sig blev han sittande kvar i fåtöljen. ”Jag hittar själv. Det är okey.”

Hade det verkligen funnits en bit av en tidningssida eller var det bara i drömmen? Hade Reiduns sammanbitna närvaro stressat synminnet och just den stunden blockerat intrycket av tidningsfliken. Maria gick nedför källartrappan. Så olik den i drömmen och ändå fanns stämningen där, steg för steg mot en flyende sanning. Korridoren, tvättstugan. Maria rörde vid strömbrytaren och två lampor tändes. Den ena knäppte till, blinkade och slocknade helt. Hon öppnade dörren till pannrummet. Golvet där madrassen legat var tomt, blankskurat och rent. Men Johannes händer hade varit svarta när han tog i ledstången på sin väg upp från källaren. Vad hade han gjort här nere? Var det sot? Maria öppnade luckan i värmepannan. Kanske, men det såg ut att vara rensopat här också. Värmepannan gick fortfarande på olja. Fanns det flera eldstäder? Maria erinrade sig att hon passerat en öppen spis nere i gillestugan. En gammaldags eldstad med murad kåpa. Händerna följde väggens skrovliga yta längs korridoren. Försiktigt petade hon med eldgaffeln i den utslocknade glödbacken. Metall mot metall. I samma stund som hon lyfte ut flöjten ur askan hörde hon steg i trappan. Maria ryckte fram sin mobil. Det skulle ta åtminstone en halvtimme för någon att komma hit. Hon talade lågt och snabbt med vakthavande. Ställde tillbaka eldgaffeln så ljudlöst som möjligt men märkte att också hon blivit svart om händerna. Han kom emot henne märkligt leende och hon såg att han förstod vad hon upptäckt. Blicken var närvarande. Han fokuserade henne med isande skärpa. Maria erfor en skälvning genom hela sin kropp. Noterade att han blockerade den enda utgång som fanns, noterade eldgaffeln, vedträt som låg överst i korgen, tillhyggen om hon måste ... Hon mätte hans styrka med blicken. Tvingade sin kropp att slappna av, förmådde sig att se på honom med vänlighet. Men vaksamheten låg alldeles under huden. Han tog ytterligare ett steg emot henne. Hon kände hans andedräkt i sitt ansikte.

”Jag är skyldig”, sa han. Maria såg en lättnad men också en ny beslutsamhet i hans ansikte. Han sträckte fram sina händer som mot en osynlig boja. ”Jag är skyldig.”

40

Fem dar i häktet. Han hade icke upplåtit sin mun. Nya förhör. En advokat som stank av svett och vars motvilja fyllde förhörsrummet i lika hög grad som den odör kavajen nödtorftigt kapslade in. Jag är skyldig. Mer behövde de inte veta. Det hade viskats om sinnesundersökning. Hon lämnade honom inte ifred, den ljusa kvinnliga polisen, Maria Wern. Hennes bärnstensbruna ögon följde honom i drömmen och dök upp när han minst anade det. I ny gestalt, med nya frågor. När som helst kunde hon infinna sig, outtröttlig i sitt nit. Hon trodde honom inte. Medan du sitter här inne går en mördare lös, hade hon viskat till honom. Om du skyddar en mördare och det händer något mer bär du en stor del av skulden. Det händer inte igen, hade han svarat henne. Fast bara i tanken. Så hade hon lämnat honom ensam med orden som hängde kvar i hans öra långt efter det att hon gått. Hon var omtänksam och behaglig, otäckt intuitiv och avsevärt mer uthållig än han räknat med. Hon öppnade för en dialog och lämnade honom att fundera över svaren till nästa gång. Johannes Ståhl tog tag i byxlinningen för att hålla byxan uppe när han gick över golvet i den trånga cellen. Han måste ha magrat. Han skulle ha behövt bältet de tog av honom när de låste in hans övriga tillhörigheter. Men de ville väl inte riskera att han gjorde något förhastat. Tanken var honom inte så fjärran. Den eviga vilan. Den stora förlåtelsen. Glömskan. Det stora Intet, det hade sin lockelse om han skulle sitta inspärrad i ett decennium eller mer. Plötsligt blev ensamheten honom övermäktig. Han måste få tala med någon om så bara för att få veta vad det var för dag. Dörren till cellen var inte låst. Han kunde gå ut till de andra, till teverummet eller motionsrummet om han så ville. Behovet hade inte funnits förrän nu. Med ena handen i byxlinningen tassade han ut i bara strumplästen. Drog händerna genom de glesa hårtofsarna som inte sett en sax på månader. En julbonad i papper satt upptejpad på väggen. En tomte som bar ljus i händerna. Någon hade redan varit där och förbättrat den med tuschpenna, givit den lite mera stake, lite mindre julefrid och ett par utstående öron. På borden stod överfulla askkoppar, ett tomt russinpaket och urdruckna pappmuggar. En svag doft av glögg och kaffe låg över rummet.

Reidun hade inte hört av sig. Johannes visste inte om hon förbjudits att tala med honom eller om hon inte ville. När Reidun kom hem och fann att polisen beväpnad intagit huset, hade hon svimmat på köksgolvet. Av rädsla för att det var henne de skulle gripa? Skyldig till mord, eller dråp? Hur kunde han veta att Reidun inte skulle göra om det. Göra på samma sätt om hon kände sig hotad av någon annan? När man en gång klivit över gränsen är det inte så svårt att ta steget igen. Hennes uppväxt hade inte varit komplikationsfri. Han trodde inte att hon delgivit honom annat än små glimtar av sitt tidigare helvete, nu när han rannsakade sig själv. Hur engagerat hade han lyssnat när hon berättade om sin uppväxt på barnhem och om de olika placeringarna i fosterhem? Ensamheten, själva känslan av att inte höra hemma blir med tiden så känslig för beröring. Det kräver tid och varsamhet att närma sig smärtan. Han hade sett den ibland i hennes ansikte, ett stråk av flykt i stunder av utsatthet. Inte hade han lyssnat på henne så som hon förtjänade. Efter dagens prästgärning fanns inte mycket kvar av tålamod. Han hade i hemmets lugna vrå mest talat om sig själv, förväntat sig att hon skulle lyssna och bekräfta. Djupt försjunken i dessa tankar hörde Johannes inte stegen bakom sig, märkte han inte faran förrän en stenhård hårbevuxen arm låg runt hans hals och kraftfulla händer grep om hans armar.

”Nu prästjävel ska vi döpa dej.” Ett sorl av instämmande röster. Han såg inte deras ansikten. Föll bakåt mot en stadig kropp. Hans fötter släpade efter golvet, det skar till i vristen. Hårda fingrar grävde sig in i de smala överarmarna. Väggarna snurrade och blev till tak. Men han upplät icke sin mun. Greppet om halsen hårdnade. Hjärtat pressade ut mot huden, hotade att spränga tinningarna, strupen rev och skavde, adrenalinets nålstick nådde ut i fingerspetsarna. Han ville skrika men bristen på luft formade ljuden till ynkliga väsningar.

”Nu ska du bekänna, din jävel.” Dörren till duschrummet slängdes upp. De stod där i en halvcirkel. Han önskade efteråt att han aldrig sett deras ansikten. Ty de föraktfulla ögonen och de förvridna munnarna följde honom sedan i drömmen lång tid efteråt. Liksom ropen, stanken av svett och rakvatten och det klapprande läte som var hans egna skallrande tänder. Ett järngrepp om nacken. Toalettsitsens repiga gulsolkiga ring som närmade sig, kom emot honom med kraft. Det iskalla vattnet som spolades över hans ansikte och nacke tills luften han andades inte längre var till. Hunger efter syre. En dödskamp, fast han tidigare fåfängt trott att han önskade sig döden. Skräcken så mycket större än förnedringen, med tiden blev förhållandet det motsatta. När han vaknade till sans trodde han för ett ögonblick att han passerat gränsen till det eviga. Ljuset skar i ögonen. En gestalt omgiven av en gloria. Mörka vänliga ögon, ett ansikte han kände igen. Malaki böjde sig över honom. Blodet droppade från hans ena ögonbryn. Skjortan var sönderriven. Näsan blödde och han andades tungt som efter en språngmarsch.

”Det är lugnt. Vi är här”. Malaki pekade bakom sig på två kraftfulla unga män, en något äldre korpulent herre och en mycket blek vakt med tätt sittande ögon och stubbat hår. ”Det är lugnt Johannes.”

Johannes försökte hålla blicken stadig. Huvudet sprängde. Lukten av latrin var påträngande. Han kravlade sig upp till stående och fann till sin bestörtning att han gjort ner sig. Så fruktansvärt genant. Allt låg bortom hans kontroll, så även gråten. ”Vi väntar här utanför.” Malaki räckte diskret över en bunt kläder och lämnade prästen ensam med det renande vattnet.

När mörkret och tystnaden lägrat sig i cellen kom han och satte sig på britsen. Johannes ryckte till av den lätta beröringen och rätade ut sin stela kropp.

”Dödade du henne?” Malakis stora svarta ögon gick inte att undkomma. Det fanns inga andra svar att ge än sanningen. Johannes trevade fram sin berättelse. Det kändes märkligt att höra sin egen röst efter så många dagar av tystnad. När han talat till punkt, lade Malaki händerna på hans axlar.

”Du har fel, min vän.”

”Vad menar du?” Johannes kände yrseln komma åter och han föll genom luften tungt åt sidan och blev uppfångad av Malakis seniga arm.

”Du har fel. Reidun gjorde det inte.”

”Hur vet du det? Allt tyder på att hon ...” Johannes kunde inte förmå sig att uttala resten av meningen. ”Jag är själv del i skulden”, fortsatte han. Malaki väntade tålmodigt tills orden lagt sig tillrätta och tystnat.

”Jag ville träffa Cecilia och förklara innan jag for till England. Jag har släktingar där. Kan kanske få ett jobb.”

”Hur vet du att Reidun är oskyldig?” Johannes skakade av iver. Han fattade om Malakis svartlockiga huvud med sina händer. ”Hur vet du det?”

”Jag satt på taket till verandan och väntade på att få en chans att tala med Cecilia. Det var kallt. Jag hade inte så mycket kläder. Reidun var i huset. Hon var i Cecilias rum och jag vågade inte knacka på fönstret. Reidun lämnade inte huset förrän du kom hem. Jag såg när ni gick ut till landsvägen tillsammans. Då gav jag upp.”

”Varför följde du inte efter Cecilia när hon gick till filmkvällen?”

”Det tänkte jag göra. Men hon hade sällskap. En rödhårig flicka.” Malaki suckade tungt och skakade på huvudet. ”Sen såg jag en tidning. Och jag tänkte, om jag bara hade ...”

”Vem kan då ha gjort det? Någon vi känner? En främling? Vad tror du?” Prästen vred sina händer där han satt vid britsens huvudända med ryggen mot den kala väggen. ”Vem kan ha gjort något så ohyggligt?”

”Jag har tänkt mycket på det.” Malaki tystnade och tycktes överlägga med sig själv. ”När polisen tog mej var jag på väg till Cecilias lärare. Den dom kallar för Polletten.”

”Varför, min vän, säg varför?” Johannes kunde inte sitta stilla längre. Han reste sig upp och började gå över golvet utan att för ett ögonblick hålla händerna i stillhet. Han öppnade och knöt nävarna i pumpande rörelser. Bet sig i läpparna så det blödde och stönade högt. Rev sig i håret och klöste sig på armarna medan sanningen studsade som en ogripbar boll mellan väggarna. ”Varför var du på väg till Pontus Larsson?”

”Han var tänd på henne.”

”Vad är det du säger, Malaki?” Johannes röst dånade genom byggnaden. Malaki satte händerna till munnen i en vädjande gest om hälsosam lågmäldhet.

”Cecilia sa det. Hon tyckte han var en snuskhummer.”

”Gud min skapare, att jag har varit så blind. Vad ska vi göra?”

”Om du får ont i hjärtat och rasar ihop på golvet i teverummet så ordnar vi resten.”

”Vad tänker du göra?”

”Se till att vi kommer ut härifrån.”

”Kan vi inte bara tala med polisen, Maria Wern, hon skulle komma hit med en gång. Hon har vädjat till mej att tala varje dag, men jag har tigit.”

”Du skulle få berätta att du gömt en flykting.”

”Det är inte olagligt.”

”De skulle tro att jag mördat Cecilia. Jag har inget alibi, ingen såg mej. Han är lärare, en respekterad man. Det finns inga bevis. Han skulle gå fri. Vi måste ta hand om det här själva Johannes. För Cecilias skull. För rättvisans skull.”

41

”Jag är rädd.” Rut Villman såg vädjande på Maria med sina bruna ängsliga ögon. ”Hur ska jag kunna skydda Rune från att bli lynchad om han går till sitt jobb på skolan. Hur ska jag ens kunna skydda honom här hemma? Folk begriper ingenting. Rune är inte riktigt som andra, men han är inte en sämre människa för det. Han har inte gjort den där prästdottern något ont. Han har följt efter henne, det är sant, men för att ta reda på vad hon luktar. Han har fått dofter på hjärnan. Jag har tiggt och bett honom om att han ska sluta med de där tokerierna, men han är helt besatt av tanken på att bli en oöverträffad parfymör. Vad ska jag ta mej till, vart ska vi ta vägen? Borde inte polisen ge oss beskydd?”

”Vi är för få, jag är ledsen, men den personalstyrka vi har räcker inte till. Ni har ingen möjlighet att lämna Kronviken och bo över hos någon släkting, tills det lugnar ner sig?” Maria tänkte att det borde det göra, nu när de gripit prästen för mordet. Även om han var oskyldig. Maria kunde satsa sin högra hand på det. Förhoppningsvis torde det ändå ha en preventiv inverkan på pöbelns egenmäktiga insatser i rättssak.

”Varför ska vi behöva fly när Rune inte har gjort något? Jag vet inte hur jag ska ha råd att vara borta från arbetet. Hälften av det jag tjänar går till fastighetsskatt fast jag är född och uppvuxen här vid havet. Jag måste jobba heltid för att klara det, jag har inte råd att sjukskriva mej.”

”Vi kan kanske hjälpa er med en lägenhet i stan. Om du tror att Rune skulle kunna vara där när du arbetar. Skulle det fungera som en tillfällig lösning?”

Maria lutade huvudet i händerna och stirrade ut i vintermörkret, såg en skymt av Rut när hon gick över gatan. En lång och senig varelse i en alltför vid yllekappa stretade mot blåst och snö. Hur kommer man åt de brott som begås av en kollektiv allmänhet? Vem har gjort vad? Vem kan ställas till svars? Ännu hade man inte lyckats gripa någon för inbrottet hos Villmans eller de som tänt på flyktingförläggningen. Men ett rykte föregick mordbranden, en läcka från någon i polishuset, att man tagit in en utlänning. Det hade stått i tidningen. Uppgift från säkert håll. Källa behöver icke uppges. Gripandet av Malaki hade sannolikt satts i samband med mordet. Att det handlade om verkställighet av en utvisning, hade man förtydligat från polisens sida, verkligen poängterat omgående. Ingen rök utan eld, sa ryktet. Om bara prästen ville tala. Vem skyddade han? Sin fru? Men varför? Varför ta på sig skulden? Han borde hata henne för vad hon gjort? Om hon nu var skyldig. Nog betedde hon sig märkligt. Å andra sidan går det väl knappast att bete sig särskilt normalt efter en så ohygglig händelse. Varför ville han inte tala? Fanns det någon annan möjlighet. Maria väcktes ur sina funderingar av en röst i högtalaren.

”Vi har problem på häktet. Ser ut som om prästen har fått en hjärtinfarkt. Han är på väg i ambulans till akutmottagningen. I samband med försöken till hjärtåterupplivning på plats, och det tumult som följde, lyckades en av internerna komma över nycklar och har avvikit ur häktet.”

”Vem?”

”Malaki al Hakim, han som skulle utvisas.”

Malaki drog ner mössan i pannan och svepte halsduken högt under näsan. Kläderna han hade kommit över tillhörde någon besökande från de sociala myndigheterna. Jackan var lite liten i ärmarna, trång i armhålorna och några skor hade han inte lyckats hitta. För att ingen skulle sätta sig bredvid honom på bussen hade han placerat sig på det yttersta sätet och låtsades slumra. Strumporna var iskalla av smältvatten. Han tog dem av sig och gned fötterna med sina varma händer. Tårna var nästan domnade. De värkte men pinan var en tidsfråga bara. Det fanns vänner. Bara han kom till stan skulle problemet med skodon vara löst. Det var det lilla problemet. Den verkliga utmaningen var att ta reda på sanningen, han måste få veta sanningen om Cecilias död. Om han så skulle skala fram den med kniv lager för lager som på en lök, så skulle den blottas. Älskade lilla flicka.

Du är en mycket vacker ung kvinna, hade han sagt till henne när de stod ute i månskenet på terrassen och hennes guldgula hår glänste i månskenet. Hennes blanka ögon hade fyllt hans pupiller, utan blygsel utan rädsla tills han sa just de orden. Att hon var vacker. I stället för att stolt sträcka på sig och ta emot komplimangen hade hon på västerländskt sätt vänt sig bort och talat om motsatsen. Varför tycker kvinnorna i Sverige inte om sina kroppar? Ett mysterium. Är det ingen som har sagt till dej att du är vacker? Han önskade att han hade kunnat berätta det för henne på sitt eget modersmål, där orden blev till poesi, där han fritt kunde spegla sina tankar utan begränsning. Orden för kärlek faller så torftigt när de översätts utan nyanser och variabler, stympas i sin glans och i sin rytm till grovhuggna förenklingar. Då berättade hon om Polletten. Ögon som naglade sig fast, kletade vid kroppen fast hon försökte dölja sig under tjocka tröjor. Snuskhummer. Han hade slagit upp ordet i sitt lexikon när han kom ner i pannrummet. Oanständig person. Läraren hade till och med bett Cecilia komma hem till honom för att tala om en uppsats hon skrivit. Hem till honom, utan förkläde, utan beskydd. Tänker du göra det? hade Malaki frågat. Jag måste, hade hon svarat. Jag vill inte att pappa ska se vad jag skrivit. Uppsatsen handlar om något mycket privat. Jag vill inte att han ska läsa den och bli ledsen. Om jag inte kommer kanske Polletten visar den för honom. Det måste ha varit så det gick till efter filmkvällen. Så uppenbart för var och en som törs ifrågasätta etablissemanget. Läraren tog henne hem i sin bil. Våldförde sig på henne och dumpade henne sen på järnvägsspåret. Som ett skal när han njutit fruktens sötma. Och prästen hade själv tagit på sig skulden. Malaki riste i hela kroppen där han satt. Hur sinnessvag kan en människa bli? Hur ömkansvärd. En man som inte försvarar sin dotters heder är ingen man. Är inte mänsklig.

Det var i den stunden Malaki blev varse busschaufförens blick i backspegeln. Var han iakttagen eller inbillade han sig det? Radion var på men hittills hade de bara spelat musik, inga nyheter, inga meddelanden. Malaki kröp ned i sätet lite djupare. Övervägde om han skulle stiga av i förväg eller vänta tills de flesta klev av vid busstationen i stan. Om han ensam gick av vid nästa station skulle någon kunna lägga märke till hans bara fötter. Steg han av vid slutstationen kanske busschauffören skulle hinna larma polisen. De kanske redan väntade honom där. För sanningens skull måste han få träffa Cecilias lärare. För sanningens och den rättmätiga hämndens skull i detta laglösa och tandlösa samhälle. Malaki höjde blicken och såg sig omkring på den fullsatta bussen. Om någon annan steg av vid nästa hållplats skulle han följa tätt efter. Det skulle bli en bit att gå, men det var säkrare.

Det hade tagit flera dagar att hitta adressen till Polletten i telefonkatalogen. I Cecilias skolpärm hade han sett telefonnumret. Med det goda sifferminne han hade var det möjligt att, sedan han funnit ett nytt gömställe hos Elvira Bredström, söka sig fram siffra för siffra till rätt namn och rätt adress. Om polisen inte hade gripit Malaki i järnaffären och fört honom till häktet, skulle Polletten ha haft besök av honom redan för en vecka sedan. Bättre sent än aldrig, brukade Cecilia säga. Elvira Bredström var ett kapitel för sig. Hänsynslös i sina omsorger. Kränkande i sitt sätt att tala till honom som till en mindre vetande eller till ett barn. Hon hade velat bada med honom, men där gick gränsen. De sista dagarna innan han besökte järnaffären för att införskaffa en kniv hade han sovit i sjukhusets kulvert på det hårda stengolvet bland stadens mindre välrenommerade medborgare.

Ingen steg av när bussen nådde hållplatsen vid vattentornet. Malaki tog ett djupt andetag och studerade busschauffören i backspegeln. Chauffören talade snabbt och högt i sin mobiltelefon. Malaki kunde inte uppfatta orden. Han försökte lugna sig själv med att det sannolikt var ett privatsamtal. Försökte iaktta och bedöma chaufförens ansiktsuttryck. Nu reste sig någon bakom honom i bussen. En gammal kvinna som var rädd att inte hinna av i tid, fast de snart skulle vara vid bussens slutstation? Eller någon som utsänd av polisen iakttog honom och ämnade följa efter honom? Lugn. Stilla nu. Malaki försökte kontrollera sin andning. Nu var de framme. En grupp människor stod vid stationshuset, ingen av dem uniformerad. Han fick stålsätta sig för att inte rusa av bussen. Tätt intill en kvinna med barnvagn tog han steget ned mot marken, fortsatte rakt fram förbi korvkiosken och vänthallen utan att känna snön mot sina fötter. Först när han kommit över gatan vågade han vända på huvudet och konstatera att han inte var förföljd. Ett kvarter bort och han skulle vara hos sin vän skomakaren.

Femton minuter senare befann sig Malaki vid det hyreshus på Kungsgatan där Polletten enligt den blå tavlan i trappuppgången disponerade vindsvåningen. Malaki tog hissen upp. Risken att möta någon i trappan var större än att stöta på någon i hissen, bestämde han. Sakta knakade den uppåt kugghjul för kugghjul mot övervåningen. Han såg sitt ansikte i spegelns blåaktiga yta, en ung man med gråaktig hy och intensiv blick. Hissen skakade till och stannade sviktande. Han spände varje muskel i sin kropp. Nu var det dags. Nu fanns ingen återvändo. På dörren stod det Pontus Larsson. Malaki lyfte handen till klockan och ringde på.

42

Reidun Ståhl stirrade på sin make med ögon som inte trodde det öronen just blivit varse. När hon märkte att hon gapade satte hon händerna för munnen.

”Erkände du för att du trodde att jag hade dödat Cecilia? Är du alldeles från vettet?”

”För barnet, för att barnet du bär behöver dej. Jag stöttade dej inte, jag släppte inte in dej som jag borde ha gjort. Jag har varit en sådan egoist.” Johannes satte sig upp i sjukhussängen och sträckte sina händer mot henne där hon satt på stolen bredvid honom. ”Kan du förlåta mej?”

”Förlåta dej”, ekade hon. ”Du trodde att jag var skyldig till mordet på din dotter och du tog på dej skulden. Det är vansinnigt! Sinnessjukt! Varför frågade du mej inte rent ut?”

”Vad skulle du ha svarat?” Johannes strök sin hustru över armen. Hon drog sig undan.

”Jag hade blivit ursinnig och lämnat dej. Jag har funderat på det av och till. Det skulle ha blivit droppen, vet du. Vi har inte haft det så bra tillsammans på sista tiden. Jag trodde att jag inte betydde något för dej mer än mat på bordet och ett representativt hem, strukna skjortor och någon som lyssnade.”

”Hur mycket du betyder tog tid för mej att inse. Jag älskar dej Reidun. Vill du stanna kvar hos mej?” Orden kom som om han läst dem ur en bok. Hur länge han förberett dem kunde hon bara gissa.

”Förlåt mej Johannes, jag måste tänka. Allt känns så förvirrat. Jag vet inte vad jag vill med oss längre.”

”Hur mår du, och barnet menar jag?”

”Så där. Jag har svårt att gå upp i vikt. Ingen matlust.” Reidun tog ett djupt andetag och tvingade sig att se honom i ögonen samtidigt som hon makade sig allt längre från honom, längst ut på stolen utom räckhåll för hans fuktiga händer. ”Jag måste få tid att förstå det du säger. Jag vet inte vad jag vill med någonting längre.”

”Du tänker väl behålla barnet?” Rädslan bakom orden var uppenbar.

En försynt knackning på dörren fick svaret att dröja. Maria Wern steg in, hälsade och bad att få ett par ord i enrum med Johannes. Reidun reste sig och gick snabbt mot dörren.

”Ja, det tänker jag.” Maria följde henne med blicken, något konfunderad, det gick inte att ta miste på den pressade stämningen. Johannes såg ut som han ville rusa efter henne.

”Jag hörde av din läkare att det inte var någon fara med hjärtat. Det var väl skönt? ” Maria nådde fram till sängen just när Johannes svängde benen över sängkanten. ”När läkaren här har fått svar på blodproverna får du återvända till häktet om analyserna inte visar något onormalt. Är det något du vill berätta för mej?” Efter dagar av tystnad, gjorde Maria sig inte några förhoppningar. Hade prästen talat med Reidun, kunde det vara en öppning förstås.

”Jag är oskyldig.” Johannes försökte resa sig ur sängen. Maria gjorde en lugnande gest och satte sig på stolen där Reidun nyss suttit.

”Vet du var Malaki al Hakim kan befinna sig just nu? Det är viktigt. Jag vet att ni känner varann sen tidigare. Hans fingeravtryck fanns i ditt pannrum, hans saliv har vi funnit i flöjten som Cecilia hade med sig till skolan på filmkvällen. Du gömde honom eller hur?”

Johannes tog en klunk vatten ur muggen han hade på bordet. Strupen var torr som asfalt, han behövde tid att tänka. På returen stötte Johannes handen mot bordshörnet, muggen välte och vattnet rann ned i den öppna bordslådan där han förvarade geléhallon, Mariekex och Ordet för dagen.

”Vi försöker ta reda på vem som mördade din dotter. Vart tog Malaki vägen?”

”Han är ingen mördare.” Johannes satte sig kapprak upp i sängen.

”Hur vet du det?” Johannes rekapitulerade, hela historien kom i en okronologisk ström med tillbakablickar och för honom själv nya insikter. Hur hade han kunnat vara så blind? Cecilia hade aldrig tyckt om sin klassföreståndare.

”Malaki, ni får inte skicka honom tillbaka. Det vore ett dödsstraff. Vill du ha det på ditt samvete?” Johannes vädjan slutade i ett konstigt gurglande ljud, en halvkvävd snyftning.

”Migrationsverket gör en bedömning av riskerna innan de skickar någon tillbaka. Har Malaki ensam sökt upp Cecilias klassföreståndare för att prata med honom, menar du?” Maria tog upp sin mobil ur fickan innan hon kom på att den inte fick användas inom sjukhusområdet.

”Vi skulle ha gått dit tillsammans. Ställt det kräket mot väggen! Men jag hann inte med Malaki. Jag kom inte upp från golvet innan vakten började banka mej i bröstet.” Johannes ord blev hängande i luften. Malaki hade inte väntat på honom. Inte bevärdigat honom med en blick när han låg där på stengolvet. Att de skulle ge sig av tillsammans var aldrig annat än en fantasi i prästens förvirrade huvud. Det insåg han plötsligt med skärpa.

I samma trappuppgång där Malaki befunnit sig två timmar tidigare stod Maria och lät handen vila på hölstret. Med en ständigt underbemannad polisstyrka är det svårt att bedriva ett brett spaningsarbete. Strömavbrottet, och den fördröjning det lett till i utredningsarbetet, var ytterligare sten på bördan. Maria hoppades vid alla höga makter att Johannes utpekande av läraren skulle vara ett genombrott. Att man skulle finna bindande bevis. I Pontus Larssons bil hade man funnit ett hårstrå av Cecilia, vilket inte bevisat något annat än att han som klassföreståndare någon gång skjutsat henne i bilen. Han hade tillgivit det utan omsvep. Visst, han hade skjutsat Cecilia och ett par andra flickor vid flera tillfällen. Var det straffbart eller? Maria lät tummen snudda vid pistolen. Hon kände sig klumpig i den skottsäkra västen. Inte ett ljud hördes från lägenheten. Maria gav ett tecken till de andra innan hon ringde på och ställde sig åt sidan. Ek och Himberg stod orörliga vid den motsatta sidan av dörren. Maria ringde på igen, en lång ihärdig signal. Tyst som i graven. Efter ytterligare ett par signaler beslutade de sig för att gå in. Maria flyttade sig och släppte fram Ek som hade skaffat husvärdens nycklar. De steg in i en hall som inte andats frisk luft sen hyresgästen flyttade in. Om han alls hade bott där. Längs väggarna stod flyttkartonger och papperskassar. Som i väntan på en flytt eller kanske aldrig uppackade. I avvaktan? På att bli tagen till nåder igen efter en separation, eller vadå? Stand-by i väntan på att livet skulle ta fart igen?

"Pontus Larsson, är du här?" Ett svagt sorl från trafiken nedanför och grannen som spolade på toaletten var de enda ljud de kunde uppfatta. Maria steg in i den lilla lägenheten. "Polisen här!" Hon följde rummet med ryggen skyddad mot väggen. Det låg en madrass på golvet med ett randigt påslakan i bäddens nedre ända. Ett urdrucket ölglas, en tidning med lättklädda damer halvhjärtat instoppad under huvudkudden. Det skrynkliga underlakanet låg fläckat och generande synligt för deras ögon.

"En ensam jävel", sa Himberg, petade bort kudden med skon och blottade en första tidningssida med en bystdrottning på alla fyra.

"Teve har han i alla fall råd med, den där kan inte ha varit billig", sa Ek och pekade mot bokhyllan där den väl tilltagna apparaten stod. Himberg fortsatte in i badrummet och blev stående med handen på den strömbrytare han just rört vid. Maria hörde hur han sekunden före skriket drog in luft. Hon kunde först inte se det han såg. Himbergs kroppshydda var placerad så den fyllde hela dörröppningen.

"Fy faan!" Himbergs röst sprack upp i falsett. Maria trängde sig förbi under hans arm. Det tog ett par sekunder innan hjärnan accepterat den information som ögonen registrerade. I det nakna ljuset från lysröret i taket såg det hela så overkligt ut. Snyggt och prydligt på ett sätt. Det rena vita badkaret och det röda innehållet i oklanderligt åtskilda färgfält. Inga fläckar vare sig på badkarskanterna eller på golvet. En ljusblå lurvig badrumsmatta. En oförarglig lite kantstött tandborstmugg, tandtråd och ett urtvättat badlakan med en papegoja under en palm. Vardagligt och föga anmärkningsvärt. Kontrasten mellan det röda som inte borde finnas där och det vita var olidlig, skar in i Marias medvetande som en skärbrännare. Strax under vattenytans blodröda hinna skymtade vit hud. Rygg eller mage? I vilken ända av badkaret huvudet låg gick inte att bestämma. Om det alls fanns där. Om kroppsdelarna överhuvudtaget ägde en inbördes ordning längre. Det redskap som använts vid själva styckningen kanske också vilade där nere på botten av karet. I det stillastående blodblandade vattnet. Vid en första anblick fanns i alla fall inga styckningsredskap i det alldagliga badrummet. Maria tog ett nytt andetag och såg upp, såg sitt gråbleka ansikte i badrumsspegeln. Himberg fattade om hennes arm.

"Rör inget, backa ut härifrån." Ett plötsligt ljud, starkt och oväntat fick Maria att slå ut med handen och träffa honom över munnen så den sprang i blod. Ljudet ökade i styrka och ihärdighet, smattrade genom rummet som gevärseld. Maria kände sig som jagad av tio djävlar, kallsvetten bröt fram, hon ville rusa därifrån. Det gick inte att undkomma det våldsamma ljudet som skakade igenom märg och ben. Dragspelsmusik.

"Den helvetes klockradion, bara." Ek höll den i sina händer som vore det en granat han var redo att skicka ut genom fönsterrutan omgående.

"Va faan." Himberg torkade bort det blod som droppat ned på hakan efter Marias käftsmäll och stirrade på sin hand. Läppen svullnade upp.

"Förlåt." Maria sökte sig bakåt i rummet, försökte hålla sig till den golvyta där hon redan satt sina skoavtryck.

"Vem ligger i badkaret?" Ek släppte dörrposten och raglade därifrån. "Vem fan är det som ligger där?"

"Malaki? Det kan vara han." Himberg stängde dörren efter dem. "Vi spärrar av."

"Eller Polletten?" Maria tog upp en näsduk och räckte den till Himberg. Han tryckte den till sin bulliga överläpp. "Det var inte min mening."

"Åjo, det har du väntat på länge, ett lägligt tillfälle att dra mej på käften. Var det skönt?"

"Tackar som frågar, det finns stunder då du varit mer kvalificerad, men man får väl ta de tillfällen som bjuds." Maria studerade sin kollega, lyfte ena ögonbrynet men log inte.

”Tyst, det kommer någon nere i trappan.” Ek drog sig ljudlöst in bakom hissen. De andra följde hans exempel. I spänd väntan hörde de nycklar som skramlade, ytterdörren slå igen och steg som närmade sig. Tunga steg. När han var nästan uppe såg de vad han bar på. En stor vit plastlåda. Ett par steg till. Han vaggade framåt av tyngden. Nu kunde de höra hans andning, djupa väsande andetag. Någon kondition var det inte tal om. Han stannade och bytte tag om lådan. Tog ytterligare ett par steg och nådde avsatsen utanför sin lägenhet.

”Polisen här. Släpp det du har i händerna, Pontus Larsson. Långsamt. Och ställ dej mot väggen. Håll upp händerna! Håll upp armarna, sa jag.” Himbergs vana händer sökte över kläderna. Trevade över hans stickade tröja och ned över byxbenen som delvis täcktes av den batikfärgade tunikan.

”Va fan är det, va fan har jag gjort?”

”Det vill vi att du ska berätta för oss.” Ek ställde sig på armslängds avstånd från Polletten. ”Vad ska du med lådan till, om vi tar det som en första fråga. Det lär bli mera, vet du. Åtskilligt flera frågor.”

”Plastlådan? Vad det är i den? En halv gris. Okey, jag har köpt den svart. Men va fan, det är ju jul för helvete. Måste du peka på mej med den där?” Polletten stirrade in i mynningen på Eks pistol. ”Har ni så lite att göra att ni rycker ut i full styrka för att någon har köpt lite svart fläsk.”

”Vem är det som ligger i ditt badkar?” Maria svepte undan en slinga ur sitt fuktiga hårfäste och väntade på svaret.

”I mitt badkar? Vem som ligger i mitt badkar? En badanka kanske. Har ni varit inne i min lägenhet? Varför?” Polletten gjorde en ansats att vända sig om och blev omilt petad i ryggen av Himberg.

”Kläm fram med sanningen nu din jävel.” Maria såg hur Himberg lyfte benet till en spark och gav honom ett ögonkast som skulle ha dräpt en älg på fläcken.

”Jag tror inte att någon ligger i mitt badkar. Inte vad jag minns.”

”Inte, men det tror vi, förstår du.” Maria såg hur det riktigt kröp i Himbergs fingrar, en olidlig längtan efter att få klämma fram sanningen handgripligen. Inför deras ögon började läraren skaka. Märkliga ljud, som av gråt, eller gurglande primitiva läten ekade i trapphuset och övergick i ett högt vansinnigt flabb. Ett sinnessjukt fånskratt. Han vände sig mot dem och tårarna rann utefter hans kinder och ned över halsen. I långdragen kramp föll han ihop på golvet, alltjämt skrattande. Efteråt bekände Himberg att det var något av det kusligaste han varit med om, även om det satt hårt inne med ett sådant tillkännagivande.

Två dörrar öppnades nästan samtidigt i trappuppgången och bakom dem kunde man ana nyfikna ansikten i halvskuggan. Om det inte hade varit för allmänhetens vakande öga skulle Himberg säkert ha givit den nu hysteriske mannen en örfil. Nu blev det istället en talande gest åt huvudet och några för stunden hopfogade invektiv följt av en kraftfull svordom.

”Lika bra att ta honom till psykakuten. Han kan behöva något lugnande.” Maria satte sig på huk och försökte få ögonkontakt. Tittade strängt på Polletten tills han till deras lättnad tog sig samman. ”Uppfattade du frågan, eller ska vi ta det hela på stationen?”

”Det är inte som ni tror. Inte alls. Det ni såg i badkaret är mina lakan. Jag batikfärgar dem röda så jag kan hänga upp dem som julgardiner. Slängde i ett par t-shirts också, med hjälp av vax kan man göra egna mönster. Får jag resa på mej nu utan att det där rövansiktet sätter krokben för mej?” Polletten sneglade ondsint på Himberg som långsamt, mycket långsamt kom till insikt.

43

Amanda hade legat i influensa en hel vecka. Yr av den första kraftiga febertoppen hade hon vacklat upp för att gå på toaletten, förlorat balansen, fallit och slagit ansiktet i bokhyllan. Ögonlocket svullnade och så småningom rann färgen ned i en blå halvmåne under ögat. Eva var bekymrad. Av en tonåring kan man förvänta sig kraftiga humörsvängningar, men den förtvivlan som blev Amandas reaktion på sitt utseende var alldeles utom rimlighetens gränser. I sitt omtöcknade tillstånd hade Amanda själv ringt till sjukhuset för att få tala med en plastikkirurg om han kunde göra något åt eländet och blivit milt men bestämt avvisad. Inte ens vårdcentralens läkare visade något förbarmande. Sedan hade hon pudrat sig till mumifieringens gräns och sen gråtit tills hela smeten låg som en smutsbrun skäggstubb över hakan och kinderna. Gråt, skrik och surmulet molande mellan febervåta lakan dag ut och dag in – helt oresonabel hade hon blivit. Eva hade inte haft möjlighet att ta ledigt från affären mitt i julhandeln. Vård av sjukt barn kan man bara få tills barnen fyller tolv år, sen får de klara sig själva hur små och ömkliga de än är. Eva hade ringt hem flera gånger om dagen, rusat hem på lunchen och vädjat till sina kollegor att hon skulle slippa arbeta övertid mot att hon ställde upp under hela mellandagsrean. Dåligt samvete i båda riktningarna. De sista två dagarna hade hon inte lyckats nå Amanda per telefon. Ungen satt väl och lekte på nätet förstås. I bästa fall ett tecken på tillfrisknande. Om det inte varit för den bottenlösa deppigheten, skulle Eva ha dragit en lättnandets suck. Det går över, en blåtira blir först gul, sen bleknar den bort ska du se. Amanda kunde inte vänta. Framtiden fanns inte. Livet var slut. Tidigare samma morgon hade Eva inte kunnat låta bli att le åt melodramat och Amanda hade reagerat med storsläggan, skrikit, svurit och sedan låst in sig på sitt rum där hon av ljudet att döma blandade och kuperade möblemanget. Inget svar på telefonen. Eva bestämde sig för att försöka få sluta tidigare. Kosta vad det kosta ville. Det finns inget som tar på krafterna så som att vara osams med sitt tonårsbarn.

Amanda ställde sig framför badrumsspegeln och masserade kinden med en blöt handduk. Räckte ut tungan åt flickan på andra sidan glaset. Hon som stirrade med små sura rödkantade ögon. Hon den fula, fetstripiga lipsillen. Precis när livet börjar få en mening, när berömmelsen hänger som ett moget äpple bara att plocka, faller allt platt till marken. Yourlove hade föreslagit två möten på nya platser. En ren omöjlighet som hon såg ut i plytet. Nu var det tre dagar sedan han senast kontaktat henne via Lunarstorm. Säkert höll han på att tröttna. Det verkade nästan så. Meddelandena var kortare. Amanda nöp sig hårt i underarmen för att inte ta till lipen igen. Det tjänade ju inget till. Sen var det ju det där med mordet. Det ofattbara att prästen hade gjort det. Amanda rös vid tanken. Hon hade själv läst det i tidningen som mamma försökt gömma undan under dynan i kökssoffan Sinnesundersökning skulle han få göra, stod det alldeles i slutet på sidan 14. Tur att polisen hade fått tag i honom och låst in honom. Amanda hade sina privata funderingar kring varför han slagit ihjäl sin egen dotter. Han måste ha blivit in i helvetes arg. På ett eller annat sätt måste han ha fått veta vad Cecilia gjorde i smyg. Ängeln hade tappat sin gloria och fällt sina vingar, åtminstone ruggat kraftigt. Amanda vågade inte tänka tanken fullt ut. Vad skulle prästen ha gjort om han visste att Amanda var delaktig, för evigt och ohjälpligen skyldig till stöld och lögn och fylla på nattvardsvin. Misstänkte han det? I feberdrömmarna fanns han där i sin svarta flaxande kappa och jagade henne över öppna fält och i gyttjiga skogsområden. ”Jag har dukat ett kuvert åt dej om du vill dela måltid med oss”, en sista måltid. ”Nu Amanda är det dags att dra sig tillbaka.” Ögon, allvarliga som dödsriket, följde henne i flykten. I trånga korridorer sträckte han ut sina magra fingrar efter henne och grep tag i hennes kläder tills hon skrek och inte vågade somna om.

Eva hade försökt förstå, velat trösta. Det skulle ha varit skönt att få ge efter. Men hur skulle Amanda kunna berätta för sin mamma vad som verkligen hänt. Då skulle hon berätta allt för den där snuten, Jesper Ek, och sen skulle Amanda skickas bort. Till pappa, om han ville ha henne, eller till ett fosterhem. Kanske skulle hon kunna berätta om det sen när hon blev vuxen och inte kunde bli bortskickad till främmande människor. Sanningen var så svår och outhärdligt tung att bära ensam. Amanda snodde runt på klacken, fick för ett ögonblick för sig att hon var iakttagen från fönstret i köket. En rörelse i ena ögonvrån. Det var förstås inte möjligt. Inte när man bor två våningar upp. Fönsterrutan var svart och blank, speglade köket in i minsta detalj. Världen utanför var fängslad i sitt mörker. Tanken på att Cecilia skulle kunna se henne från andra sidan var inte alls främmande. Okey, glo då, tänkte Amanda. Bara du inte visar dej och skrämmer mej. Bara jag slipper se dej på riktigt. Du bestämmer inte över mej längre. Jag orkar inte vara rädd mera. Amanda kröp ihop på hallgolvet i en vrå dit inga fönsterögon kunde nå henne. I den stunden kom hon att tänka på skolsköterskan. Skolsköterskor har tystnadsplikt. Om man sa till henne att man ville tala i förtroende fick hon inte berätta det man sagt för en levande käft, hade Cecilia sagt. Då får hon fängelse. Cecilia hade varit där och pratat ibland. Mest under mattelektionerna. Skolsköterskan kanske inte var världens hyggligaste kompis, men inte heller taskig. Lite småtråkig. Men hon hade fördelen att vara behäftad med tystnadsplikt. Det skulle vara skönt att få sitta på hennes brits och berätta om allt det svåra och veta att det inte blev en massa liv om saker och ting. Det var faktiskt en fördel att skolsköterskan inte var så känslosam. Polletten skulle man aldrig kunna tala med, han skulle bli alldeles ifrån sig och alla skulle kunna se på honom att han blivit upprörd över något. Med Pia var det annorlunda. Hon såg likadan ut i ansiktet vad som än hände, som en salamander. Ett salamanderansikte hade hon, med nedåtgående mungipor i den bleka uttryckslösa nunan. När Svante gick och dränkte sig och Cissi sprang till sköterskemottagningen varenda rast var Pia alldeles cool och sa att det inte var något man kunde rå över. Var och en har ansvar för sitt eget liv. Svante var deprimerad, psykiskt sjuk helt enkelt, och det var inget att grubbla över.

Polletten hade uppmanat dem att ta kontakt med stödteamet om de ville prata om det hemska som hänt Cecilia. Pia var faktiskt den enda som stått pall, de andra orkade väl inte. Eller visste inte hur man skulle göra. Antagligen behövdes någon sorts krisutbildning. Pia hade faktiskt tittat särskilt på Amanda när hon var i klassen, och sa att de var välkomna.

Amanda slog på datorn för säkert tionde gången samma dag och loggade in på Lunarstorm. Om han svarar är det meningen att jag ska gå till skolan i morgon, tänkte hon magiskt. Om han inte svarar stannar jag hemma. Två dagar kvar på terminen, det bör man kunna stå ut med även om man är blålila under ena ögat. Ingen gympa mer den här terminen i alla fall, alltid något. Bäst att plugga på till engelskprovet för det skulle hon väl bli tvungen att göra, och den där recensionen i svenska måste hon försöka få klar att lämna in innan terminens slut. Det fanns ett meddelande på nätet. En tid och en plats. Och en tydlig anvisning om att radera meddelandet helt ur datorn. Direkt efter skolans slut skulle hon bege sig ner till Ekegrens hattaffär som låg alldeles intill saluhallen nere i hamnen. De små bodarna intill användes sommartid som affärslokaler för hantverkare. En ödslig plats på vintern. Ekegrens skyltfönster var ruggigt till och med i fullt dagsljus, med sina avhuggna nötta gipshuvuden i skylten. Det var antagligen meningen att de skulle bära hattar, men hattmodisternas tid var förbi liksom modet att bära huvudbonad av den typen. Skyltfönstret, som Amanda mindes det från sommaren, hade surrat av flugor. Men tyckte Yourlove och fotografen att det var en bra lokal så var det väl det. Nu gällde det att få till en makeup som kamouflerade bedrövelsen så bra som möjligt. Efter skolan i morgon skulle det vara alldeles mörkt ute. I eldsljus syntes blåtiran mindre och svullnaden var nästan borta. Det var en fördel, å andra sidan var mörkret otäckt. Otäckt att gå ensam. Det skulle ha känts bättre om någon kunnat följa med ner på det ödsliga hamnområdet till den övergivna hattaffären. Men vem skulle hon kunna fråga? Mamma, nej. Yourlove hade sagt att hon skulle komma ensam. Han hade varit mycket tydlig på den punkten. Amanda tordes inte ta risken att paradiset skulle gå i kras på grund av olydnad.

Amanda gick mot skolsköterskemottagningen. De andras blickar brände henne i ryggen. Hon visste att de stod där på andra sidan glasrutan utanför omklädningsrummen i gymnastikbyggnaden. Deras viskningar följde henne, fast hon inte kunde höra dem längre. Hjärnan kändes som ett blåmärke.

Redan första lektionen hade Emma börjat bjuda in de populäraste kompisarna på Lussevaka. Planeringen sjöd i klassrummet när läraren gick ut för att hämta en plansch i materialrummet. Regeln löd att inbjudningskort endast fick delas ut i skolan om hela klassen var bjuden. Men använda sig av inbjudningskort i åttan? Det fungerade kanske på lågstadiet, men vem skulle ha haft modet att klaga. Inte Mubbe, inte Lelle eller Kotten som bodde i det där gruppboendet. Svävarn, som det var nåt fel i huvudet på, skulle aldrig komma på tanken. Inte Amanda heller. Om man är ensam och inte har någon att vara med är det inte lätt att stå på sig. Om man inte hör till de utvalda – de som räknas. De nya skinnhandskarna fanns inte längre i jackfickan. Mamma skulle bli tokig när hon kom på det, de var ju faktiskt hennes. Amanda hade inte ens frågat om lov och nu hade någon tagit dem. Gråten brände under ögonlocken. Stel i hela kroppen gick hon över skolgården. Märkligt att kroppen kan bli så stel av ensamhet. Som i lunchbespisningen när ingen satte sig vid hennes bord. Nacken blev så stel att hon inte kunde vända på huvudet, maten gick inte att tugga, inte att svälja och att resa sig för att skrapa av resterna i hinken var nästan en omöjlighet. Varje rörelse blev knixig och fel. När Tom närmade sig hade hon tappat gaffeln i golvet, rakt på Emmas skor så det blev potatismos på den blå mockan. Ord som klantarsel, jävla pucko och subba var bara vad hon kunde vänta sig. Toms tackling när de båda skulle passera genom dörröppningen till skolgården gjorde mest ont i hjärtat. Men han skulle få se. Han skulle snart få se och han skulle ångra sig. När Amanda blev berömd skulle hon skaffa en kille med motorcykel och han skulle skjutsa henne till skolan varje dag och skicka fräcka sms och vänta på henne när skolan var slut och klasskompisarna skulle bara bli så jäkla avundsjuka!

Amanda steg in i väntrummet. Upptagetlampan lyste röd men slocknade i samma stund som hon satte sig ned i den slitna gröna besökssoffan. Kotten kom ut, lite rödnäst. Antagligen hade han försökt göra sig själv illa igen eller också hade de spelat knogpoker. Han hade bandage runt ena handen.

”Jag har väntat på dej, Amanda.” Pia gjorde en välkomnade gest. Hennes ansikte var mycket allvarligt. Blicken genomträngande. ”Slå dej ned.” Pia stängde dörren bakom dem. Hon satte sig på stolen mitt emot skrivbordet, stolen knakade olycksbådande. Det blev tyst. Amanda stirrade ner i bordsskivan och kämpade mot gråten, visste att ord av medlidande ofelbart skulle leda till att fördämningen brast. Hon svalde och svalde, det smakade salt i munnen.

”Jag ser att du är ledsen”, sa Pia. ”Vill du berätta för mej hur det är?” Amanda började säga något, men rösten blev liten och svag och orden försvann i gråt.

”Cecilia ...”

”Gråt du så länge du behöver. Vi har gott om tid.” Pia räckte över en pappersnäsduk. Amanda lyfte upp sitt ansikte. På hyllan låg en hel trave näsdukar. En opersonlig hög avsedd för ett otal gråtar varav Amandas förtvivlan bara var en i högen, en av alla dem Pia hade betalt för att trösta. Den tanken kom för Amanda där hon satt och studerade ojämnheter och bläckstreck i bordsskivan på skolsköterskemottagningen.

”Hur många näsdukar går det åt i veckan?” Frågan var idiotisk men någonstans måste man ju börja, någonstans i det opersonliga där orden inte blev för svåra för tanken och gråten strömmade till.

”Det vet jag inte. Du får ta så många du behöver. Ville du prata om Cecilia? Saknar du henne mycket? Ni hängde ju ihop varenda dag.”

”Jag vet inte om jag saknar henne eller inte.” Amanda snöt sig och stoppade näsduken i tröjärmen. Satte sig på händerna för att inte tappa kontrollen över kroppen och orden och känslorna.

”Du får säga precis vad du vill. Det du berättar stannar mellan oss.” Pia ändrade läge och stolen knakade oroväckande igen.

Utanför fönstret hördes skrik och skratt. En snöboll kom vinande och träffade oväntat fönsterrutan. Amanda duckade instinktivt. Toms flinande ansikte skymtade där ute bakom planket. Pia tog ingen notis om det.

”Vad tyckte du om hos Cecilia? Det kanske är lättare att berätta om det först.”

”Jag hade någon att vara med. Det var ingen som vågade vara taskig mot mej när hon kunde göra ner dem med ett enda ord. Ingen vågade säga emot Cecilia.”

”Inte du heller?” Pias ögon såg jättelika ut innanför plusglasögonen, hypnotiska, det gick inte att undkomma dem.

”Hon var så jäkla stark. Ingen kunde säga emot henne. Inte ens när hon ljög. Hon kunde ljuga om vad som helst och man var bara tvungen att hålla med henne. Jag ville inte vara med, men jag vågade inte säga att det var fel.” Amanda tog ett djupt andetag och hela kroppen skälvde av kvarglömd gråt.

”Vad ljög hon om?” Pias röst blev torr och konstig. Amanda hörde skiftningen och tvekade. Kände modet svika. Får man säga vad som helst om någon som är död? Även om det är sant alltså? ”Vad ljög hon om”, upprepade Pia.

”Först var det ju om Svante. Det var inte sant det där hon sa om att han ... tafsat och så. Han gjorde ingenting. För varje gång hon gick till dej för att snacka hittade hon på något nytt. Hon gjorde en berättelse. På ett sätt kanske hon trodde på det själv. Jag kunde höra hur hon började öva redan på morgonen när vi gick till skolan och sen hade hon storyn klar när hon varit hos dej. När hon sagt det tillräckligt många gånger, blev det nästan som sant.” Pia skakade på huvudet så glasögonen sakta gled ner mot nästippen.

”Hon lät väldigt övertygande, tyckte jag.”

”Jag vet, sen hittade hon på en massa saker om Rune. Han gick efter oss ibland för att han var så ensam. Men han gjorde ingenting. Han bara följde efter oss för att se vart vi tog vägen. Han har ju bara sin mormor att prata med. Cecilia sa att han visat häcken i fönstret vid omklädningsrummen, men det gjorde han inte alls. Hon hittade på det, då på filmkvällen, och jag höll med henne. Fast det inte var så. Fast det inte var sant. Jag tror att städerskan hörde det också. Hans mormor alltså. Men jag är inte säker.”

”Det är ju alldeles förfärligt.”

”Vet du vad hon sa om dej?”

Pia satte fötterna i golvet och stolen rullade bakåt en bit. Sakta tog kinderna färg och en flammig rodnad spred sig över halsen.

”Om mej? Nej, det vet jag inte.”

”Hon sa att hon sett en kamera, här bakom draperiet.” Amanda pekade på det batikmönstrade förhänget som dolde skåpet med läkemedel, beredningsbänken och diskbänken. Hon sa att du hade en kamera på stativ stående här och att du fotograferade småkillarna när de gick förbi nakna för att få pungkulorna räknade.”

”Det var det jävligaste jag har hört.” Pia reste sig halvvägs och satte sig sedan med hela sin tyngd så stolen kved. ”Fy faan. Det kan du väl inte tro på, Amanda.” Pias röst krympte ihop till en tyst vädjan. Hennes ögon vidgades ytterligare, munnen drog ihop sig till en smal ring. ”Inte tror du på något så vansinnigt. Det är ju sjukt.”

”Tror du att hennes pappa kom på allt det här? Tror du att han fick veta hur mycket hon ljugit. Jag läste i tidningen att det var han som dödade henne. Om han vet att jag var med, att jag också ljög ...”

”Jag hörde precis på nyheterna att de släppt honom. Han har inte gjort det.” Pia lutade sig tillbaka på stolen igen och sköt upp glasögonen på näsan. Amanda bleknade. Kände att hon plötsligt mådde illa.

”Vem gjorde det då?”

”Det kanske var den där utlänningen. Han som rymde från häktet. Jag hörde när de efterlyste honom på radio.”

”Jag är rädd, Pia.” Amanda kröp ihop där hon satt och virade armarna runt kroppen. ”Och så har jag ingen att vara med.”

”Jag har sett det.” Pia kände kylan från sin egen uppväxt svepa genom tiden. Hur undkommer man? Hur tar man sig igenom istiden? ”Du vill inte byta klass?”

”Nej. Det är inte så att jag vill vara mest populär. Så är det inte. Jag vill bara få vara med. Bara det. Jag vet inte om det skulle bli bättre om jag bytte klass eller skola eller flyttade till pappa. Utan Cecilia är jag ingen.”

44

Maria hade hoppats få en timme på sig att handla julklappar. Det var hög tid. Helgen, som hon tillbringat som försäljare i ett stånd på Västerplans loppmarknad, hade inbringat nästan tusen kronor. Och ändå hade hon inte avyttrat de fula små guldkopparna de presentats med av svärmor. Det hade varit frestande förstås, men risken för upptäckt var alltför överhängande. Däremot hade det varit en strykande åtgång på blekta plastblommor, udda äggkoppar och barnkläder. I sista stund hade Maria lyckats vända uppmärksamheten från sin egen jacka som hamnat mitt i budgivningen. ”Femti spänn, mer kan du inte få. Den är ju lite ur mode. Det ser du väl själv. Den är min, den är inte till salu. Sjuttifem, det är mitt sista bud. Du ser väl hur sliten den är i muddarna.” Och visst såg hon med andra ögon när den låg där i det obarmhärtiga ljuset från lysrören, synad i sömmarna av en förbipasserande lördagsflanerare. Sänglamporna hade ingen velat ha. Dem hade Maria fått ta med sig hem igen. Sängkammaren var för övrigt en dyster syn. De skulle knappast ha råd att tapetsera om i vinter heller. Att dessutom ha sänglampor som inte ens kunnat avyttras på loppmarknad för tio kronor styck ökade onekligen känslan av misär. I det trista ljuset framkallades revorna i tapeten och de skavda dörrposternas behov av ny färg. Krister hade talat sig tårögd över en ärgad ljuskrona han ärvt av sin farfar. Om han sedan inte hade fallit på eget grepp och vägrat sälja den, som de kommit överens om, hade Maria haft ett par hundralappar till att spendera på julklappar. Vilket hon för stunden kunde glömma. Det fanns inte tid. En röst på snabben och det var bara att stänga av datorn, packa ihop och gå ner till det möte som brådskande sammankallats.

Dataexpertens kinder glödde under de stora pilotglasögonen.

Han presenterade sig som Dennis Muhr för dem som inte hade träffat honom tidigare.

”Jag har hittat de akter som kom bort i datorn under strömavbrottet, ja. Ibland blir det så och det ställer som bekant till en del trassel. De fanns där ute i ingenmansland någonstans, hade tappat förbindelsen med minnet. Nu är det fixat. Men det är inte anledningen till att jag bett er samlas. Det verkliga skälet är ett meddelande på Cecilia Ståhls dator som jag vill att vi tittar närmare på. Kanske ett meddelande från hennes baneman. Lösenordet till Lunarstorm fick vi av en klasskamrat, Amanda Myrbacke. När jag tittade närmare på den kommunikation som förekommit fann jag ett meddelande avsänt 22.10 kvällen innan Cecilia Ståhl berövades livet.”

”Ett meddelande från mördaren?” Ek, som blivit stående i dörren, stängde igen om dem och slog sig ned till höger om Maria.

”Hans användarnamn är Yourlove. Meddelandet är väldigt kort och lyder som följer: Möt mej vid kiosken 30/11 23.00. Meddelandet är alltså avsänt klockan 22.10 kvällen innan hon hittades mördad.”

”Vi ska ta den jäveln.” Himberg lutade sig fram över bordet.

”Sista veckorna har det varit tre strömavbrott. Det första var den 29/11 då meddelandet skickades till Cecilia Ståhl. På grund av strömavbrottet kan Cecilia inte ha öppnat meddelandet förrän morgonen därpå, tidigast.” Maria studerade sin almanacka. ”Strömavbrottet började vid halv tiotiden och varade hela natten fram till femtiden på morgonen. Det var bara området kring biblioteket som hade ström den natten.”

”Just det. 04.18 kom strömmen åter.” Dennis behövde inte ens snegla på sina anteckningar.

”Med hjälp av Lunarstorm och Telia har vi spårat samtalet till just biblioteket.”

”Hur dags stänger man där och vilka har tillgång till nyckel efter stängningsdags?” Maria gjorde en anteckning på sitt block. ”Kristina Henningsson, biblioteksföreståndare. Någon mera? Ett vaktbolag kanske?”

”Vi får ta in samtliga datorer från internetcaféet. Jag kom att tänka på Amanda Myrbacke." Ek såg bestört ut. Han reste sig halvvägs. "Amanda sitter jämt vid datorn. Hon är ute på Lunarstorm, det är väl de flesta i hennes ålder men just nu oroar det mej mycket. Jag föreslår att vi tar in hennes dator också. Jag far dit nu, om det är okey." Innan någon hann svara var han ute ur rummet.

Affärsgatans julgirlanger lyste upp den mörka gatan utanför biblioteket när Hartman och Maria steg ur bilen. En kvinna i tjock röd kappa med en kasse i ena handen och ett litet barn i den andra passerade ut genom svängdörren. Himberg och Dennis steg ur bilen nästan samtidigt och gick mot entrén. Maria gick fram till informationsdisken.

"Kristina Henningsson?"

"Hon har gått för dagen."

"Vet du vart hon skulle?" Maria uppvisade legitimation innan kvinnan i receptionen hunnit avvisa frågan.

"Hon skulle resa bort. Hon gick hem tidigare för att packa."

"Vet du vart hon skulle?"

"Utomlands. Hon fick tag i en restresa till Kanarieöarna, skulle resa med sin syster, tror jag. Det är inte så roligt för henne att fira jul här hemma, ensam."

"Nej." Maria sökte Hartman med blicken. Han gjorde ett tecken mot utgången. Himberg var redan i full gång med att bära en dator mot bilen, medan Dennis stod och dividerade med en mindre grupp biblioteksanställda som avvaktande iakttog polisens förehavanden.

"Tror du det är hon?" frågade Hartman när de satt sig i bilen och körde genom duggregnet ned mot Strandgärdet där Kristina Henningsson bodde.

"Hon har motiv. Liv för liv." Maria stirrade ut i mörkret. Vindrutetorkarna svepte hastigt över rutan.

"Ja, kanske. Maken tog sitt liv. Cecilia Ståhl var den som stämplade honom. Räcker det som motiv. Han blev ju aldrig formellt anklagad för något. Det gjordes aldrig någon anmälan." Hartman satte på fläkten. Det var imma på framrutan.

”Kanske är det ännu svårare när anklagelsen inte är tydlig, när avsändaren vägrar träda fram och stå för sina beskyllningar och rykten cirkulerar och växer tills ingen längre vet vad som egentligen är sant och varifrån uppgifterna kommer. Det finns alltid en lockelse i att tro det som är mest sensationellt, alltid en frestelse att berätta vidare, kanske krydda lite och själv framstå i bättre dager vid en jämförelse. Vem vet, han kanske tafsade på dem ... blir i nästa led ... han tafsade på dem. Spekulationer blir till sanningar. Så ett frö och det växer. När läste du om någon som vunnit ett ärekränkningsmål sist?” Maria drog ned värmen ett snäpp och knäppte upp jackan.

”Det är nästan omöjligt att vinna ett sådant mål. Dyrt att ens försöka. Det fanns ingen upprättelse för Svante Henningsson. Men om Kristina är skyldig så ljuger Pontus Larsson. Han sa att de tillbringade natten tillsammans. Han berättade det ytterst motvilligt. Var rädd att före detta frun skulle få ta del av den upplysningen.”

”Det har du rätt i, Tomas, så vida båda inte har del i mordet.”

”Varför? Vad skulle kunna få Pontus Larsson att medverka i ett planerat mord på ett flickebarn tillsammans med Kristina Henningsson. Verkar det inte över hövan långsökt?”

”Vet inte”, sa Maria.

Först vid den femte signalen på dörrklockan hördes hastiga steg över golvet i hallen. Maria backade ett steg när ytterdörren flög upp med en smäll. De hade nästan förlorat hoppet om att Kristina Henningsson var hemma.

”Jag kunde inte öppna för er i bh och förkläde”, ursäktade hon sig och rättade till kjolen så dragkedjan kom på vänster sida. ”Jag har bjudit några väninnor på middag och tänkte att nu var det väl själva tusan att någon ska komma för tidigt när man inte ens har hunnit duscha. Kom in. Följ med in i köket. Jag måste röra i såsen.”

Maria passerade sovrummet på sin väg genom hallen och noterade den öppna resväskan som låg på sängen.

”Tänker du resa bort?”

”Jag reser i morgon förmiddag. Bort från alla måsten. Kan du räcka mej provstickan så jag får känna om potatisen är färdig.”

Maria tvekade en sekund med den vassa nålen i handen.

”Vem har möjlighet att ta sig in på biblioteket efter stängningsdags?” frågade hon.

”Jag undrade just vad ni hade för ärende.” Kristina sträckte sig efter provstickan och tog den ur Marias hand. ”Jag, de andra två bibliotekarierna och städerskan.”

”Rut Villman?” Hartman lät tanken ta plats. ”Rut?”

”Ja.” Kristina hällde vattnet av potatisen och la hushållspapper under locket innan hon åter satte det på kastrullen.

”Vad har hon för arbetstider?” Maria kände att hon svettades i sin jacka. Köket ångade av värme från ugnen där en rund köttbit puttrade i sin stekpåse.

”Hon arbetar två kvällar i veckan tisdag och fredag.”

”Den 29/11 var en tisdag.” Hartman hade slagit upp kalendern i sin Filofax. ”Vet du om Rut Villman arbetade som vanligt den 29/11?”

”Det gjorde hon. Så vitt jag vet har hon inte varit sjuk en enda gång. Hon släpar sig iväg till städningen i vilket skick hon än är. En gång hade hon magsjuka, men hon tyckte inte det var något större problem när hon hade så nära till toaletten. Har hon feber tar hon ett par Alvedon. Hon är av den ullen.”

”Var kan hon finnas nu?” Hartman såg frågande på Kristina.

”Hon borde vara hemma så här dags. Ni hade ordnat en lägenhet i stan åt dem, sa Rune. Han tyckte inte om det. Han har haft flera långa föreläsningar för mej om hur fel det blir när saker flyttas. Nu ringer det på dörren. Det är säkert Gunilla. Hon brukar komma först. Har man sagt klockan sex tycker jag det är ett oskick att komma kvart i.”

45

Amanda kämpade med frisyrskum och lockborste. Sprayade, puffade upp håret och betraktade missbelåten det konstlade resultatet. Platt och tråkig låg den röda kalufsen och ansiktet såg snarast ut som en mask. I lager på lager av brunkräm och puder försvann hudens naturliga lyster. Eva hade en lotion med glitter, kanske kunde den pigga upp skapelsen lite, tänkte Amanda och stoppade ned handen i Evas privata låda. Hon tog lite av krämen i handen och gnodde in den över kindknotorna. Den bruna färgen följde med och lämnade vita fläckar. Amanda gav till ett tjut och for in på toaletten för att börja om från början. Skrubbade av sig alltihop, frotterade sig röd med handduken och anlade med stor behärskning en ny omgång brunkräm över hela ansiktet och ner på halsen. Vid hårfästet gnuggade hon bort konturen med sin frottéhandduk som hon läst i en veckotidning att man skulle. Blåtiran hade gulnat så som Eva förutspått, men den lyste igenom. Shit! Jämt skulle hon ha sån otur. Med ögonskugga kunde blåtiran hjälpligt döljas på ögonlocket, men under ögat var det omöjligt. Det slutliga resultatet blev inte så tokigt i alla fall. Nu var hon redo att lägga världen för sina fötter. Kemisk krigsföring, som Eva brukade säga när hon sminkade sig för att gå på jakt i Parken.

Att välja kläder hade varit en lång procedur. Det fanns inte ett plagg som undgått provning och bedömning, tufft eller kvinnligt? Med Evas silvertopp och en kort läderjacka blev det både och. Toppen var lite för vid i ärmarna. Amanda hade behövt klippa bort en del överflödigt tyg sedan hon tråcklat ihop den. Eva skulle förstås få ett vansinnesutbrott när hon fick se det, men nöden har ingen lag. Förresten var det inte så säkert att hon skulle få se den igen. Den kunde ju råka bli stulen i tvättstugan. Sånt händer. Den korta kjolen hängde på höften och blottade naveln där Amanda redan tidigt på morgonen klistrat in en pärla med universallim för papper, trä, tyg och plast. Hon kände försiktigt på den. Ursnyggt. Fast det kliade. Hade hon fått lov att pierca sig skulle livet varit enklare, men nöden är uppfinningarnas moder.

Amanda steg i Evas nyinköpta högklackade boots med snörning och öppnade ytterdörren. Spänningen flödade som champagne i ådrorna och bubblade upp till ett fnitter. Snart skulle hon stå öga mot öga med Mr Yourlove. Han som upptäckt henne, han som såg det som ännu ingen annan sett. Att hon var vacker. Du har en alldeles speciell skönhet, hade han sagt.

Grannen på nedre botten dammsög igen. Hunden morrade lågt och varnande ur brevinkastet när Amanda passerade ut mot berömmelsen och rikedomen. Kvällen var kall och stjärnklar. Kylan sökte sig in på kroppen, kröp ned i de lite för trånga bootsen och slog en iskall lov runt den bara midjan. Det dröjde innan bussen kom. Amanda hade givit sig ut i god tid och som vanligt var kvällsturen försenad. En bitande vind kröp in i hörselgången, det värkte ut i örsnibbarna, sved i kinderna. Amanda hoppade jämfota för att öka cirkulationen i sina värkande tår och där borta kom bussen som anden ur flaskan i ett grått moln av avgaser. Räddad till slut ur samojedernas iskalla helvete lade Amanda huttrande slantarna i chaufförens utsträckta hand och försökte komma åt att spegla sig en sista gång i backspegeln. Kinderna glödde. Ögonen glittrade. Att man kan va så jäkla snygg ändå. Amanda log mot sitt eget ansikte. Yes! Det här skulle gå fint. När bussen ryckte till vände hon sig om för att hitta en ledig plats. Längst bak satt ett helt gäng från nian som skulle in till ungdomsgården i stan. De talade med bullriga nästan vuxna röster. En av tjejerna skrattade hysteriskt. Där fanns en ledig plats, men Amanda vågade inte ta den. Hon sökte med blicken efter någonstans att sitta där hon kunde få vara ifred och samla sig inför det stora som skulle hända. Bussen krängde sig ut från hållplatsen. Det kändes fånigt att stå när det fanns lediga platser. Där. Nej! Rektor Montelius allvarliga ansikte var riktat mot en medpassagerare. Amanda vände sig bort. I fönsterglasets svarta spegel kunde hon iaktta honom i smyg. Han var djupt inbegripen i en diskussion med mannen bredvid på sätet och han såg henne inte. Amanda sjönk ned på den lediga platsen bakom dem och gjorde sig liten. Shit! Någon annan plats fanns inte. Det var ändå skönt att komma in i värmen. Hon tryckte sig mot elementet tills det sved genom nylonstrumpan på underbenet.

”Jag ger mej fan på att det är den där utlänningen som har gjort det.” Montelius drog handen genom sitt tunna fuktiga hår. ”De har levt i krig och fortsätter att lösa konflikter med våld när de kommer hit.” Rektorn skickade en menande blick mot den mörkhårige busschauffören, som artigt väntade in en gammal dam som letade igenom hela handväskan efter sin övergångsbiljett och plockade fram rabattkuponger, skrapade trisslotter och en begagnad pappersnäsduk innan hon fann vad hon sökte.

”Var det du som försökte röka ut dem?” Medpassagerarens röst var bara en viskning kommen någonstans ur kragen på den stora vinterpälsen. Amanda kröp ihop ännu mer och önskade att hon slapp höra svaret.

”När vi har ett rättsväsende som icke fungerar, jag säger icke fungerar, får man ta tag i saker och ting på sitt eget sätt. Grabben och jag gjorde vår plikt.”

”Du är fan mej inte riktigt vettig. Det är ju kriminellt. Mordbrand skrev de i tidningen. Du åker in på flera år om de får tag på dej. Det var barn där inne! Kvinnor, barn och unga grabbar. Det kunde ha gått jävligt illa.”

”Så låter det nu. Förra veckan var det ett annat ljud i skällan. Polisen gör inte ett förbannat dugg, sa du. Det skulle till krafttag. Nu har vi gjort en markering”, väste Montelius. Amanda satte händerna för öronen.

”Blanda för helvete inte in mej i det här.” Mannen i pälsen lutade sig så långt åt fönstret som det var möjligt, tog tydligt avstånd även i fysisk bemärkelse.

”Din fege jävel, jag trodde vi var överens. Hur många vill du försörja på din lön? Vart tror du alla jävla skattepengar går?”

”Bland annat till din lön för att du ska lära ungar att leva i fred och demokrati. Du är rent förryckt. Släpp ut mej. Jag ska av här.”

Med dramatisk långsamhet reste sig rektor Montelius för att släppa fram sin medpassagerare och blev ovarsamt föst åt sidan när bussen bromsade in och stannade. Amanda bad en tyst bön att han inte skulle vända sig om. Vart skulle hon ta vägen, var skulle hon gömma sig för all framtid, om han fick syn på henne nu? En stund stod rektorn obeslutsamt upprätt och svajade när bussen åter kom i rörelse. Amanda hoppades att han skulle rusa av bussen och fortsätta samtalet med mannen i päls. Men så blev det inte. Med en hörbar suck dunsade han ner i sätet igen och slog upp dagens tidning. Amanda hörde honom ilsket vända tidningssidor. Ett blad fastnade i de andra och revs itu.

”Jävla svikare. Förbannade blötdjur!”

Nästa hållplats var busstationen. Amanda väntade tills rektorn stigit av. Väntade ytterligare en stund. Släppte förbi en kvinna med två små barn och niondeklassarna. Tog en sista titt i backspegeln och steg ut i skymningen i Evas trånga vingliga boots. Rektorn stod redan vid pressbyrån och köpte korv. Hon såg guldknapparna i hans mörka rock blänka till i ljuset från korvkioskens neonskylt när han vände sig om. Det såg ut som han bar en militär paraduniform, fattades bara en hatt med plym och ett vapen.

”Amanda Myrbacke!” Bertil Montelius såg rakt på henne, kom emot henne med sin varmkorv i handen. Granitkäken var framskjuten och ögonen smala springor under de stora ögonbrynen. Korvförsäljaren ropade att han inte fått betalt. Montelius hörde honom inte. ”Jag vill tala med dej, Amanda.”

”Nej.” Amanda vände om och rusade, snubblade på en isfläck och gjorde en enkel saltomortal i luften innan hon återfick balansen med handflatan beredd som landningsställ.

”Kom hit, Amanda! Hör du vad jag säger? Nu kommer du hit!”

”Nej.” Dörren till busstationen öppnades och en kille med en cello pressade sig ut i samma stund som Amanda försökte trycka sig in. Hjälp mej! ville hon säga men rösten blev aldrig mer än en tanke. Biljettförsäljningen var stängd och träsofforna stod i tomma rader. Amanda stapplade fram över golvet i Evas högklackade boots mot toaletten bara för att finna den upptagen. Helvete! I utkanten av synfältet kunde hon se den svarta rocken röra sig med förödande fart. Amanda snubblade mot utgången, ut i skydd av mörkret. Sprang över parkeringen och kröp ned mellan två bilar, fortsatte springande i hukad ställning bort mot planket som tillhörde second hand-affärens lastzon. Där stannade hon med hjärtat dånande i bröstkorgen för att hämta andan. Andedräkten bolmade vit ur munnen. Amanda försökte andas i jackärmen för att han inte skulle upptäcka röken. Tungan klistrade torr vid gommen. Hon grep med handen om den yttersta plankan. Lutade sig försiktigt fram för att se om han fortfarande var efter och ... Hans arm slog till om henne som en svart orm ur intet.

”Nu står du stilla här så jag får tala med dej.” Hans kraftfulla röst fick henne att vackla bakåt. ”Följ med mej till bilen. Jag kan skjutsa dej hem, så får vi en pratstund med varann. En välbehövlig pratstund.”

Det var då hon gjorde det ofattbara. Det som för en sekund sedan inte funnits i hennes föreställningsvärld blev i högsta grad en konkret verklighet. Det skedde med en sorts automatik. Reflexmässig omkoppling i ryggmärgen. Hon knäade honom i skrevet. Amanda Myrbacke knäade rektor Montelius i skrevet och sprang, sprang sen för sitt liv in bland träden i parken. Ett kvidande läte. Ljudet avtog. Inga förföljande steg. Inte vad hon kunde höra med vinden i örat. Strumpbyxorna fastnade i tårpilens lågt hängande grenar. Amanda skenade vidare över frusna vattenpölar och ojämn mark under träden. Bort från gatlyktorna och ut i det bleka månljuset dold i skuggan av träden. Kylan nöp i kinderna och vinden från havet högg tag i henne för varje steg ned mot hamnen och den gamla saluhallen med sina gallerförsedda fönster. Jävla gubbjävel! Amanda kände hur hon darrade inombords. Han hade nästan förstört mötet med Yourlove. Nu var det bråttom. Hon kunde skymta den röda tegelbyggnaden i det svaga skenet från en ensam gatlykta vid ingången. Det stod ingen bil på parkeringen, så som hon föreställt sig. Hon kände sig lite besviken. I sin fantasi hade hon tänkt sig en enorm kamerautrustning, parasoll, bakgrunder på rulle, tunga väskor och ett team av medarbetare. De kanske var försenade? Så var det nog. Vinden tog tag igen när hon passerat saluhallens skyddande fasad. Håret, som hon bemödat sig så om, tog en alldeles ny skepnad med allt hår från den ena sidan över till den andra och ögonen rann. Amanda torkade sig försiktigt med vanten och la märke till att mascaran kladdade av sig. Shit! Hon kunde ha bett Eva att få låna den vattenfasta. Den hade hon förstås med sig i handväskan till jobbet. Nu var det för sent. Men hade Yourlove med sig en sminkös, som han sagt, borde det gå att ordna. Här hade hon med proffs att göra. Det ordnar sig, försökte hon lugna sitt upprivna hjärta. Det kommer att ordna sig.

Hattaffärens skyltfönster såg ännu mer skrämmande ut än Amanda kunde minnas. Ett flickhuvud med stela lockar av gips och avbiten näsa låg omkullvält mot ett manshuvud på späda axlar. Deras drömska ögonvitor lyste i dunklet. Under dem ett urblekt grönt sammetstyg i en nyans som inte varit på modet på mycket länge. Manshuvudet bar en illa medfaren hatt av jägarmodell, med en luggsliten fjäder i rött. Kanske var den råttäten. Tänk om det fanns råttor där inne. Råttorna på soptippen kunde bli stora som katter, hade Cecilia sagt. Stora och väldigt aggressiva. De kunde gå till anfall ... i flock och bita ... Nej, hon fick inte tänka så, inte nu. Dörrhandtaget var iskallt, kylan gick rakt genom den tunna vanten och ut i blodet, blev till en rysning som fortplantade sig ända ner till de skälvande benen. Amanda blåste ut andedräkten i små, små röksignaler. *Yourlove I'm home.* Läpparna kändes torra och spruckna av köld.

"Hallå, jag är här nu." Hon steg in i affärslokalen och trevade efter någon sorts strömbrytare. En svag ljusstrimma från gatlyktan utanför saluhallen föll in genom skyltfönstret. "Hallå." Inte ett ord till svar. Kunde hon ha tagit fel på tid eller plats? Amanda gick i minnet igenom meddelandet på Lunarstorm igen för säkert tjugonde gången. I sitt försök att hitta en strömbrytare snuddade hon med handen vid något mjukt och kletigt. Tunna trådar som klibbade mellan fingrarna. Något kröp uppför handen och krasade när hon klämde på det. Så äckligt! Tänk om allt det här bara är en bluff. Tanken kom som en örfil. Tänk om det är Tom som ligger bakom alltihop och sitter hemma och skrattar för att jag gick på "den lätta". Tanken fick tårarna att stiga igen och Amanda nöp sig i armen för att återfå kontrollen. Så var det naturligtvis inte. Så fick det bara inte vara. Hon skulle inte släppa greppet nu när det var så nära. Om hon blev miss Yourlove skulle hon aldrig mer, aldrig någonsin mer, behöva återvända till skolan. Hon skulle få privatlärare. Har man knäat sin rektor i skrevet finns det ingen väg tillbaka.

Egentligen var det lika kallt att vänta ute som här inne. Ute fanns i alla fall gatlyktan. Amanda skulle just öppna dörren igen när hon hörde röster längre in i affärens mörker. Ljudet kom så plötsligt, flera röster samtidigt som om en dörr hade öppnats. Hon höll andan och vände sig om.

”Här är jag. Kan någon tända lyset?” Utan glasögon var det inte mycket hon kunde se i mörkret. Hon trevade sig framåt på måfå och stötte benet i en trälåda eller något liknande. Det gjorde lite ont. Nu kunde hon höra musik och skratt, än så länge avlägset. Ljudet blev starkare när hon öppnat dörren till någon sorts lager. Det fanns lådor överallt. Det kunde hon känna med händerna. Skrovligt, lite fuktigt, stickigt trä. Mörkret var kompakt. Något snuddade lätt vid ansiktet och blev kvar som en trådig klibbig hinna över ögonlocken. Ljudet ledde fram till ytterligare en dörr. En stor tung och iskall järndörr med regel. Ett prasslande ljud alldeles bakom fick henne att stå orörlig en liten stund. Så sköt hon upp dörren och tog några försiktiga steg framåt i ovissheten. En röst i mörkret. Årets fångst av sill har varit sämre än beräknat ... En overklig röst. Det luktade instängt, råkallt och lite mögligt.

”Hallå, jag hittar ingen dörr. Var är ni? Kan någon möta mej. Kan någon tända lyset?” Nu skulle det ordna sig, nu skulle alla misstag klaras upp. ”Yourlove? Jag är ledsen att jag är sen. Yourlove är du där?”

Ljudet när den tunga dörren stängdes och regeln som lades på tycktes komma från en annan värld. De ljuden fanns inte med i de ljusa drömmarna om framgång och lycka.

”Hallå! Släpp ut mej! Hjälp mej! Hjäääälp! Vem är du?” Ett väsande ljud som av tusen ormar ekade mellan betongväggarna. En ny lukt, en märkligt bekant lukt som av mandel. Stegen dog bort. En dörr långt borta slogs igen. Amanda trevade med händerna utefter väggarna och golvet tills hon fann radion som lockat henne in i helvetet. Då fanns det inte längre någon väg tillbaka, då kom tårarna och vreden och ensamheten över henne som en kvävande snara. Kylan var outhärdlig. Tårna kliade, sved och domnade sakta bort. Amanda bet sig på insidan av kinden så hon fick blodsmak i munnen, trevade ytterligare ett varv runt väggarna bara för att ännu en gång konstatera att det endast fanns en dörr. Och att den var förbommad från utsidan.

”Släpp ut mej. Snälla jag fryser ihjäl här inne.”

Det väsande ljudet fortsatte som ett brus genom radions glättiga musikprogram. Det verkade komma uppe från dörrposten någonstans. Amanda lät händerna söka sig fram till en av lådorna vid motsatta väggen och släpade den fram till dörren. På skakiga ben klev hon upp, tog av sig vantarna och kände med bara händer utmed dörrfodret över dörren. En stel och smal gummislang räckte in en bit i rummet. Gode Gud – kunde det vara gas? Amanda hade hört Eva tala i telefon med mormor, sent igår kväll när Eva trodde att hon sov. Cecilia blev ihjälgasad med cyanväte. Det hade de sagt på sena nyheterna. Amanda pressade med sina köldstela fingrar ihop slangen så gott det gick. Det kändes tungt att andas. Så tungt att pressa luften ur lungorna.

46

Vid Svante Henningssons begravning hade bara fyra personer varit närvarande förutom prästen och begravningsentreprenören, hustrun Kristina, svägerskan Emma Björkegren och Rut Villman och så Rune. En begravning i stillhet. Henningsson låg i öppen kista. Från begravningsbyråns sida hade man avrått från det arrangemanget, men när önskemålet kvarstod hade entreprenören ansträngt sig till det yttersta för att göra synen så uthärdlig som möjligt för de närmaste. Kroppen hade inte hunnit svälla. Huden hade ännu inte luckrats upp av vattnet, men de sår som tillfogats av kölden och den snedställda käken gav ansiktet en grotesk uppsyn. Så hade de stått och betraktat honom i havet av blommor. Dåliga samveten blir till djupa tag i plånboken. Den största kransen kom från arbetskamraterna, vita rosor, vita liljor och fresia med ett brett sidenband och text i guldbokstäver. Vila i frid. En enda av dessa blommor given med uppriktig värme kunde ha betytt skillnaden mellan liv och död när han låg sjuk, tänkte Rut på sin väg hem från Ekegrens hattaffär.

Hon hade på nära håll sett Svante Henningsson brytas ned från en lärare med visioner till ett veritabelt vrak. Allt oftare hade han sökt sig till den mest undanskymda vrån i fikarummet där Rut brukade sitta. Osynliga satt de där tillsammans. Hans händer hade varit så rörande fumliga när han höll upp kaffekoppen mot henne. Hon hade serverat honom utan att fråga. Förstått att till och med de orden blivit honom övermäktiga. De talade med varann i gester. Orden hade tystnat. Slocknat av brist på syre, när rösten inte längre kunde hävda sin plats i personalrummet. Hans kropp hade krupit ihop, blicken hade sjunkit ned till navelhöjd.

Det var de första symptomen på den dödliga sjukdom han drabbats av. Utfrysning. Det var på grund av ryktena. Skämten i hans frånvaro blev allt råare. En hastigt påkommen tystnad när han steg över tröskeln till lärarrummet var tydlig nog. Kan man bli avrättad på ett grymmare och mer utstuderat sätt än att tvingas avsluta sitt liv för egen hand? Hade det funnits någon väg tillbaka? frågade sig Rut. Om så vore hade inte Svante kunnat se den. Det sista steget ned i avgrunden hade han tagit själv.

Just den stunden när Rut såg hans förvridna ansikte bland blommorna hade insikten nått henne med förfärande kraft, som ett slag i solar plexus. Sammanhållningen i skolan skulle kräva ytterligare offer. Har man arbetat över fyrtio år som städerska har man utifrån kunnat studera alla varianter av gruppdynamik. Vem stod på tur nu? Vilddjurets aptit och hunger efter offerblod hade inte stillats, metoden att enas kring en syndabock var alltför effektiv. Den hade alltför stora vinster när det gällde att hålla uppmärksamheten borta från de verkliga problemen. Skolsköterskan Pia som varit på väg ut i kylan hade åter införlivats med kollegiet. Plötsligt gick det att maka på sig så hon fick plats vid stora runda bordet. Hon fick ett skåp bredvid de andra och nyckel till huvudingången. Så länge hon matade dem med intressanta upplysningar om Svante. Prästdotterns antydningar måste ha kommit till skolsköterskan som en skänk från fågel Fenix. När frågeställningarna blev alltför konkreta kunde hon lägga en dimridå och hänvisa till sin tystnadsplikt. Och nästa offer? Vem skulle bli nästa offer? Var det inte alldeles uppenbart? Rune.

Det hade bara varit att vänta på startskottet. Cecilias ord hade fått det att vända sig i magen på Rut där hon stod och skurade golvet i korridoren utanför aulans toalett under filmkvällen. Skulle Rune ha dragit ner byxorna och visat rumpan! Vilken djävulsk lögn. Det var så nära att hon hade gett flickungen en örfil. Men hon hann att besinna sig. Vad skulle hända med Rune om hon åkte in för misshandel? Om hon blev av med jobbet och de sociala myndigheterna, som inte alls förstod sig på hans behov, fick ta över ansvaret? Han skulle gå sönder av ångest. I stället för en örfil hade hon stannat upp inför den plan som i detalj vuxit fram ur nödvändigheten av att undanröja faran för gott. Rune skulle aldrig klara sig mot Cecilia Ståhls anklagelser. Då hade de ännu inte fått någon spridning, då fanns ännu utrymme för en snabb och slutgiltig lösning. Allt hade varit förberett och klart. Det var Yourloves tur att agera. Rut hade uppfunnit honom när hon sena kvällar och helger suttit med Rune vid datorn för att försöka förstå sig på hans värld. Det var inte så svårt som man kunde tro. Rune var outtröttlig som lärare. För säkerhets skull hade Rut begagnat bibliotekets dator för att sätta sin plan i verket. Yourlove fick flera förtroenden än hon hade kunnat ana i sin vildaste fantasi. Cecilia delade sina innersta tankar utan att ana oråd. En hemlig förälskelse. Är det du Malaki? Ja, min älskade. Ett möte. Så enkelt att man blev häpen. Det hade inte varit någon svårighet att placera flöjten i det lilla gömda rummet i prästgårdens källare, låtit den glida tillbaka ned i Malakis jackficka för att ligga där och bida sin tid fram till upptäckten. Att prästen inte ens hade förstånd nog att låsa ytterdörren var obegripligt. Och inte skötte de om sitt hem heller, mattorna hade säkert inte vädrats och piskats på åratal, gardinerna var dammiga, fönstren igengrodda och soffkuddarna fläckiga. Tvi för sånt snusk. Hela huset stank av orenhet. Rut frossade i dessa tankar för att få vågskålen att väga tyngre på straffets och hämndens sida. Tanken på att Johannes var den enda som tagit Rune på allvar och lyssnat på honom var annars alltför svårhanterlig och smärtsam.

Rut spottade på vägbanan när hon cyklade genom rondellen, kände klumpen i halsen när hon tänkte på flickungen nere vid hamnen instängd och ensam. Hon försökte samla tankarna kring nödvändigheten. Det hade inte funnits någon annan utväg än att stänga in Amanda Myrbacke. Rut försökte blidka sitt skavande samvete med att det skulle gå fort. Ju hastigare andning, desto fortare skulle giftet kväva henne. Rädslans andetag är snabba. Dessutom var flickan säkert andfådd efter promenaden.

Aldrig hade Rut kunnat ana, när hon hittade lådan med sin fars tillhörigheter efter krigsslutet, att hon någonsin skulle använda sig av det som låg där. Länge hade det legat på vinden, tillsammans med uniformen, fotografierna och kartorna. Bara känslan, när hon förstod vad det var – vad det använts till, hade skakat henne i grunden. Att hennes far, den varme omtänksamme barnpsykiatrikern haft ett annat ansikte. Bödelns. Hur många barn, avvikande barn som Rune, han sänt till "specialbehandling" i gaskammaren hade aldrig blivit föremål för utredning. Allt för många läkare hade del i skulden. Det fanns ingen möjlighet att fängsla alla skyldiga utan att åderlåta landet på medicinsk kompetens. Ändå måste hans samvete ha dömt honom när vidden av det som skett nådde en världsopinion. Våren -46 fann fastighetsskötaren honom hängd i en takbjälke i vindsvåningen i centrala Berlin. Familjen underrättades via brev. Kvarlåtenskapen skickades hem en månad senare. Lådan bars upp på vinden. Trettio år av glömska tills hon plötsligt i ett ögonblick av städiver öppnat locket. Zyklon B, vätecyanid, blåsyra – kärt barn har många namn. Vätskan fanns dels i en metallbehållare, dels i kapslar. Så nära det hade varit att hon i sitt oförstånd öppnat behållaren innan kemistudierna på egen hand till fullo beskrivit vad hon hade i sin ägo, riskerna och potentialen. Rut kände illamåendet komma, en anklagande yrsel. Hon steg av cykeln och lutade sig över styret. Nog hade hon funderat över andra utvägar men det fanns ingen annan lösning. Nu när Amanda kontaktat skolsköterskan fanns inte längre någon tvekan. Rut hade stått bakom draperiet och hört alltihop. Ingen är så osynlig som en städerska. De borde ha sett henne gå in. Och de borde ha lagt märke till att hon blev kvar i förrådsrummet innanför. Förstod de inte att hon lyssnade? Att hon hörde vad Amanda sa, det där som Cecilia påstod att hon sett Rune göra. En sån jävla lögn! Men när den första snöbollen börjat rulla skulle lavinen snart vara ett faktum. Pia behövde mata rovdjuret med nya förtroenden. Amanda skulle ha blivit Pias nya marionett. Ingen av dem kunde få leva och äventyra Runes säkerhet. I krig och kärlek är allting tillåtet. Och nog älskade hon pojken. Han var hennes hela liv och mening.

Elljusstaken lyste i fönstret. Och innanför den, i det blå skenet från datorns skärm, kunde Rut se siluetten av sin dotterson. De magra fingrarna slog på tangenterna där han satt framåtböjd i djup koncentration. Jag lovade min dotter att ta hand om dej och jag har gjort det efter bästa förmåga. Jag har varit din mor och far, din syster och dina bröder, dina lekkamrater, vänner och arbetskamrater. Jag hade önskat dej ett annat liv. Men den möjligheten gavs inte. För det finns ingen plats för den som inte är riktigt som andra, för den som inte förstår det komplicerade sociala spelets regler. Visst ville du få vara en av dem. Men hur? Varje grusad förhoppning bär en sådan smärta att det tillslut blir oöverstigligt att ens försöka skapa kontakt med andra människor. Att närma sig dem på ett acceptabelt sätt, utan missförstånd och bråk. Kan någon förstå hur det känns att leva bredvid och se det hända om och om igen utan att kunna hjälpa? Kan någon enda människa begripa det?

Rut satte nyckeln i låset. Såg honom rycka till av ljudet och vända ansiktet mot henne. Det älskade ansiktet, och han log. Vad hade han att le för, pojken? Vad hade hon kunnat ge honom för tillvaro trots all sin strävan? Rut kände gråten stiga i halsen och nickade stumt åt honom när hon steg in i hallen. Hon hängde av sig kappan och mössan, klev ur stövlarna och drog av sig raggsockorna. Radion i köket talade för sig själv. Rut blev stående i köksdörren. Höll sig hårt i dörrposten medan reportern gav sin sammanfattning av dagens händelser vid Kronvikens skola. En brand i ett arkiv. Skolsköterska förd till intensivvårdsavdelningen efter en heroisk räddningsinsats av ämneslärare Pontus Larsson. Sköterskans tillstånd meddelas vara allvarligt men stabilt. Vid medvetande. Rut kände adrenalinet rusa i sitt blod och nå fingertopparna med sina nålstick. Hjärtat pressade i halsgropen, skenade och sprängde. Var det slut nu? Rut sjönk ned vid köksbordet, benen orkade inte längre bära hennes tyngd. Hade Pia berättat för dem att Rut serverat henne kaffe innan hon somnade med ansiktet mot bordsskivan. Rut hade tagit med sig koppen hem i sin ryggsäck, den låg fortfarande kvar där. Rester av sömnmedel går att spåra. Flaskan som innehållit tändvätska hade hon kastat i en papperskorg på stan. Men så hade hon inte kunnat göra med den fina kaffekoppen. Den tänkte hon diska ur. Det var porslin av högsta kvalitet.

Pia brukade beställa in kaffe i en ton som länge skavt i Ruts öron. Ställ koppen här på skrivbordet. Hon såg inte upp. Hon sa inte längre tack, inte sen hon blivit befordrad och fått plats vid honnörsbordet. Som om det vore en självklarhet att Rut skulle stå för betjäningen? Ett par sanningens ord hade hon sagt den uppblåsta slynan innan hon slocknade över bordet med dräglande mun. Och nu var hon inte död. Nu var läget allvarligt men stabilt. Pia var vid medvetande. Reporterns upphetsade röst fortsatte att flöda i rummet.

”Ännu en mordbrand skakar alltså det lilla samhället Kronviken. Polisen har inte velat kommentera händelsen av spaningstekniska skäl. Man är mycket förtegen om vilka iakttagelser som gjorts på plats. Kan det vara samme gärningsman?”

Rut vred händerna i knät. Det var alltså bara en tidsfråga innan polisen skulle komma. Hur kunde hon vara så oförsiktig att hon hävde ur sig allt till den där människan? Det fanns en stor tillfredsställelse i det förstås. Att en enda gång i livet få ösa ur sig allt som bränt och tärt och förnedrat. Skolsköterskan hade gapat utan att få ur sig ett enda ljud. Sen hade hon försökt resa sig upp men inte orkat. Rut vred sina händer i grämelse, snurrade den tunnslitna vigselringen runt sitt magra finger. Varför hade hon inte använt sig av blåsyra direkt i kaffet? Tankarna flaxade runt som vilsna fåglar. Varför? Någonstans på vägen hade hon mattats i sin intension att till varje pris rädda Rune. Sömnmedel och en välbehövlig brasa att utplåna alla anteckningar i arkivet hade känts mera rättvist. Som att hon inte ensam var ansvarig för sina handlingar om hon lämnade en liten del åt försynen. Det tyngsta beslutet hade förstås ändå varit att välja bort Amanda. Ju mer de lärt känna varann via datorn, desto svårare hade det blivit att komma till skott. Hon var av en annan sort än Cecilia. Stölden, som Rut av en händelse blev vittne till i varuhuset, hade flickungen velat klara upp med envis hederlighet. Den tuffa attityden hade dunstat efter Cecilias bortgång och en sårbar och ensam liten tös hade tonat fram. Rut hade på nära håll kunnat iaktta Amandas väg ut i kylan ur kamratgänget när inte Cecilia längre fanns. Till en början tyckte Rut att det inte var mer än rätt. Så var det händelsen med de fina skinnhandskarna som dumpats i toaletten. Det rev upp minnen från Runes skoltid när han kommit hem med jackan nerpissad. Han skulle ha klarat att gå i normalklass, men valde särskola för att komma bort från sina plågoandar. På gränsen, alltid på gränsen att klara sig om omständigheterna varit annorlunda. Evärdliga timmar av slitsamma samtal med lärare och föräldrar, försök till förklaringar av det som inte gick att förklara, ingen att dela med. Var det slut nu? Rut fann ingenstans att göra av sina händer och greppade blomvattenkannan. Fredskallan slokade med bladen. Amaryllisen var snustorr. Hon nöp av några torra blad på julstjärnan. Vattenkannan föll ur hennes okoncentrerade händer. Hon lät den ligga, såg vattnet pumpa ur pipen och bilda en pöl på parketten och i en rännil fortsätta nedför det lätt sluttande golvet och sugas upp av den hemknutna ryamattan. Om nu skolsköterskan berättade för polisen hur det låg till, då skulle Amandas död vara onödig. Tanken fick fäste och expanderade, trängde undan alla andra tankar, värkte och molade utan uppehåll. Där gick gränsen. Det var som om alla år av hat hade fokuserats i uppgörelsen med sköterskan. Nu fanns bara en stor trötthet kvar. Amandas död var inte längre nödvändig. Skulle det ännu vara möjligt att rädda henne, att stänga av gasen och öppna dörren? Fanns det någon möjlighet att hon fortfarande var vid liv? Rut kände i förklädesfickan och fick upp lappen med telefonnumret till Maria Wern, polisen som suttit i köket och lyssnat som om hon varit en gammal god vän. Skulle hon förstå? Kanske. Borde inte var och en förstå att man gör allt för att skydda sitt barnbarn? Rut lyfte telefonluren, genomfors av frossa. Släppte luren och lyfte den igen. En kvinnoröst, långt borta och så förödande nära. Nu var det gjort. Nu fanns inte längre någon återvändo. Livets timmar var räknade. Men ingen skulle få ta Rune ifrån henne, ingen.

”Kom och sätt dej här vid köksbordet Rune.”

”Vad är det?”

”Vi ska ge oss ut på en lång resa tillsammans.” Rut öppnade hans hand och la ampullen i den. Visade hur han skulle stoppa den i sin mun och bita sönder det tunna glaset. När han sjönk ihop höll hon honom i sin famn. Vaggade honom som tusentals gånger tidigare när livet gjort honom illa. Smekte med handen över hans sträva hår den stund det tog för livet att rinna ur kroppen. Aldrig mer! Aldrig! Så tuggade hon sönder sin egen ampull och en mäktig känsla av lättnad över att inte längre bära ansvar fyllde medvetandet när hon krampande föll mot mörkret.

47

Prismor av is och eld snurrade framför de slutna ögonen, roterade och slog mot varann så gnistorna blev till ett fyrverkeri av färger. Cecilia skrattade ett klirrande skratt och tänderna föll ur hennes mun som vita snöflingor ned mot den hårda marken där graven som grävts åt Amanda Myrbacke väntade. Ett djupt svart hål. Cecilia sträckte ut sin hand. Huden hade redan börjar lossna från benen. Hon greppade i Amandas hår och skinnet kletade fast i huvudet som ett flugpapper. Släpp mej! Amanda vacklade av och an på lådan hon ställt upp mot dörren i sitt mörka fängelse. Ljudet av en ensam saxofon med en rördroms ensliga läte pressade mellan betongväggarna. Fingrarna hade förlorat sin känsel. Kroppen var inte längre till under henne. En våg av eld från prismorna flammade upp och sökte sig in under huden. Brände och sjöd. Amanda vacklade och föll ihop på golvet. Hettan var olidlig. Valhänt tog hon av sig vantarna och jackan. Slet av sig bootsen och strumporna och byxorna. Tyget kändes frätande i den glödande värmen. Luften var kvav, ville inte räcka till. En ofrivillig ryckning fortplantade sig genom kroppen, så ytterligare en. Cecilia dansade i brutna bilder, som i skenet av en diskolampa. Den svarta gropen omgiven av blomsterkransar väntade. En bassäng med svart och iskallt vatten, ett sista elddop. Förkolnandet. Det är egentligen ingen skillnad på värme och kyla, tänkte Amanda. Båda bränner huden. Kroppen stelnade i en ny kramp. Hjälp mej! Hon slet och drog i jumpern för att få den av sig i den olidliga hettan. Huvudet kändes som det skulle sprängas. Hjälp mej. Det blev bara en tanke. Munnen var stel av gips och runt väggarna dansade drömmande ögonvitor.

Maria Wern höll så hårt om mobiltelefonen att knogarna vitnade. Hur lång tid tar det att dö av kvävning i ett rum med cyanväte? Beror på koncentrationen, rummets täthet, lungornas kapacitet. Maria tvärvände bilen och trampade gasen i botten, pressade sig framför en buss i rondellen ned mot hamnområdet. Chauffören la sig på signalhornet, visade fult finger, men Maria hade inte tid att ägna honom en tanke. På raksträckan knappade hon in kortnumret till Hartman och förklarade läget. Kände en kort svindlande tacksamhet över hans snabba fattningsförmåga. Inom loppet av några minuter skulle de andra vara på plats. Maria förbannade sin rosthög till bil, kände skakningen i ratten när hon pressade den upp i 110 och körde om en Fiat som vinglade ut i vägrenen.

Rut Villman – vem hade kunnat ana att det var hon? I sökandet bland tänkbara mordmotiv hade de glömt det uråldrigaste och mest primitiva av dem alla. Instinkten att skydda sin avkomma. Jag skulle kunna döda den som rör Emilia, hade Karin sagt när hon hade handen i korgen där barnet låg och de talade om pedofiler. Medborgargarden föds ur samma ursprungliga känsla, den att värna om de sina när ingen annan hjälp finns att få. Vad kommer att hända med oss om vi inte längre har råd med ett fungerande rättsväsende? Om vår lojalitet med de mest utsatta upphör?

Maria Wern bromsade in, kastade sig ur bilen och rusade den sista biten från parkeringen förbi saluhallen mot hantverksbodarna och den gamla nedlagda hattaffären. Bakom sig hörde hon de andra bilarna ta av åt vänster nere vid hamnområdet. Isvinden strök henne över håret. I ljuset av den ensliga gatlyktan fann hon dörren på norrsidan av byggnaden. Den stod lite öppen. Ett svagt pipande läte hördes lång där inne. Med en rutinmässig gest svepte hon med handen över hölstret. Djupandades. Följde varudiskens sträva skiva med handen. Kassaapparatens iskalla stål och en fuktig tygtrasa som en gång varit gardin vidrördes av hennes sökande händer innan hon nådde platsen för strömbrytaren. Den fungerade inte. Hon borde tagit med sig en ficklampa in. Den låg i bilens baksäte.

”Amanda, är du där? Hör du mej Amanda?” I det här mörkret skulle Maria vara ett lätt byte om någon stod på pass. Det insåg hon, men tiden var alltför dyrbar att slösas på försiktighetsåtgärder. "Amanda!" Ljudet lät som när någon blåser i en tomflaska. Ihåligt och ödsligt ekade rösten mellan stenväggarna. Maria trevade sig framåt i korridoren, närmare ljudet som långsamt ökade i styrka. På avstånd hörde hon en bildörr som slog igen. Ek och Hartman skulle ha lampor med sig. Den skrovliga cementväggen slutade i kall metall. En dörr med regel. Maria lät händerna följa ena sidan för att hitta fästet. Helvete! Ett hänglås! Det här skulle komma att ta tid.

"Amanda är du där?" Hon satte sitt öra mot dörrens iskalla yta. Ett hasande ljud. Och en alldeles tydlig mansröst som angav tiden och påannonserade nyheterna. "Amanda!" En märklig doft av bittermandel sökte sig genom kylan. Maria slet tag i hänglåset igen och märkte till sin förvåning att det inte var låst. En tvehågsen gärning? Låset gick att haka ur. Regeln fälldes undan. Hon öppnade dörren. I mörkret var hon blind och fick lita helt till sin känsel. Lukten av mandel kändes starkare här inne. Maria satte sig på huk och lät händerna söka av golvet bit för bit tills hon stötte mot iskall hud. En hand, en arm ett ansikte. Hon böjde sig fram för att lyfta upp kroppen i sin famn. Kände luften tryta och trycket över bröstet öka.

"Amanda, hör du mej?" Inget svar. Om ändå Arvidsson varit här. Han skulle ha vetat precis vad som var bäst att göra. Maria stapplade ut i korridoren med sin börda. Ut till det svaga ljuset från gatlyktan som lyste genom fönstret. Syret ville inte räcka till. Hon ansträngde sig till det yttersta men blev tvungen att lägga ned flickkroppen på golvet igen. Föll själv ihop med ansiktet mot det smutsiga iskalla stengolvet. Luften räckte inte till, det snurrade i huvudet. Det fanns ingen kraft kvar. De måste komma in snart. Maria tog sig upp med stöd av en armbåge, lutade sig och la örat mot Amandas mun för att känna om hon andades. Försökte lyfta upp henne igen, men förmådde det inte. Nu hörde hon dem vid dörren.

"Här är vi. Jag har hittat henne", kraxade Maria.

"Lever hon?" Hartmans röst kom med ljuset.

"Jag vet inte." Maria försökte resa sig. Trycket över bröstet hade lättat något.

”Vi har en ambulans på ingång. Den är här när som helst.” Hartman svepte sin skinnjacka om den späda flickkroppen och lyfte upp henne i sin famn.

”Det är gas. Cyanväte. Rut sa det.” Maria såg på flickans ansiktsfärg och skakade på huvudet. Hartman sökte med fingrarna över flickans halspulsåder.

”Jag känner en svag puls.”

”Rektorn brände ... det var rektorn som brände.” Amandas röst var bara en viskning. I samma stund såg de ambulansens blåflämtande sken bakom hamnmagasinet.

48

”En synnerligen god jul. Ska du lukta på glöggen, Maria?” Krister halade upp en grön flaska ur korgen han ställt på Marias sängbord. ”Den är exakt 37 grader, jag tempererade den i vällingvärmaren på barnavdelningen. Hur länge måste du ha slang i näsan?”

”Det är syrgas.” Maria satte sig upp i sängen och såg sig yrvaken omkring i den ovana sjukhusmiljön. Det var mörkt i rummet, men ett svagt ljus sipprade in från korridoren. ”Vad gör du här mitt i natten? I vit rock.”

”Man måste väl få önska sin fru god jul.” Han böjde sig fram och kysste henne.

”Hur var det egentligen med den där flyktingen, Malaki? Fick ni tag i honom?”

”Nej, men prästen fick ett kort från honom igår. Han är i England.”

”Hur är det med skolsköterskan och flickan då?”

”De ligger på intensiven, kommer att klara sig. Men läkarna vill ha dem under uppsikt några dagar. Och du då, när kommer du hem?”

”På juldagen, tror jag. Var är barnen?”

”De är hos mamma. Jag tog med några julklappar åt dej. Orkar du öppna dem nu?” Krister såg sig hastigt om när ljuset från en nattlampa föll in över salen. Han duckade och gled sen sakta upp i sängen och la sig tätt bredvid sin hustru. Maria makade på sig. Ficklampans ljuskägla föll över hennes ansikte och vände tillbaka ut mot korridoren. Stegen avlägsnade sig.

”Om det finns något från dej, vill jag öppna det.”

”Det finns det.” Krister halade upp ett kuvert ur bröstfickan. Maria sprättade upp det med fingret och läste tyst för sig själv, medan hennes ansikte blev till ett stort leende.

"Så du tänker det? Du tänker studera. Sätta dej på skolbänken igen efter att ha undervisat i 15 år?"

"Det bästa av allt är att det är en internutbildning. Jag får lön under upplärningsperioden till CNS-operatör. Industrin ropar efter folk."

"Fantastiskt, vad fick jag av svärmor då? Klocka eller väska?"

"Väska, skulle jag säga. Så ringde Majonnäsen och önskade god jul."

"Jaha, var firar han jul någonstans? Har Jonna tagit honom till nåder?"

"På ditt jobb."

"Inte i häktet?"

"Japp. Han for ned till Hamburg med sin Van och fyllde den med Statsman Whisky. Man köper den där för 40 kr flaskan, 12 flaskor i varje back och säljer dem för 150. Det är en vinst på dryga tusenlappen per låda. Han hade bilen fullpackad och det kunde nog ha gått vägen i tullen om han inte varit så jäkla nervös så han måste knäcka en flaska för att hålla nerverna i styr. Sen räckte det med lite alkoholångande månsnack och han åkte dit."

"Krister, det är en sak jag vill veta och jag vill att du svarar uppriktigt på den. Alldeles uppriktigt."

"Kan vi inte bara dricka glögg och ha det trevligt?"

"Om jag inte hade blivit tvungen att arbeta övertid med den här mordutredningen, hade du följt med Majonnäsen till Hamburg då?"

Under bråkdelen av en sekund genomgick Krister Wern en inre kris. Ljuga för sin hustru på julafton? Nej! Rakryggat yppa sanningen? "Ja, kanske."

"Sluta! Jag vill höra sanningen."

"Tio tusen rent kunde vi ha fått. Vilken jul det kunde ha blivit, Maria! Jag måste säga att det lockade mej. Men min hustrus heder som polis är värd mer än så. Kan du se det som en julklapp?"

"Man kan inte tala om julklappar i negativa termer. Kan du se det som en julklapp att jag inte flyttar till ett kollektiv av missförstådda konstnärer och låter dej ta hand om barnen?"

”Är det vad du helst vill? Att måla?”

”Ja, jag skulle vilja få tid att måla.”

”Då ska jag inreda vinden åt dej som ateljé. Vinterbonat blir det förstås inte med en gång, men ett golv skulle det kunna bli och vita väggar. Vi kunde ta upp ett takfönster. Majonnäsen känner en kille som kan göra det för ett hyfsat pris.”

”Det där sista hörde jag inte.”